拨云开雾，
　　一睹四大汗国的盛衰荣辱
观照史实，
　　且看汗位更替的跌宕起伏

蒙古四大汗国之

同源黄金血脉的不同治世
助推欧亚交流的蒙古风暴

伊儿汗国

包丽英/著

内蒙古人民出版社

图书在版编目（ＣＩＰ）数据

蒙古四大汗国之伊儿汗国 / 包丽英著 .—呼和浩特：
内蒙古人民出版社 ,2017.10（2023.3 重印）

ISBN978-7-204-15054-0

Ⅰ . ①蒙… Ⅱ . ①包… Ⅲ . ①长篇历史小说—中国—
当代Ⅳ . ① I247.5

中国版本图书馆 CIP 数据核字 (2017) 第 268693 号

蒙古四大汗国之伊儿汗国

作　　者	包丽英	
责任编辑	朱莽烈	
装帧设计	宋双成	
封面绘图	海日瀚	
出版发行	内蒙古人民出版社	
地　　址	呼和浩特市新城区中山东路 8 号波士名人国际 B 座 5 楼	
印　　刷	内蒙古爱信达教育印务有限责任公司	
开　　本	710mm×1000mm　1/16	
印　　张	18.75	
字　　数	295 千	
版　　次	2018 年 6 月第 1 版	
印　　次	2023 年 3 月第 2 次印刷	
印　　数	3001—5000 册	
书　　号	ISBN 978-7-204-15054-0	
定　　价	36.00 元	

图书营销部联系电话：(0471) 3946298　3946267
如发现印装质量问题，请与我社联系，联系电话：(0471) 3946120

内容导读

据说，在古木参天的崇山峻岭中，隐藏着一座神仙洞府。在那里，有看不尽的美景，穿不尽的华服，吃不尽的珍馐。在那里，有许多英俊的小伙，美丽的姑娘，风趣的智者。在那里，没有烦恼，没有争执，超越时光，不堕轮回。

神仙洞府的主人，有个让人心安的名字：山中老人。

一天，蒙古首都和林万安宫附近忽然来了一批奇怪的商人，这批商人有四百人之多。他们的真面目被几个人巧妙地揭开了：原来，他们是亦思马因教主派来刺杀蒙古帝国第四任大汗蒙哥的刺客。

在波斯高原，亦思马因宗教国素有"暗杀之国"之称，宗教国的君主，就是传说中的"山中老人"。

"山中老人"的这次出手，不仅没能获得成功，还为自身惹来了兵燹之灾。

成吉思汗时期蒙古第一次西征，窝阔台时期绰尔马罕西征，将在波斯高原林立的国家多数纳入蒙古版图。至蒙哥即位，只剩亦思马因宗教国（此国又被良善的穆斯林称作"木剌夷"，意即"迷途者"）、报达、西里亚三国尚且处于独立状态。其中西里亚，亦属于亦思马因人的势力范围。

行刺一事发生后，为在西亚重建秩序，巩固蒙古对波斯的统治，蒙哥派胞弟旭烈兀出征波斯，史称蒙古第三次西征。

兄弟二人依依惜别。

其后几年，旭烈兀不辱使命，连下亦思马因宗教国、报达国和西里亚诸国，兵锋直指埃及。正在这时，旭烈兀接到兄长蒙哥汗病逝的讣告，他立刻从西里亚撤军，准备回国参加葬礼。

事实证明，正是这次撤军的决定，令未来的伊儿汗国在西里亚陷入得与失的漩涡。如果说，当年窝阔台的逝世曾经拯救了半个欧洲，那么，蒙哥之死则令蒙古人的战马遗憾地止步于西里亚。

西征军行至帖必力思（今大不里士）附近，从本土又传来消息：旭烈兀的胞兄忽必烈与胞弟阿里不哥为争夺汗位已兵戎相见，目前正处于南北对峙、局势未明状态。一母同胞的四兄弟，长兄长逝，剩下的三个人，两个人变成了敌人，局面的突变和复杂远远超出旭烈兀的想象，他不想卷入其中左右为难。于是，他留在新的征服地，开始以"伊儿汗"的名义发布命令。

"伊儿"是"附庸"之意，作为蒙哥汗的胞弟，旭烈兀从始至终都无意将自己的统治区与蒙古帝国分离。

这是中统元年（1260）。是年，还不能算作伊儿汗国的正式建立。

发生在本土的汗位之争进行得如火如荼时，旭烈兀也失去了对西里亚的统治权。西里亚被埃及玛麦鲁克王朝夺取。

旭烈兀不是不想夺回西里亚，可是，他必须面对另一个更可怕的敌人，这敌人是他的堂兄——金帐汗别儿哥。

至元元年（1264），阿里不哥向忽必烈投降，南北归于一统。旭烈兀得到忽必烈的册封，在东起阿姆河和印度河，西括小亚细亚大部分地区，南抵波斯湾，北至高加索山的广阔区域，正式建立了伊儿汗国。

短暂的和平后，金帐汗国和伊儿汗国的战争再次爆发。

争夺的焦点仍是阿哲尔拜展。

在蒙哥汗组织第三次西征前，阿哲尔拜展的局势就已经相当复杂，金帐汗国并未在阿哲尔拜展建立稳固的统治，彻底征服阿哲尔拜展的人是旭烈兀。

但按照当年成吉思汗对诸子的分封，阿哲尔拜展已被划入长子系的势力范围。

领土的事儿谁也说不清楚，总之这场时断时续的战争使旭烈兀及其后人再没机会收回西里亚。旭烈兀在战场上离世，此后，伊儿汗国在第二代大汗阿八哈继位后保持着它的团结与稳定。

阿八哈逝后，家族陷入内乱，帖古迭儿（阿合马）、阿鲁浑、乞合都、伯都先后称汗，伊儿汗国风雨飘摇。若不是这个家族还有一位杰出的子孙，伊儿汗国是否能够真正地立足于波斯高原，是否能够在波斯历史上写下浓墨重彩的一笔，所有的一切都在未知之间。

这是伊儿汗国最伟大的君主，这是伊儿汗国唯一一个百姓愿为他的离去一掬悲伤之泪的君主。

从阿鲁浑开始的短命诅咒，让他的子孙寿数都没有超过三十五岁。俟伊儿汗国最后一位统一之主和强盛之主去世，伊儿汗国名存实亡，只剩下一个躯壳，等待着新兴的帖木儿帝国给予它最后的致命一击。

终于有一天，在波斯高原纵横驰骋百余年的伊儿汗国，无论实体、躯壳和精神都如雨打风吹去，永远消失在了历史的长河中。

留下的，只有记忆。

在伊儿汗国的记忆中，除了一个个英雄，还有一个个光彩夺目的女性。在英雄的世界里，她们不是点缀，无论是成就了男人还是摧毁了男人，她们，都是动力。

伊儿汗国，在由治而乱前，它曾是那样辉煌。

伊儿汗国世系表

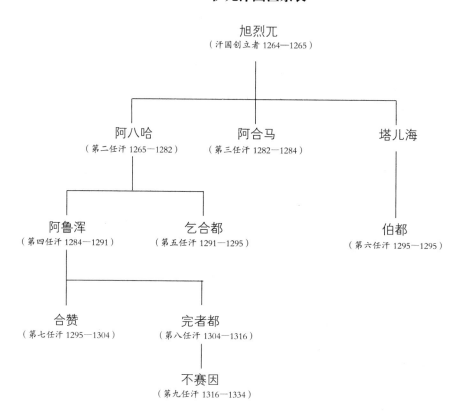

注：不赛因去世后，汗国迅速分裂成四个主要王朝和众多军事割据势力，汗国的实体已不复存在，只剩一个躯壳，等待横空出世的帖木儿帝国给予它致命一击。

伊儿汗国人物表

术赤：成吉思汗嫡长子

察合台：成吉思汗嫡次子，察合台汗国创立者，1229—1241 年在位

窝阔台：成吉思汗嫡三子，蒙古帝国第二任大汗，窝阔台汗国创立者，1229—1241 年在位

拖雷：成吉思汗嫡幼子

贵由：窝阔台长子，蒙古帝国第三任大汗，1246—1248 年在位

蒙哥：拖雷嫡长子，蒙古帝国第四任大汗，1251—1259 年在位

忽必烈：拖雷四子，嫡次子，元帝国创立者，庙号世祖，1260—1294 年在位

铁穆耳：忽必烈之孙，庙号成宗，1295—1307 年在位

海山：铁穆耳次兄答剌麻八剌之子，庙号武宗，1308—1311 年在位

旭烈兀：拖雷嫡三子，伊儿汗国创立者，1264—1265 年在位

阿八哈：旭烈兀长子，伊儿汗国第二任汗，1265—1282 年在位

阿合马：本名塔兀答儿，旭烈兀七子，伊儿汗国第三任汗，1282—1284 年在位

阿鲁浑：旭烈兀之孙，阿八哈之子，伊儿汗国第四任汗，1284—1291 年在位

乞合都：旭烈兀之孙，阿八哈之子，伊儿汗国第五任汗，1291—1295 年在位

伯都：旭烈兀之孙，塔儿海之子，伊儿汗国第六任汗，1295—1295 年在位

合赞：旭烈兀曾孙，阿八哈孙，阿鲁浑子，伊儿汗国第七任汗，1295—1304 年在位，伊儿汗国最伟大的君主

完者都：本名合儿班达，合赞之弟，伊儿汗国第八任汗，1304—1316 年在位

不赛因：完者都之子，伊儿汗国第九任汗，1316—1334 年在位，不赛因逝后，伊儿汗国名存实亡

阿里不哥：拖雷嫡幼子，曾与忽必烈争夺汗位，失败后投降

乃马真：窝阔台六皇后，贵由生母，为窝阔台生育五子，窝阔台去世后，由乃马真摄政

海迷失：贵由皇后，贵由去世后，一度摄政

拜住：察合台八子，察合台从征军统帅，绰儿马罕去世后，接替其职

真金：忽必烈嫡次子，元朝太子

阔端：窝阔台次子，一手促成吐蕃归附蒙古

阔出：窝阔台三子，嫡子，汗位继承人，殁于南征战场

失烈门：窝阔台嫡子阔出之子，阔出逝后，他成为帝国储君，但汗位为贵由夺取

合丹：窝阔台之子，贵由胞弟，名将，后辅佐蒙哥及忽必烈

合失：窝阔台之子，窝阔台汗国真正的创立者海都的父亲，因酗酒早亡

海都：窝阔台之孙，合失之子，窝阔台汗国的真正创立者

拔都：术赤次子，金帐汗国创立者

末哥：蒙哥庶弟，支持忽必烈

兀鲁忽乃：察合台第二任汗哈剌旭烈之妻，第四任汗及第六任汗木八剌沙之母，汗国女摄政，后改嫁第五任汗阿鲁忽

哈剌旭烈：南图赣次子，察合台汗国第二任汗

也速蒙哥：察合台之子，察合台汗国第三任汗

木八剌沙：哈剌旭烈之子，察合台汗国第四任汗和第六任汗

不里：南图赣长子，第二次西征时担任察合台从征军统帅

帖木儿不花：南图赣之孙，不里之子，从征波斯，受封肃远王

博勒合：蓝帐汗国宗王

图马儿：蓝帐汗国宗王

忽里：白帐汗国宗王

别儿哥：拔都之弟，金帐汗国第四任汗

那海：术赤七子不哇勒之孙，塔塔尔之子，金帐汗国权臣

阿鲁忽：察合台之孙，贝达尔之子，察合台汗国第五任汗

亦失木忒：旭烈兀子，阿八哈弟，镇守自打耳班迄马剌黑的沿边诸州

迪歆：旭烈兀子，阿八哈弟，辖呼罗珊、祸拶答而两地

忙哥帖木儿：拔都之孙，第三任汗乌剌黑赤之子，金帐汗国第五任汗

玛利亚：米哈伊尔八世·帕列奥列格之女，东罗马帝国公主，阿八哈宠妃

出木哈儿：旭烈兀次子

术失合不：出木哈儿之子

景庶：出木哈儿之子

八剌合：南图赣之孙，帖散笃哇之子，察合台汗国第七任汗

尼兀答儿：察合台后王，八剌合堂叔，察合台从征军统帅，在伊儿汗国担任万户长

牙勒兀：察合台系后王

察八忒：贵由之孙，禾忽之子

乞卜察克：窝阔台之孙，合丹之子

别克帖儿：八剌合长子

聂古伯：察合台四子撒巴之子，察合台汗国第八任汗

阿合马：八剌合的堂弟

都哇：第七任汗八剌合之子，察合台汗国第十任汗

弘吉剌台：旭烈兀子，阿八哈弟，镇守罗姆国

蒙哥帖木儿：旭烈兀子，阿八哈弟

阿者：旭烈兀子，阿八哈弟

旭烈竹：旭烈兀子，阿八哈弟

忽都鲁沙：合赞的堂妹夫，伊儿军统帅

忽都鲁火者：察合台第十任汗都哇长子

脱脱：忙哥帖木儿之子，金帐汗国第八任汗

脱脱蒙哥：忙哥帖木儿之弟，金帐汗国第六任汗

兀剌不花：忙哥帖木儿长兄之子，金帐汗国第七任汗

宽彻：金帐汗国第七任汗兀剌不花之弟

斡勒灰：忙哥帖木儿之子

脱黑邻察：忙哥帖木儿之子

月即别：又译作"乌兹别克"，忙哥帖木儿之孙，斡察之子，金帐汗国第九任汗

札尼别：月即别之子，金帐汗国第十任汗

也先不花：都哇次子，察合台汗国第十三任汗

怯伯：都哇四子，察合台汗国第十四任汗，强国之主

牙撒忽儿：不里之孙，不赛因之父完者都执政时期，叛归伊儿汗国

出班：合赞朝名将，完者都驸马

都连德：不赛因长姐，先嫁名将出班，早逝

撒迪别：不赛因次姐，亦嫁出班

德勒沙：出班孙女，得马失之女，不赛因妃

帖木儿：成吉思汗家族驸马，帖木儿帝国创立者，残破或消灭三大汗国

赛岚：康里人，阿八哈藩府总管，后为地方领主

可琳：赛岚夫人，元朝右丞相伯颜胞姐

伯颜：先任伊儿汗国第二任汗阿八哈的藩邸执事，后为忽必烈款留于朝。系元朝名将，平南宋主帅，后升任右丞相

许天命：名医许国祯之孙

忙哥撒：蒙哥朝大断事官

苫思丁：哥疾宁大法官

绰儿马罕：蒙古名将，窝阔台汗执政时，率军剿灭花剌子模末代王札兰丁

宴只吉带：贵由派往西征军的亲信，与拜住共掌其权

乞的不花：乃蛮人，第三次西征先锋军统帅，蒙古名将

郭侃：郭宝玉之孙，郭德海之子，第三次西征汉军统帅，在西征战场被

视为"天将军"，后归元朝，积功升任万户长

阿兰答尔：蒙哥朝重臣，因支持阿里不哥兵败被杀

史天泽：金降将，历成吉思汗、窝阔台、贵由、蒙哥、忽必烈五朝

郭宝玉：唐朝名将郭子仪之后，成吉思汗的心腹谋臣

郭德海：郭宝玉次子，郭侃之父

唵木海：汪古人，蒙古第一支炮兵部队"铁车军"的统帅

阿儿浑：波斯长官

布里：乞的不花手下战将，死于战场

忽合亦勒合：旭烈兀手下大将，从征波斯

速浑察：西征军大将

亦勒合：西征军大将

哈剌不花：西征军大将

忽都孙：西征军大将

乌鲁克图：西征军大将

辛图儿：西征军大将

孙扎黑：西征军大将

纳速剌丁：阿里教徒，徒思人，波斯著名天文学家

阿塔木勒克：竹维因人，亦思马因国相

胡撒木丁：占星师，旭烈兀驾前宠臣

札马鲁丁：波斯著名天文学家，后被忽必烈款留于朝

撒菲丁奥都木明：波斯大音乐家

博尔术：成吉思汗青年朝代的挚友，蒙古开国名将，"四杰"之一

木华黎：蒙古开国名将，"四杰"之一，蒙古太师，靖南国王

苫思丁·志费尼：志费因人，伊儿汗国首任国相，历三朝

阿老丁·阿塔蔑力克·志费尼：苫思丁之弟，著名历史学家，名著《世界征服者史》的作者

马思忽惕：主突厥斯坦、河中、畏兀儿诸城及其费尔干纳和花剌子模事宜

伯答剌：西征军大将

安童：元朝右丞相，伯颜娶安童之妹

失烈门：名将绰儿马罕之子

迷哈贝：元朝使臣

速纳台：伊儿汗国名将，在阿八哈与八剌合一战中起到决定性作用

札剌儿台：察合台汗国勇将

失剌：阿鲁浑近臣，伊儿汗国大断事官

脱合察儿：哈剌乌纳思部万户长，阿鲁浑朝权臣

抄兀儿：阿鲁浑麾下大将

阿里纳克：阿合马朝将领

不花：阿合马朝统将，阿鲁浑朝权相

涅孚鲁思：三朝元老，波斯长官阿儿浑之子

斡儿都海牙：元将，后被阿鲁浑款留于朝

孛罗：元朝丞相，后被阿鲁浑款留于朝

仙吉：乞的不花遗孙，音乐家

影希：不花之女

捏鲁台：不花内侄

撒都倒剌：犹太医师，不花之后阿鲁浑朝权相

爱尔爱森：不花相府侍卫

木阑巴特：赛岚幼子

阿鲁黑：不花之弟，报达、美索波塔米亚、底牙儿别克儿诸州长官

别的迷失：阿鲁浑朝大将

不勒干：不花长女，合赞次妻，为合赞生育一子一女

撒都只罕：乞合都朝权相

朱失：泄剌失军事总管

忽章：帖必力思军事总管

木莱：合赞朝勇将

克儿不花：合赞朝大将

爱牙赤：忽都鲁火者麾下大将

拉施德：哈马丹人，合赞朝两相之一，御医，伟大的史学家，编撰《史集》

撒都丁：萨维人，合赞朝两相之一

笃本：合赞朝老臣

英忽里：合赞侍臣

阿儿岱：阿儿浑之子，在察合台汗国供职

孛罗海牙：合赞朝大将

昔宝赤：忽都鲁沙之子

脱欢：合赞朝大将

木明：合赞朝大将

舍云治：伊儿汗国第九任汗不赛因的老师

阿里沙：取代撒都丁的国相

帖木儿塔失：出班次子

赛音：取代拉施德的国相

报达：出班之女，绝色佳人，后被不赛因强娶为妻

洒克哈散：报达夫婿，伊儿汗国灭亡后，札剌亦儿王朝的建立者，称"大哈散"

得马失：出班三子，因与不赛因母妃通奸被杀

哈散：出班长子

雪尼台：地方领主

阿里帕的沙：不赛因的舅父，地方领主

摩诃末：花剌子模沙，即花剌子模国王

札兰丁：摩诃末之子，花剌子模末代王

嘉泰丁：札兰丁之弟

阿老瓦丁：亦思马因国教主，组织四百名刺客刺杀蒙古第四任大汗蒙哥

穆斯塔辛：阿拔斯王朝第三十六代哈里发，亡国之君

鲁克剌丁：阿老瓦丁之子，阿老瓦丁被杀后，鲁克剌丁继承其位

沙歆：鲁克剌丁之弟

费图丁：报达统将

艾伯格：报达副掌印官

木剌八：穆斯塔辛幼子，国灭后得到宽恕

阿怯：报达国打儿坦克堡守将

纳昔儿：西里亚国主

阿昔思：纳昔儿之子

宰努丁：西里亚国相

哈迷勒：埃及阿尤布朝宗王，蔑牙发儿斤城主，一位坚决的抵抗者

巴忒剌丁·鲁鲁：毛夕里国王，降蒙古

谋阿匝姆·突兰沙：西里亚王公，驻守阿勒波附近色勒朱牙特村

马思特：驻守色勒朱牙特村的忠义军统将

满速儿：阿尤布朝宗王

木剌施德：哈马特城守将

拜伯尔斯：纳昔儿手下大将，后投埃及，攫取算端之位，是一位杰出的君主

咱喜儿：西里亚国主纳昔儿之弟

忽图思：原为玛麦鲁克王朝创立者艾伊贝克的副将，后自任玛麦鲁克王朝算端

莫吉特：哈剌克国王

不儿罕丁：西里亚法官

法忽鲁丁：额儿哲罗姆国王子

木哈亦哀丁：大马司城法宫，后被委任为西里亚大断事官

穆合底木：阿拉模特城堡守将

住石：天房（沙特）大将

李璮：益都都督，叛蒙自立

李杲哥：徐州总管，叛蒙自立，为郭侃擒杀

夏贵：南宋大将

驴马：李杲哥之弟

撒里黑：歆姆司王子

萨利赫：埃及阿尤布王朝第七代国王

谢杰莱·杜尔：萨利赫宠妃

图兰沙：萨利赫之子，埃及阿尤布王朝第八代国王

艾伊贝克：玛麦鲁克主将，娶谢杰莱，夺取埃及政权，建立玛麦鲁克王朝

米哈伊尔八世·帕列奥列格：东罗马帝国皇帝，帕列奥列格王朝开国君主

海屯一世：西里西亚国王

勒文：海屯之子，继父位

大卫德：谷儿只国王

苫思丁：宁鲁思国王（在波斯高原及蒙古，同名者很多）

图儿罕王妃：起儿漫女王

帖斡朵思：修道院长

也速丁：罗姆国王，与其弟鲁克剌丁共治其国，后归附金帐汗

鲁克赖丁：也速丁之弟

嘉泰丁：鲁克赖丁之子

帛儿万涅：罗姆国权相

亦速丁：拜伯尔斯手下统将

赛德：拜伯尔斯之子，继父位，不久被废

射剌迷失：赛德之弟，继兄位

克剌温：钦察人，奴隶出身，升任大将、摄政，后废射剌迷失自立

宋豁儿：大马司长官

阿思迷迭儿：克剌温手下大将

哈札只：起儿漫算端

阿塔毕：法儿思国王

亦速甫：罗耳国王

乞忒哈：算端克剌温麾下大将，蒙古人，后成为埃及新一任算端

辛札儿：开罗守将，为乞忒哈执杀

纳昔儿：克剌温三子，即位时年仅九岁，被乞忒哈废黜，后又复出

刺真：乞忒哈副王，原是艾伯格之子满速儿算端之奴，不久取乞忒哈而
代之

籛古帖木儿：刺真的爱臣，担任刺真副王

海屯二世：西里西亚国王，三次出任国王

脱罗思：海屯二世之弟

三帕德：海屯二世之弟

君士坦丁：海屯二世之弟

乞卜察克：大马司长官，与合丹之子同名

别帖木儿：阿勒波长官

察罕：代守大马司

谷儿赤：剌真之侍卫长

阔阔思兰：谷儿赤夫人

图黑赤：埃及将军，欲弑主自立

别达识：埃及名将

撒剌儿：纳昔儿之副王

拜巴儿思：埃及将军

腊真：纳昔儿之宫内使

安都罗尼：东罗马皇帝

嘉泰丁：也里国王

目录 | contents

第一章　山中老人

壹

看到那几个自称来自波斯的商人将一样东西插入靴筒时，阿杜·赛岚的心下不免恍惚了片刻。

赛岚是康里人，有突厥血统，幼时入王府侍奉旭烈兀。旭烈兀是拖雷第六子，在其四个嫡子中排行第三。旭烈兀的胞兄是蒙哥和忽必烈，胞弟是阿里不哥。后来，因赛岚心思缜密，做事勤勉，旭烈兀又让他随侍自己的嫡长子阿八哈。这些年，赛岚为阿八哈打理府中大小事务，颇得阿八哈信任。

赛岚看到的那些人，就借住在他父母家中。

那些人很警觉，听到外面有些动静，示意通译出去看看。赛岚忙将身体向帐后撤去，通译出门没看到人，为保险起见，正想去帐后查看一番。恰在这时，赛岚家的牧羊犬从帐后冲了出来，冲着通译一阵狂吠。

通译显然被吓了一跳，张口骂道："狗东西！要死啊！吓死我了！"嘴里骂了几句，倒是放下心来，回到帐中。

赛岚不敢久留，迅速离开客帐，来到东侧的牧场。牧场上，妻子正在捣马奶，这种事本来不必她亲自操持，可她就是这种性格，从来闲不住。看到丈夫，她笑着问了一句："那些人不在吗？你怎么这么快就回来了？"

　　赛岚是带着六王爷旭烈兀以及阿八哈王子的赏赐回家看望父母和妻子的。前些时候，旭烈兀与弟弟阿里不哥赛马，规定双方各出一名侍卫，举行两场比赛，分别比试马匹的速度和耐力，赌注是蒙哥汗赐给阿里不哥的两匹骏马和忽必烈托人从中原带给旭烈兀的一柄大理刀和一套水晶酒具。阿八哈向父王推荐了赛岚，结果，赛岚有惊无险地赢得了两场比赛。旭烈兀十分高兴，赐给赛岚两头牛，十只羊，一颗宝石，还有一身崭新的衣袍及鞋帽，阿八哈则另赐给赛岚一匹马和一袋粮食。今天，赛岚趁着轮值，跟阿八哈告假，将赏赐送回家中。

　　刚回到家里，还没顾上喝口水，赛岚就听说家里来了几位波斯商人借宿，因这些商人出手阔绰，父母已将家里最大的一座帐子腾出来让给他们居住了。

　　赛岚闻言，心中不禁一动。他在回家途中遇到正在放牧的表兄，兄弟俩聊了一会儿。表兄告诉他，自己家里最近来了几位波斯商人借住。不光是表兄家，表兄认识的两个朋友，家里也都来了波斯商人。表兄当时还开了句无心的玩笑："怎么这些波斯商人不在波斯好好待着，要扎堆来咱草原？而且，他们明明一块儿来的，还不住在一起，搞得神神秘秘的。难不成他们做的买卖见不得人？"

　　表兄的话引起了赛岚的注意，赛岚问道："你怎么知道他们是一起来的？"

　　"我和朋友喝酒聊天时知道的。就这两三天，他们家里也都来了波斯商人。"表兄回答。

　　赛岚隐隐地觉得此事不同寻常。他告别表兄，回到家中，却听说他家里也来了波斯商人。他急忙悄悄过去看了一眼，居然很凑巧地发现其中一个商人在脱掉靴子时，一把匕首从靴筒里掉了出来。

　　赛岚疑惧之心顿起。他做过旭烈兀的侍卫，对一切异常情况都会保持着一种特殊的敏感。

　　此时，赛岚顾不上回答妻子的问话，而是用目光在牧场上迅速搜寻了一番。

　　"你怎么了？"妻子奇怪地问。

　　"弟弟呢？"他问的是内弟伯颜。每天妻子出来捣马奶时，伯颜都会一起跟来，待在某个角落，一边晒太阳，一边看书。

　　妻子一笑，指了指东南角的草垛。伯颜正仰脸躺在草垛上发呆。

　　赛岚走近草垛，叫了一声："伯颜。"

一个少年懒洋洋地从草垛上直起身体。少年年龄不大，大约十六七岁的样子，他长着一张方圆形的脸盘，乌黑的剑眉下，鼻直口方，目若朗星。

赛岚向他招了招手。

伯颜从草垛上滑了下来。他的个头也许还没长够，可已经算不低了。他的肩膀很宽，体格匀称，肌肉结实，举动灵活，显然平素是惯于户外活动的。

"你在做什么？"赛岚漫不经心地问了一句。

伯颜看了姐夫一眼，又将视线移向远处："我嘛，在等晚上到来。"

"等晚上到来？"赛岚听不懂伯颜在说什么。事实上，他这小舅子每天脑子里转着什么样的念头，他从来弄不清楚。

赛岚的妻子闺名可琳，生在巴邻部望族家庭。当年，可琳的曾祖父述律哥图、祖父阿剌随成吉思汗征战有功，被成吉思汗任命为巴邻部的左千户和断事官。可琳的祖父去世后，她的父亲晓古台世袭了官职，蒙哥夺取汗位后，又让晓古台随侍其六弟旭烈兀。晓古台娶妻妾数人，正妻为他生下一女一子，这是他的嫡女和嫡子。女名可琳，是晓古台的长女，生得美丽端庄，活泼大方。嫡子，晓古台为他起名伯颜。说起伯颜，颇有些与众不同，他自幼聪慧好学，差不多是于书无所不读，且有过目不忘之能。另外，在为人处事上，他也远比同龄孩子沉稳练达。

赛岚能娶可琳为妻，还是喜欢做媒的旭烈兀从中牵的线。赛岚很爱他的妻子，爱屋及乌，他婚后经常将小舅子接到自己家里做客。伯颜年纪不大，却见识不凡，大事小情，自有主张，时间久了，赛岚遇事便喜欢同他商议。不久前，赛岚其实就是接受伯颜的建议，才在赛马中帮助六王爷旭烈兀赢了七王爷阿里不哥两局。

伯颜继续说道，依旧是那种不紧不慢的语气："当然，还要等一个人。"

"你最好说点能让我听懂的话。"赛岚责备道。

伯颜这才正视赛岚，"那么，姐夫又是为什么来找我呢？"

赛岚若有所思。

伯颜的眼中闪烁着光芒，赛岚突然领悟了他话中的深意，"莫非……"

伯颜的唇角掠过一抹微笑。

"原来，你也觉察到了。"

"嗯。"

"是在什么时候觉察到的？"

"从他们刚来那会儿。"

"哦？为什么？"

"你见过不带任何货物就来草原经商的商人吗？你见过对人防范甚严、行动诡秘的商人吗？你见过只想去汗廷与大汗面对面交易的商人吗？还有，你见过四百人同时来到草原，却以汗宫为中心分住在各处，而且装作互不相识的商人吗？"

"小子，听你说这话的意思，你都一一核实过了？"

伯颜点了点头。

"有你的！"赛岚兴奋地在伯颜的肩头上擂了一拳。

不过有一点，赛岚仍旧觉得百思不得其解："这和你等晚上有什么关系？还有，你说等一个人，等谁？"

伯颜向南一指："我在等他。"

赛岚顺着伯颜手指的方向望去，只见一匹黄骠马正向他们这个方向驰来。马蹄声声，由远及近。

转眼间，黄骠马已至近前，骑手翻身下马，伯颜立刻迎了上去。

这是一位年龄与伯颜相仿的少年，形容清秀，举止儒雅，只是个头比伯颜低了一个拳头。赛岚看着他面熟，只是一时没想起来他是谁。

"天命兄弟。"

"伯颜兄弟。"

两个少年互相唤着对方，彼此的脸上都露出兴奋的表情。

听到"天命"这个名字，赛岚一下子想了起来。原来，少年是御医许国祯的爱孙许天命。

在草原上，许国祯算得上是最受人们尊敬和爱戴的名医了。成吉思汗攻金之初，他即被罗致到蒙古宫廷，此后，在近四十年的时光里，他先后担任过四位大汗的御医。蒙哥即位后，对他更是宠信。

许国祯的膝下共有三子七孙。三个儿子中，长子和次子都在朝中身居要职，只有幼子真正继承了他的衣钵。孙辈中，除了长孙被派往察合台汗国担任大断事官，次孙和四孙都在中原做了地方官，三孙被蒙哥汗擢为宿卫外，小的三个都跟随他们的祖父学习医术，而在三兄弟中，天分最高的一个，就是天命。

天命生于许国祯五十岁那年，五十而知天命，天命的名字由此而来。赛岚与许国祯相熟，天命毕竟是孩子，他只匆匆见过一面，印象不很深。他没想到，小舅子要等的人，居然是许天命。

"带来了吗？"伯颜开门见山地问道。

天命先四下张望了一眼，接着，小心翼翼地从袖管里摸出两个颜色发暗的纸包来，一个黄包，一个白包。两个纸包都不大，里面像是包着某种粉末状的东西。

天命简单地交代了一下："白包给你的，别弄混了。"

"我知道了。"伯颜说着，接过纸包，随即塞入怀中，"没被许御医发现吧？"

"不会。他下午进宫了，他一走，我就给你配好了。"

"这是什么？"赛岚惊讶地问。

伯颜神秘地一笑："好东西。"

"是什么吗？"

伯颜压低声音回答："是药。我请天命为我配制的。"

赛岚大为惊奇，"药？"他虽吃惊，不过没有提高音量。

伯颜点了点头。

"你配药做什么？"

"我自有用处。"

"伯颜兄弟，要我留下帮你吗？"天命问。

"不用。下面的事，你帮不上忙。你呀，先回去，免得许御医找你。你确定这事不会让许御医发现吧？"

"放心，我都处理好了！"

"你为我配药的事，无论如何不能让许御医知道。"

"哪敢给他知道！他若知道，就不会让我跟他学医了。也罢，我先走了，你有需要我的地方，随时告诉我。"

"一定。"

目送着天命跨上坐骑，扬鞭而去，伯颜对赛岚说："晚上，就看我们的了。"

"你打算怎么做？"

"我去叫姐姐，我们先回家吧。今天的晚饭我给大家杀只羊来吃。"

"杀羊？"

"怎么了？"

"你是说，你杀羊？"

"对，我亲自动手。"

赛岚知道，伯颜不会无缘无故地想起杀羊的，这孩子很少做没用的事情。这样一想，他也就不再多问了。

贰

通译悠悠醒来时，以为自己身在地狱。

借着幽幽的光线，他首先看到堆在帐子一侧的十几具尸体。至于他为什么认定他看到的是尸体？原因在于这些人全都一动不动地躺在那里，而且，他们的身上布满了血污，一股股刺鼻的血腥味几乎让通译干呕起来。随后，通译看到三个人，其实，他也不能确定他看到的是人还是鬼，他根本无从分辨他们的样貌，触面可及，只见三张面孔上布满了血痕，已遮住了他们的本来面目。

他动了动，发现自己被人绑在一个高高的案台上，除了头能转动，身体的其他地方全都动弹不得

他的心刹那间跌入了冰窟。他想，一定是那些人的行藏暴露了，要不，又怎会被人杀死在这个不见天日的地方？可惜了他这个局外人，他为他们做通译，原只为赚上一笔可观的报酬。没想到，报酬尚未挣到，他倒要为他们赔上性命了。

可能发现他醒了，一个虬髯壮汉向他走来。壮汉的胡须上、脸上、眉毛上全都溅满了血点子，有密有疏，让人感觉既狰狞又可憎。他手里还提着一把冷气森森的厚背砍刀，刀身呈现暗红色，犹如在血水中浸过一般，想是他杀人杀得太多了。

那壮汉走到他面前，俯视了他一会儿，"他醒了。"他瓮声瓮气地说道。

其他两个人坐着没动，也没说话。

"怎么办？"壮汉又问。

其中一个人懒懒地回了一句：“你想怎么杀就怎么杀。我们累了，略歇歇。”

壮汉得到这句话，绕着通译走了一圈。通译吓得毛发皆竖，不知道这恶魔要怎么对付自己。

他可不想死。他家里还有父母妻子，何况，他跟死去的刺客不是一路人，他实在犯不着为他们殉葬。

壮汉停在通译的脚边，他拿刀背蹭了蹭通译的脚腕。“那几个人死得太快了，没意思。就剩这一个，我得好好琢磨琢磨把他卸成几块儿。”他嘴里嘟囔着，边说边用手掌在通译的身上量了起来。

“你快点吧！”还是刚才说话的那个人不耐烦地催促道。

“急什么！我看就卸五截吧。先把脚剁下来。”壮汉说着，真的对着通译的脚腕扬起了砍刀。

眼看着砍刀就要落下，通译的恐惧在一瞬间被放大到无以复加的程度，惊恐中，他高喊出声：“不要啊！”

刚才，他的嗓子犹如被棉絮堵住一般，根本发不出一点声音。

壮汉的手停了停，片刻，他“咦”了一声。

“求你了好汉，不要杀我啊！”趁着这工夫，通译连声求饶。

壮汉倒笑了起来，“你这杀惯人的，也有这么怕死吗？他们几个，”他的下巴往旁边点了点，想必是指那些死去的人，“可比你有胆量多了。”

这句话让通译确信，那些亦思马因人果然是暴露身份才惨遭杀害的，事已至此，他更不能白白为他们殉葬了。

“我不是杀手！真的，我和他们不是一路的，我只是他们雇用的通译。”他急切地解释着，生怕说慢了砍刀就会落在他的脚腕上。

“二弟，他说他不是杀手。”壮汉仍笑道，一脸的不屑。

听了他的话，被称作二弟的人走了过来，停在通译的头前，从上向下看着他。

“别杀我。求求你们，别杀我！”通译声嘶力竭地喊着。他的直觉，这个“二弟”比起那个拎着砍刀的，要和气冷静一些。

“你说什么？”这句话是二弟问的。

“两位好汉，不，三位好汉，我不是亦思马因人，我是葛逻禄人，我说的都是真话。只因我通晓波斯、突厥和蒙古语，他们请我来，是要我给他们做通译。”

"二弟，别听他的。管他什么人，我先把他卸了再说。"虬髯壮汉说着，又举起了手中的砍刀。

"等等。"二弟阻止道。

"好汉救我。"通译只能将活命的希望寄托在"二弟"的身上了。

"你怎么证明，你和那些杀手不是一伙的？"二弟仍旧不紧不慢地问。

"我愿意把我知道的一切都告诉你们。我家中还有妻儿老小，我招了，你们一定要放了我，好不好？"

"这个，要看你说的对我们有用没用了。你既是葛逻禄人，葛逻禄人在成吉思汗时代就已归顺我蒙古，按说，你应该知道，当今大汗最憎恶亦思马因人。"

"这个我并不知道。可我知道这批亦思马因人潜入汗营的目的，就是奉教主之命刺杀蒙哥汗。"

"他们跟你说的？"

"他们当然不会跟我说。可我是通译，他们在一起商议事情，不可能总背着我。"

"你难道不知道，刺杀大汗，这是夷灭九族的重罪？"

"开始的时候，他们只说要来和林做生意，需要一个通译。他们先付了我十枚底纳尔（一种金币），说剩下的，等他们买卖做成了，再一并付给我。我是来这里之后才知道他们要做什么。我也害怕，可他们都是杀人不眨眼的杀手，我若逃跑，被他们发现了，我一定死得更快。三位好汉，我是被逼的，你们就放我一条生路吧。"通译急于撇清与杀手的关系，这几句话倒是说得格外利索。

"你们一共来了几名通译？"

"我只知道，连我有四位。"

"四位够用呢？"

"可能亦思马因人当中，有几位也能说些蒙古语。再说，他们只进来一半人，分散住在都城附近，还有一半人，在其他地方做接应。"

"在哪里做接应？"

"这个我真的不知道。噢，对了，我们分开时，是在撒里川（今蒙古国乌兰巴托市东南百余公里中央省东南部地区）附近。"

"进来的这一半人，一共分成几拨？"

"应该是十三拨。有一拨住在城中的客店，其余十二拨包括我们这一拨在内，都以和林为中心，分住在牧户家中。"

"你们打算什么时候动手？"

"这个日期没法确定。总的规则是，哪一拨能进入汗宫与大汗交易，哪一拨就负责刺杀大汗。"

"我见你们也没带多少货物来，如何与大汗交易？"

"我听说，他们在城中有个秘密货栈，那里藏着许多奇珍异宝。无论哪一拨被允许进宫交易，货物都由货栈提供。"

"货栈在哪里？"

"这个我也不清楚。三位好汉，凡是知道的我都说了，你们行行好，放了我吧。"

"放了你也不是不可以。不过，这要等到我们把所有的刺客都抓住才行。"

"我知道两拨，城里的一拨和城外的一拨，他们的通译是我推荐的。要不我带你们抓到他们，你们能不能算我立功，饶我一条性命？"

"能。"

"我可不可以问问，你们是什么人？"

"我们嘛，是大汗的人。"一直没说话的第三人终于开口了。他边说边向通译走来，尽管他的脸上血迹斑斑，可通译看得出来，这个人分明是位少年。只听少年对壮汉说道："忙哥撒将军，请您火速进城，调集您麾下的汗宫卫队听用。同时派人通知宿卫，让他们加强万安宫的戒备，以防有漏网的刺客孤注一掷。"

少年口中的忙哥撒将军，是蒙哥汗驾前最受信任的大将。蒙哥汗登基后，让忙哥撒担任了汗国的大断事官。这一次，是赛岚将他请来协助查案。

"这个没问题。接下来呢？"忙哥撒天生大嗓门，从来不会小声说话。

"您带上通译，先将城中的刺客控制起来。若您信得过我，城外的那几拨，不妨交给我吧，他们的住处我基本上都有掌握。"

"好，就这么办。"

"我呢？"那位二弟问。其实，所谓二弟，正是赛岚。

"阿八哈王子就在城外驻扎，姐夫你去跟王子借一百个士兵，让他们在王子的营地搭建十个帐篷。在两个时辰之内，我和忙哥撒将军会将捕获的刺客陆陆续续地送到这些帐子里，由你带领士兵审讯。这些人都是死士，不必跟他们多费周折，能用什么刑罚用什么刑罚，不招的，就地斩杀。"

"好说。"赛岚点点头。

"小老弟，做接应的那二百名杀手怎么办？"

"我是这么想，关于他们的落脚地点，或许我们能通过审讯杀手得到点线索。万一得不到有用的线索，那也没关系，既然一方执行任务，一方负责接应，他们之间总要派人居中联络，我们不妨就在杀手住的牧户家守株待兔，来一个，抓一个。这是第二次机会，通过这些人，我们也能得到线索。假如这个计划依旧落空，他们见阴谋败露，必定会逃离草原。能有命逃走，就让他们去给他们的教主报个信吧。"

"可是,这样一来岂不便宜了他们？万一他们换种方式,再来行刺怎么办？"

"将军，您追随大汗有三十年了吧？"

"是啊，怎么了？"

"您追随大汗三十年，应该了解大汗是个怎样的人。以大汗的性格，如何容得下这样一个以豢养杀手而让世人恐怖的邪恶国家长期存在？恐怕还没来得及组织下一次行刺活动，他就要在大汗的铁骑面前后悔莫及了。"

"你说得对。小老弟，这次你可是立了大功了。等刺客全部落网，你就等着接受大汗的奖赏吧。"

"话说到这里，小弟有件事正想求将军成全。"

"哦？是什么事？"

"我六岁的时候，父母曾令我随一位高人学习史籍经典，先生说好只教我五年，到了五年的最后一天，先生不顾我的挽留，执意告辞。不过，他在临行前叮嘱我，在我十八岁前，不得进入汗廷，否则，我必遭受夭折之祸。"

"你今年几岁？"

"十六岁。"

"小老弟才十六岁就这样足智多谋，你那位先生必定是个神仙。神仙的话不可不听，我与赛岚便替你领了大汗的恩赏。"

"如此最好。将军，事不宜迟，我们最好赶在凌晨前将那二百名刺客一网打尽。"

"好，我们走！"

"这些人怎么办？"赛岚指了指躺在地上的那些人。

"他们还得睡上六个时辰，让他们先睡着吧，派人看好就行。"

通译是个聪明人，听到这里，已明白跟他在一起的那些刺客并没有被杀死，所有的一切，似乎都是以少年为首的几个人设下的局。不过，这是不是局、是个怎样的局都不重要了，重要的是少年说过的那句话：招供的留下性命，不招供的就地斩杀。

叁

接下来的事情，比预想的要顺利。

被抓获的二百名刺客，不可能个个视死如归。其中有些熬不住酷刑，遂将他们潜入蒙古草原设法接近汗宫的目的和任务，一五一十地交代了个备细。顺着他们提供的线索，忙哥撒与赛岚分头行动，将做接应的二百人也尽数擒杀。或许有个把的漏网之鱼，不过，这对二人来说无关紧要了。

忙哥撒拿着刺客的口供去谒见大汗时，天命正缠着伯颜，追问他是如何使用那包迷药和解药的。赛岚对伯颜的计策同样充满好奇，于是，他顾不得姐夫的身份，帮着天命，撺掇着小舅子讲讲整桩事情的经过。

伯颜招架不过天命和赛岚你一言我一语的追问，只好讲了起来："一旦摸清那些杀手的活动规律，就不难想到应对之策。杀手，过得都是刀头舔血的生活，这决定了他们的多疑与谨慎。不过，杀手也是人，是人就得吃饭，既然要吃饭，有一样东西是他们不能大量携带而且必不可少的，这个东西就是……"

"水。"天命抢过了话头，脸上露出兴奋的表情。

"没错，是水。当然，即便是水，他们在取用时也会万分小心。另外，他们通常都会等到我姐姐和厨娘做过晚饭后再使用厨房，所以如此，亦为保险起见。那天，我故意选择黄昏时杀羊，一为取用羊血，得到血才能布置一个许多人死去的假现场。二为拖延时间。炖肉费时这是常识，为了炖肉，晚饭开得晚些自然不会令人起疑。而等到羊肉炖好，杀手们肯定早就饥肠辘辘了。接下来的事情可想而知：原本就比平常晚开饭一个时辰，羊肉诱人的香气，所有这些都必然会加重他们饥饿感。天命你可能从来没有体会过那种饿得两眼发花的感觉，只要让你体会一次，你就会知道，在那种时候，能吃到东西将成为世上最紧要的事情。何况，我们刚刚做完晚饭，经过这么多天来又不曾发生过任何意外，他们终于丢掉了在做饭前要将所有东西检查一遍的习惯。当他们使用了那半缸浸过药粉的井水时，一切就都在我们的掌握中了。"

"我说你无缘无故地非要杀羊，原来是为了这个。"赛岚感叹了一句，又想起什么，问道："可是那水，没有味道会让他们起疑吗？"

"这个就要归功于天命了，他配的药，溶于一缸水中，不会让人尝出味道的。"

"莫非，我们也用了那水？"

"你以为呢？我们炖肉是在外面，他们来后，按照他们的要求，缸也放在外面，我们做什么，他们都看得清清楚楚。那缸里的水，我们若不用，他们不会用的。等我们用完水，中间再去加药实在太危险了，万一被看到，我们就将前功尽弃。为求保险，那药，我是趁着姐夫你帮我卸羊，姐姐和厨娘支锅生火，大家都比较忙乱最能引开他们注意力的某刻加入水缸中的。等开始炖羊，他们会看到，我们用的是那水缸里的水，而且，在其后的过程中，那水缸再没被人碰过。"

"既然我们也用了那缸里的水，为什么我们没事？"

"天命不是给了我两包药嘛，另一包是解药，我加在马奶酒里了。"

"我说你怎么让我们每个人先喝一杯酒，再吃肉。还煞有介事地说，这是先民们敬天的仪式。"

伯颜微微笑了。

赛岚用欣赏加敬佩的目光注视着他的小舅子。上次赛马的事，已让他领教了少年的智谋，这次的精心设计，更让他对少年刮目相看。

天命没能亲眼看到不久前的那场"好戏"，总觉得心有不甘。他扯着伯颜的衣袖，非让他把那天的情形原原本本地给他讲上一遍，伯颜看着他，无可奈何地叹道："真是个小孩子！"

"好像你是大人！"天命立刻反驳。

在赛岚眼中，伯颜和天命都是孩子，伯颜的感叹，让他忍不住笑了。

伯颜便把那天发生的事给天命讲述了一遍，天命听得心驰神往，只恨自己没能参与进去，立下救驾之功。

伯颜安慰他道：“你配的药就是最大的功劳。”

天命嘟了嘟嘴：“这事又不能说出去。”

伯颜想起来，这事的确不能说。

“对了，这群刺客是什么人呀？怎么能来四百人？这阵仗也太豪华了吧？”天命半是好奇半是戏谑地问道。

“他们是亦思马因人。”伯颜沉静地回答。

“亦思马因人？他们为什么要来刺杀大汗？他们都住在哪里？”

“他们嘛，住在波斯高原。他们的国家被称作亦思马因宗教国，这个国家比较奇特，他们的君主就是教主，其教徒都是教主豢养的刺客。其实，这个国家从立国起，就是一个让人谈虎色变的暗杀之国。”

“我的天哪，这世上还有这样的国家。”

“是啊。”

“你说他们的君主就是教主？”

“对。这位教主也被人称作山中老人。”

“为什么要叫山中老人呢？难道是因为他住在山里吗？”

“算是原因之一吧。亦思马因人的城堡，多建于崇山峻岭之中，城堡坚固不提，地势也十分险要，易守难攻。不过，关于山中老人，倒是有个很动听的传说。”

“还有传说呢？是什么？”

“传说都是假的。”

“假的才有意思。”

“是啊，我的好奇心也被你引起来了。反正这会儿没事，你不如讲给我和天命听听。”

伯颜思索片刻：“好吧。”

下面，就是伯颜讲述的关于山中老人的故事。

肆

人们都说，山中老人住在大山深处。

有幸见到山中老人的人，都是些身形矫健、胆识不凡的青年。曾经有个年轻人，他是那样渴望见到山中老人，于是，为了实现他的心愿，他在人们传说山中老人会出现的深山里走了许多时日。他边走边虔心祈祷，然而，他别说见到山中老人了，从春天走到秋天，偌大的山中，只有他一个人形影相吊。他早吃光了干粮，喝光了清水，不得不靠采野果充饥，掬山泉解渴。有一天，他在极度劳累中昏昏睡去，醒来时，发现自己竟然来到了一个如仙境般的所在。

他躺在一张柔软的床上，身上不知何时已换上一身轻薄如纱、柔软如棉的衣袍，衣袍用一种他从未见过的面料制成。抬眼望去，树木葱茏，仿如伞盖。林中百鸟和鸣，琴声婉转，隐约可闻。他自问是不是来到了天堂？倘若真是天堂，对孤苦无依的他来说倒不是什么坏事。想到他可能死去了，他既没有特别害怕，也没有特别伤感。他从床上站起来，四处走了走，只见左边有一处温泉，池上岚气氤氲，水面清澈如镜。他身不由己地走过去，探了探水温，水温微热，令人感觉十分舒适。他心中一喜，环顾四下无人，便脱去衣服，走下泉池，将身体浸在水中。他正惬意地泡着温泉，突然看见两个少女向泉池这个方向走来，他吓坏了，想出来又没法出来，顿时急得满脸通红。

怕什么来什么，两个少女竟然走到泉池边上，在一块儿石头上坐了下来。她们一个穿着红色的纱衣，手上端着热茶，一个穿着黄色的纱衣，手中拿着毛巾。两个少女都看着他微微而笑。

年轻人从未见过如此美丽的少女，惊讶让他忘掉了羞愧。他呆呆地看着她们，再次确认自己已身在天堂。

片刻，端茶的红衣少女轻柔地问道："主人，您要喝茶吗？"

年轻人不知道她在同谁说话，一言不发。

"主人，请喝杯茶吧。"少女说着，将茶杯递在他的面前。

他不敢接。好一会儿，他怯怯地问道："你在同我说话吗？"

少女回答："是啊，主人。"

他狼狈地询问："你……你为什么叫我主人？"

"在这里，你是我们的主人。"

他暗暗思忖，究竟是他的脑子出了问题，还是眼前这两个少女认错了人？

"喝吧，主人。"红衣少女依旧轻柔地劝道。

他虽忐忑不安，禁不住少女相劝，还是接过茶杯，喝掉了里面的茶汤。这茶汤的色泽微红，气味芳香，沁人心脾，他别说以前没喝过，连闻都不曾闻到过。

他将茶杯还给少女。一杯香茶，让他稍稍鼓起了勇气，"我这是在哪里？我死了吗？"他试探着问道。

"回主人：这里是云宫。你没有死，你还好好地活着，云宫是接纳活人的地方。"

"云宫？云宫是什么地方？"

"它是山中老人的洞府。"

"山中老人？你说山中老人吗？"

"是啊。主人你会来到这里，不就是为了寻找山中老人，希望山中老人赐福给你吗？"这回，是黄衣少女向他做出解释，黄衣少女的口齿异常伶俐。

"你怎么知道？"

"是教主让我们把你接来的。"

"教主？"

"就是山中老人。"

"难道，他知道我在找他？"

"山中老人无所不知。"

"可是……"

"什么？"

"你们为什么叫我主人？"

"山中老人的有缘人，都是我们的主人。"

"我是山中老人的有缘人？"

"对。你历经艰辛却不言放弃，山中老人最欣赏的就是像你这样意志坚定的年轻人。接受了山中老人的考验，才能成为山中老人的有缘人。"

年轻人还是不能置信："那么，我能见到山中老人吗？"

"待时候到了，教主自然会让你去见他的。现在，他希望你能尽情地享受他赐予你的一切。"

"那是什么呢？"

红衣少女与黄衣少女相视而笑，黄衣少女回道："美景、美衣、美食、美人。别的，你还需要什么吗？"

"美人？你是说你们二位吗？"

"难道，你觉得我们姐妹不够美吗？"

"不，不！你们很美，我以前从未见过像你们这样美丽的姑娘。可以告诉我，你们叫什么名字吗？"

"我们没有名字。主人愿意的话，不妨用我们衣服的颜色来称呼我们。"

"你是说，红衣？黄衣？"

"谢主人赐名。"

"我真的可以每天都见你们？"

"我们就在你的身边啊。你是我们的主人，你想让我们做什么，我们都会照做的。"

幸福来得太过突然，年轻人只感到口干舌燥、头晕目眩，有那么一刻，他似乎失去了知觉，不过当他被温泉水呛了一口后，他清醒过来。

接下来的一个月，年轻人犹如生活在天堂之中。他吃的，是世上最精致的美食；看的，是人间难得一见的美色与美景；穿的，是彩锦缝制的衣袍；用的，是价值连城的金器玉皿。天堂没有冬夏，四季如春，年轻人乐不思蜀，只恨日促夜短。

时光飞快地流逝，当一个月只剩下最后一天时，红衣少女前来通知年轻人："主人，让我为你梳洗打扮吧，山中老人要见你了。"

年轻人心中一阵激动，脱口问道："真的吗？"当初，年轻人就是为了见到山中老人才经历千难万险，最后幸运地来到天堂的所在。

红衣少女点了点头。不过，她的眉眼间似乎锁着一丝忧愁，若有若无，与她平时的样子有些不同。

"你怎么了？"

红衣少女犹豫了一下："没什么。"

"黄衣呢？"

"她有其他事情要忙。"

想到山中老人在等自己，年轻人不敢耽搁。梳洗完毕，随着红衣少女穿过一片密林，眼前出现了一条彩石铺成的小路，小路弯弯曲曲，不知通向何方。以前，年轻人也来过密林这边游玩，但从未见过这条小路。事实上，密林这边分明是高耸入云的峭壁，根本无路可走。

红衣少女拉着年轻人的手，小心翼翼地走在彩石路上。年轻人尽管心中讶异，到了此时也不敢多问。他们默默地走着，大约半个时辰，眼前赫然出现了一座巍峨壮丽、金碧辉煌的宫殿。红衣少女引着年轻人来到宫殿门外，轻声说道："进去吧，主人。山中老人在等你。"

"你呢？"他有点紧张，拉着红衣少女的手，也低低地问。

红衣少女抽回手："我就在这里。快进去吧。"

这时，殿门大开，万道光芒晃了一下年轻人的眼睛。他身不由己地向着宫殿深处走去，当光芒消失时，他看到在高高的黄金宝座上，端坐着一位穿着一袭白色衣袍，面目慈祥高贵的老者。

他想这一定就是山中老人，急忙跪倒施礼。

"起来吧。"山中老人的声音犹如古刹洪钟，在年轻人的耳畔久久回响。

年轻人神情恍惚地站了起来。

"你过来。"

年轻人走上几级台阶，跪在山中老人的面前。山中老人伸出手，在他头上轻轻地抚摸了一下，年轻人本来觉得眼前迷蒙一片，耳朵里也嗡嗡作响，经过山中老人这一抚摸，他的感官迅速恢复了正常。

他抬起头，用虔诚的、崇拜的眼神看着山中老人。

"年轻人，这段日子，你过得可好？"

"蒙教主所赐，我过的都是天堂般的生活。"

"你的诚心感动了我，这是我给你的福报。只是，过了今天，我们就要分别了。"

年轻人闻言，如同遭到雷击一般，脸色变得煞白。他紧紧抓住山中老人的衣袍，将头埋在山中老人的膝头。

"教主，请不要赶我离开。离开这里，我只有死路一条。"

"我的孩子，你要明白，这世上没有不劳而获的人生。我能给你的，已是我能为你做到的极限。假如你还想留下来,继续这样的生活,只有两种办法：一个是，用你的生命来换。未来的日子，你在这里度过的每一天，都要耗费你一年的生命。你应该明白那个结果。"山中老人的声音里充满了悲悯。

"那么，第二种办法呢？"

"你要接受考验，接受历练。当你用忠诚和智慧完成了我赋予你的使命，你就可以再次回到这里来，那个时候，你将赢得两个月的时间。你不必用生命做代价，还会变得更加强壮与年轻。每完成一次使命，你都会为自己赢得更长的时间。当你第十次完成使命，你就可以真正成为我的弟子，在我的庇护下，得到像黄金一样坚固的幸福，得到像流水一样绵长的生命。"

年轻人急切地说道："我要用第二种办法回到您的身边。"

"那便意味着，为完成任务，你必须要有坚定的信念和牺牲的觉悟。"

"我有！我一定能做到！"

"好孩子，一切都看你的表现和造化了。若你我的缘分不尽，我将在这里备下美酒佳肴，欢迎你的归来。"

"是。请问教主，您要交给我的，是什么样的任务呢？"

"我有一封信，让你的两个丫鬟收起来了。你出发的时候，她们会把信交给你，在信里，有我给你的指示。"

"我明白了。"

山中老人从手杖上，掰下一颗夜明珠，放在年轻人的手中，"你我有缘相识，这颗夜明珠，就当是我给你的留念吧。你看了信后，万一心生反悔，我也不会埋怨你。拿着这颗夜明珠，够你在尘世生活一段时日了。"

"夜明珠在我手上，只会指引我回来的路。我告辞了，教主。"年轻人说着，俯下身亲吻了一下山中老人的脚背，然后站起身，退下台阶，又施一礼，决然离去。

山中老人望着他坚定的背影，脸上露出一丝欣慰的笑意。

伍

年轻人与红衣少女一前一后，重又踏上彩石小路。走着走着，年轻人无意中一回头，发现他每走一步，他身后的彩石小路都会随之消失。当他来到密林边上时，原来的峭壁又出现在他的眼前。

山中老人的神通，让他的敬畏之情变得更加炽烈。

回到住处，黄衣早将他的行囊收拾妥当。两个少女与他依依惜别,这一夜,三个人有着说不完的知心话,后来,困意袭来,他不知不觉地睡着了。醒来时,他又躺在那个粗粝的青石之上。

他躺着发了会儿呆，在他发呆的时间里，他坚信所有的一切都只是他的一场美梦而已。不同的是，这美梦如此真实，令人回味无穷。

蓦然间，他瞥到自己身上穿着的衣袍，顿时惊得坐了起来。

他的身上，分明穿着他在洞府时常穿的那套衣服。他的身旁，放着一个灰色的包袱，他定了定神，打开包袱，只见里面放着一套衣物，一件内衬软甲，一把锋利的短刀，一串银钱，一颗夜明珠，还有一封信。

原来，所有的一切都不是他的一场梦，他真的在天堂生活过一段时间。

他打开信，里面是山中老人给他的指示。信的末尾说，等他完成了任务，山中老人自会派人把他接回他出发的地方。

大凡去过天堂的人，都不愿意回到人间。重回天堂的信念，让他摒弃了恐惧，心中的渴望，也让他充满了力量。

正是这种渴望与力量，让他不惜一次次冒着生命危险，只为完成山中老人赋予他的神圣使命。如果说，每一次回到人间是痛苦，每一次回到天堂是幸福，那么，他的人生就是在无数的痛苦与幸福中穿梭。与其他人不同的是，纵然过去了几十年的时光，他仍然保持着年轻时的模样。

最后一次，他在执行政务的途中遇到了一个人，这个人，曾是他在洞府生活时认识的同伴。

每当完成任务回到洞府，他都能多认识几个人，他们都是英俊有趣的青年，美丽温柔的少女，大家聚在一起游玩嬉戏，从来不会觉得无聊，更不会嫌时间漫长。当他们分开后，谁也不知道对方在做些什么，即使重聚，也不会有人问起对方的过往。

他从未想过，他在人间还能遇上洞府里的同伴。

事实上，一开始擦肩而过，他根本没认出这个邋遢的老人。若不是老人叫出他在洞府中的名字，说出他在洞府中的那些往事，他根本不可能认出他来。他上下打量了老人许久，才从那副苍老的容颜里勉强辨出一个熟悉的轮廓。

"天哪！你这是怎么了？"他太惊讶了，对着曾经的同伴大喊出声。

同伴苦笑："你想知道吗？"

"是啊。告诉我，到底发生了什么事？"

同伴也不隐瞒，向他讲起了自己的遭遇。原来，他在最后一次执行任务时，爱上了行刺目标的女儿，于是，他放弃了这次刺杀，想与那个女孩共结连理。向女孩求婚时，他把一切都对女孩和盘托出，当他讲完，他却看到女孩脸上露出了震骇的表情，女孩不断倒退着，用手指着他，说了一句："你的脸……"

他愣住了，女孩又说了一句，"你的脸……"然后女孩飞快地跑开了，说什么再不肯与他见面。

他用手摸了摸脸，似乎哪里不对劲。他急忙回到家，找来一面镜子，当他看到镜子中的自己时，他明白了一切。

几十年的时光，他其实早从青年变成了老翁，只是由于山中老人的护佑，他才躲过了岁月的雕琢。如今，他背叛了山中老人，自然被山中老人遗弃，于是，他在一瞬间变成了该有的模样。

他后悔自己放弃了唾手可得的幸福，变成了一个等死的废物。他与年轻人相认，是想请求年轻人回到洞府后，替他向山中老人美言几句。倘若山中老人肯原谅他，他发誓他会为山中老人从头再做十件事。

年轻人嘴里答应着，突然，他抽出短刃，刺入同伴的肚腹。同伴的眼中闪过了不解，身体慢慢倒了下去。在生命行将结束前，同伴惊讶地问道："为什么？"

年轻人回答："你的遭遇，何止让我清楚了背叛教主的下场，更看到完不成任务的结局。我不能冒险让你活着，你活着，就意味着有人知道我的身份，而有人知道我的身份，就意味着我有暴露的危险。这是最后一次，一旦完成任务我就可以得到永生。你错在相信人间还有真情，而我的心中只有任务。我不会让你坏了我的大事，就像我不会让任何人阻挡我回到洞府的路。"

同伴苍老的脸扭曲着，在那上面挣扎着露出了一丝微笑："你做得对，很对。换了我，也会这样做。"他剧烈地喘息着，断断续续地说道："也好，我可以解脱了。"说罢，他闭上眼睛，死去了。

年轻人抽出短刀，在同伴的身上拭去血迹，又将短刀插入刀鞘，藏在怀中。他最后看了同伴一眼，头也不回地走了。

在他的身后，同伴的身体化成了灰烬。这是山中老人听到了同伴的忏悔，给了他最后的恩惠……

"这是关于山中老人的传说。"伯颜用这句话作为故事的结尾。

一时间，谁也没接他的话。

伯颜看了天命一眼，只见天命双手托腮，一言不发，满脸都是向往的神情。再看赛岚，也是一副心驰神往、意犹未尽的模样，他不禁暗暗好笑。

"想什么呢？"他推推天命，故意问。

天命呆着脸回答："这个地方在哪儿？我也想去。"

伯颜笑了："去做杀手吗？"

天命浑身一震，清醒过来："做杀手可不行。"

的确，杀人的事，他做不来。他要做的是大夫，大夫，不光要修成仁术，还要具备仁心，这与做杀手可是背道而驰的。

"这个传说好美，真实情况又是怎样的呢？"

"真实情况嘛，亦思马因宗教国，其教徒以暗杀为业。教主对教徒灌输忠君和牺牲思想，最终训练出一个个冷酷的杀手。"

天命还想问问关于这个宗教国的其他事情，门外忽然传来一个听着有些陌生的声音，"赛岚，阿八哈王子让你速去见他。"

赛岚与伯颜对视了一眼。

"想是有事与你商量。"伯颜说道。

赛岚不敢耽搁，匆匆走了。天命担心待会儿祖父会找他，也心有不甘地告辞了。临行，他与伯颜约定，过几天还来找他。

伯颜目送着二人离去，站了一会儿，在桌边坐了下来。

他似乎在思考着什么。片刻，他取过纸笔，洋洋洒洒，在上面飞快地书写起来。

蒙哥看过亦思马因人的口供，不由得勃然大怒。

想他堂堂蒙古大汗，与亦思马因教主远隔千里万里，竟蒙教主"看得起"，派了四百人潜入和林刺杀他。

许多年前，蒙哥率领拖雷系长子远征军出征，路过西域时，哥疾宁大法官苫思丁前来谒见。苫思丁身着镇子甲，蒙哥惊闻缘故，苫思丁回答：他常穿此甲，是为防止被亦思马因人暗杀。随即，他向蒙哥详述了亦思马因人的暴行。对这件事蒙哥记忆犹新，没想到他还没有腾出手来重整和重建波斯秩序，亦思马因教主倒先派遣刺客，向他发起挑战了。

蒙古帝国在窝阔台汗去世后，经历了乃马真摄政、贵由登基称汗和海迷失摄政三个时期，这三个时期加起来将近十年。事实上，这十年，堪称蒙古政局混乱不堪，汗廷毫无作为的十年。正是在这种人们普遍感到失望的情绪中，蒙哥才能脱颖而出，进而在金帐汗拔都的鼎力支持下，从窝阔台一系夺取汗位。

蒙哥登基后，通过历行整顿与改革，使蒙古内部的军政秩序渐次走向正规，举国上下处处呈现出一派兴旺景象。而权力的稳固，经济的复苏，士气的高涨，也激发了蒙哥汗继续开疆扩土的热情。

当年，成吉思汗在第一次西征结束后，将新的征服地，即畏兀儿、原西辽国诸城、花剌子模辖地、斡罗斯诸公国一分为三，分封给了他的三个儿子，这些封地后来成为金帐汗国、察合台汗国、窝阔台汗国的雏形。三大汗国在窝阔台汗、贵由汗和蒙哥汗统治时期，共同听命于中央政府。

俟成吉思汗回师本土，波斯局势出现动荡。逃往印度的花剌子模国王札兰丁不被印度王容留，只得转回波斯，寻机收复失去的国土。

花剌子模沙摩诃末死后，其诸子中只剩札兰丁与嘉泰丁二人，嘉泰丁的实力强于其兄札兰丁。嘉泰丁为人暗弱淫佚，手下将领多割地自主，兵燹之后，继以暴征。而嘉泰丁的军队组成多是突厥人，嘉泰丁无法给他们提供军饷，只能听任他们强夺民物，胡作非为。嘉泰丁的无能，令札兰丁有机会夺取了嘉泰丁的军队，此后，札兰丁的力量日益壮大，先后攻下伊剌克、呼罗珊、阿哲尔拜展（今阿塞拜疆和伊朗西北部）、谷儿只等地，并与蒙古军展开了长达六年的拉锯战。

札兰丁在波斯复辟的消息传至蒙古宫廷，窝阔台汗派名将绰儿马罕率三万蒙古军征伐札兰丁，绰儿马罕先下呼罗珊，随即进兵伊剌克。

几番接战，窝阔台汗三年（1231）八月，札兰丁兵败逃入山中，在劫掠随后逃入此地的库尔德人时被俘并遭杀害。札兰丁既死，绰儿马罕迅速稳定了封地秩序。后又经拜住、宴只吉带二将对波斯高原用兵，至蒙哥统治时期，只剩木剌夷、报达、西里亚三国尚且处于独立状态。

陆

木剌夷、报达、西里亚三国，其版图西起地中海东岸，东抵申河，北起黑海、里海与咸海一线，南达波斯湾、阿曼湾与阿拉伯海，其国大部地区处于波斯高原，易守难攻，而蒙哥之所以组织第三次西征，就是为了将上述三国一并纳入蒙古版图。

一切本在筹备之中，亦思马因人的暗杀事件却成为此番西征的催化剂。

经过权衡，蒙哥决定让胞弟旭烈兀担任第三次西征军的主帅，而南征大理的任务，他则交给了另一个胞弟忽必烈。蒙哥的弟弟们皆有才华，特别是三个胞弟各有所长，他们都是在蒙哥的新政权中最受信赖和倚重的人。

一早，旭烈兀奉旨来见蒙哥，蒙哥留他研究敌情，整整一上午两个人几乎没动地方。中午时，蒙哥倒没觉得什么，他早已习惯日理万机，旭烈兀却深感疲倦，对于长兄的勤勉，他真是想不佩服都不行。

旭烈兀的个性，原本好动不好静，这样盯着地图和有关情况介绍看了一上午，他只觉得昏头涨脑，哈欠连连。见他这样，蒙哥好笑之余，又不免为他担心。旭烈兀前去征战的这几个国家，都属于难啃的硬骨头，蒙哥担心旭烈兀不能做到对敌情了然于胸，会引起指挥上的误判。不过，转念一想，旭烈兀本人英勇善战，粗中有细，手下人才济济，特别是还有像乞的不花、郭侃这样的名将相佐。他既然将西征的重任交给了胞弟，就应该相信胞弟能审时度势，不辱使命。

蒙哥刚将地图推在一边，侍卫进来询问是否开饭，蒙哥就留旭烈兀在万安宫吃了一顿简单的午餐。吃过饭，旭烈兀想去看望病重的母亲，向蒙哥告辞。

蒙哥说道："你留在额吉那里，多陪额吉说会儿话，别离开。等过两三个时辰，我和阿里不哥也过去，我们一起陪额吉吃顿晚饭。"

旭烈兀答应着，心中遗憾四哥忽必烈不在和林。忽必烈在拖雷十子中排行第四，故而弟弟们都称忽必烈"四哥"。蒙哥登基后，忽必烈奉命坐镇漠南草原，兄弟一别，已近一年不曾见面。

旭烈兀拜辞蒙哥，正欲举步，突然想起什么，说道："汗兄，你这样不对。"

蒙哥没听懂，问："什么不对？"

"你不能太过操劳，要当心身体才行。说真的，我和四哥很为你担心，你看看你，最近又消瘦了许多。"

蒙哥心头一热："不妨事，我会注意的。"

"一定啊。"

"一定。"

旭烈兀见兄长答应下来，这才放心地离开了。蒙哥目送着弟弟的身影消失在宫门外，一边走下桌案，活动着酸痛的脖颈，一边命人去传阿八哈。

阿八哈是旭烈兀的长子，出生于窝阔台汗六年（1234），比忽必烈的次子真金年长九岁。忽必烈的长子夭亡，真金现在是诸弟之兄。而阿八哈自幼跟随父亲出征，深得父亲钟爱，已被立为王位继承人。

不到一个时辰，阿八哈兴高采烈地来到万安宫。少年英姿勃发，蒙哥用一种欣赏的眼神上下打量着他。

为了觐见伯汗，阿八哈特地换上了一身新装。只见他，在灰蓝色的衣袍外面套着一件黑色绣花的奥吉（一种无领无袖、短及腰间的坎肩），花纹的图案精美生动；衣袍的裁剪也极其讲究，款式却绝不是那种司空见惯的草原男人常穿的身长而肥大、不开气、左衽无纽扣用布带系起的袍子，倒有几分像稍短合体的猎装。这件衣袍，恰到好处地将他脚上那双高筒绣花马靴暴露出来。

在众多子侄当中，除了忽必烈的次子真金，蒙哥最喜爱的人就是旭烈兀的长子阿八哈。这两个孩子，几乎都是他看着长大的。

阿八哈正欲向伯汗行跪拜之礼，蒙哥指指自己身边的座位，示意他坐下说话。

阿八哈一眼看到伯汗面前的桌案上放着一柄弯刀，弯刀插在鞘中，刀柄是马头的形状。刀柄、刀鞘用纯银打造，花纹古朴生动，上面皆以珊瑚和绿松石装饰，制作相当考究。阿八哈在伯汗面前一向鲜有拘谨，也不问伯汗可不可以，伸手拿起弯刀，左看右看，赞叹不已。

这个过程中，蒙哥一直默默地看着他，脸上的表情有些奇特，似乎想笑，又似乎忍住了责备的话语。

阿八哈欣赏够了，这才恋恋不舍地将弯刀放回原处。

他在伯汗身边坐下来，看着伯汗，一脸笑容："伯汗，您叫我来有什么事吗？"不等伯汗回答，又说："真是一把锋利的宝刀！伯汗从哪里得来的？"

蒙哥没有回答，严肃的脸上滑过一丝笑意。他心中暗想，这若换了真金，对这柄弯刀未必在意，却会关心和询问他的身体状况。他的确偏爱真金，胜过偏爱亲子，也羡慕四弟有这样一个事亲至孝的好儿子。不过，阿八哈颇有武将风范，性格天真烂漫，蒙哥对他的喜爱之心并不亚于对自己的儿子们。

"伯汗。"

"怎么？"

"弯刀，能借我用上几天吗？"阿八哈的心思仍放在弯刀上面。

"倒也不是不行。"

阿八哈喜出望外，"那……"

"别急。听我把话说完。"

"是，伯汗。"

"弯刀不妨赐给你——要是你能完成伯汗交给你的任务。"

"哦……"阿八哈先是一喜，继而变得沮丧起来。他固然想得到这柄削铁如泥且华贵无比的宝刀，可伯汗交给他的任务，岂是他轻易能够完成的？这样一想，他不免紧张起来，"伯……伯汗，那是……是什么样的任务？"

蒙哥被他逗笑了，"为何变成结巴了？"

"那个……我……我怕完成不了。"阿八哈吞吞吐吐地说道。

"我还没说呢，你怎么知道完成不了？"

"不是很难的那种吗？"

"对，很简单。"

阿八哈顿时来了精神："真的简单，我就接了。您说吧。"

"过些时候，我要派你父王出征波斯，这件事想必你听说了吧？"

"嗯，听说了。"

"你愿意随你父王出征吗？"

"当然。父王出征，哪能不带上我——我不在他身边，他也不踏实呀！"

"我交给你的任务，与这次西征有关。"

"莫非，您要派我做先锋？"

"这个任务比做先锋重要。"

"还要更重要的任务？那是什么？您快说。"

"你别急，认真地听好我说的话。"

"是。"

"你父王这次要去征战的国家，有木刺夷、报达阿拔斯王朝和西里亚，这个你也知道吧？"

阿八哈点点头，他确实听父王说过。

"我交给你的任务，就是将这三个国家的有关情况写一份详细报告给我，而且，你要将报告内容背下来，牢记于心。"

"啊？"

"别'啊'了,'啊'也没有用!这是我交给你的任务,你必须完成。我不是在同你商量,明白吗?那句话我再说一遍,要是你任务完成得好,我立刻将弯刀赐给你,要是完成不了,你就等着接受惩罚吧。"

阿八哈悄悄地叹了口气。这孩子平素顽皮归顽皮,那也是看着伯汗肯娇纵他的时候,不代表他就没有眼色。在拖雷家族,在蒙古帝国,还从来没有人敢真的冒犯蒙哥汗的威严,任何人都不具备这样的胆量,阿八哈同样不具备。此时,见伯汗已经明确地向他下达了命令,他知道耍赖也不会有用,只得苦着脸接受了。

"怎么?有问题吗?"

"没……没问题。"

"我给你三天时间,三天后,我还在这里等你。"

"那……伯汗,我先回去了。"阿八哈起身向伯汗告辞。

"走吧。好好准备。"

"是。"

蒙哥目送着阿八哈无精打采地离去,脸上渐渐浮起浓重的笑影。他之所以将这件看似烦琐实则极具意义的事情交给阿八哈去完成,无非是想借机锤炼一下侄儿,并让很快就要出征的侄儿为他父亲记得这些事。这是蒙哥疼爱子侄的一贯方式,越是疼爱,要求越是严格。将来,阿八哈是要继承旭烈兀的王位的,蒙哥希望阿八哈能够成为一位文武全才的继承人。

柒

阿八哈回到府上,立刻命人去传赛岚。他习惯了,只要遇到繁难之事,他都会找赛岚商议。

赛岚匆匆来到王帐,边奉茶,边问道:"大汗为何事召见小王爷?"

阿八哈双眉紧锁,长长地叹了口气。

"瞧你愁眉不展的样子。莫不是小王爷做什么错事,被大汗召去训诫一番?"

"唉,比这要糟糕多了。"

"哦?还有比这更糟糕的,那是什么事呢?"

"大汗让我把我们要去征战的那三个国家，写份完整的情况报告给他，这……这不是……大汗还不如赏我一刀，也比用这种方式折磨我来得痛快。"

"小王爷所说的三个国家，是指木刺夷、报达和西里亚吗？"

"没错，正是这三个国家。"

"若是这三个国家，小王爷少安毋躁，容臣去去就来。"

赛岚说完，也不等阿八哈相询，起身离去。大约半个时辰，他回来了，手里拿着厚厚的一摞纸。

他回来时，阿八哈斜在床榻上，看样子昏昏欲睡。

"小王爷。"赛岚上前推推他，唤道。

阿八哈眯着眼睛问道："你回来了？"

"是啊。小王爷，你先别睡，看看这是什么？"

阿八哈接过赛岚手上的纸，刚看了几行，睡意顿消。他急切地翻动起来，翻到最后一页，脸上不禁露出了欣喜的笑容。"你这是从哪儿得来的？"

赛岚避而不答，先问："文稿上的内容，可是小王爷所需要的？"

"当然，拿这个给大汗交差足矣。你快说，这情况介绍是你写的吗？你怎么知道大汗会找我要这个，还提前做了准备？莫非，你还有未卜先知的能力？"

赛岚一本正经地回答："小王爷取笑了，我可没有未卜先知的本事！何况，我虽认得字，却不会写文章，小王爷又不是不清楚。"

"这就怪了——既不是你写的，你从哪里得来的？"

"小王爷，你别急，我待会儿会告诉你的。在此之前，我想问问小王爷，你还记得上次旭烈兀王爷与阿里不哥王爷赛马那件事吗？"

"两个月前的事情，哪能不记得！当时，我父王就是采用了你的献计，才有惊无险地赢了七叔两局，七叔只得把大汗赐给他的两匹宝马都输给了我父王。我父王说，为了这件事，七叔气得要命，好几天都没跟他说一句话。最后还是大汗出面解劝，并且又赐给七叔一匹西域宝马，他才总算消了气。你提这件事是什么意思？嗯，话说到这里，我正想问问你呢，当初，我向你讨主意时，你为什么坚持要我选哈日和希日嘎参加比赛呢？它们并不是我马厩里最好的两匹马啊。"

"的确，它们各有所长又各有欠缺，哈日耐力足但速度不够快，希日嘎奔驰如闪电但耐力不够足。哈日耐力足，我们才用哈日去跟七王爷的马比耐力，希日嘎短程速度属马中翘楚，我们才用希日嘎去跟七王爷的马比速度。以己之长，克彼之短，不正是旭烈兀王爷赢得两场比赛的原因吗？”

“难怪你坚持要用这两匹马参赛。没想到，你还是个相马行家，又够狡猾，我真要对你刮目相看了。”

“小王爷，臣不敢居功。想出这个主意的人并不是我。”

“不是你，那是谁？”

“他是我内弟。”

“你内弟？他叫什么名字？”

“伯颜。他是巴邻部人，他的曾叔祖小王爷一定有所耳闻。”

“谁啊？”

“纳牙阿。”

“你说纳牙阿？就是曾祖汗立国后与博尔术、木华黎一道被封为万户长的那个人？”

“对，他是中路万户。”

“那么，他的出身也算显赫——我想起来了，你夫人的确是巴邻部人。”

“我夫人和伯颜是同胞姐弟。”

“你内弟，他今年多大了？”

“他比小王爷小两岁，今年十六岁了。”

“小小年纪，就有这样的见识？我怎么以前从未听你说过？”

“我内弟性情沉稳，不喜张扬。若非王爷将挑选赛马的任务交给我，我为此愁得茶饭不思，夫人向我推荐了内弟，我还不知道他竟是人中骐骥。那些天，他每天待在小王爷的马场，将所有的马匹全都看过试过后，才选中了哈日和希日嘎。”

阿八哈若有所悟，示意手中的文稿，“莫非这些也是……”

“没错，这些都是我内弟撰写的。他说小王爷就要随征波斯，了解出征国家的情况是必需的。他让我把文稿带上，说将来必定对王爷和小王爷有所帮助。”

“他怎么不直接交给我父王，或者是我呢？难道他不知道，这可是他出人头地的好机会？”

"他要真有这个想法倒好了，又何必等到现在？小王爷不必管他了，他的性格一向有些古怪，勉强不得。"

"哦，怎么个古怪法？还有，什么叫作'何必等到现在'？"

"赛马的事不必提了，就说不久前发生的刺客那件事吧，忙哥撒将军本想为他向大汗请功，可他一口回绝了。结果，我和将军分了他的功劳，他反而一副挺感谢我们的样子。你说，他这性格还不够古怪？"

"上次抓获那四百名刺客，难道也和他有关吗？"

"岂止是有关！其实是他先发现那些刺客的身份有疑，预先做了周密的调查，后来，又使用诈术，忙哥撒将军和我才不费吹灰之力，将那四百名刺客一网打尽。"

"还使用了诈术？这是怎么回事？你不妨讲得详细点。"

赛岚遂将伯颜杀羊、用毒、审讯通译的过程给阿八哈一五一十地讲述了一遍。阿八哈听罢，又笑又赞："那样的场景，可惜我没亲眼看到。我想知道，你内弟是不是长了两颗脑袋？"

"两颗脑袋算啥！我看他，心八成也得比别人多长了一颗。"

"那你知道，他不愿出仕的理由吗？"

"好像是他受业的先生曾经告诫过他，让十八岁前不得入仕朝廷，否则难免遭受夭折之祸。"

"真的假的？"

"谁知道呢！不过，他这么说了，我是宁信其有吧。伯颜是个难得的人才，又是我夫人最心爱的弟弟，保护他是我的责任。再说，十八岁为朝廷效力也不晚，小王爷莫要怪他才是。"

"我怎么会怪他呢？听你讲了他的奇异之处，我越发想要见见他了。你放心，我只是把他当作朋友，跟他见一面，不会向我父王和大汗举荐他的。你也知道的，这次出征，巴邻部也要随征。"

"这不难，我去叫他来见小王爷就是。"

"不，我跟你一起去。"

"这……"

"怎么？有什么不方便吗？"

"不是。小王爷的身份何等尊贵……"

"什么尊贵不尊贵的！我很好奇，想看看你内弟是个怎样的人。你说他比我小两岁，名字叫伯颜是吗？"

"没错。"

"好，我就亲去会会这个伯颜。"

捌

三天后，阿八哈来到万安宫向伯汗"交差"。

蒙哥翻看着阿八哈呈上的报告，心里疑惑，面上却是不动声色。

阿八哈悄悄察看着伯汗的表情。

蒙哥将报告粗略地浏览了一遍，放下文稿，微笑着点了点头。

"伯汗，我的报告您还满意吗？"

"嗯，内容很翔实。"

阿八哈舒了口气，"既然如此，伯汗答应我的弯刀……"

"不急。伯汗交给你的任务，你只完成了一半，等另一半也完成了，伯汗不仅要把弯刀赐给你，还会赐你一匹好马。"

"真的吗？"

"君无戏言。"

"好，您考我吧，我保证背得一字不差。"

蒙哥的脸上迅速闪过一抹惊讶之色。别说，他这个自幼不拘小节的侄儿，今天还真给他一种"士别三日当刮目相看"的感觉。

"好吧，你来说说看。"

"是。"阿八哈朗朗回答。

阿八哈呈给蒙哥的报告，内容一共分做四个部分。

第一个部分是关于亦思马因宗教国也称木剌夷的介绍。

木剌夷，阿拉伯语原义为迷途者。亦思马因派是伊斯兰教什叶派的一支，起源于阿里第六代继承人亦思马因，后以其名为国名。哈散萨巴执政时期是该教派最强盛的时期。十一世纪末哈散从塞尔柱王朝的突厥人手中夺取了阿剌模特堡，并以此作为根据地逐渐占领了附近诸乡，组建了鲁德八儿地区，在险峻之处建堡以守。其后，他还派遣传教士到库希斯坦地区扩大自己的势力范围，据险设堡，招收门人，从而建立了一个独立的宗教国家。

这个国家素有"暗杀之国"的称谓。其君主自称"山中老人"，是个令人闻其名而胆寒的人物，此人统治期间，广蓄死士，灌输盲从思想，门徒亦多以刺客为主。但凡君主有命，这些死士、刺客便奔赴各地，专门进行暗杀活动，因此，亦思马因人被良善的伊斯兰教徒称为"木刺夷"。

成吉思汗西征花剌子模时，木刺夷教主札勒哀丁曾致书蒙古，纳款请降。札勒哀丁逝后，其子阿老瓦丁嗣位，时年九岁。阿老瓦丁从小娇生惯养，又未受过系统教育，这使他养成了唯我独尊的性格，绝不允许任何人对他稍有忤逆，也不允许任何人告之以凶讯，否则，必遭严惩。

及长，阿老瓦丁患有心疾。医生担心性命不保，无人敢为他诊治，门下教徒也不敢将实情禀报，结果，阿老瓦丁心疾加重，导致疯癫，如此一来，大家对他更是避之犹恐不及。

阿老瓦丁独处在闭塞的环境里，谁也不敢将国内国外的形势向他报告。人们看到他昏昧不明，国事日非，开始寄希望于他的儿子鲁克赖丁。阿老瓦丁也有清醒的时候，他本来已将鲁克赖丁立为储君，当他发现儿子深受臣民爱戴时，又产生了强烈的忌恨。依照该派教规，初次指定便不能挽回，他欲改立他子为嗣，臣民不服，结果，导致父虐其子，子不信父，父子矛盾加剧。

对于这段文字，阿八哈背得格外流畅。

阿八哈虽说好动贪玩，不喜读书，但他确有过人之处，但凡用点心思，可以说是聪明绝顶。那天，他与伯颜一见如故，在伯颜的帮助下，他用了三天时间，将报告的内容背得滚瓜烂熟。

蒙哥一边阅览报告，一边听阿八哈将这段文字全部背出，脸上露出欣慰的笑容。

趁着伯汗高兴，阿八哈颇有些沾沾自喜地问道："伯汗，我背得不错吧？"

蒙哥微笑："不错，继续。"

阿八哈想了想。第二部分是与报达阿拔斯王朝有关的文字，这段介绍有点麻烦，阿八哈觉得自己连做梦都在背，才终于将这段文字全部背了下来。当时，他还埋怨伯颜怎么写得那么长。

八世纪中叶，奴隶出身的波斯人阿布·穆苏里姆，在呼罗珊发动起义，主张减轻租税，取消劳役，从而得到社会下层的广泛响应。三年后（即公元

750年），起义军在达遏水（即底格里斯河，发源于土耳其东南部，流经伊拉克境内，同幼发拉底河汇流成阿拉伯河注入波斯湾）右岸与倭马亚哈里发的军队展开激战，大获全胜。可惜，由于种种原因，其胜利果实为伊剌克大地主阿布·阿拔斯所篡夺。这情形颇像隋朝末年的农民起义，起义动摇了隋朝的统治，却为李唐王朝的建立铺平了道路。

阿拔斯自称哈里发，建立了阿拔斯王朝。在中国史书上，其国被称之为东大食或黑衣大食，首都为报达（今巴格达）。八世纪中期至九世纪中期是该国的黄金时期，藩属国及辖地极广，整个阿拉伯国家的农业、手工业和商业极为繁荣，首都报达不仅是政治、军事中心，还是国家的工商业中心，来自埃及、印度、中国、东罗马的商人云集此处，商品皆经水路达遏水和额弗拉特河（即幼发拉底河）输入和输出。

十世纪开始，层出不穷的农民起义和内部倾轧造成阿拔斯王朝的衰落，其领土日益萎缩，只剩下报达周围的狭小地域。十一世纪中期，塞尔柱突厥人侵入报达，其首领自号"算端"，掌握军政大权，哈里发仅仅保有了伊斯兰教领袖和伊斯兰世界名义上的宗主地位。

窝阔台汗十三年（1241），穆斯塔辛即位，是为黑衣大食第三十六代君主，穆斯塔辛专务逸乐而不理朝政，故该国政治状况极不乐观。

阿拔斯王朝的情况比较复杂，若不是伯颜反复解释，阿八哈说不定真的背不下来。即便如此，背完这一段，阿八哈仍然觉得口干舌燥，甚至有些上气不接下气。

蒙哥面前的桌案上放着茶壶和茶杯，阿八哈也不客气，倒了杯茶，咕噜咕噜喝了起来。他放下茶杯后，看了伯汗一眼。

他很想听到伯汗的评价。

蒙哥伸手取过茶壶，又斟了一杯茶，递给阿八哈。这是无声的鼓励和赞赏，阿八哈眉开眼笑地接过茶杯，一饮而尽。

第三部分的内容是关于西里亚的，这部分内容比较简单，阿八哈背得比较快。

西里亚属于亦思马因派势力范围，系西里亚之库尔德人萨拉丁废去埃及法提玛王朝最后一个哈里发而建，萨拉丁自称算端，在埃及建立了阿尤布王朝（1171年至1259年），然后以武力收复了西里亚、大马司（即大马士革）

和两河流域北部地区。其后，萨拉丁在提庇里亚战役中，消灭了十字军主力，接着收复了阿克、提尔、西顿、贝鲁特等沿海城市，占领了耶路撒冷。至蒙哥汗统治时期，该国趋于衰败。现在的纳昔儿王软弱无能，但西里亚的大部分地区仍在其统治之下。

背完这段内容，阿八哈长长舒口气，心里踏实了许多。毕竟，只剩下最后一部分文字，他就要大功告成了。

第四部分内容关于木剌夷、报达、西里亚三国的地理与军事状况。这部分文字尽管比较长，却是阿八哈最感兴趣的内容。阿八哈从八岁起就随伯汗和父王出征，养成了关心敌方地理环境、城防部署、军队配置的习惯。

阿八哈一鼓作气，又将第四部分内容背了出来。

玖

蒙古军第三次西征前的木剌夷、报达、西里亚三国，其版图西起地中海东岸，东抵申河，北起黑海、里海与咸海一线，南达波斯湾、阿曼湾与阿拉伯海（领土包括今天的土耳其、伊朗、伊拉克、叙利亚、阿富汗、黎巴嫩、巴勒斯坦等国全境与约旦、巴基斯坦以及中亚和高加索地区的部分国土）。

其境大部处于波斯高原，一般在海拔九百米至一千五百米之间，境内东北部为厄尔布尔士山脉，地势大体由东北向西南倾斜。

亦思马因人在厄尔布尔士的主脉与支脉之间据险设堡，建立了库希斯坦与鲁德八儿地区。库希斯坦地区以哈音城为首府，另设两个军事重镇，三城按东、西、南依次排列，既成三足鼎立之势，又能相互照应，易守而难攻，使攻城者难以各个击破。鲁德八儿区地处于里海正南厄尔布尔士主山脉中，地形更加险固，它以阿剌模特为主堡，亦思马因派教主就居于该堡之中。

阿剌模特堡建堡近三百年，北濒里海，环以半凿岩为濠。此堡不仅地处险要，而且城防设备精良，粮储丰富，加之引河入城，使堡内设施更加完备。此外，亦思马因人还据其他要地，所有要地无不据险岩建堡，山径通路皆筑堡以守，故不止大部队行动易受困陷，人少时亦不能进退自如。

阿拔斯王朝以兴都库什山脉为东大墙，连绵的群山对东面来敌形成阻碍。山带以西为额弗拉特河和达遏水冲积而成的美索不达米亚平原，即古巴比伦文化的发祥地。这一地域交通方便，物产丰富。首都报达城处于达遏水中流，跨河分为东西二区，内设子城，墙上筑有戍楼一百六十三座，防御能力极强。

报达城不仅是阿拔都王朝的政治、经济中心和交通要冲之地，而且也是全国的军事指挥中心。除报达城外，东部边境还筑有堡寨，哈马丹通报达之路经行高山，山顶终年积雪，山中建有打儿坦克堡，最为险要，系通往伊剌克和阿剌壁的门户。

西里亚西临地中海之滨，东邻报达国，北界土耳其，南接埃及。国内较大的河流有额弗拉特河，都城大马司是政治、宗教、军事中心。其地形状况除沿海地带有狭长的平原、绿洲和南部的沙漠外，全境大部以高原、低丘为主。东北部的一小块美索不达米亚平原地带为西里亚最富庶和交通便利之处，不及木剌夷和报达易守难攻。

如此晦涩的文字，连阿八哈都惊讶他竟背得如此流畅，他不得不感谢伯颜想出了那么个别出心裁的办法。伯颜为酬答他的亲顾之恩，陪了他三天时间，不仅为他画出详细的地图，逐一讲解各国地形、战略情况及政治环境，而且在中午和晚上，当他半睡半醒之时，还一遍一遍不厌其烦地将报告中的内容念给他听。没想到恰恰是这种强行灌输的结果，竟让这四段文字仿佛刻入阿八哈的脑海一般。阿八哈一方面固然为自己的记忆力沾沾自喜，另一方面却不得不承认这都是伯颜的功劳。

蒙哥同样没想到阿八哈真的能完成这个不易的任务。阿八哈像六弟旭烈兀一样，颇有武将风度，刀马功夫出类拔萃，却不喜读书，不善积累。旭烈兀父子既是这样的性格，对旭烈兀，他可以不做额外要求，对阿八哈，他却是有意难为难为这个孩子，借以提升他的能力。

出人意料的是，阿八哈不仅做到了，而且做得很好。欣喜之余，他当即从桌案上拿过宝刀，将它赐给阿八哈。

阿八哈谢恩，接刀在手，左看右看，喜悦非常。

"马呢？"他还没忘这茬儿。

"我既然答应过你，当然不会食言。你就去我的马厩，喜欢哪匹就骑走哪匹好了。"

"真的吗？"

"当然。"

"无论哪匹马都行？"

"对。"

"要是……"

"说吧。"

"伯汗最心爱的御马呢？"

"我说了，哪匹都行。"

阿八哈大喜过望。他早相中了伯汗常骑的喜日，这是匹西域宝马，神骏威武，日行千里，阿八哈早就想拥有这样一匹宝马良骥了。

阿八哈谢恩，匆匆告辞而去，他生怕伯汗过一会儿会改变主意。

蒙哥目送着阿八哈的背影，摇摇头，嘴角溢出一丝微笑。

"阿兰答尔。"

阿兰答尔是蒙哥的宠臣，担任过蒙哥的宿卫，他才华出众，足智多谋，对蒙哥忠心耿耿。蒙哥汗一朝的旨意，多由阿兰答尔起草。

"在。"阿兰答儿应道。

"你来看看阿八哈的报告。"

"是。"

阿兰答尔接过报告，飞快地看了起来。

"怎么样？"

"文字不失简练却觉言之有物，内容面面俱到却不生涩繁复。这……"

"你想说什么？"

"大汗，恕臣直言，王子应该写不出这样的报告。"

蒙哥笑了："写出来写不出来又有什么关系。"

"臣不明白大汗的意思。"

"阿八哈已将报告内容烂熟于心，如此便足够了。何况，能为阿八哈写出这个报告的人，一定不是个等闲之辈。阿八哈的身边有这样的能人辅佐，何愁他不能建立起一番功业。阿八哈将来是要继承王位的，身为一部主君，必须拥有发现人才的眼光和笼络人才的手段。"

"难怪大汗没有深究是谁为王子起草了报告。"

"是啊。"

"大汗。"

"什么？"

"您说，王子会不会选喜日？"

"他一定会选喜日。你没看他跟逃似的就跑开了，他那是怕我反悔。"

"但喜日，它可是大汗最心爱的坐骑啊。"

"没什么，一匹马而已。"

"大汗真是疼爱自己的侄儿。"

"我希望祖汗开创的事业后继有人。何况，你说得不差，我虽有数十个侄儿，但我的确比较偏爱真金和阿八哈。尤其是真金，这孩子一片纯孝之心，纵然是我自己的儿子，也有不能与他相比之处。"

阿兰答尔点了点头。阿兰答尔从不喜欢四王爷忽必烈，不过，真金还是个孩子，他对真金并不怀有偏见。

"大汗，到用午膳的时间了，您是回斡耳朵用餐，还是臣吩咐司厨将您的午饭送到宫里来？"

"送过来吧。"

"是。大汗，您也要休息一下，千万不可太过操劳。"

"无妨。"

阿兰答尔本想再劝劝蒙哥，见蒙哥已经开始批阅奏折，只得诺诺而退。自蒙哥登基，经常处于极度操劳的状态，阿兰答尔不能不为他的身体感到担忧。

第二章　忍别家国剑朝西

壹

蒙哥是蒙古帝国第四任大汗（1251 年至 1259 年在位）。

汗位从窝阔台系转入拖雷系，日后或许在一定程度上造成了政局动荡，但在蒙古四任大汗中，蒙哥的确是一位可与成吉思汗和窝阔台汗媲美的君主。

而且，客观来说，拖雷系最终取窝阔台系而代之，不能不说事出有因。

窝阔台登基时，与会王公贵族曾发下誓言，将汗位约定在窝阔台一系。而窝阔台诸子中，最优秀的当属次子阔端，只是窝阔台一向钟爱三子阔出，六皇后乃马真则偏爱长子贵由，汗位显然与阔端无份。

阔出病逝于征南前线后，窝阔台又将阔出之子失烈门立为汗位继承人，从此，窝阔台的儿孙围绕汗位的争夺从来没有停止过。

俟窝阔台病故，按照他生前安排，继承人应该是失烈门。然而，还是少年的失烈门未有机会建立起令人信服的功业，人们对他并不心服。加上乃马真百般阻挠，他的登基显然没有可能。

同样，乃马真想将她与窝阔台的长子贵由推上汗位，亦面临重重困难。其中最大的阻力，来自于金帐汗拔都的抵制。拔都虽远在萨莱，可他是成吉思汗长子术赤之子，又是金帐汗国的创立者，他的意见，人们不敢不认真对待。

另外，贵由遇下寡恩，这也是他不受拥戴的内在原因。

再说窝阔台的其他儿子，阔端经营西夏故地，无意卷入大哥与侄儿之间的汗位之争。合失酗酒，早于父亲亡故。合丹曾与大哥贵由一同参加了第二次西征，在西征途中发生了贵由公然羞辱统帅拔都一事，当时，对于胞兄的气量狭隘和不智之举，合丹深感羞愧，事实上，这件事在合丹心中留下了难以消除的阴影。

窝阔台的儿孙们不能团结一心，毋宁说正是汗位易主的先兆。

贵由派与失烈门派争执不下的结果，是忽里勒台上王公贵族被迫做出暂由六皇后乃马真摄政的决定。

在其后近五年的摄政中，乃马真终于为儿子贵由的登基铺平了道路，贵由如愿成为蒙古帝国第三任大汗（1246 年至 1248 年在位）。贵由执政期间，政局依然混沌不明，而贵由本人体弱多病，大汗的舞台似乎并不适合他，至少，他没有机会展现出让人信服的才干。

贵由在位不到三年崩逝，其后，由皇后海迷失暂摄国政。海迷失本人以及她与贵由所生诸子的倒行逆施终于让人们开始思索：当年的约誓是否真有遵守到底的必要？而且，为了遵守誓言，是不是就必须以国家的灭亡作为代价？

累积十年的弊政需要一个强有力的领导者来革除，蒙哥就是在这种强烈的求变需求中真正进入人们的视野。

经过一番激烈的斗争，在金帐汗拔都的热心推戴以及绝大多数人的拥护下，蒙哥成为蒙古帝国的第四任大汗。而蒙哥登临汗位的第一件事，就是惩治异己势力，巩固拖雷系从窝阔台系夺取的权力。

其后的一番清洗，手段不可谓不严酷，诸王贵族心生畏惧，蒙哥迅速稳定了蒙古政局。随即，他着手恢复窝阔台汗去世后的十年间被破坏殆尽的秩序。

一方面，他重新制定并颁布了各种律令，凡有违抗者，必将受到严惩，绝无通融余地。另一方面，他严格选拔并向各地派遣了一批干练的官员，分别主管该地区的财赋和民事。在分派官员的同时，他下令在全国和藩属汗国进行人口登记，确定税收限额。此外，他对成吉思汗和窝阔台汗时代制定的政治、宗教、经济、军事政策予以认可，并不断加以完善，辅以制度保障，令国家纲纪为之整肃一新。

随着汗权巩固，经济繁荣，国力复苏，军容强盛，蒙哥萌生了效法祖父和三伯，继续开疆拓土的热望。

蒙哥汗在位时，已有的三大汗国——金帐汗国、察合台汗国、窝阔台汗国，完全听命于中央政府。据有半个世界统治五色民族的帝国，在蒙哥的铁血政策下，其巨大的离心力仍被控制于隐而不发的阶段。包括窝阔台汗之孙、合失之子海都，无论他对蒙哥从窝阔台系夺取汗权如何心怀怨恨，这时的他，丝毫不具备向蒙哥宣战的胆量和实力。甚至，倘若不是蒙哥病逝后拖雷系发生了阿里不哥与忽必烈的汗位之争，海都能否抓住时机，以一己之力重建窝阔台汗国都在未知之间。

历史没有假设。

在前行的历史中，分久必合，合久必分或许才是大势所趋。

既是大势所趋，便不能单纯地将汗位更迭视为帝国发生分裂的诱因，也不能单纯地将其后发生的汗位之争视为分裂的主因。仅靠一两代人或两三代人的忠诚所维系的统一，当忠诚不在，分裂就成为必然。

唯一可以肯定的是，蒙哥一手缔造了蒙古帝国的团结与强盛。

当然，这也是作为整体存在的蒙古帝国最后所拥有的团结与强盛。

在阿兰答尔心中，蒙哥是仅次于成吉思汗的明君。他与祖父成吉思汗相比，或许军事指挥才能有所不及，但他自身也有祖父不能相比的长处。

从还是个孩子起，蒙哥就显示出与众不同的性格特点。这种不同之处表现在：他的优点似乎正是他的缺点，而他的缺点似乎又正是他的优点，一切要看人们会从哪个层面去理解。

打个比方，蒙哥性格沉毅，不喜宴乐，不好奢侈，一丝不苟。从一个角度看这是身为君主的严谨与自律，换个角度看却是呆板与不近人情。

让阿兰答尔印象深刻的有这么两件事。

一件是蒙哥登基后，立刻下令停止了对首都和林的扩建及修缮。蒙古帝国数十年间所积累的巨大财富，即使经过了窝阔台之后和蒙哥之前差不多十年的人为消耗，造成了国库空虚，民力凋敝，但以牧业为主的草原经济并未因此遭受到毁灭性的打击。蒙哥登基后的励精图治，使经济在短期内得到复苏。这种情况下，早就开始的扩建和修缮工程并不存在资金问题。可蒙哥认为没有必要为了帝国颜面而劳民伤财，有限的人力物力应该用在更需要的地方。

另一件事与金帐汗拔都有关。本来，没有拔都，便没有蒙哥的登基，这在汗国绝不是什么秘密。对于这位在一次次征战中与自己并肩作战的知己，蒙哥一直将他视为恩兄。然而，当拔都向蒙哥提出，希望赐银万锭，用来购买珠宝以做赏赐之用时，蒙哥却仅以千锭相赐。他还亲自写信，告诫拔都：先汗积累的财富，不是用来赏赐诸王的。兄为诸王之首，当做出表率。阿兰答尔听相熟的使臣说起，当时，金帐汗接到赏银和蒙哥汗的手谕后，不禁苦笑着说了一句：蒙哥还是如此不通人情。接着又说：倘若十年前就由蒙哥继承汗位，我帝国何至于衰落至此。

数年后，这个阿兰答尔在当时并不知道，拔都病逝的消息传来和林，蒙哥闻讯失声痛哭。他遣使吊唁，在他亲自撰写的祭文中有这样一句话：今生兄弟知己，来世知己兄弟。惺惺相惜之情，由此可见一斑。可即使是惺惺相惜的兄弟与知己，蒙哥也决不会为之废弃国法律令。

蒙哥就是这样的人，一丝不苟使他显得不通人情，为了维护国家利益，他甚至不惜被人指责为严酷冷血。事实上，无论结果如何，当窝阔台一心想要建立起如父亲一般的功业时，蒙哥却是以超越父祖作为人生的奋斗目标。

仅此，足以令阿兰答尔以忠诚相随，永无反悔。

贰

蒙古军第三次西征前的忽里勒台在万安宫举行。

战前的各项准备工作仍是巨细备宜。

各系均派遣一名至数名宗王及功臣宿将参加了大会。会上，蒙哥首先明确了第三次西征的主帅人选，这个人是他的六弟旭烈兀，同时令诸王贵族各自抽调十分之二的军队扈从西征。这也是从成吉思汗立国以来形成的惯例，大家均无异议。此时的蒙哥并无将新征服国家交给旭烈兀统辖的想法，旭烈兀同样不存此念。若非世事难料，也许真的不会出现伊儿汗国。

说到底，一切均是命运使然。

确定了主力部队的组成、建构及各军主副将人选后，蒙哥将目光落在了郭侃那张英姿勃勃的脸上。

郭侃出生于成吉思汗十二年（1217），乃唐朝名将郭子仪的后人。郭侃的祖父郭宝玉才兼将相，知天文、通兵法、懂阴阳、善骑射，乃金末首屈一指的兵器大家。成吉思汗征金之初，郭宝玉观天而降，被成吉思汗置于左右，视为谋臣与挚友。此后，无论南征、西征、征夏，成吉思汗的身边必有郭宝玉相伴，为之出谋划策。君臣相得益彰，直至生命终结。

郭宝玉膝下二人，长子德山，次子德海，皆出类拔萃的将帅之才。

郭侃字仲和，系德海次子。德海与蒙古万户、国公史天泽交厚，两家常有往来。一次，郭氏兄弟为母亲举办寿宴，天泽过府祝贺。尚在幼冲之年的郭侃出来拜见国公，天泽见此子眼眸明亮，举止灵活，进退有度，不由得心生喜爱，提出要将其收为义子，德海夫妇欣然应允。不久，天泽即将郭侃接入府中悉心培养，郭侃也不负所望，勤奋向学，尤善思考，孩提时代便表现出过人的智慧。

郭侃十五岁从征，二十岁积功迁百户长，二十八岁升任千户长。

蒙哥比郭侃年长九岁，二人早年相识，郭侃骁勇有谋略，尤擅制炮和使用火炮，蒙哥对他十分赏识。蒙哥即位后，郭侃经常被委以重任，他的能力益发得到蒙哥认可。这次举行忽里勒台，他作为汉军千户长，与史天泽、张柔等汉将一道，都是以蒙哥朝重臣的身份参加了会议。

这一次旭烈兀西征，蒙哥决定让郭侃率汉军扈从。

郭侃想着什么，没有注意到大汗正在看他。

郭侃的座位紧挨着天泽，天泽伸手悄悄推了他一下。

郭侃回神，面对天泽，以眼神相询：怎么了？

天泽却微笑不做提示。

郭侃若有所悟，抬头望向大汗。

蒙哥温和地唤道："郭侃。"

郭侃急忙离席，上前几步，面对蒙哥深施一礼："臣在。"

"说说你的想法吧。"

"啊？"

"当年，郭郡公追随先汗西征，为先汗出谋划策，建功无数。先汗常说：我得郭宝玉，如得擎天柱。我今派你随征波斯，以你的才智，必能建立起不弱于令祖的功业。我有这个信心。"

"臣谢大汗信重之恩。"

"此番西征，郭将军但有想法，我都希望你知无不言。"

"臣惭愧。"

"无妨，说来听听。"

"既然如此，臣想请大汗将征集工师的任务交付与臣。"

"我正有此意。你可是打算从汉地征集？"

"对。"

"多少为宜？"

"技术娴熟的工匠及兵械制造师千人足矣。"

"我记得，你祖父郭郡公可是金国有名的兵器大家。祖汗西征前夕，就是接受他的建议，才着手组建了第一支铁车军。后来，祖汗以汪古人唵木海统帅铁车军，据说唵木海正是师从郡公。"

"是这样没错。"

"那么，这家传绝学，郡公诸孙中可有人继承下来？"郭宝玉二子德山、德海都不精于兵械制作，蒙哥故有此问。

郭侃略一踌躇。

"大汗。"史天泽离开座位，走到郭侃身边站定。天泽自随父兄附蒙，历成吉思汗、窝阔台汗、贵由汗、蒙哥汗四朝，深得四代大汗信任。他虽是四朝元老，却只比蒙哥年长五岁，君臣之情，亦无碍阻。

"天泽，你有话说？"

"大汗莫非担心，郭门绝学失传？"

"如若失传，的确可惜。"

天泽看了郭侃一眼，笑道："其实，仲和与郡公相比，诚所谓青出于蓝。"

"果真？"

"这些年，仲和借鉴西夏旋风炮工艺，精心研制了一种新式炮车，既可投石与投火并用，又可借助机栝发弹，操作更简便，定位更灵活，攻击力也更强大。仲和启程前来觐见大汗时，已试验成功。"

蒙哥大喜，"既如此，为何不早些禀报？"

"仲和为求稳妥，带来一台炮车，想在忽里勒台结束后请大汗亲自测试。"

蒙哥略一沉吟："旭烈兀。"

"是，大汗。"

"郭侃不久要随你出征波斯，他制作的炮车，就由你陪我一同测试。"

"是。"

"天泽。"

"臣在。"

"一旦测试成功，就要进入大批量制作。届时，还需你协助仲和尽快完成。"

"大汗有命，臣当全力以赴。"

"另有一事也很重要。"

"陛下请讲。"

"我蒙古诸兵种，原本是在单一骑兵兵种上，随着战争需要逐渐发展起来的。待西征的各项准备工作完成后，我拟按照你和张柔的提议，向攻打目标附近地区派遣数目可观的屯守部队。"

"大汗明鉴。"

交代完这件事，蒙哥转向郭侃，"郭侃。"

"大汗。"

"此番西征，我命你为汉军和炮军统帅。"

"臣——遵旨！"

叁

忽里勒台结束后，蒙哥和旭烈兀在一干重臣勋将的陪同下亲自测试了郭侃发明的新式炮车。炮车操作简便，威力了得，蒙哥十分高兴，赏赐郭侃千金巨资，并下令由史天泽亲自监造，在大军开动前，按照需要的数量造齐。

蒙哥汗二年（1252）七月，先锋乞的不花率一万两千人出发，于次年三月渡过阿姆河，进入敌境。

乞的不花的祖上是乃蛮人。近半个世纪前，成吉思汗征服乃蛮部后，其曾祖及祖父以才学俱佳得到重用，供职于蒙古宫廷。乞的不花自幼入侍四太子府，秉承拖雷夫妇的亲自教诲，对拖雷家族忠心耿耿。及长，胆识兼备，卓荦超伦，在军中享有崇高威望。此番举行第三次西征，蒙哥任命他为大军先锋。

三年五月，战前烦琐的准备工作基本结束，旭烈兀尚需返回封地，对封地诸事做出安排，其后直接率军西征。离别在即，旭烈兀前往万安宫拜辞兄长，蒙哥留他多住一日，当晚设家宴为他饯行。

既是家宴，蒙哥只邀请了陆续返回汗宫的几个兄弟。蒙哥登基后，令九个弟弟分驻于不同地方，平素，没有特别重要的事情，十兄弟几乎很难聚齐。而今久别重逢，兄弟间不拘礼数，谈笑风生，气氛从一开始就显得格外融洽和温馨。事实上，这正是蒙哥为旭烈兀壮行的方式。在大那颜拖雷的十个儿子中，旭烈兀在尚武和善战两方面深肖其父，不仅如此，旭烈兀像父亲一样，极重情谊。蒙哥很了解这个胞弟的性格，就算旭烈兀一句话不说，他也知道弟弟在想些什么。这些时日，按照蒙哥的要求，除了屯兵六盘山不久将率军南征大理的忽必烈军务缠身实在无法奉旨外，其余兄弟全都赶回和林，一为旭烈兀送行，二为觐见大汗，三为兄弟相聚。

旭烈兀从心里感激长兄的安排，可临别不见四哥，难免让他心下怅然。

旭烈兀的年龄比忽必烈小两岁，他们既是一母同胞，又从小一处长大，感情远较其他兄弟深厚。自忽里勒台结束，由于种种缘故，二人几次错过了见面的机会。旭烈兀本来盼望着走前能与四哥见上一面，不料未能如愿。或许，这都是冥冥中的安排，兄弟不能相见，是因兄弟再无相见之日。

八兄弟离席，一起向大汗敬酒。蒙哥先饮一杯，笑道："今天的主角是我们的西征军统帅旭烈兀。第二杯，你们几个不妨代我一起敬他。第三杯，我们兄弟共饮。依我说，今日是家宴，除了老四出征在即，不能返回，我们兄弟难得一聚，三杯过后，大家就随意吧。"

"是。"

长兄发话，弟弟们岂敢不听？他们应着，将第二杯酒敬给旭烈兀。旭烈兀却之不恭，将杯中酒饮尽。之后，兄弟共饮，这才各自归座。

旭烈兀不忘请长兄赐教，蒙哥仍以前言相勉："谨遵祖汗训谕，并以祖汗为榜样，诸民族自愿来归者善遇之，抵抗者歼灭之。"

阿里不哥的座位设在旭烈兀旁边。对于六哥被任命为西征军统帅，他多少有些不服。作为大那颜的嫡幼子，蒙哥出征时，阿里不哥需留镇和林代行大汗之职，由于这个原因，阿里不哥的身份虽尊贵，却没有机会比其他兄弟立下更多战功。

"六哥。"末哥过来给旭烈兀敬酒。忽必烈与旭烈兀，旭烈兀与末哥，年龄正好都差两岁，兄弟三人平素无话不谈，最为相知。比较之下，阿里不哥与这三人的关系，反而没有那么亲近。

末哥重将酒杯斟满："这一杯，我代四哥敬你。"

前些时候，末哥奉旨至漠南草原巡视，中间绕道与四哥忽必烈匆匆见了一面。忽必烈知道六弟出征在即，可他不能回来送行，不免深感遗憾。他特意叮嘱末哥，一定要代他敬旭烈兀一杯，这杯酒，他祝西征军旗开得胜，早日凯旋。

旭烈兀的眼眶泛起红色。他接杯在手，一饮而尽。借着这个动作，他强行忍回了眼中惜别的泪水。

蒙哥从御座上走下来，来到旭烈兀面前，他亲自为弟弟斟满一杯酒，说道："我也敬你一杯。"

"谢谢大哥。"兄长的盛情与关怀，令旭烈兀感激不尽。

"大哥，"旭烈兀回敬兄长一杯，"请你一定保重身体，不可太过劳累。待波斯全境平定，我就回来看你。"

"放心吧。"

旭烈兀从怀中取出一封信来，交给蒙哥："大哥，我给四哥留了一封信。等他回到和林，请大哥务必将这封信转交给他。"

"好的，没问题。"蒙哥将信收好，笑着问道："又是向你四哥挑战吗？"他太了解他的这两个胞弟，从小，旭烈兀就喜欢同忽必烈争个高低。

旭烈兀也笑了。的确，他在给四哥的信中有这样一句话：你征大理，我征波斯，谁立的功劳多，谁就在蒙哥汗驾前领第一杯酒。

大汗开了头，兄弟们便没了顾忌，他们轮流给旭烈兀敬酒。旭烈兀纵然海量，也架不住这酒喝得又多又急，到最后，他酩酊大醉，失去了记忆。

旭烈兀告别大汗和诸位兄弟，踏上了未知的征程。

旭烈兀出发前，为了保障西征军的兵员和后勤供给，蒙哥陆续颁下几道圣旨，内容大致如下：

一、波斯及印度诸地的探马赤军皆归旭烈兀节制，成吉思汗诸大将也需派出部分所属部队随军西征。

二、朝廷官员分赴进军路线上的各个要地，命保留自和林至别失八里间统阿特山以西草地，供大军停驻之用。

三、原驻军队速将诸地让出，同时修缮道路，置备桥船，以便西征军顺利通过。

四、波斯驻军统帅拜住退至罗姆边境，暂不行动。

五、波斯官吏、沿途各驿站需为每个士兵足量准备面粉、酒、饮料等。

十月，旭烈兀以次子出木哈儿坐镇封地，遣术赤系从征军为先锋，自率中军启行。

大军进抵阿力麻里时已是冬季，旭烈兀得到了其时正在摄政的堂侄媳兀鲁忽乃的热情接待。

肆

在蒙古宫廷，兀鲁忽乃是一位极富传奇色彩的女子。

兀鲁忽乃系察合台汗国第二任汗哈剌旭烈（1242 年至 1246 年在位）的结发妻子，贵由汗当政时，哈剌旭烈无端遭到贬谪，贵由扶持二伯察合台的次子也速蒙哥登上汗位，是为察合台汗国第三任汗（1246 年至 1251 年在位）。

贵由死后，拔都以长支系长王和金帐汗的双重身份倡议在伊塞克湖召开忽里勒台，却遭到以贵由汗的遗孀海迷失为首的窝阔台家族和察合台家族部分权贵的坚决反对，这些人中，就包括也速蒙哥。

开始，哈剌旭烈对是否赴会也犹豫不决，这与他病体缠身有一定关系。兀鲁忽乃却坚决主张参加大会，哈剌旭烈不能成行，她毅然代表丈夫前往。数千里之遥，旅途无数艰辛，当她以女流之身如期出现在会场上时，连拔都、蒙哥等人，都无法不对这个年轻女子的坚定意志肃然起敬。

作为察合台汗国第二任汗的妻子，兀鲁忽乃代表着察合台汗国的一支重要力量。众所周知，兀鲁忽乃素以头脑清醒、善于理财、才智卓越享誉三大汗国（其时伊儿汗国尚未建立）及中央帝国，哈剌旭烈即位后能保有其祖父察合台在世时的强盛国力，与兀鲁忽乃的忠心扶助密不可分。俟贵由即位，为加强对察合台汗国的控制，竟用"察合台汗有子在世，自古长幼有序，岂可立孙废子"这样一个既牵强又荒唐的理由，强行废黜哈剌旭烈，以也速蒙哥取而代之。

也速蒙哥即位后，出于稳固统治的需要，先是罢免了在察合台、哈剌旭烈两朝深受重用的一干朝臣，继而将哈剌旭烈夫妻父子迁往封地。在哈剌旭烈陷入人生低谷的日子里，若非兀鲁忽乃不离不弃地陪伴在他身边，关怀他，鼓励他，谁也不知道这个年轻人是否还能振作起来。这些往事，在三大汗国及中央帝国并非秘密。

剑拔弩张的选汗大会上，兀鲁忽乃审时度势，代表哈剌旭烈在伊塞克湖决议上签下自己的名字。此后由察合台系与窝阔台系联合发起的抵制中，她面对察合台第三任汗也速蒙哥、哈剌旭烈的胞兄不里等人的质疑，坚守义理，从未退让。蒙哥成为蒙古帝国的第四任大汗后，对察合台汗国采取了"移除大树、根植幼苗"的政策，他一面下旨恢复哈剌旭烈的汗位，一面暗令汗使在四任汗的协助下诛杀也速蒙哥和不里。岂料汗令到达时，哈剌旭烈刚刚去世，兀鲁忽乃遂封锁消息，手持圣旨，带领汗宫侍卫前往汗都阿力麻里，以也速蒙哥和不里曾联合窝阔台系诸王叛乱的罪名将二人逮捕并处死，接着，她秉承蒙哥汗旨意，在也速蒙哥和不里的后代中选择忠顺新汗之人继承了其父的王位。她的一系列举措，使察合台汗国动荡的局势很快趋于平稳。之后，她接回丈夫灵柩，为他举行了盛大的葬礼。

汗使派"箭的传骑"将哈剌旭烈病逝、也速蒙哥、不里伏诛以及兀鲁忽乃坐镇汗国，汗国人心思定的消息火速通报给汗廷，蒙哥对为人多谋善断、行事明智果敢的兀鲁忽乃王妃原本就很欣赏，既然哈剌旭烈英年早逝，他便正式下旨，命哈剌旭烈之子木八剌沙接任其父汗位，是为察合台汗国第四任汗（1251年至1260年在位）。又因木八剌沙尚在幼冲之年，蒙哥特旨以兀鲁忽乃代摄国政。

兀鲁忽乃摄政期间，勤于政事，知人善任，严肃法纪，注重民生，她的一系列举措，使汗国国力大增，百姓生活比之哈剌旭烈在位时还要安定富足。此番，蒙哥派六弟旭烈兀统率第三次西征军出征波斯高原，大军须在察合台汗国境内度过冬季，兀鲁忽乃接到汗令，提前做好安排，专候西征军的到来。

几年前在拔都倡议的选汗大会上，旭烈兀曾见过兀鲁忽乃几次。但在当时那种紧张的气氛下，他对她始终没太留意。四年后重见兀鲁忽乃，他才蓦然发现，原来，这位察合台汗国的女摄政，竟是一位仪态万方的美丽女子。

兀鲁忽乃生于成吉思汗十七年（1222），是年三十有一。在她与哈剌旭烈十三年的婚姻生活中，她为她丈夫生育了一儿一女。让人感到惊讶的是，这位做了多年母亲的女子，婍容修态，靡颜腻理，竟宛若二九之年。

　　旭烈兀在辈分上是兀鲁忽乃的堂叔，论年龄倒比兀鲁忽乃大不了太多。旭烈兀生于成吉思汗十二年，比兀鲁忽乃年长五岁。旭烈兀本是武将出身，性格豪爽，对谁都是直来直去，既然兀鲁忽乃的容颜如此娇嫩，他对她便真的如对晚辈一般。每当兀鲁忽乃过来探望他时，他难免要跟她开个玩笑逗逗趣，无论他的言辞是否得体，兀鲁忽乃总是一笑置之。

　　遵照蒙哥汗的圣旨，西征军所过之处，诸王将领必须为西征军提供军马给养或驻军场所。兀鲁忽乃为旭烈兀提供的，是察合台汗国最好的驻牧地。对这位女子的做事细致及慷慨仗义，旭烈兀嘴上不说，心里却是一清二楚。

　　西征军在阿力麻里一带度过寒冷的冬天，于春天来临时继续西行。兀鲁忽乃携四任汗木八剌沙亲自将旭烈兀送出国境，是年，木八剌沙年方十三岁。临别之时，旭烈兀对兀鲁忽乃说：日后不知我人在哪里，可在我的营地，我的家中，你和你的孩子们，永远是我最尊贵的客人。他又吩咐阿八哈：对我今天所说的话，你要谨记不忘。

　　西征军到达土耳其斯坦与河中地区时已是蒙哥汗四年（1254）七月，两地长官马思忽惕偕诸将、官吏来迎。因蒙古军不耐酷暑，遂在此地过夏。五年九月，西征军抵达撒马尔罕，马思忽惕进献金锦帐。因见此地水草丰美，旭烈兀留居四十天，大宴当地官员及贵族。十一月，西征军进驻碣石，波斯长官阿儿浑偕呼罗珊诸显贵前来拜见大汗之弟。旭烈兀分遣使者往谕西亚诸王："我为汗弟，今奉汗命前来剿灭木剌夷。各王得我谕令，凡若自率军队前来助阵从征者，事后必有重赏。闻诏却观望不来或意欲抵制者，待我夷灭木剌夷后，尔等命运，当握于我无情之手。"

　　与成吉思汗的第一次西征以及拔都的第二次西征相比，旭烈兀的第三次西征，主力部队的进军速度可谓相当缓慢。大军在蒙哥汗三年十月出发，六年一月才来到阿姆河附近。期间，旭烈兀除派名将乞的不花率一万二千人为先锋进入库斯坦地区，并与亦思马因人正式接战外，他自己则显得不慌不忙，走走停停。究其原因，其实与他秉承了大汗旨意有关。

　　蒙古第一次西征结束后，成吉思汗将本土以西所有新征服的领土都分封给长子、次子和三子。俟蒙古军撤离，花剌子模末代王札兰丁从印度潜回波斯地区，展开了一系列的复辟活动。那时，为清除札兰丁的威胁，巩固蒙古对波斯的统治，窝阔台汗派绰儿马罕出征波斯。绰儿马罕不负所望，击败札兰丁，夺回波斯大部分城池和地区。绰儿马罕临终前，将军权和对波斯的管理权交给他的助手、察合台之子拜住。贵由汗时，又派心腹爱将宴只吉带往镇波斯，名义上与拜住共主其政，暗地里，宴只吉带依仗贵由的支持，很快便凌驾于拜住之上。

至蒙哥汗即位，原花剌子模故地实际为四股势力掌握：既有大太子术赤的势力，以真帖木儿及其继任者为代表；也有二太子察合台的势力，以拜住为代表。既有第二代大汗窝阔台的势力，以绰儿马罕的继任者为代表；又有第三代大汗贵由的势力，以宴只吉带为代表。其中波斯局势尤其错综复杂。

不管怎么说，蒙哥的汗位是从窝阔台一系夺得，与征战相比，巩固和确立汗权才是当务之急。因此，蒙哥令旭烈兀缓缓而行，本身包含了两个意图：一为彰显在新汗统治下蒙古帝国的强大力量，对中亚与西亚守军起到威慑作用；二为告诫各方势力，现在的蒙古大汗是拖雷家族的长子，是应天命而生的蒙哥汗。

旭烈兀渡过阿姆河扎营，波斯各地首领纷纷携重礼来迎。因遭遇风雪天，旭烈兀决定在阿姆河附近过冬，直到春天来临，旭烈兀的主力大军才进入作战状态。

伍

蒙古先锋军在库希斯坦地区的征战始于蒙哥汗三年（1253）三月，旭烈兀虽在征途，战报却是源源不断地送抵他的案头。

乞的不花率领的先锋部队只有一万两千人，敌兵兵力六万人左右，是蒙古先锋军的五倍，这是双方在军队人数上的对比；敌人多以山城为堡，各守孤城，应援不易，这是库希斯坦地区亦思马因守军的现状。乞的不花在认真研究敌情后，制定了集中优势兵力，打断敌军联系，进而各个击破的作战策略。

按照先易后难的原则，乞的不花一连攻克数座城堡，随之进围亦思马因派军事重地吉儿都苦堡。吉儿都苦堡位于呼罗珊加恩山区，高居山巅，绝难攀缘，矢石仰攻，皆不能及，着实是易守难攻。乞的不花虽命军队在堡周挖掘壕沟，沿壕沟修筑壁垒猛攻，却依然数攻不下。无奈，乞的不花只得命令部将布里在城外驻守，自己引五千人马攻打附近诸堡。

　　或是天意，恰在这时，吉儿都苦堡中霍乱流行。守将为向教主禀报此事，派精兵趁着夜深人静突袭了布里军队，布里在交战时阵亡，蒙古军死伤百余人，不得不暂时撤围。是年十二月，亦思马因教主派一百五十人携带指甲花和食盐进入吉儿都苦堡，霍乱疫情得到控制，堡内守卫力量进一步加强。

　　蒙哥汗六年六月，旭烈兀所率中军进入敌境，占领查维城。此时，乞的不花经过艰苦作战，已攻下米黑邻、沙黑刺思、塔鲁木和迪即等城堡。唯苦于兵力不足、山间地形不利于骑兵展开以及对方防守严密等原因，始终无法攻克吉儿都苦、土温等坚固城堡。为尽快攻下库希斯坦地区诸城堡，打开亦思马因人的东大门，旭烈兀派遣手下另一勇将忽合亦勒合驰援乞的不花。

　　旭烈兀对乞的不花立下的赫赫战功给予了充分肯定，他让忽合亦勒合带给乞的不花一只荣誉指环，指环用纯金打造，上面以畏兀儿蒙古文镌刻着"长生天"字样。畏兀儿蒙古文是成吉思汗立国后，命畏兀儿著名学者塔塔通阿创制的第一代蒙古文字。这枚荣誉指环，系旭烈兀出发时大汗所赠，旭烈兀一向视如珍宝。如今，他将指环转赐乞的不花，足以表明他对这位勇将的赞赏和鼓励。

　　乞的不花是个荣誉感极强的人，对主君忠心耿耿，且英勇善战。他与战友忽合亦勒合合兵一处，信心倍增，二人密切配合，在此后数月，一举拔除了包括吉儿都苦、土温在内的余下城堡。

　　此时，旭烈兀率领中军主力进至波斯长官治所徒思城，结帐于阿儿浑园林，乞的不花与忽合亦勒合率先锋军与之会合。

　　从蒙哥汗三年至六年，乞的不花孤军深入库希斯坦地区达三年之久，攻克堡寨二十余座，歼灭亦思马因士卒五万余人。他的军事行动，大大削弱了亦思马因人的军事抵抗力量，同时为主力部队顺利进军提供了重要的情报和经验。

　　在徒思稍作休整，旭烈兀率大军开拔，经刺亦坚草原进入你沙不儿东部的哈不杉地区。这时，被派往亦思马因教主鲁克赖丁·忽儿沙处谕降的使者也里总督回到帅营，向旭烈兀报告了他所了解到的关于亦思马因的情况。

　　鲁克赖丁之前的教主是他父亲阿老瓦丁，亦思马因人在阿老瓦丁执政期间，曾多次劫掠蒙古商旅，蒙哥即位后，又发生过四百名亦思马因人化装进入蒙古境内，准备谋杀蒙古大汗之事。而这次行刺计划的败露，成为蒙哥汗决定清除亦思马因人，重建中西亚社会秩序的直接导因。不过，直到蒙古西征军兵进库希斯坦地区，阿老瓦丁仍未意识到这一点。

暴君的生命结束于蒙哥汗五年冬，阿老瓦丁在醉卧时为其幸臣哈散所杀，此后，鲁克赖丁继承了其父王位。

九月初，西征军主力在旭烈兀的率领下，抵达哈剌罕和必思塔木。他继续让也里总督担任使臣，前往鲁克赖丁的城堡敦促他遣其弟请降。旭烈兀答应，只要鲁克赖丁表现出真正的诚意，自毁城堡，亲自出降，他保证不隳其国，仍令鲁克赖丁为亦思马因派的君主。

鲁克赖丁不予作答。旭烈兀在逼近敌人堡寨的同时，又先后三次派出使者，对鲁克赖丁施加压力。最后，旭烈兀又令鲁克赖丁的弟弟沙欣向鲁克赖丁发出最后通牒：如若鲁克赖丁自毁其堡麦门底司要塞，并亲自来见旭烈兀，他将对其予以厚待，否则未来之事唯有天知地晓。

鲁克赖丁见蒙古军日益逼近，而蒙古军的作战能力在他们第一次西征时就为波斯人所知，鲁克赖丁担心自己不是旭烈兀的对手，只得使出拖延之计。从九月到十月，他先后五次派出使团，前往旭烈兀处请降。

第一次，他答应降服蒙古，同意在国内设置一名蒙古长官，作为蒙古在亦思马因的代理。至于出谒一事，他请求宽限一年。

第二次，他派族叔偕其相苫思丁跟随蒙古使者来谒旭烈兀，请求保留阿剌模特、兰巴撒耳、剌勒三堡原状，而他愿将其余诸堡献出。他还说，他已命库希斯坦诸堡守将赴旭烈兀处请降。鲁克赖丁这是耍了个花招，库希斯坦诸堡其实早被乞的不花攻克。

第三次，面对旭烈兀要鲁克赖丁亲自来见，或遣其子为质的强硬要求，匆忙间，鲁克赖丁只得将其父与一女奴所生庶子，他年方七岁的庶弟冒充己子送往旭烈兀大营。旭烈兀天性敏锐，言谈间便识破了小王子的身份。对于鲁克赖丁的狡诈和无信，他十分气愤，可他知道这不是一个七岁孩子的错。在款待了鲁克赖丁的使臣后，他命他们将小王子送回麦门底司堡，并令鲁克赖丁遣其次弟沙欣来见。

鲁克赖丁见自己的计谋被旭烈兀识破，顿觉狼狈不堪。不得已，他只好命弟弟沙欣率三百名签军前来谒见旭烈兀，向旭烈兀道歉。旭烈兀心里清楚，鲁克赖丁一再使出拖延计，无非是等到冬天大雪封山，届时，蒙古军在山城中的运动势必受阻。此为鲁克赖丁与旭烈兀的第四次接触。

第五次是在十月二十六日。鲁克赖丁一面遣使觐见旭烈兀,一面自毁部分要塞,还除去了阿剌模特、麦门底司、兰巴撒耳三座城堡的大门。旭烈兀看到鲁克赖丁表现出的诚意,决定以诚意相待,他命军队退出敌境,即便如此,他的要求仍是:鲁克赖丁必须亲自出降。

旭烈兀又给了鲁克赖丁一段时间。期限到时,鲁克赖丁仍未出降,旭烈兀终于明白,不经过战争,他根本无法拿下麦门底司堡。

长达两个月的和谈以失败告终,旭烈兀在哥疾宁附近秘密杀掉了鲁克赖丁派来的三百名签军,他担心这些人是鲁克赖丁派来的奸细。随之,他采用祖父常用的战术,命令全军兵分三路,以攻击态势向麦门底司堡逼近。

他命亲王帖木儿不花、勇将忽合亦勒合率左翼部队自袆拶答而进发;乞的不花率右翼部队从哈儿、西模娘一道进发;旭烈兀自率万人从耶司克烈取塔里干一道进发,这三路大军均为主力部队,准备从麦门底司堡东侧同时发起猛攻。术赤系从征军则向阿剌模特进发,以达到牵制敌军的目的。

十一月上旬,蒙古军各路人马均抵达麦门底司堡下。旭烈兀一面遣使谕降,让使臣明确告之鲁克赖丁:"王已亲至,设若出降,仍许不加害彼及其民,限期五日,期满进攻。"一面侦察地形,作好进攻准备。他命部队就近采伐树木,用以建造投石机架,而后,将投石机和其余攻城器械全部布置在城堡四周。

旭烈兀把指挥部设在附近最高峰上。此时,面对大军压境,守卫城堡的将领仍以"主人不在堡中,无命不能出降"为由,拒绝了旭烈兀的最后一次劝告。鲁克赖丁的执迷不悟,终于耗光了旭烈兀的耐性,他当天下令对城堡发起进攻。堡内守军亦以投石机和强弩防御,但蒙古军的攻击力太过强大,堡内守军捉襟见肘,败迹渐显。

不出旭烈兀所料,鲁克赖丁的如意算盘,的确是想借自然之力战胜蒙古军队。让他大失所望的是,这年的天气煞是奇怪,不仅温和,而且无雨无雪,蒙古军在山中行动如在平原一般来去自如。鲁克赖丁将其视为天意,于十一月中旬自率大臣、天文学家、名医、诸子下堡投降。

鲁克赖丁既降,旭烈兀待之甚厚,仍委其管理治下民众。旭烈兀请鲁克赖丁遣使招降鲁德八儿、火木斯和库希斯坦等地未下诸堡,鲁克赖丁欣然从命,派近使与旭烈兀的使臣一道,谕降城堡四十余座。其中,阿剌模特和兰巴撒耳二堡守将拒绝从命，他们扬言：即使投降，也要见到旭烈兀本人再说。

旭烈兀遂从麦门底司堡向阿剌模特堡进发，途经鲁德八儿地区的失哈剌克时，为庆祝胜利大宴九日。十二月初，旭烈兀抵达阿剌模特堡。

陆

阿剌模特堡始建于底廉王客儿只斯单在位时，迄今已有近四百年历史。其墙基甚是坚固，所存粮储亦多。堡民凿岩为室，贮藏种种饮食。其中葡萄酒、醋、蜜等饮料贮于哈散萨巴时代，经一百七十余年而质未变，堡人皆谓哈散萨巴神力护佑之故。堡周围半凿岩为濠，引巴希儿河水注入濠中。

旭烈兀命鲁克赖丁亲自出面谕降，阿剌模特守将仍旧拒绝出堡。旭烈兀遂派波斯民团协助本军攻城，双方激战三天，堡中箭矢消耗殆尽。守将失去坚守信心，派人出城与鲁克赖丁谈判，恳求教主出面，劝说旭烈兀饶恕其抵抗之罪。

鲁克赖丁将守将的请求据实以告，旭烈兀答应不杀守军，但有三个条件：限三日内出降；自毁城门；毁掉投石机。守将一一照办，旭烈兀顺利占领阿剌模特堡。当时，亦思马因国相竹维因人阿塔木勒克向旭烈兀提出请求，将亦思马因派诸王所藏著名图书保存下来，旭烈兀慨然应允，命其取来。阿塔木勒克遂得到《古兰经》和其他有价值的著作，另外还有许多天文仪器。

阿剌模特堡守军降后不久，库希斯坦地区长官亦赴王营请降，旭烈兀仍命其担任原职，并偕同鲁克赖丁使者共还库希斯坦地区。此后，他们共招降堡寨五十余，全部摧毁其城防设施。

西征军主力自开进波斯高原，短短半年时间，进展异常顺利。十二月底，旭烈兀亲率大军进至兰巴撒耳堡下，时堡中守将坚守不降，旭烈兀遣大将率军队猛攻，鲁克赖丁遣波斯民团助攻。

联军强攻数日后，兰巴撒耳守将出堡投降。至此，亦思马因本土诸堡寨均为蒙古军占领，共计一百二十余座。

蒙哥汗七年（1257）一月，旭烈兀留少量部队肃清残敌，自率大军进入哥疾宁，犒劳将士，休养兵马。三月，旭烈兀移营哈马丹，敦促鲁克赖丁派遣三名亲随，偕蒙古使节至西里亚，说降其管辖范围内的城堡。至此，国祚延续一百七十七年之久的亦思马因宗教国宣告灭亡。

为向大汗报捷，旭烈兀派精锐骑兵护送鲁克赖丁前往和林觐见蒙哥汗。蒙哥汗不予接见，遣返鲁克赖丁。途中，蒙哥汗暗令随行人员将鲁克赖丁杀害。

亦思马因宗教国灭亡后，据守报达的哈里发穆斯塔辛就成为西征军的下一个进攻目标。

在哈马丹驻军期间，原波斯统将拜住自阿哲儿拜展前来王营与旭烈兀会面，他向旭烈兀提供了报达城坚民众及道路难行等军事情报。旭烈兀根据拜住的情报和绰儿马罕两次攻打报达受挫的教训，作了周密的战前准备和进军部署。

夏季到来，旭烈兀自徒思移驻你沙不儿州的哈不杉镇。该镇在西征军到来之初业已荒废，旭烈兀斥资修建了清真寺和市场。未用多久，这座城镇便焕发生机，比之未经战火前还要繁荣许多。

旭烈兀因循祖父之策，凡征服一地，都以当地士绅出任长官。不仅如此，旭烈兀比较注重医治战争创伤，像对哈不杉镇的重建就是其中一例。另外，在多数人信仰伊斯兰教的波斯高原作战，旭烈兀坚持奉行宗教自由政策，从不引起宗教纠纷。这也是第三次西征进展比较顺利的一个原因。

旭烈兀率大军休整时，派出急使前往穆斯塔辛处，向他递交了国书。国书内容如下：

> 吾人讨伐木刺夷，征汝兵出征，而汝不以兵至。其实应以兵助，始能表示汝为余之盟国。乃以藉词，终不发兵。汝朝立国虽远而著名，国势虽强，然汝应知之，日入之后，月始有光。蒙古军队自成吉思汗时代以来，秉承天命，花剌子模塞勒克诸朝，底廉诸王，诸阿塔毕，以及其他诸强大君主，莫不被灭。此类国君皆曾居住报达，而报达皆未闭门不纳，以我之强，缘何见拒。吾人前此业已有所见谕，今向汝进此言曰，避免战争，勿以拳触锥上，忽视太阳为灯火，否则必贻后悔。然已往者皆可不咎，设汝堕报达之城而平其濠，使汝子治国事，亲来纳降；抑不欲亲来，则遣国相苏黎曼沙掌印官三人来，俾其能确实转达吾人口谕。汝若能从，则汝可保汝之土地、人民、军队，然若不从，如愿战斗，则集汝军，指定战地，吾人已严阵以待也。但汝应知，

吾人一怒之下，进兵报达，汝虽藏伏天空地腹，亦不能逃。如汝欲保全汝身汝朝，须敬聆吾等之言，否则吾人将见天意之所属也。

旭烈兀的这封国书不仅指责了报达方面征兵不从，匿藏敌国君主等不轨行为，而且恩威并施，对其施加压力。这样既把战争的祸端推给了敌方，又在兵戎相见前让敌人在心理战上先输一阵。

在遣使谕降的同时，为取得一击而中的效果，旭烈兀命拜住先往罗姆地区攻取未下诸城，之后由报达西北境向东南推进。旭烈兀所率主力部队则由报达以东分三面发起攻击。几路大军分进合击，须在规定的时间内会合于报达城下。

作为对报达国发起进攻的第一场硬仗，旭烈兀决定先行夺取素有报达门户之称的打儿坦克堡。

打儿坦克堡系隔离伊剌克之阿只迷与阿剌壁两地区的要堡，易守难攻。旭烈兀在哈马丹休整时，看到过打儿坦克堡守将阿怯与其国君穆斯塔辛不和的情报，为顺利拿下打儿坦克堡，他决定招降阿怯。

不久，阿怯来到王营谒见旭烈兀，旭烈兀相当热情地接待了他。两个人在一起待了几天，阿怯告辞时，旭烈兀仍命阿怯为打儿坦克堡长官，同时命他略取据守此地的其他诸堡军队。阿怯满口答应下来，可他回到本堡后又心生反悔，非但不依约出城，还下令军队加固城防。旭烈兀情知阿怯已萌生异心，暗令乞的不花率三万骑兵速往捕之。阿怯不及防备，被蒙古军一战擒获。

十一月，往穆斯塔辛处谕降的蒙古使节团归营，向旭烈兀汇报了穆斯塔辛抗命不降以及其治下臣民凌辱诅咒使节的情况，旭烈兀闻报大怒，决定攻取报达。

大军择日开动，旭烈兀仍偕著名天文学家纳速剌丁同行。

柒

纳速剌丁系阿里教徒，徒思人。当年，亦思马因教主鲁克赖丁不敌蒙古兵锋，率诸大臣及天文学家纳速剌丁、两位名医哈马丹人谟瓦非怯迪莱和来速迪莱出降，旭烈兀早闻天文学家和名医之名，遂将此三人留于帐下。

进军途中，旭烈兀向占星师胡撒木丁询问大军进攻及结营吉凶，胡撒木丁以近日夜观星象所见，回答："王师尚不宜攻取报达。大王不见前者进兵报达诸军，皆功亏一篑，铩羽而归。"

其时纳速剌丁正好在座，闻胡撒木丁之言，连连摇头，面露微笑。旭烈兀遂向纳速剌丁垂询："先生为何摇头哂笑不止？"

纳速剌丁起身施礼，语气平静地说回道："回王爷：依臣所见，大王此行，必取哈里发以代之。"

见两位占星师意见相左，旭烈兀的心中不免有些纠结。他思索着两个人的话，下意识地用一根手指挠了挠额头。

胡撒木丁仗着他是旭烈兀的驾前宠臣，自扈从西征，旭烈兀多次采信他的预言，且无有不准，这使他变得目空一切。别说是纳速剌丁，除了旭烈兀本人，他对任何人都不放在眼里。此时，他见一位新进之人竟敢对他的占卜结果提出质疑，气愤之下，对着纳速剌丁怒目而视。纳速剌丁恍若未见，无动于衷。胡撒木丁无奈，只得转向旭烈兀说道："倘若大王不肯采信本师预言，决意进兵，则有六种灾难将至：一是战马皆死而军中有疫；二是日不出；三是雨不降；四是风雹地震令世人惊恐；五是年岁必荒；六是同年王寿不永。"

纳速剌丁心中好笑，依旧不紧不慢地说道："风雨雷电、天灾病疫，此皆天道之数，自有循环之理，岂可为一人一城而至？此前十年，此后十年，天象将进入平稳期，不会有大的天灾出现。因此，国师预言诸般灾害，皆不会出现。"

本来，纳速剌丁完全是从一名天文学家的角度，就事论事，胡撒木丁却认为这是纳速剌丁故意与他作对。他"腾"地从座位上站了起来，一张脸都气得发青了，"本师预言之事，向无不准。你敢与本师打赌吗？"

纳速剌丁无意与之竞赌，他看了胡撒木丁一眼，语气和缓地劝道："国师所言之事，准与不准，自有应验之日，又何苦以此与人作赌呢？"

胡撒木丁来了犟劲儿，厉声说："我偏要与你一赌！怎么，你不敢么？"

"不是不敢，只是没有这个必要。"

"少在君王面前巧言令色。你因何百般推辞？足见你心虚胆怯。"

旭烈兀的个性，原本是个爱热闹不嫌事儿多的，见此时二人各执一词，僵持不下，眼珠一转，有了主意。他摆摆手，提议道："二位要赌，也不是不可以，不如就由我从中作个见证。我命人将二位的预言分别记录下来，几年后看谁的预言能够应验。二位以为如何啊？"

胡撒木丁立刻表示同意："如此甚好。"

"你呢？"旭烈兀转问纳速剌丁。

"也罢。"

旭烈兀向正侍立于身边的必阇赤（其职位相当于今天的秘书长）做了个手势，这位必阇赤掌管王府文书往来，兼做通译，"把他们的话都记下来。"

"是。"必阇赤答应着，就在帅案前置一小桌，笔墨纸砚都是现成的。必阇赤坐在那里，笔走龙蛇，不一会儿便将胡撒木丁和纳速剌丁的预言分别用蒙古语和突厥语两种语言记录下来，录毕，旭烈兀让他拿过去给胡撒木丁和纳速剌丁都看了。

"没有出入吧？"

二人的回答都是："没有。"

必阇赤让两位星相师签上各自的名字，随后，他取过印泥，二人又在名字上按上手印。必阇赤随即取过这份赌约，恭恭敬敬地呈给旭烈兀。

旭烈兀正要在赌约上签上自己的名字时，拿着笔的手又停了下来。

"怎么了，王爷？"必阇赤惊讶地问。

旭烈兀看着胡撒木丁和纳速剌丁，脸色渐渐变得严肃起来。二人不明白他是怎么回事，一起望着他。

"有句话我得说在头里，你们要想好了。只要我在这个赌约上签下名字，你们就再没有机会反悔了。这张赌约不是白立的，我给你们三年时间，看谁的预言能够应验。预言应验，万事皆无，预言落空，就要以生命付出代价。你们应该明白我的意思了，在我没有签下自己的名字前，一切还有转圜的余地。你们来做决定，这名，我是签还是不签？这约，你们是赌还是不赌？你们中间，但凡有一个人主动放弃，我就当一切不曾发生过，赌约作废。然而，一旦我签下自己的名字，你们就等于将生死交给了上天。君王面前无戏言，你们不妨再认真考虑一下，给我个答案。至于我，还是给你们个忠告吧：气，可赌；命，不可赌。"

胡撒木丁和纳速剌丁互相看了对方一眼。

"怎么样？"旭烈兀等了等，问道。

胡撒木丁回答："我不放弃。"胡撒木丁的想法，在这三年的时间里，只要发生赌约中的任何一件事，他就不能算输。他是个自负的人，也很依赖自己的占星能力，他不相信他会输给纳速剌丁。

何况，他也不能输。

"你呢？"旭烈兀又问纳速剌丁。

纳速剌丁是个本性正直又极其务实的学者，他只相信天象呈现的规律，从未将自己视为占星师。从始至终，他对胡撒木丁的激烈反应深感惊讶，怎奈事已至此，他也无由退避。他抬头看着胡撒木丁，语气淡淡地答道："便赌一把也无妨。"

旭烈兀这才在赌约上签下自己的名字，盖上王印，交给必阇赤收藏起来。他倒要看看，胡撒木丁和纳速剌丁谁的占星能力更强。至于攻打报达，这是蒙哥汗交给他的使命，他决不会因为胡撒木丁一番话就畏缩不前。

再说，他不攻打报达，又该如何验证胡撒木丁的预言是否准确？

旭烈兀设宴款待胡撒木丁、纳速剌丁和各军主要将领，随后传令进兵报达。

旭烈兀的这个决定不言而喻：胡撒木丁第一个回合其实已经输给了纳速剌丁。

这里需要交代一下，三年后，胡撒木丁果真被旭烈兀处斩。不过，胡撒木丁之所以遭到斩杀，并不是由于他的预言全未应验之故。旭烈兀是个念旧情的人，三年前的一赌，他只当戏言。然而，有人向旭烈兀告发胡撒木丁阴附术赤系后王，且对主上颇多怨言，这件事才是真正激怒旭烈兀的主因。于是，旭烈兀旧话重提，假借三年前的赌约，将胡撒木丁一斩了之。

捌

是月中旬，旭烈兀命三路大军同时向报达发动进攻。第一路，由拜住率领，自毛夕里渡达遏水，逼近报达城西，与帖木儿不花、速浑察会合，组成右翼军，博勒合、图马儿、忽里率领术赤从征军配合右翼军作战；乞的不花、忽都孙统率左翼军自罗耳边境进向报达城东；旭烈兀自率中军，会同忽合亦勒合、乌鲁克图、阿儿浑所属部队自开尔曼沙一线行进，同时命波斯诸王贵族率其各自所属民团配合中军行动。

十二月，勇将乞的不花率领的军队占领了罗耳地区大部分城池，开始进逼报达。拜住和帖木儿不花所率右翼军自塔克利特一带渡过达遏水。报达副掌印官艾伯格和统将费图丁闻听蒙古军已进至达遏水后，自雅库拔及巴只色利之间渡河，在安八儿一带与担任右翼军前锋的速浑察部交战。速浑察部佯败后退，把部队撤往小达遏水附近的别歇利野，与右翼主力会合。

报达军与蒙古军激战至夜幕垂落方各自扎营。深夜，蒙古军决达遏水堤坝，报达军营后面的草原完全为河水淹没。次日，蒙古军围攻报达军营地，统将费图丁、哈剌辛豁儿与一万两千余报达将士均殁于此役，另有近一万将士在仓皇逃命中溺亡。最幸运的还得说是艾伯格，他率几百名残兵败将突围而出，逃回报达城。

在报达城门紧紧关闭的瞬间艾伯格总算松了口气。达遏水一役，蒙古军消灭哈里发军队两万余人，使其元气大伤，也让艾伯格领教了蒙古将士的勇猛善战。艾伯格再不敢掉以轻心，只休息一日，便督命军队与市民修缮城墙戍楼，在其上遍置炮具弓箭及滚木礌石，同时在全城征集青壮年男子守城和加强街市防护。

蒙哥汗八年（1258）一月中旬，蒙古各路大军齐集于报达城四周，对报达城形成稠密地包围。

旭烈兀自率中军结营于城东阿只迷门外；忽合亦勒合率所部结营于城东克勒瓦的门外；忽里、博勒合、图马儿等三王率术赤系从征军结营于城西苏克算端门外；拜住、速浑察率右翼军结营于城西河之右岸；帖木儿不花率一万人马埋伏于城南自马答因通往巴思剌的路上，以待城破后阻断报达军的退路。

报达城跨达遏水，分东西二城，西城外环市廛，内有子城，东城壁垒峻厚，墙上筑敌台一百六十三座，戍楼及城墙建筑极为坚固。旭烈兀在视察地形后，命波斯民团在城四周筑建壁垒。因报达城郊缺少石块，民团只得从札鲁札等地运来石头，其不足部分则伐棕榈树代替。

另外，旭烈兀又遣民团在达遏水两岸筑建壁垒，城东高地上筑一小丘，将抛石机、抛火机、弩炮、火油瓶等皆置于高地之上。当这些工事全部完毕后，旭烈兀命人写就赦书，从城四周射入城内。旭烈兀在信中说，在他正式发动攻击前，只要报达城军民主动放下武器，他将赦免一切伊斯兰教法官、学者、司教、阿里后裔以及所有不与蒙古军敌对的人。

他的赦书毫无作用，城中军民加强城防，做好了抵抗的准备。旭烈兀知道和平拿下报达城的希望渺茫，待一切准备就绪后，他在一月底下令对报达展开全面攻击。仅仅第二天，阿只迷门戍楼全部被摧毁。

术赤从征军不等天明，黉夜登城，城东墙完全为蒙古军占领。哈里发穆斯塔辛万万没想到蒙古人的攻击力如此强大，不禁失去了坚守的信心。他遣诸子及大臣多次赴旭烈兀的王营请降，旭烈兀曾发赦书，要求穆斯塔辛在他发动攻击前主动归降，而今战事已起，他对报达守军决不宽恕。他拒绝了穆斯塔辛的请降，继续对报达城发动攻击。

十日，报达城诸门皆破，穆斯塔辛率其子及阿里族教长、法官、贵族、学者等三千人出降。三天后蒙古军进城，旭烈兀派人接管了城中所有金库。这些金库中，堆放着黑衣大食五百年来积蓄的所有财富。

本来，按照以往蒙古大汗对待降国君主的惯例，穆斯塔辛兵败请降，而且，西征军对报达城展开攻击前又有堂兄别儿哥从金帐汗国遣使为穆斯塔辛求情，旭烈兀倒不是不能饶恕穆斯塔辛。可当他听说，穆斯塔辛为人极其贪婪，他不仅经常克扣将士军饷，而且对黄金有着一种病态的占有欲时，他改变了主意。

人们给旭烈兀讲述了这样一件事：艾伯格死里逃生，败回报达城后，考虑到蒙古军强大的战斗力，而城中守备力量严重不足，遂上奏穆斯塔辛，请他从金库里拿出部分库藏，增添守城器械，另外，给将士们发足被克扣的军饷，以激励士气。谁知，穆斯塔辛借口国库空虚，否决了艾伯格的奏议。

艾伯格离开穆斯塔辛的王宫后对他的亲随长叹：吾君悭吝，吾国将不保。

旭烈兀是个典型的武将性格，生平最憎恶三种人：不讲信义的人，卖主求荣的人，贪婪无度的人。穆斯塔辛舍命不舍财的贪婪本性激起了他的强烈反感。为警示他人，他命人在瓦伽夫村附近，为穆斯塔辛建造了一座黄金屋，然后在黄金屋中遍置黄金，包括所有的器具，皆用黄金制成。他让穆斯塔辛居住于黄金屋中，每日只许给他提供一些清水。就这样，这位视金银如生命，连将士们的军饷都舍不得发放的哈里发就守着这满屋子的黄金，喝着清水，没过多久便饿死在黄金屋中。

穆斯塔辛死后，旭烈兀又将其二子和亲信数人处死，唯赦免了其幼子木刺八。至此，传承三十代，立国五百零三年的黑衣大食王朝宣告消亡。

蒙古军初入报达城时，曾在城中大掠七日。处死哈里发父子后，旭烈兀明令不许再有任何毁城之举和扰民的行为发生。为加强对报达城的控制，旭烈兀一面在报达清查户籍和人口，一面重新任命了城守、国相和内政长官，将报达城以东地区交给当地最有影响的贵族管理，指派大断事官为其辅佐。

俟报达城归于平静，旭烈兀命大将亦勒合和哈剌不花率三千骑兵守城，随后，他率主力返回哈马丹，为攻取西里亚做一些必要的准备。

在哈马丹经过休整后，旭烈兀统领西征军向西北进入阿哲尔拜展地区，选定帖必力思和马剌黑为其驻节之所，并在乌尔米亚湖（今伊朗东、西阿塞拜疆省境内的乌尔米耶湖）地区大兴土木。

与此同时，旭烈兀产生了在驻节之所建造一座天文台的想法。

蒙古自成吉思汗立国以来，十分重视对人才的网罗和任用。蒙古军征战四方，攻城略地，杀人无数，但几乎从不杀害具有一技之长的人才以及妇女儿童。不止如此，历代蒙古统治者对文学家、医学家、手工业者、艺人、占卜家、宗教上层人士、法学家等多能善加保护和擢用。

在历任蒙古大汗中，蒙哥汗是文化素养最高的一位。他在潜邸时就注重研究数学、天文学和占卜术，曾解答欧几里得《几何原理》若干图。他卓异于同时期许多王公贵族的敏慧与政治家的远见卓识给了他爱才惜才的天性。从旭烈兀出征波斯时，他让旭烈兀邀请波斯天文学家纳速剌丁前来蒙古，帮他建造一座天文台的叮嘱上，就能看出他是如何明了重人才、兴科技的重要性。

蒙哥汗的这一计划因战争频仍未及付诸实施，旭烈兀却打算借用兄长的想法，为此，他命人传来纳速剌丁。

君臣二人就此事进行了探讨。纳速剌丁向旭烈兀进言："欲卜事变之吉凶，必须编写精确先进的天文表，按日指示日、月、五行星的方位。"

旭烈兀问道："编写完成精确先进的天文表，需要多长时间？"

纳速剌丁按照土星运行规律推算时间，回道："三十年。"

旭烈兀想了一下，"太长了。十二年可否完成？"

"参考和利用前人所编历表，招募各地天文学家夜以继日地展开工作，或可在主君规定的时间内完成。"

"也就是说，你需要有人协助于你？"

"必须如此。"

"你心中可有适当的人选？"

"有。除主君从中国带来的几位天文学家外，我还想以主君的名义，延请大马司城的木牙代丁、哥疾宁城的奈只木丁、毛夕里城的法忽鲁丁、梯弗利司城的法忽鲁丁至天文台协助我观测天象，绘制历表。"

"这个好办。地点呢，你选好没有？"

"就在马剌黑城北的高岗上。这是天文台的图纸。"

一名亲卫从纳速剌丁手中取过图纸，呈给旭烈兀。旭烈兀看了一会儿，看不懂，"你过来吧。"他向纳速剌丁招招手。

纳速剌丁走过来，恭恭敬敬地侍立于旭烈兀身旁。

"这是什么？"旭烈兀指着图中几处怪异的图形和符号问。

"这是浑天仪，这是观星器，这些都是天文台的必要设备。另外，在台顶开天窗可纳日光，用以观测子午线及日时；中有地球仪一座，分全球气候为七带。"

旭烈兀听着纳速剌丁的讲解，越听越头疼，他的务实性格体现无遗，直截了当问了个最现实的问题："你就说吧，建造这样一座天文台需要花费多少银钱？"

"五百万即可。"

"五百万？还是即可？"旭烈兀惊道。

"这是臣预估的经费明细，请主君过目。"

旭烈兀根本不看，"如今战事吃紧，我哪来那么多钱给你筹建天文台！再说，花那么多钱建一座天文台有何用处！"

纳速剌丁笑道："究竟有无用处，主君可否与臣做个试验？"

"你要做何试验？"

"我们只需如此这般。"纳速剌丁将他想到的办法对旭烈兀娓娓道来。

"好吧。"旭烈兀觉得有趣，同意了。

次日凌晨，山上突然传来一阵刺耳的异响，声震军营。将士们不知发生何事，一个个衣冠不整，仓皇而出。出得帐来，循声观望，才发现是几名士兵站在山丘之上，手持铜盘正在用力敲击。这些人虚惊一场，骂了几句，便又一个个回到帐中继续睡觉。旭烈兀和纳速剌丁站在王帐前，看着这一幕，旭烈兀若有所悟。

纳速剌丁躬身说道："主君颖慧，一定明白臣的用意了。"

"是啊。你是想告诉我：从星宿运行可知风云变幻，知大自然者，可预防其灾，且使天地之数为我所用。不知，则惊慌失措，束手无策。"

"主君明鉴。"

"我终于明白，蒙哥汗为什么会有在和林建造一座天文台的想法了。我的远见，果然不及兄长啊。"旭烈兀喃喃自语。

"主君，您说什么？"

"没什么。建造天文台的任务我就交给你了，我答应你：要人给人，要钱给钱。"

纳速剌丁一躬到地："这是主君造福天下及后世万民之举。臣虽不具资格，仍愿代主君子民相谢。"

玖

在旭烈兀的鼎力支持下，一座规模宏大的天文台开始在马剌黑城北修筑。等纳速剌丁根据观测结果编撰完成天文表时，旭烈兀已经不在人世。纳速剌丁将此天文表命名为《伊儿汗表》，呈给第二任大汗阿八哈。在其后许多年内，《伊儿汗表》都是世界上最先进的天文历表之一，其中有些研究结果填补了此类研究的空白。另外，纳速剌丁在工作期间，通过来自中国的著名天文学家屠密知（音译）等人，对中国纪元和天文历数也有了详尽的了解。

元至元十一年（1274）六月，著名天文学家纳速剌丁于报达病逝，享年七十八岁。这位杰出的学者和天文学家，一生编撰哲学、伦理学、物理学、形而上学多部著作，且为多部天文著作注释。纳速剌丁不仅自己成就斐然，在人才的挖掘和培养上也同样不遗余力，像后来被元朝皇帝忽必烈委以重用的天文学家札马鲁丁，大音乐家撒菲丁奥都木明等，都曾得到过纳速剌丁的延用和资助。

木剌夷、报达相继沦陷后，西里亚（即叙利亚）上下大震。

西里亚国主纳昔儿见蒙古军攻取报达后，有转攻西里亚之势，乃遣其子阿昔思与国相宰努丁率军将一人、侍从数人，携带厚礼往见旭烈兀，请求臣服。但此时，旭烈兀的真正目标，是将西里亚纳入蒙古帝国版图。

旭烈兀明人不做暗事，款待过阿昔思后，便遣这位王子带信给其父纳昔儿，要求纳昔儿在规定的时日纳土归降。

在遣归阿昔思的同时，旭烈兀率主力结营于达遏水附近。

报达沦陷后，旭烈兀选派精锐骑兵，将他在征战中缴获的各种珍奇珠宝及金银织品护送回国，并向蒙哥汗奏告了他在波斯诸地的作战情况。

不久，"箭的传奇"带回圣旨，蒙哥汗命旭烈兀全力攻取西里亚。

蒙哥汗八年（1258）夏，为征集优势兵力，旭烈兀遣使至毛夕里王巴忒剌丁·鲁鲁处，令其遣王子及部队前来效力，从征西里亚。经过半年的准备，旭烈兀于次年年初兵分三路向西里亚进发：勇将乞的不花率一军人马担任先锋，拜住和辛忽儿率右翼军，孙扎黑率左翼军，旭烈兀自率中军。

九月十二日，先锋军越过哈喀儿山后与曲儿忒军队遭遇，乞的不花亲身冲杀于阵中，先锋军大获全胜。旭烈兀率中军从此地进军，攻取哲吉莱特城。为攻取美索不达米亚北部诸堡，旭烈兀分兵袭取蔑牙发儿斤。

蔑牙发儿斤城主哈迷勒是埃及阿尤布朝宗王。数年前西里亚国主曾派其相宰奴丁到和林朝见蒙哥汗，蒙哥汗待之甚厚，将一道赦免圣旨交付于他。后来，一位西里亚牧师手持赦免圣旨至蔑牙发儿斤城，为哈迷勒擒杀。

哈迷勒发誓与蒙古军一决雌雄。报达国遭受围攻时，哈里发穆斯塔辛曾向哈迷勒求援，哈迷勒引军往救，行至半道，得知报达城已破，遂引军返回蔑牙发儿斤。报达国沦陷后，他又赴大马司，邀约纳昔儿王共同抵抗旭烈兀。

旭烈兀将哈迷勒视为劲敌。为消灭哈迷勒，他决定先取阿迷忒，之后率中军向纳昔宾方向进发。行至哈朗之地时，纳昔宾人和鲁哈人纳款来降。旭烈兀按照惯例，对主动来降者一律予以优待。沿途撒鲁人不降，旭烈兀引军袭破其城。

十月下旬，蒙古大军渡过额弗拉特河，包围了合列卜。当地守军与市民倚仗其城既有丰富的物资储备又修筑着坚固的堡垒，拒绝归顺。旭烈兀将各路大军分别布置在犹太门、鲁木门、大马司门、伊剌克门附近后，他自率主力驻扎于安梯奥西亚门外侧，以便指挥全军作战。

旭烈兀带长子阿八哈及军中重要将领先行视察了地形。回到帅帐后，阿八哈献上一计：仍采用攻陷报达城之法，在城四周筑建小丘，布置发石机与抛火机猛攻。旭烈兀采纳了儿子的建议，将筑建小丘和布置炮兵的任务交给了他。

阿八哈有两个得力助手，一个是郭侃，一个是伯颜，三个人齐心协力，不出三天便将一切安排妥当。

旭烈兀见时机已经成熟，下令各军从四门向合列卜城发动攻击。

合列卜城确实坚固，军民众志成城，足足抵抗了七天。第七天黄昏，伊剌克门率先被蒙古军攻破，蒙古军从此门涌入城中，守军退至内堡继续抵抗。此后，蒙古军用了差不多一个月的时间，付出惨重的伤亡代价才将此内堡拔除。

合列卜城既破，旭烈兀缴获了大量战利品，还俘获了手艺精湛的工匠数人。旭烈兀对这些工匠予以安抚，暂时留于军中听用。

合列卜城既下，旭烈兀命阿八哈领一军包围了附近的哈里木堡。堡内军民抵抗数日后向阿八哈请求赦免，阿八哈接受了他们的请降。之后，他按照事先承诺，对抵抗将士未予惩处，只是要求主官献出堡中工匠，阿八哈将他们带回了父亲的大营。

旭烈兀见儿子不负重托，顺利拿下哈里木堡，十分高兴。他将儿子从哈里木堡征集的工匠与他在合列卜城俘获的工匠一道送回帖必力思和马剌黑，协助复建两城毁于战火的建筑。

其后，旭烈兀在哈里木堡重新任命了行政长官与军事长官。

旭烈兀回头再攻蔑牙发儿斤城，擒杀城主哈迷勒。

经过几场大战，旭烈兀完全占领了美索不达米亚平原地带，特别是西里亚战略要地额弗拉特河流域诸多城堡，至此，旭烈兀将西征军的战略方针做了调整，具体为从面的进攻转入点的突破。

冬季到来（1259 年 11 月），蒙古军在马剌梯牙、哈剌特、罗姆等处渡口造船搭桥，渡过额弗拉特河，向阿勒波进发。

这个时候，离蒙哥汗去世已逾数月，只不过转战于波斯战场的旭烈兀尚未接到讣告，对自己的同胞兄弟忽必烈与阿里不哥正围绕汗位展开明争暗斗也一无所知。此时他的心中，只有一座座坚固的城堡，一个个未被攻克的要塞。

蒙古军的战斗力，通过发生在美索不达米亚平原的数场大小战役亦为阿勒波人所知。听说蒙古军正向阿勒波开进，阿勒波人闻风丧胆，纷纷逃往大马司，大马司人则纷纷避走埃及。其时正值冬季，天气寒冷，许多人竟因此冻死于途中。

旭烈兀挥师向阿勒波挺进。此时，这位伊儿汗国的开国君主并不知道，随着蒙哥汗的离世，一个新的汗国就要在波斯大地出现。

第三章　何惧红土埋忠骨

壹

不久，蒙古军进驻距阿勒波不远的色勒朱牙特村。村中戍军尽为忠义军，他们欲出村御敌，见蒙古军人数众多，又吓得退回村中。

在村中坐镇的谟阿匝姆·突兰沙王见蒙古军铺天盖地而来，明令忠义军禁止出战。遗憾的是，他的命令未能被完全遵守，部分忠义军及精壮村民在勇将马思特的率领下擅自出城，屯于班忽撒山。

次日，马思特见一支蒙古军先至山下，居高临下发起攻击。

这支蒙古军由阿八哈率领。两军相遇，义军来势凶猛，蒙古军的阵形被冲乱，阿八哈指挥军队撤退。这一退竟如退潮一般，转眼间便向后退出数十里。忠义军没想到蒙古军如此不堪一击，不由得士气大振，对其穷追不舍。一逃一追间，前面出现了一条空阔的沙石路，沙石路呈南北走向，东西两边都是茂密的森林。当忠义军追入沙石路的尽头时，早就等候在这里的赛岚指挥伏兵从两侧密林中杀出。伏兵既出，阿八哈不再退却，也返身杀回敌阵。

转眼间，忠义军陷入蒙古军的包围之中。马思特情知中计，边打边退，欲从来时之路逃回本村。这支忠义军也算顽强，好不容易脱出包围圈时只剩下不足一半的人马。他们本以为逃出生天，谁知，他们的厄运并未结束，甫到路口，就见这里遍置路栅，迎面一支神箭队挡住了他们的退路。

马思特暗暗叫苦，事已至此，除了拼死一战也别无他法可想。蒙古军的神箭队实在了得，箭矢如雨，不断有人倒在马思特的脚下，马思特的战盔亦被射落，这一箭让他惊出一身冷汗。经过一番苦战，马思特带着不足百名的残兵败将逃回村中。

阿八哈乘胜追击，包围了色勒朱牙特村。谟阿匝姆王在马思特的保护下向阿勒波城退却，阿八哈一路追击，途中双方再次发生激战。马思特让谟阿匝姆王先走，他率忠义军断后。估摸谟阿匝姆王已经逃脱，马思特不愿恋战，且战且退。可惜，这次他没有上次走运，挥马迎战时，他被郭侃一箭射中面门，死于马下。

同日，旭烈兀率主力攻取了阿勒波北方的阿匝思城。阿八哈引军与父亲相会，得知阿八哈用巧计拿下色勒朱牙特村，旭烈兀对儿子大为赞赏。阿八哈不愿夺人之功，向父亲禀报说，在合列卜城建造土丘，其上遍置攻城炮具，以及这次袭取色勒朱牙特村，都是他采用了伯颜所献之计。

阿八哈视伯颜为亲近的朋友，甚至是此生唯一的知己，这使他不想总是埋没伯颜的才华。假如他知道，正是他的这次引荐，才让他在几年后与伯颜天各一方，而且终其一生不得相见，想必他一定会听从伯颜的劝告，让伯颜暂时就做自己的影子，直到他君临伊儿汗国的那天。

伯颜在阿八哈的王府担任执事，以前，旭烈兀也听人提起过这个名字，如今见儿子对他的执事推崇备至，遂于王帐之中，宣来伯颜。

旭烈兀初见伯颜，就觉得这个年轻人内蕴锦绣，可堪重托。他对伯颜慰勉一番，让他仍旧随侍在儿子身边。

几路大军如期会合后，开始对阿勒波城实施包围。

阿勒波城是西里亚的军事要地之一。它位于地中海东岸，大马司正北方。其城坚固无比，兵械精良充足，守兵众多。蒙古军方至城下，旭烈兀遣先前归降的阿儿哲罗姆王往谟阿匝姆王处谕降，劝谟阿匝姆放下武器，献城归附蒙古，同时允许旭烈兀在内、外二城中置蒙古戍将。

这个要求遭到谟阿匝姆的拒绝，旭烈兀决定以武力攻取其城。

一月，蒙古军先沿城掘壕，一夜而毕。继而在城四周安排了二十具炮车，对准城墙狂轰不止。

在蒙古军连续的攻打中，阿勒波外城于一周后沦陷，子城守军　个月后亦降。阿勒波一仗，蒙古军俘获十万余众，其中包括谟阿匝姆王、纳昔儿王诸子诸妻，以及遭到监禁的玛麦鲁克将领九人。

谟阿匝姆王被押入旭烈兀的大帐。本来按照蒙古习俗，主动归降的王公一般都会受到厚待，兵败而降的王公多数也能得到赦免，但兵败被俘的王公很可能被直接推出杀掉。可是，旭烈兀见这位王公须发皆白，已是耄耋之年，不禁动了恻隐之心。他饶恕了谟阿匝姆的抵抗之罪，让他留在城中养老。

旭烈兀进兵西里亚之初，阿尤布朝宗王满速儿将哈马特城委与他最信任的官员木剌施德管理，他自己则匆匆逃入大马司城避祸。没想到这位木剌施德不比满速儿更具"英雄气概"，当他听说阿勒波城已陷于蒙古军之手，急忙弃城逃命。

哈马特城众士绅聚在一起商议，觉得抵抗无益，遂选派几名代表于城外迎降。为示诚意，他们还将城门钥匙呈给旭烈兀。旭烈兀接受了他们的请降，派遣一名波斯人接管了哈马特城。

原本旭烈兀进军西里亚之初，特别是攻取额弗拉特河诸堡后，就已在西里亚朝野引起极大震恐。这边战报如雪片纷飞，那边纳昔儿王尚在与哈剌克王相争，对于正在逼近的危险懵然不知。直到纳昔儿王与哈剌克王在齐查湖畔签订了互不侵犯协约，才率领大军回到大马司坐镇。

蒙古军进入哈朗后，纳昔儿王结营于离大马司北部不远的伯儿哲，召集将相多人商讨对策。在战与和的问题上，国相宰奴丁与大将拜伯尔斯产生了严重分歧，宰奴丁主降，拜伯尔斯主战。

两个人争论不休，纳昔儿觉得他们所说各有各的道理，一时间也拿不定主意。作为阿尤布一朝的末代君主，纳昔儿的懦弱无能是造成国家衰弱的原因之一。数年前，宰奴丁曾出使蒙古谒见过蒙哥汗，他对蒙古帝国兵威之盛印象深刻，回国后，他每每向君主提及，都有一种胆战心惊的感觉。何况，蒙古西征军一路过关斩将，纳昔儿绝不可能一无所知，若非如此，他也不会瞻前顾后、犹豫不决。

纳昔儿的另一个难言之隐是，西里亚军队由阿剌壁人、突厥人和志愿兵组成，纳昔儿对这支军队的战斗力没有信心。军队将领也因他优柔寡断，对他充满鄙视。君臣不能互信，导致军队士气愈发一蹶不振。

宰奴丁与拜伯尔斯的争论得不到纳昔儿的支持，只能无果而终。第二天深夜，玛麦鲁克军队在拜伯尔斯的暗中唆使下，包围了纳昔儿，准备将其杀死改立新主。纳昔儿差点遭到擒杀，多亏其弟咱喜儿机警，带领一支装备精良的亲军卫队前来护驾，纳昔儿方才得以脱身，侥幸保住了一条性命。

前有强敌，后院起火，纳昔儿知道自己再留在伯儿哲，无异于坐在火堆之上。于是，他在咱喜儿的保护下，匆匆逃回大马司。回到大马司，他的心绪稍稍安稳，城中亲族和大臣将领皆劝说他回营御敌，否则，一旦他彻底失去民心，大马司也没有他的立足之地。无奈，纳昔儿强打精神，重又回到伯儿哲。

不过几日时间，伯儿哲已然发生巨大变故。策动了弑君阴谋的拜伯尔斯担心纳昔儿回来问罪，已偕亲随及部分将士逃往合匝，后又投奔了埃及算端忽图思。

为避免城破后家眷落入敌人之手，纳昔儿决定将家人全部送往埃及避难。他命其妃携带厚礼，与诸王大臣的家眷同往埃及。纳昔儿的这位妃子是罗姆算端凯库拔的女儿，为人极有胆识，纳昔儿信任她，才将这个重任交付与她。

贰

纳昔儿此举，无疑是示弱于敌的表现，西里亚的民心、军心更加涣散。许多军士以护送为由与家人同行，其中近半数去而不返，结果纳昔儿一方的军力进一步削弱。不得已，纳昔儿遣使向哈剌克王莫吉特和埃及算端求援。哈剌克与西里亚多年征战不断，不久前才在齐查湖畔签订互不侵犯协约。莫吉特视纳昔儿如仇敌，倘若纳昔儿兵败于蒙古人之手，他倒乐见其成，他的心境如此，怎肯出兵相助？至于埃及方面，说来说去只能怪纳昔儿运气不好，埃及国内刚刚发生一场政变，忽图思废幼主阿里自立，正忙于稳定国内局势，对西里亚根本无暇顾及。

纳昔儿待援不至，完全失去信心。二月底，他带走大部分军队，先逃至纳不鲁思后，留下两员将领镇守，又逃往阿利失。他在这里暂时安顿下来，遣法官不儿罕丁携厚礼赴埃及向忽图思求援。

纳昔儿离开大马司后，此城变为无主孤城。恰在此时，旭烈兀遣额儿哲罗姆王子法忽鲁丁等人入城谕降。国相宰奴丁不愿与蒙古军队为敌，遂召集城中士绅商议对策。多数人主张献城投降，避免流血，少数不愿投降的军民，退入子城拒守。

宰奴丁派以法官木哈亦哀丁为首的请愿团随蒙古使者出城，向旭烈兀献上诸多财宝和城门钥匙，旭烈兀任命木哈亦哀丁为西里亚大断事官，并赐锦袍遣还。木哈亦哀丁回到大马司后宣读了旭烈兀的任命书和对大马司居民的赦令。随后，旭烈兀又遣乞的不花率领一支军队入城抚民，他交代乞的不花凡事要与宰奴丁多做商议。

旭烈兀亲自送别乞的不花。他对乞的不花说："当年，祖父曾对博尔术和木华黎说过这样的话：二位于我，犹如车有辕，体有臂。我今以此言送将军。"

乞的不花不擅辞令，唯叩首以谢。

三月一日，乞的不花率蒙古军一部进入大马司，城中居民以司教与军政长官为首，手举旗帜迎接于道。进城后，乞的不花首先宣布王命，禁止蒙古军侵害居民生命财产。

尽管蒙古方面再三表明了安民意图，退守子城的大马司军队百姓仍对蒙古军抱有敌意，坚守不出。乞的不花数次招降均遭拒绝，二十一日夜，乞的不花调二十门炮具对子城发起猛攻，四月六日，子城守军出降。乞的不花恪守了饶命不杀的诺言，只是下令摧毁子城中半数以上的戍楼，并销毁了所有武器。

大马司失陷，西里亚大部分土地为蒙古占领，旭烈兀决定乘胜进兵小亚细亚。他在途中击败了巴尔干诸国联军，随后派郭侃前去攻打富浪国（"富浪"一词，系阿拉伯人对欧洲人的总称。当时西方世界正处于十字军东征时代，此处指由基督教骑士团控制的塞浦路斯岛）。

自扈从西征以来，郭侃屡立奇功。

蒙哥汗六年（1256），西征军渡过阿姆河，开始对亦思马因宗教国发起全面进攻。

此前，乞的不花已攻占库希斯坦地区大部分城堡，旭烈兀自率主力向麦门底司进发，同时分兵攻取麦门底司周边诸堡。

当时，亦思马因宗教国在库希斯坦鲁德八儿地区据有众多城堡，所属山寨达三百六十座。库希斯坦地区全是山地，中心城镇是哈音。鲁德八儿则地处里海西南埃布尔兹山脉的深山中，东南与哥疾宁相接，中心城市为麦门底司，其主堡则为阿拉模特堡。

阿拉模特堡北滨里海，建于唐懿宗咸通元年（860）。该堡根基坚固，堡周围凿岩为濠，引克孜勒乌赞河水为池，形势险固，亦思马因派教主多选择此堡居住。后来，鲁克赖丁迁往麦门底司堡，将该堡交给穆合底木守卫。

郭侃率领一支先锋军先行来到阿拉模特城堡之下。他遣使向堡中守将穆合底木谕降，穆合底木驱赶使者，决定死守。郭侃见该堡坚固，遂筑夹城围攻多日，城不能下。郭侃架炮连攻数日，穆合底木支持不住，出城请降。郭侃好言抚慰，派人将他送往旭烈兀处，旭烈兀对穆合底木饶恕不罪。

旭烈兀欲取兰巴撒耳堡，但其堡在途中建有卫城，其城极其坚固。旭烈兀深知郭侃能言善辩，胆识过人，遂派他前去游说城主来降。城主拒降，旭烈兀遂命郭侃攻下此城。郭侃仅以一半兵力攻城，另一半兵力则由副将率领埋伏于途中，郭侃与副将约定，待听到钲声就发起攻击。郭侃攻卫城不克，下令撤退，守军出城追击，至次日清晨落入郭侃的包围圈。郭侃调头，与副将前后夹击，全歼追兵。

郭侃首战告捷，又设一计。他命副将及部分军士换上对方服色，自己则率领骑兵假装追赶。就这样，"残兵败将"逃回城下时已是黄昏时分，守城将士不辨真伪，将"败兵"放进城中，结果，郭侃几乎没有付出多少伤亡，便顺利拿下卫城。

郭侃从卫城继续向西进兵，沿途连破数十城，歼敌三万余，祸拶答而等城主纷纷迎降，"常胜将军"之名自此远播西波斯。当其转往东南准备征服克什米尔时，克什米尔君主竟然不战而降，郭侃之威勇由此可见一斑。

非但如此，郭侃行军有纪律，野营露宿，虽栉风沐雨不入民舍，所至之处兴学课农，吏民畏服。

蒙哥汗七年十二月，郭侃随旭烈兀进攻黑衣大食国都报达城。一月，西征军对报达城形成合围。郭侃在东门阿只迷门担任攻城先锋，他向旭烈兀献计，调石炮、火炮七十二门，对阿只迷门狂轰不止。仅用一日，阿只迷门完全被摧毁，郭侃带领先锋军从阿只迷门攻入东城。东城的宫殿皆以沉香檀木建造，郭侃担心报达军队据城坚守，下令放火焚烧，火起时，阵阵异香传出百里。

郭侃接管东城府库，得到七十二弦琵琶、五尺珊瑚灯檠等珍宝，皆献与统帅。此时，旭烈兀为防敌人逃走，特地在达遏水设浮桥阻拦，并派水军日夜巡逻。哈里发穆斯塔辛上船逃跑，见到河上有浮桥阻拦，只得自缚投降。

郭侃奉命追击报达逃兵，于暴雨中斩其将，从此西行三千里，又陷三百余城。行至天房（即沙特）时，其将住石请降。手下将领皆相与庆贺，郭侃却说："此人虽降，然面露骄矜。自古兵不厌诈，我若中计为他所困，岂不有负统帅所托。"遂做出布置，严阵以待。

不出郭侃所料，住石果然前来偷袭。郭侃不费吹灰之力大败其军，住石逃回都城，谓其主郭侃有未卜先知之能，其主惊惧而降。

郭侃继续西行四十里，夜晚大军宿营时，郭侃突然传令出发，往前十余里再扎新营。敌军夜袭时只见到几个病卒，他们将病卒带回城中审问，才知道郭侃带领军队黄夜撤走，只留下空营一座。他们这些人因身体有病，不宜挪动，将军遂让他们给可乃算端报个信，就说东方之将，已在别处恭候。可乃算端闻言动容，惊叹道："东方的天将军，真是神人啊。"于是向郭侃请降。

此番受命渡海，攻打富浪国。郭侃每至一处，必先行劝降。富浪国筑城百余座，其中兀都首领夜梦与神人交战，城中血流成河。及至见到郭侃，竟与所梦神人一般无二，他不愿与之为敌，于阵前下马请降。

石罗子敌军出城交战，郭侃直出掠阵，一鼓就击败敌军，其首领归降。此后，郭侃以奇兵袭击宾铁军队，加叶首领降；又破兀林游兵四万，阿必丁首领降；向西南走到乞里弯，忽都马丁首领降。短短一月，郭侃横扫富浪国，得城一百二十座。在顺利达成使命后，郭侃回到旭烈兀驾前。

叁

旭烈兀遣郭侃东归，向蒙哥汗报捷。直到此时，旭烈兀仍未得到兄长病逝的消息。阿八哈与伯颜置酒为郭侃送行，三人相约，两年后再会于首都和林。

郭侃与旭烈兀是同龄人，比阿八哈年长十七岁。郭侃虽年纪居长，又是蒙哥汗和旭烈兀的爱将，本人在从征的汉军及炮军中拥有极高威信，可他本质上是个谨慎的人，深谙为臣之道。每逢旭烈兀令他配合阿八哈行动，他凡事必与阿八哈商议，从不自专。而这种从祖辈到父辈的交情——郭侃的祖父郭宝玉是成吉思汗最欣赏最倚重的谋臣之一，郭宝玉曾随成吉思汗西征，成吉思汗对他所献之计，往往悉数采纳，君臣相信，直至生命终结；郭宝玉之子德海，与成吉思汗三子窝阔台和四子拖雷皆过从甚密——也影响到阿八哈，阿八哈敬重郭侃，犹如敬重父辈一般。

郭侃对阿八哈既怀君臣之义，对伯颜又怀知己之情，他一再叮嘱伯颜，要多为王子出谋划策，尤其要保护好王子。他还说，待他日三人在和林重新聚首，他当以中原名剑名马相赠二人。

郭侃怎能想到，他与伯颜还有见面之日，与阿八哈再无相会之时。

数月后，郭侃回到中原，才知忽必烈汗已在开平府即位。中原汉将，皆心归忽必烈，于是郭侃直赴开平府谒见忽必烈，上陈建国号、筑都城、立省台、兴学校等二十五事以及平宋策略。忽必烈对他极其欣赏，任为江淮大都督。

中统三年（1262）二月，益都都督李璮和徐州总管李杲哥叛蒙自立，宋将夏贵也从南方北上，以策应李璮与李杲哥。史天泽向忽必烈汗举荐义子郭侃前往讨伐李杲哥，郭侃受命，奔袭至徐州，击斩李杲哥。夏贵迁徙军民南去，郭侃追击，过宿迁县，夺回军民万余人。

因平叛有功，郭侃受赐金符，被封为徐、邳二州总管。李杲哥之弟驴马，又与夏贵以兵三万来犯，郭侃出战，斩首千余，夺战舰二百艘。

至忽必烈遣使正式册封阿八哈时，郭侃已积功升任万户长。

这是关于郭侃的情况。

西征军刚刚做好进攻埃及的准备，蒙古急使送来蒙哥汗驾崩的凶讯。

旭烈兀在波斯浴血奋战，他最大的动力和依靠就是蒙哥汗。没想到兄长竟在半年前病逝于南征前线，这个消息令旭烈兀万分震惊。对旭烈兀来说，蒙哥汗不仅是他的同胞兄长，更是他所崇敬的君主。旭烈兀从未忘记父亲去世后，十兄弟团结一心共同度过的艰难岁月，那时兄长既是一家之主，也是他们的主心骨。后来，兄长夺得汗位，在他的心目中，兄长是除祖父成吉思汗之外蒙古最杰出的大汗，他从未想过，兄长为他送行的那一天，竟是他与兄长的永诀。

按照蒙古旧俗，凡大汗崩逝，举国上下需戴孝悼念，征战部队需平息干戈返回故土，同时选举新的大汗。尽管埃及就在眼前，旭烈兀也只能放弃对它的攻打。他令乞的不花率两万军队留守西里亚,自己率大军先行回师合列卜。

所谓世事难料,旭烈兀做出东归的决定时不可能知道,西征军的撤离,令未来的局势急转直下。如果说,当年窝阔台汗的死亡拯救了岌岌可危的基督教世界,那么,蒙哥汗的离世则让蒙古人的战马止步于西里亚。

大军行至帖必力思时,旭烈兀又得到了另一个让他同样感到震惊的消息:他的哥哥忽必烈与弟弟阿里不哥已分别在漠南漠北自立为汗,而且,他们为争夺汗位正拥兵对垒,大动干戈。

一母同胞的四兄弟,曾经那样相亲相爱。如今,大哥长逝,旭烈兀心中最记挂的人,原本只剩下四哥忽必烈、七弟阿里不哥和异母弟末哥了,遗憾的是,末哥在蒙哥汗病逝后也因身染瘟疫故去。

对四哥和七弟的惦念,其实是旭烈兀与故土间最深的牵绊。他万万没想到,就是他最亲近的这两个人,只为兄长留下的汗位,竟如敌人般展开殊死搏杀。这且不论,两个人都有信函送抵他的案头,希望得到他的支持。而他,根本没法做出选择,只能静观局势变化。

旭烈兀的内心充满了悲凉,也充满了彷徨。

蒙古人征战四方,或许能够四海为家,越因为如此,越有一种感情根深蒂固,这种感情,是对故土深沉的眷恋。一切奋斗,一切努力,甚至不惜一次次与死神擦肩而过,都只是为了捍卫家族的尊严,都只是为了某一天,当双脚重新踏上故乡的草地时,可以毫无愧色地饮下那杯荣誉的酒。

如今,长兄骤然离世,南北对峙之势已成,他不得不面对这个严酷的现状。千里万里,故乡其实都不遥远,让故乡变得遥远的,是那种不能回去也不敢回去的力量。也许直到未来,能够回去的,只有对故乡繁花似海、清风如酒的想象。

旭烈兀第一次意识到,原来故乡竟是这样一种地方:离远时会回望,永远回不去时才会满怀悲伤。

左右为难的旭烈兀,实在不愿卷入兄弟间的争斗,只得停在帖必力思犹豫不前。

西征军主力离开西里亚后,乞的不花率领两万军队继续攻打西里亚未下诸城。当时,海边的富浪人遣使至默儿只巴儿忽忒营,携带重金前来拜见乞的不花。纳昔儿王弟咱喜儿亦备礼谒见,乞的不花命其仍主撒儿哈特城事。

为了攻占西里亚南部地区，乞的不花命大将率一军往取纳不鲁思堡，自己则率部进入合匝城，攻克了西里亚南部地区诸堡。数战告捷，更令乞的不花感到满意的是，他从两名曲儿式人处得知了纳昔儿王的去向，遂在齐查湖畔将纳昔儿王俘获。乞的不花命纳昔儿王谕降阿哲仑城，城降后蒙古军将其设施摧毁。

因纳昔儿王谕降有功，乞的不花派遣军队将纳昔儿王及其弟咱喜儿、歆姆司王子撒里黑等送至帖必力思旭烈兀的军营。旭烈兀待纳昔儿王甚厚，答应待收复埃及后将西里亚仍交给纳昔儿王治理。

乞的不花不愧是将中之将，在主力东归后的极短时间内，便占领了西里亚南部和地中海东岸未下诸城，从而使东起阿姆河，西抵地中海中段，南自波斯湾，北抵黑海、里海的广大地区，全部纳入了蒙古军管辖范围。

春末，忽必烈在开平府登基，改元中统。

中统元年（1260）夏季，旭烈兀的使者至埃及开罗，向算端忽图思递交了谕降书。

算端系伊斯兰教苏丹的别称，意为土地拥有者、首领、王者、领袖等。

当时统治埃及的是玛麦鲁克王朝。玛麦鲁克在阿拉伯语中是"奴隶"之意，最初本来由阿拉伯帝国阿拔斯王朝君主购买奴隶组建而成，后期逐渐形成了一个独特的军事贵族集团。

玛麦鲁克的前身是古拉姆卫队，这个卫队的产生源自阿拔斯中期的政治斗争。阿拔斯王朝的第八代哈里发穆塔西姆是一个突厥女之子，他登基之后深深忌惮当时在朝廷中势力如日中天的波斯系贵族，于是就通过自己的母亲从中亚雇佣了一批突厥战士充当护卫，这批突厥战士大多是来自于高加索地区和黑海北部的非穆斯林游牧民，其中包括被东亚帝国驱逐出大漠的突厥人。

由于古拉姆卫队作战勇敢，对君主忠诚不贰，能够充当君主的利剑，因此，其体制为阿拉伯其他国家的算端纷纷效仿，阿尤布王朝的萨拉丁也不例外。不过，萨拉丁为了加强家族统治，抛弃了原有的古拉姆选拔体系，不再使用奴隶军人混杂自由民的雇佣兵，而是彻底从私奴中选拔强壮的男子进行军事训练，再统一配发装备。如此一来，古拉姆卫队便成为后世对伊斯兰文明产生深刻影响的玛麦鲁克军团。

十一世纪的十字军东征，对阿拉伯地区造成了重大影响，与此同时，玛麦鲁克在萨拉丁的指挥下,作为一个独立的军事集团出现在阿拉伯的政治舞台上。

当玛麦鲁克军团的实力与影响越来越大时,其军事领袖已不再满足臣属身份,他们开始觊觎最高权位。从玛麦鲁克军团到玛麦鲁克王朝的改变,必定要以阿尤布王朝结束统治作为前提。

肆

在蒙哥正式登基的前两年,阿尤布王朝第七代国王萨利赫病逝,其宠妃谢杰莱·杜尔扶立萨利赫之子图兰沙为君,趁机左右了朝政。

图兰沙在位仅仅三个月。因他一直想摆脱谢杰莱的控制,又对玛麦鲁克军团主将艾伊贝克充满蔑视之情,为此惨遭杀害。同年,谢杰莱拉扶持年仅六岁的阿什拉夫·穆萨登位,宣布自己为埃及穆斯林女皇,在发行的钱币上铸有她的头像和名字,下令在主麻日聚礼时要埃及穆斯林为她祈祷。

因女性称王不符合伊斯兰教规,谢杰莱临朝称制遭到了臣民的坚决抵制。艾伊贝克趁机夺取政权,并娶谢杰莱为妻,玛麦鲁克王朝由此建立。

蒙哥汗二年（1252）,谢杰莱宣布废除年幼国王,由艾伊贝克担任埃及玛麦鲁克王朝第一任国王,实权仍旧掌握在谢杰莱手中。

艾伊贝克毕竟是奴隶出身,没有高贵的血统为其号召力,这使玛麦鲁克王朝在建立之初,便十分重视武力及实力。

玛麦鲁克王朝有文武两个阶层,前者构成官僚阶层,后者大都由玛麦鲁克军官组成,掌管军队并出任算端、总督、大法官等高官。

玛麦鲁克的军队分为三部分：算端的玛麦鲁克,酋长的玛麦鲁克,还有玛麦鲁克子弟以及穆斯林自由民组成的骑兵。

此外,王朝实行军事分封制,把大批土地以"伊克塔"（即采邑）的形式分封给贵族和将领,作为他们平时任职、战时服役的报酬,伊克塔亦可作为世袭领地继承。王朝建有庞大的正规军和近卫军,作为统治的支柱。各地长官均由玛麦鲁克军官担任,掌管地方行政、军事和税收大权。

蒙哥汗七年,艾伊贝克和谢杰莱在权位之争中先后丧生。多年来一直辅佐艾伊贝克的副将忽图思扶立其子阿里即位。然而不出两年,忽图思便废黜阿里,自任玛麦鲁克王朝算端。

这一年，正值波斯高原的多事之秋，亦思马因宗教国、报达阿拔斯王朝、西里亚阿尤布王朝相继灭亡，蒙古西征军已将兵锋转向埃及。

忽图思得到旭烈兀的谕降书后，召集诸臣商议从违之事。多数大臣以旭烈兀的承诺不可信为由，力劝算端与蒙古军决战。

忽图思采纳众臣建议，做了如下准备：向民众摊派兵役，增收税种；没收从报达哈里发纳昔儿处前来避难的诸臣、诸妃财物，以充军费；命诸州长官遣发一切军队，听从算端调遣，敢有躲避不出者，一律处以笞刑。同时，算端还派出间谍至西里亚长官和赛德王处，探听西里亚虚实，并散布流言，对其中反复无常者进行游说。

决定创建不世之功的忽图思命人杀死蒙古使节，亲率埃及玛麦鲁克军队和前来投效的西里亚、阿剌壁与突厥蛮共十二万大军自山城出发。大军行至合匝城时，曲儿忒诸首领献城投降。

为彻底孤立蒙古军，忽图思向圣让答克的十字军派出使节，求其中立。在得到应允后，忽图思率大军向沿海地区发起了进攻。

埃及大军进入西里亚时，乞的不花尚在巴阿勒伯克驻军。他向西里亚各地派出急使，召集散发于各地的军队，并把家属与辎重送往大马司城。七月三日，蒙古军与埃及军相会于纳不鲁思、拜桑两地间的阿音扎鲁特平原。兵戎相见之初，因埃及军畏战，左翼首先发生变乱。乞的不花遂挥军猛攻左翼，埃及军败退溃散，蒙古军乘胜追击，杀死许多密昔儿人，也最终落入埃及军队的包围圈。众寡悬殊的弱势开始显露出来，蒙古军纵然顽强，毕竟越打越少。

黄昏时，乞的不花的队伍只剩下不足千人。乞的不花并非没有逃生的机会，但这位蒙古第一勇将毅然放弃了这个稍纵即逝的机会。

身临死地的乞的不花，早将安危置之度外，他唯一担心的只有刚出生数日的孙儿。原本他在埃及大军来袭前，已派人将家眷送往大马司，可当时儿媳临盆在即，无法承受旅途颠簸，乞的不花只得接受儿子的请求，将小夫妻俩留在身边。

蒙古军与埃及军正式会战的前一天，儿媳在战营产下一子。乞的不花闻报，派赛岚妥为照顾。乞的不花的儿媳是赛岚的亲侄女，刚刚出生的婴儿是赛岚的侄外孙，无论于公于私，照顾好他们赛岚都责无旁贷。

蒙古军在阿音扎鲁特遭到围困后，乞的不花几乎是目睹了儿子战死在他的面前。他的儿媳看似柔弱，内心却十分刚烈，她得知丈夫阵亡的凶讯后没有掉下一滴眼泪。为避免兵败后落入敌人之手，她在当夜自杀以殉。

儿子与儿媳的死，更计乞的不花坚定了与埃及军队同归于尽的决心。鉴于当时的局势万分危殆，乞的不花匆匆召来赛岚，让他务必护送孙子杀出重围，赛岚含泪受命。双方交战至夜色渐沉，这时敌人稍稍放缓了攻势，乞的不花知道这是最后的机会，忙令赛岚率领仅存的三百余名尚有战斗力的亲军强行突围，至于他自己，则与其余受伤将士一直坚持到次日凌晨。

当黎明的第一束光线撕开夜幕时，只见偌大的阿音扎鲁特平原上，到处都是干涸的鲜血，到处都是零落的战旗与武器，到处都是尸体，有人的尸体，也有马的尸体，横七竖八，无边无际。活着站在大地上的只有阿忽思和他的玛麦鲁克武士，可即便这些活着的人，也没有几个完好无损。

忽图思不无感慨地望着眼前的一切。是他，捍卫了穆斯林的文明，荣誉的光环已经罩在他的头上，他当之无愧。他此时的心情不能用巨大的喜悦和激动来形容，他的确喜悦，的确激动，但他的喜悦和激动都有些飘忽不定。有一点他不想欺骗自己，此前，他还从未见过这样一支至死不屈的军队。诚实的天性告诉他，假如他不是调动了数倍于敌的兵力困住对方，谁胜谁败绝对是个未知数。

在帅旗的旗杆依旧竖立的地方，忽图思似乎看到有什么东西蠕动了一下，又蠕动了一下。他以为自己眼花了，闭了闭眼，再次定睛望去，只见一个形体正慢慢地、慢慢地从地上抬起了半个身体。由于距离太远，只能通过模糊的影像看出这是一个人，却无法判断他是自己人还是敌人。

忽图思举步向这个摇摇晃晃的形体走去。受一种莫名的心绪支配，他顷刻间做出决定：倘若这位幸存人是自己人，他一定要对他予以重赏；倘若幸存者是敌人，他不妨将其赦免。

伍

越来越近。

终于，忽图思能够毫不费力地断定两件事：第一，这是一位蒙古人；第二，这个人已命在旦夕。

幸存者，毋宁说，暂时的幸存者，左胸的胸口被利箭射中，手臂受伤，小腿亦被斩断，身上的衣袍沾满了血污，已完全看不出本来颜色。布满烟尘的脸上，只有一双眼睛仍旧闪射着光芒。

"你……你是谁？"

幸存者微微笑了一下，他用剑插在地上，支住了半个身体。

"我是乞的不花。割下我的头颅，那将是你荣誉的象征。"他声音低弱却清晰地说道，一员将领将他的话译给忽图思。

说完这句话，乞的不花安然合上双目，头向攥剑的双手垂了下去。一直到死，他都保持着这种半身挺立的姿势。

忽图思呆呆地看着他。原来，这就是那位可怕的敌人，令他肃然起敬的敌人。

不知过了多久，忽图思向乞的不花的遗体行礼。接着，所有忽图思身边的将领都向他们的敌人行礼，包括一向最仇恨蒙古人的拜伯尔斯。

如乞的不花所说，作为荣誉的象征，忽图思割下了这员名将的头颅，之后，他将所有阵亡者葬于战场之上。

阿音扎鲁特一役，因双方兵力悬殊，蒙古军惨遭失败。这是蒙古军第三次西征中的首次败仗，它产生的后果却是相当严重的。战后，埃及玛麦鲁克军队与原哈里发纳昔儿的大将拜伯尔斯几乎杀尽了所有倾向于蒙古人的基督教、伊斯兰教教徒以及王公贵族、文武大臣，宰奴丁、木哈亦哀丁等在屠杀中全部罹难。旭烈兀在西波斯各地设置的达鲁花赤亦惨遭杀害，额弗拉特河以西土地均为埃及军队占领，忽图思将这些土地分封给了撒里部与谟亦思部的玛麦鲁克人。

乞的不花兵败身亡，西里亚被埃及君主忽图思夺取的噩耗传来，旭烈兀更加不能离开波斯。经过反复思考，旭烈兀做出决定：既然蒙古本土已无主君，而四哥与七弟的汗位之争未有结果，他不如暂且留在波斯，待收复西里亚，稳定征服地的局势后再做下一步打算。

同年，旭烈兀开始以"伊儿汗"的名义在波斯发布命令。

这样一来，便出现了一个问题：伊儿汗国的建立时间要晚于伊儿汗的产生时间，究其原因，与旭烈兀的汗位尚未得到中央汗国承认有关。一般来讲，伊儿汗国的建立时间要从旭烈兀得到中央汗国正式册封的那一年算起。

旭烈兀选择"伊儿"一词，本身表明了他甘为中央汗国臣属的心意。他希望用这种方式告慰蒙哥汗的在天之灵：无论他在波斯高原搏出怎样的一片天地，他仍是蒙哥汗的将领，仍是未来蒙古人汗的臣子。

作为施政的第一步，旭烈兀任命志费因人苫思丁·志费尼为国相，协助他管理朝政与朝臣。

苫思丁为政平和，其后稳居相位达二十四年之久。不过，仅从成就而言，身为国相的他，尚且不及其弟光彩夺目。

苫思丁的弟弟名叫阿老丁·阿塔蔑力克·志费尼（生于 1226 年，卒于 1283 年）。兄弟二人的祖辈，历仕塞尔柱帝国和花剌子模王朝的"撒希伯底万"（即财政大臣），因此，撒希伯底万差不多成了志费尼家族的代称。他们的父亲巴哈丁在蒙古统治时期，也曾出任过呼罗珊、祃桵答而等地的撒希伯底万。

在历史上，阿老丁·阿塔蔑力克·志费尼是以"志费尼"之名著称于世。志费尼才情卓越，不到二十岁便进入蒙古宫廷，专门负责为波斯长官阿儿浑处理和撰写各类文书。阿儿浑几次前往和林觐见蒙古大汗，都携志费尼同行。后志费尼随旭烈兀进兵报达，获准在阿剌模城取得亦思马因派诸王所藏图书，其中有《古兰经》及《吾主传》等珍贵抄本，这些图书成为他撰写《世界征服者史》的重要史源之一。

志费尼撰写的《世界征服者史》，是一部记述蒙古兴起与强盛的大型史书。志费尼生活的时代，距他撰述的史实十分接近。很多材料是他在旅途中采集到的，其中包括当时社会上流行的传说，读起来给人一种栩栩如生之感。成吉思汗西征的过程，志费尼是第一个予以完整、详尽记载的史家，也是这方面的权威。

《世界征服者史》所叙述的年代，起自成吉思汗，止于旭烈兀平亦思马因的阿剌模特诸堡。全部可分为三部分：第一部分的内容包括蒙古前三汗，成吉思汗、窝阔台汗和贵由汗时期的历史；第二部分实际是中亚和波斯史，其中包括花剌子模的兴亡、哈剌契丹诸汗，以及那些地方的蒙古统治者，如成帖木儿、阔儿吉思、阿儿浑、舍里甫丁等；第三部分的内容比较庞杂，它从拖雷写起，以较大的篇幅谈到蒙哥的登基及其统治初期的史实。

阿儿浑的赏识，使志费尼有得天独厚的机会可以陪伴主官到处视察和旅行。在蒙哥登基前后，他曾三次随同阿儿浑前往蒙古宫廷。他曾到过贵由遗孀斡兀立海迷失的行宫；到过察合台之子也速蒙哥的驻地；并于蒙哥汗二年前往帝国首都和林庆贺蒙哥登基，并在那里留居达一年零五个月之久。此后，志费尼又跟随旭烈兀参加过征服阿剌模特诸堡，灭亡亦思马因宗教国的战争……所有的经历，都给志费尼撰写《世界征服者史》提供了翔实的第一手材料。

蒙哥汗二年至三年（1252年5月至1253年9月），志费尼开始在和林撰写其传世巨著《世界征服者史》，至中统元年（1260），他时断时续写了八九年。中统四年，志费尼任报达长官，权及蒙古势力范围内的阿拉伯诸国。因公务繁忙，此书第三部分没有完成，按原书计划，它只是第二大卷的一部分。

鉴于志费尼随阿儿浑的第三次和林之行是去朝贺蒙哥即位，而且他们在哈剌和林滞留了近一年半的时间，这部分内容应当最有价值，且比《元史》的记载要详尽许多。

另外，该书从总结穆斯林失败的原因出发，赞扬了蒙古的军事制度和坚忍不拔的战斗精神。作者认为那种平时游牧狩猎，战时随军出征的兵役制度可以充分动员老少贵贱都成为武士、弓手和枪手，根据形势所需向前杀敌。其十进制的军队编组制度也可以避免其他国家雇佣军虚报兵额的宿弊。至于其官兵的勇敢精神，作者认为既不是指望俸禄和采邑，也不是期待军饷和晋级，而是源于战争掳掠的欲望。

蒙古军队严明的纪律也是其所向披靡的重要原因。作者指出，蒙古部民能担负各类沉重的赋役杂税和军需供应，毫无怨言。蒙古将士对汗的"服从和恭顺"，达到如此地步：一个统帅十万人马的将军，离汗的距离在日出和日没之间，倘若犯了过错，汗只需派一名骑兵，按规定的方式处罚他，如要他的头，就割下他的头，如要金子，就从他身上取走金子。

对成吉思汗的军事指挥天才和蒙古军队优良的战略战术，作者也充满赞赏之情，甚至认为连亚历山大本人都甘愿给成吉思汗当学生。他描述了保存这位征战统帅军事思想的"大札撒"，说每逢新汗登基，大军调动，王公贵族们都要根据其中规定的方式去部署军队。作者还注意到蒙古军队的战略战术与其日常狩猎密切相关，每一次大型狩猎犹如一场战争，从中得到教益和训练是每名将士的义务。

志费尼本人毕竟出身于波斯显贵家庭，这使他对战败的花剌子模王朝统治者充满同情。尽管如此，无论从哪个角度来说，没有多少史家能像作者一样，充分利用亲身经历和耳闻目睹的第一手材料，来描写成吉思汗西征花剌子模以及蒙古军征服波斯地区的历史，作者对史实的占有，使《世界征服者史》一经问世，便成为成吉思汗及其子孙西征中亚和波斯地区的最可信赖的权威性著作。

志费尼经旭烈兀、阿八哈二朝，在阿合马当政时去世；其兄苫思丁三朝为相，后因四任汗阿鲁浑不容，遭受灭门之灾。

陆

蒙古军的第三次西征，若自乞的不花到达波斯境内算起为七年时间（1253年至1260年），若从旭烈兀率主力部队进至波斯地区算起则只有四年时间（1256年至1260年）。短短的数年时间，西征军消灭了亦思马因宗教国，攻破了报达阿拔斯王朝，占领了西里亚诸地，统一了东起阿姆河，西至地中海东岸，南自波斯湾、印度洋，北达黑海、里海一线的广大土地，创造了众多的军事奇迹。这是一场以征服为目的的征战，它在主观上为这些国家带来了诸多灾难，在客观上，则以武力为手段连接起亚欧、亚非和非欧等洲洲界，打通了东西、南北方的交通要道，为当时国与国、地区与地区乃至洲与洲间政治、经济、文化、贸易往来创造了极为便利的条件。

尽管最后，旭烈兀没能征服埃及，丢失了西里亚，但总的来说，其战略战术的运用相当成功。

蒙古军与西方各国军队相比，明显优于西方军队。单从军事角度看，蒙古军所向无敌，有着其必然的原因。

事实上，在蒙古军先后发动的三次西征中，有着一些共性的东西。

先看作战指挥方面。蒙古军灵活、果断，善于协调步兵、骑兵、炮兵共同作战，善于组织先锋军与主力军的配合作战。从统帅到各级将领，都特别重视对敌情地形方面的侦察搜索，在此基础上，一旦形成对敌我双方力量对比及优势劣势的判断，再加上将地形因素考虑在内，便能确定正确的主战方向。

在战略战术方面，欧洲军队侧重剑击和一对一的搏击，而不善于运用迂回机动袭击的策略。蒙古骑兵则长于奔袭、奇袭、强袭、追击、伏击、迂回包围，而且，蒙古军队的主要兵种是骑兵，这决定了军队的运动神速。在实战中，分进合击，集中优势兵力聚歼一点，被蒙古将领反复采用且屡试不爽。

在军纪与素质方面，蒙古军组织纪律性强，赏罚与执法严明。而且，上至将军，下至士兵，皆善骑、善射、善战、勇猛、坚韧。

在军队建设和武器装备方面，西方诸国的军队装备、配置、训练尚且不能满足机动作战的需要。相比较西方军队，蒙古军队在从无到有、从弱到强的建设中，更具有一种开放的眼光和包容的心态。事实上，成吉思汗从立国之时，就奉行"拿来主义"：绝不排斥一切先进的东西，绝不故步自封。无论先进的经验还是先进的战具，包括各个领域的人才，"我将接受一切，一切为我所用"。通过博采众长，蒙古军迅速从只有单一的骑兵兵种发展成为骑兵、边兵、签兵、炮兵、工兵、步兵、通信兵、水兵诸兵种俱全的军队。这样一支军队，加上将领与士兵的良好素质，各兵种的密切配合，在与敌人接战时，其优于对手的地方很快便能显现出来。

最后一点，还要说说蒙古的行军、后勤及战地管理。蒙古军但凡出征，通常都会派出一支前锋部队先行。前锋部队担负着在大军所经过的道路上开路搭桥、准备粮草、设宿营地，以及沿途标定草地供大军临时屯驻时放牧所用的任务。而轻骑兵、巡逻兵和工兵都是前锋部队的重要组成部分。此外，在部队休整营地有牧人与工匠建造畜栏，并设置驿马站。后勤供给部队是满载战具和军需物品的牛车，络绎跟进于大部队之后。军中设有技师、军医、通译、道路维护员、掌印员、军需员等，各司其职。妇女乘坐牛车随军前进，在途中置备膳食和管理食物，在宿营地有时还会给将士们（其中有许多人是她们的亲人）表演节目，以消除疲劳和恐惧，提升士气。

不仅如此，旭烈兀在西征途中也贯彻了蒙哥汗时期附者重任以及重用降将、降军的政策。亦思马因教主鲁克赖丁和报达哈里发穆斯塔辛被杀是其中比较极端的例子，原因无外乎以下几种：亦思马因宗教国是一个教徒专以行刺暗杀为业的国家，要惩治这一凶暴之国，须从国王开始，这是其一；亦思马因君主曾派遣四百名教徒进入蒙古刺杀蒙哥汗，这件事加深了蒙哥汗对这一教派的憎恶，这是其二；旭烈兀受母亲影响，比较偏重于基督教，他最钟爱的大将乞的不花也是一名基督教徒，这使旭烈兀在不知不觉中卷入了征服地的宗教斗争中，这是其三；报达虽为旭烈兀所灭，传袭三十七代、五百余年的哈里发地位及声望犹存，倘若不剪除其人，蒙古想要在波斯高原建立统一国家的愿望就可能随时受到威胁，这是其四。

蒙古人的几次西征，特别是四大汗国的建立，使蒙古帝国成为横跨欧亚两大洲的世界帝国。这个帝国的横空出世，在西方激起了一股前所未有的热潮：为了解这个神秘的帝国，一批批西方商队、旅行团、使节团涌入蒙古，并随之第一次产生了西方人描述东方世界的游记。也是第一次，西欧人发现，在遥远的东方，还有一个肤色人种、宗教信仰、地理环境、生活习俗等都有别于他们，且军事实力远远超过他们的新大陆。虽说这个了解还不够全面，却足以动摇西欧人长久以来形成的观念：只有基督教世界和伊斯兰教世界才是人类的主宰。

伊儿汗国在其整个统治时期都与元朝保持着密切的联系，这种基于血缘关系的友好往来，为中国与阿拉伯各地的经济、文化的深层交流提供了便利的条件。其间，伊斯兰天文历算、阿拉伯数字、中古世纪的医学知识、投石机的制作技术、烧制青花瓷的主要原料、香料、作物等通过各种渠道纷纷传入中国，而中国的四大发明、元帝国的典章制度、钞法、兵制等也传入西欧和波斯诸地。

严格而论，旭烈兀虽说创建了伊儿汗国，却尚未做好成为一名君主的准备。其后的事实也证明，他从始至终所扮演的，都是一名战士的角色。从这个角度而言，他算得上是一位富有智慧的统帅。

这种智慧表现在：首先，他善于借鉴，其次，他善于审时度势。

出于对自己长兄的崇拜，旭烈兀将蒙哥汗时期许多有益的政策直接应用于他草创的汗国之中。

随着伊儿汗国在事实上建立，其北疆直接与金帐汗国接界，打耳班附近的高加索山脉成为两个汗国的分界线。与此同时，阿哲尔拜展地区变成了伊儿汗国的领地。

而按照当年成吉思汗对诸子的分封，阿哲尔拜展则被划入长子系的势力范围。

在当时被蒙古占领的诸多地域中，阿哲尔拜展不仅有着丰美的草场，而且还有手工业和商业较为发达的城镇，其纺织业尤其著名。这样富庶的地方，自然历来都为统治者所觊觎。

有一点毋庸置疑，在蒙哥汗组织第三次西征前，阿哲尔拜展的局势相当复杂，金帐汗国并未在阿哲尔拜展建立稳固的统治，彻底征服阿哲尔拜展的人是旭烈兀。

蒙哥召开忽里勒台，定策西征时，金帐汗国还处于拔都执政时期。按照大札撒的规定，拔都派白帐汗国和蓝帐汗国的三位宗王从征。旭烈兀率主力向波斯高原开进的过程中，拔都病逝，其长子和幼子相继即位，又都在短时间内不明原因地暴亡，之后，汗位落入三王爷别儿哥之手。

当年，蒙哥汗登基时，金帐第四任汗别儿哥有拥立大功，西征军在波斯斩将夺旗，也有术赤从征军的功劳。因此，别儿哥认为，无论于公于私，他都有足够的资格向旭烈兀索取阿哲尔拜展。

柒

不久后的一天，别儿哥的使者来到马剌黑旭烈兀的行帐，旭烈兀一开始不知道金帐使者的来意，相当高兴地接待了他们。

旭烈兀进攻报达前，别儿哥曾派使者请求旭烈兀赦免哈里发穆斯塔辛之罪，旭烈兀知道堂兄已皈依伊斯兰教，满口答应下来。其后的战争中，蒙古军付出惨重的伤亡才拿下报达城，旭烈兀在极度愤怒中早将自己对堂兄的承诺抛到九霄云外。城破后，他严厉处置了穆斯塔辛。堂弟的不守信用令别儿哥深感愤怒，鉴于当时蒙哥汗尚在人世，别儿哥只能将不满压在心底。

别儿哥虽有心结，旭烈兀早将过去发生的事情抛到九霄云外。他设宴款待堂兄的使者，席间，当他得知使者的来意后，脸色顿时沉了下去。

自古以来，送金送银的多，送土送地的少。别说阿哲尔拜展的归属本来不是特别清晰，就算特别清晰，金帐汗国毕竟没能在阿哲尔拜展建立起稳固的统治。如今它成为伊儿汗国的一部分，旭烈兀绝不会轻易将它让给任何人。现在的旭烈兀，除非他的兄长蒙哥汗还能死而复生，否则，他对任何人都不会放在眼里。

旭烈兀断然拒绝了堂兄的要求。

别儿哥不甘心，又数次派遣使者向旭烈兀索要阿哲尔拜展，均遭到旭烈兀的严词拒绝。此间，术赤系二王巴剌寒和忽里在旭烈兀的军营相继去世，图马儿王也因违反军纪且激怒旭烈兀遭到处决。术赤系三位宗王扈从西征，竟无一人善终，这让别儿可找到了讨伐旭烈兀的借口。

中统三年（1262）八月，别儿哥命侄孙那海率三万金帐兵经打耳班屯于设里汪。那海是别儿哥七弟之孙，这个年轻人不仅继承了父祖留给他的丰厚遗产，而且在术赤家族的第四代中以能征惯战、足智多谋享誉汗廷。

旭烈兀驻跸于汗都马剌黑，本来正筹划出兵埃及为乞的不花报仇之事，金帐汗国的突然进犯，让他不得不暂时放弃了这个打算。

旭烈兀尽起大军迎击那海，其主力部队由波斯境内的蒙古军和波斯民团组成，前锋由名将绰儿马罕之子失烈门率领。

当时，旭烈兀掌握的驻守花剌子模故地及波斯高原的军队人数与军种大致如下：

其一是探马赤军。在成吉思汗时代由其四子术赤、察合台、窝阔台、拖雷各派一千人组成，主要驻守在你沙不儿、塔里寒、阿里阿巴的、哈温克、范延、哥疾宁等地，从上述地区对印度和克什米尔地区发动进攻。蒙哥汗三年，又增派军队，使探马赤军的人数达到万人以上。这支军队由撒里统帅，归旭烈兀节制。伊儿汗国建立后，旭烈兀将其军编入主力部队。

此外，在西域的呼罗珊、马三德兰、伊剌克、阿哲尔拜展四部亦驻守着各民族军队五万余众，其中包括窝阔台汗即位之初所派，由大将绰儿马罕率领的征伐波斯地区的三万军队。绰儿马罕在一次战斗中失明且罹患风瘫症后，这支军队由其副帅拜住率领。而另外两万人也是增戍部队。蒙哥汗时期，由马思忽惕伯统领的镇守突厥斯坦、河中诸地、畏兀儿诸地、费尔干纳及花剌子模的军队，由阿儿浑统领的镇守呼罗珊、袹拶答而、伊剌克、法儿思、起儿漫、罗耳、阿儿兰、阿哲尔拜展、谷儿只、亚美尼亚、鲁木、迪牙儿别克儿、毛夕里、合列卜等地的军队，由阿里篦力统领的镇守亦思法杭、你沙不儿的军队约七八万人亦受旭烈兀节制。

其二是在战争中收编的敌军。因蒙古人口有限，不过百万人，所有成年男人都服兵役，也只能筹措十万人左右的军队，针对现实情况，每当攻城略地时，都会收编俘虏或降军以壮大自己的力量。对于收编的军队，或编入蒙汉军队及其他正规部队中，与其共事，或保持其原来编制，只派蒙古军官数人，以完成攻打坚城、堡寨的任务，或用以建造工程或军事工事。

其三是骑兵。这是蒙古用以立国的最传统和最主要的兵种。自成吉思汗以降，蒙古骑兵分轻骑兵和铁骑兵两种。其中，轻骑兵因行动便捷，多承担游击运动战、迂回包围战及追击敌军的任务。轻骑兵的游击作战形式很多，有时表现为点面结合，有时表现为佯作败退，诱敌深入，待敌人落入包围圈后反戈迎击。为行动方便，轻骑兵往往只带数日食物和必备武器，但每人都配备四到六匹从马。至于轻骑兵的组织编制，要以其承担的任务加以区分，担任哨骑兵、逻骑兵、游兵的人数不多，多在百人或数百人之间，但须具备高度的灵敏性和极强的应变能力。前锋部队是为主力军开辟道路的军队，其任务艰巨，人数众多。如旭烈兀西征时乞的不花率领的前锋军有一万二千人。伏兵的任务也较重，其编制人数更多，多在数万。除轻骑兵外，还有铁骑兵，铁骑兵人数未必比轻骑兵多，但都是能攻能守的精锐部队。

其四是炮兵。蒙哥汗时期尚未形成较大规模的炮兵部队，但已产生了执行特定任务的随军炮兵。旭烈兀西征时，炮兵部队在攻打麦门底司堡、报达城诸役中都发挥了巨大作用。

成吉思汗的重要谋臣郭宝玉之孙郭侃善于制造炮具，蒙哥汗对他委以重任，命他从征西域。旭烈兀在经过西辽故地时，又招募射石机手和火油投掷手数百名，并设千户职位，使其管理投石发弩、放射石油等攻城机械。

就当时的炮具来说，经过像郭侃这样既具有天赋又拥有热情的将领及中原、西域匠人的不断改进，新式炮具在发射射程、准确度和破坏力等方面，都明显优于蒙古军前期使用的炮具。比如契丹匠人制造的一种叫做迦曼·亦·格甫的弩炮，其射程为二千五百步，威力极大。在攻打报达的战役中，旭烈兀就是借助炮具的力量先行摧毁敌军戍楼，才取得了最后的胜利。

其五是工兵。蒙哥汗时期，工程技术兵种也趋于完善，他们在修路搭桥、建造炮台、制作攻城器械方面发挥出独特的作用。旭烈兀攻打麦门底司堡和报达城时，都是先命工兵建造炮台，另派工兵在有利的地方修造小丘，在其顶部制作炮架。同时鉴于麦门底司堡险固且四面环山，守堡将士又以巨石还击，郭侃受命督造鹅车，这是一种威力无穷、便于操作的冲车，可洞掘坚城。

十一月十五日，双方军队会战于沙马吉。那海虽英勇善战，金帐军承平已久，不似伊儿军是刚刚从战场上冲杀出来的军队，锐气正盛。两家都是蒙古军团，士气决定一切，那海先败一阵。

那海退回设里汪，旭烈兀率大军紧紧追赶，在这里，那海败了第二阵。双方的第三次接战是在打耳班以北，那海抵挡不住阿八哈王子的进攻，一直逃入金帐汗国的边境才勉强站稳脚跟。

阿八哈原想乘胜追击，给予那海最后一击。正在这时，他接到汗令，旭烈兀担心在金帐汗国境内作战不利，要他即刻退兵。

捌

旭烈兀数战告捷，不免得意起来，传令设宴庆祝。这一场大宴足足持续了九天九夜。沉浸于酒池肉林的旭烈兀哪里知道，在这段时间里，退到边境的那海早已收集残兵，重整军队，正悄悄包围了他的营地。

那海选择夜间向旭烈兀发动攻击，旭烈兀失于防备，竟被那海突破阵心，他自己差点做了那海的俘虏。千钧一发的时刻，多亏阿八哈及时出现在父汗的身边，他杀退那海，保护着父汗向阿哲尔拜展方向退去。

兵败如山倒，伊儿军被迫将全部辎重与战利品丢给敌人，一路退至帖列克河畔。那海反败为胜，士气大振，对伊儿军穷追不舍。

时值冬季，帖列克河的河面已全面封冻，照常理讲，从冰面上退到河对岸应该不成问题。常言道，人急无智，素来行事缜密的旭烈兀并没有像往常那样，先派工兵前去勘查冰面是否足够结实。半数军队转眼涌上冰面，他们刚刚行进到河中央，不堪重负的冰面突然爆裂开来。在后面督战的旭烈兀只能眼睁睁地看着他的将士们纷纷滑进冰冷刺骨的河水中，这些人在冰水中奋力地起伏着，挣扎着，不消片刻工夫，便一个个以一种凝固的姿势沉入河底，被河水吞噬。

旭烈兀呆呆地看着这一切，像一尊雕塑般看着这一切。他的眼珠剧痛，似乎就要像那冰面一样爆裂开来。除此之外，他的耳朵听不到任何声音，他的心也感受不到一步步向他逼近的危险。

阿八哈匆匆来到父亲身边。他像父亲一样感到痛心，可没有像父亲一样方寸大乱。他刚想对父亲说些什么，看到父亲惨白的脸色，又将话咽了回去。

此时，伯颜正在不远处指挥军队抢修阵地，看到伯颜，阿八哈更觉汗颜无地。

那海退入金帐汗国边境后,伯颜曾经提醒过阿八哈:那海其人,临阵勇猛,从他败而不惧,退而不乱,看得出他不是一员莽将。对于这样的人,必须先做防备,否则恐生后患。阿八哈却不以为然,直到此时,他才意识到,若非他的轻敌,没有及时劝谏父汗,也不致有设里汪之败。

伯颜向阿八哈这边走来。同样一路征尘,伯颜的步履依旧矫捷,更有一点,从他的脸上看不到丝毫沮丧之色。

"王子,大汗他……他没事吧?"伯颜看了一眼正端坐于马背上一动不动的旭烈兀,有点担心地问。

"伯颜。"

"是。"

"要是我早听你的劝告……"

"王子,"伯颜打断了他的话,"没关系,我们还有机会。"

败了就是败了,后悔无济于事,伯颜想的,是如何弥补。

"机会?"

"那海的目标是阿哲尔拜展。在阿哲尔拜展,我们建有坚固的堡垒,那海先败后胜,元气已伤,以他的兵力,尚不足以突破我们的防守。为今之计,我们只有以退为进,以守为攻。"

伯颜短短几句话,使阿八哈重又振作起精神。

"你说得对。伯颜,我把保护我父汗退回阿哲尔拜展的任务交给你了,请你务必保护好他。我来断后。"

"这个恕臣不能从命。"

"为什么不能?"

"我只是王府执事,没有指挥阿哲尔拜展各城协调作战的权限。大汗目前的状况,还需要王子留在他身边协助他才行。请王子将您指挥的军队留下一半给我,我必坚守至黄昏,这段时间,足以确保大军撤回阿哲尔拜展。"

"可是……"

"没时间了,王子。请您速做决断。"

阿八哈沉吟片刻,终于下定决心:"好吧,我听你的。"

阿八哈传来各军将领,迅速做出安排:他将自己的一半军队和几乎所有弓箭全都留给伯颜，并以帅印交付伯颜，吩咐各军将领务必服从伯颜的调遣。其余人马则全部随他保护着大汗退守阿哲尔拜展。

伊儿军队刚刚撤走，那海率领金帐军就追到了近前。伯颜派人抢修的工事发挥了作用，面对如蝗箭雨，金帐军一时间无法前进。那海经过观察，发现对面只是一支断后部队，他立刻命一部将士下马，持盾牌前进。那海久历战事，是一位实战经验丰富的年轻将领，他料到对方人数不多，赖以坚守者唯弓箭而已，既不具备持久的战斗力，更没有力量与他展开近体搏杀。为今之计，只要耗尽对方箭矢，他就可以抢占先机，届时，即使他不能将这支军队全歼，也能打开一条进军之路。

伯颜同样明白那海的意图。

他命军队暂时停止射箭。敌人因有盾牌护身，行动反而变得迟缓。眼看着敌人渐渐逼近防栅，伯颜挥令将士突然从两侧杀出。这一次双方接战全凭一个"快"字，伯颜速战速决，待那海反应过来，他又率领军队退回防栅之后。而且，训练有素的伊儿军几乎在瞬间就以更猛烈的箭雨挡住了那海的突进。

那海输了一阵，再不敢轻视对手的谋略，行动变得谨慎起来。他总结教训，部署了新的进攻方式：仍以步兵手持盾牌向防栅靠近，他则率骑兵紧紧跟上。伯颜的目的，只是尽量迟滞那海的进攻，为大军回到阿哲尔拜展据险以守争取时间。按照这个既定目标，他以为数不多的兵力，只能在对战中使用巧计。

伯颜仍不令军队放箭，而是让他的人撤到了第二道防栅后。金帐军保持着步军持盾在前，骑兵紧随在后的队形慢慢向伊儿军靠近。眼看就要通过第一道防栅，那海蓦然听到前面传来"啊啊"的惊呼，接着，他的眼中腾起了一团巨大的尘雾。

待尘雾散去，只见地面就像刚才让伊儿军吃足苦头的冰面一样爆裂开来，一个赫然出现的大坑将许多金帐士兵吞没其中。

这一切就在那海的眼前发生。尽管落入陷阱的金帐将士只是多数受伤，而没有性命之忧，可他们受到的惊吓当真非同小可。当他们被同伴救出来后，时光也在悄然流逝，伊儿将士苦苦等待的黄昏开始降临在大地之上。

那海想象不出自己到底碰上了一个怎样的对手，气得暴跳如雷，却又无可奈何。接连两次上了对手的当，他再不敢轻举妄动，下令军队在原地稍作休整。

这时天色渐晚，双方各自休兵。次日，当黎明的曙光划破天际，那海发现对面的伊儿军早已踪迹皆无。

那海本想趁伊儿军新败，一举拿下阿哲尔拜展。可他未免小瞧旭烈兀了在阿哲尔拜展的防御体系，事实上，他面对阿哲尔拜展的一座座坚固堡垒，寸步难进，最后只得无功而返。

帖列克河大捷令那海一战成名。回到汗国后，别儿哥令那海据守汗国西部。至别儿哥去世，那海的实力日益膨胀，渐渐成为金帐汗国中能与大汗分庭抗礼的权臣。

中统元年（1260）十月，哈里发纳昔儿旧将拜伯尔斯与心腹六人合谋，在胡赛儿和撒剌希耶特之间杀死忽图思，自己登上算端之位。

在当时的玛麦鲁克军团，实力决定一切，谁有实力谁就可以成为君主。因此，拜伯尔斯鸠占鹊巢，反客为主，并没有在埃及国内引起强烈震动。经过一番清洗，拜伯尔斯坐稳了王位。这位铁血君主的登场，一方面使埃及玛麦鲁克势力延伸至西里亚，另一方面使伊儿汗国在西波斯陷入了得与失的漩涡。

蒙古统将伯答剌获得忽图思被刺身亡的消息后，召集阿音扎鲁特之战中生还的六千蒙古军和美索不达米亚的一千余军队，向西里亚发起了进攻。十一月，蒙古军收复了阿勒波城和哈马特城。十二月，蒙古军进至歆姆司，歆姆司王阿失剌、哈马特王满速儿、阿剌壁酋长阿里组织了大批人马，与蒙古人展开激战。蒙古军队苦于兵力不足，兵败后退入阿勒波城，与勇将忽合亦勒合的军队会合。次年四月，埃及军复至西里亚，伯答剌与忽合亦勒合无法抵挡，被迫撤退，这使蒙古军收复西里亚的企图化为泡影。

拜伯尔斯夺取政权后，为与强大的蒙古军队抗衡，采取了"远交近攻"政策：与金帐汗国结盟，与东罗马帝国修好，集中力量孤立和打击十字军。

不可否认，拜伯尔斯是一位杰出的君主，他不仅率领着一支强大的军队，而且非常重视农业、手工业生产以及对外贸易。他在位期间，通过鼓励兴修水利，改进耕作技术，使农业生产得到长足发展。在他的倡导下，埃及和西里亚的铜器、玻璃、纸张、地毯等传统手工业推陈出新，且形成规模。埃及开罗、亚历山大港、大马司商业发达，店铺林立，商贾云集，东西交通大开。

掌握着东西方商品转运地，使拜伯尔斯及其后继者可以从中收取巨额税金，用以支付行政、军事和城市建筑费用。

有一点绝非谬赞，玛麦鲁克王朝在走向衰落前，确曾造就过埃及的强盛。

中统四年（1263），拜伯尔斯从阿尤布家族夺取卡拉克作为军事基地，后捣毁了拿萨勒的神圣教堂。

其后，拜伯尔斯又先后攻占了凯萨里耶、艾尔苏夫、萨菲德、亚法、沙基夫·艾尔农和安提俄克等城市以及慈善院骑士团守卫的堡垒希斯尼·艾克拉德，占领并摧毁了西里亚亦思马因派的麦斯亚德、盖德木斯等军事要塞。许多十字军俘虏被杀，城堡和基督教堂被毁。

拜伯尔斯堪称旭烈兀父子所遇到的最为强劲的对手，而双方争夺的焦点仍是西里亚。不过，在做好大战的准备前，双方倒也安然无事了一段时间。

玖

至元元年（1264），忽必烈在遣使向旭烈兀通告阿里不哥兵败投降的消息，对伊儿汗进行册封时，力邀弟弟回国与之一会。

转眼间，旭烈兀离开本土已逾十年。在异域艰苦奋战的日子里，他时常会想起自己与兄弟们相互扶持共同走过的时光，尤其是四哥，他在梦中都会出现他与四哥一同长大的点点滴滴。四年前，他闻蒙哥汗驾崩，本想回国奔丧，可由于种种原因未能成行。如今蒙古帝国归于一统，他真的很想看看四哥的上都城，看看和林的万安宫，看看所有让他记挂于心的亲人。

他择定吉日，以隆重的礼节接受了四哥的册封。一个东自阿姆河，西迄小亚细亚，南濒印度洋，西南界阿拉伯海，东北与察合台汗国，北与金帐汗国相邻的伊儿汗国自此在波斯高原传袭百余年。

旭烈兀仍以马剌黑为首都，阿八哈继位后，迁都于帖必力思。

旭烈兀开始为回国做着各种准备。就在启程日期临近时，他突然病倒了。这一病时好时坏，无奈，他只好决定派遣一支庞大使团，代他先行回国谒见四哥。

贡品好备，使团副使以下的人员好定，唯独由谁担任正使，旭烈兀斟酌再三后才想到了一个最合适的人选。

对正使人选如此挑剔，颇能反映出旭烈兀微妙的心思。旭烈兀与忽必烈的年龄只差了两岁，从小，旭烈兀就与四哥的感情最亲密，与此同时，他也在不经意间时时处处都想与四哥争个高低。

四十年前，祖父西征归来，旭烈兀与四哥奉祖母之命前去叶密立迎接祖父。祖父出征时，旭烈兀才刚刚出生不久，等到祖父还师，他已经七岁了。他对祖父其实没有任何印象，即便如此，在他的心目中，祖父仍是天底下最了不起的人。怀着天真的崇拜，他从未忘记过与祖父第一次见面的情景。他清楚地记得，那天四哥由于表现得体，深得祖父赞许。当时，他年龄虽小，却对四哥怀有几分嫉妒。

后来，大哥成为蒙古帝国的第四任大汗。四哥奉命南征，顺利征服大理国，而他被大哥委任为西征军统帅。他离开故土返回封地时，四哥因经营漠南草原未便返回，兄弟自此阴差阳错，一别多年，这是他心底最深的遗憾。只是在当时，他从未意识到，这可能就是永别。

假如大哥还活着，假如不是命运的安排，他永远都是大哥驾前的一员将领，而不会想着要在一片陌生的天地里建立自己的国家。

不！即使现在他也没有想过。他的伊儿汗国，永远是蒙古帝国的一部分。这在他，是永远不会更改的信念。

再往后，大哥在钓鱼城染病，未留遗嘱而逝，四哥与七弟一南一北，各立朝廷，帝国陷入内战之中。他一则由于新征服地局势不稳，埃及玛麦鲁克王朝和金帐汗国都对新兴的伊儿汗国虎视眈眈，二则不愿意卷入同胞兄弟的汗位之争，因此，他才暂时打消了东归的念头。四年的时光里，他顾念自己与四哥和七弟的手足之情，在二人之间一直扮演着调停人的角色。唯在内心深处，他是倾向于四哥的，而且，他有种强烈的预感，七弟不会是四哥的对手。

果然，七弟战败而降。他则以欣然接受四哥册封，表明了他愿奉四哥为蒙古之主的立场。

他曾想要超越四哥，当他意识到没有这种可能时，内心的喜悦却远远多于失落。事实上，对四哥的思念，早已融入他对故乡的思念中。对他而言，只要有根，他就不怕做一片落叶，只要有航向，他就无惧漂泊。

话又说回来，他对四哥的钦佩，到底不能完全湮没他争强好胜的心理。为了让四哥知道，他的伊儿汗国也很强大，他在选择贡品和贡使时都煞费苦心。如今万事俱备，别的犹可，只有这个正使人选，他还须征得儿子阿八哈的同意。

阿八哈出去打猎了，直到晚上，他才来到父亲的宫帐。

阿八哈是旭烈兀的长子，在诸子中最得父亲宠爱。旭烈兀西征时，让年龄比长子只小一个月的次子镇守封地，唯独长子，他总喜欢带在身边。这既是一种习惯，其实也是一种依赖。

阿八哈在父亲面前比较随便。别说是父亲了，当他还是个少年时，他在大伯和四伯面前也一样嬉笑无忌。经过十年的历练，他的性格沉稳了许多，不过在父亲面前，尤其单独与父亲在一起时，他不需要那么多繁文缛节。

他坐在父亲对面，笑眯眯地问道："父汗，您找我？"

"吃晚饭了吗？"旭烈兀想跟儿子先说几句闲话作为铺垫，调节一下气氛。一会儿要跟儿子说的事，他知道儿子一定不乐意。

"路上吃了。"

"今天打猎顺利吗？"

"打了不少。我让他们都卸在后营了，明天，父汗尝尝野味。"

"你不留些吗？"

"我过来吃。"

"那更好。"

"父汗。"

"嗯？"

"您的身体好些了吗？"

"好些了。就是喜欢出汗，让人感觉不舒服。"

"要不，请伯汗从中国派几位御医过来为父汗瞧瞧？"

"也行。"

"我听说使团过几天就要出发，余下的事，用儿臣帮父汗安顿一下吗？"

旭烈兀闻言，正中下怀，"别的倒是没什么了。只有一件事，为父还想征得你的同意。"

"干吗这么说？您有事交代儿臣就行。"

"必须征得你的同意。这次，为父想跟你借个人。"

"跟我借人？谁呀？"

"使团缺个正使。为父思来想去，觉得伯颜是最合适的人选。"

"您是说，想跟我借伯颜？"

"是啊。"

自西征开始，伯颜进入藩府，担任执事一职。这些年，阿八哈已习惯事无巨细，必与伯颜商议，伯颜对阿八哈而言，犹如他的左右手一般。若非如此，以伯颜的才能，早就能在汗宫或军队担任要职，只因阿八哈不欲伯颜离开，才向父亲请求，让伯颜多随侍自己几年。

旭烈兀宠爱长子，一向百依百顺。何况，自西征以来，他命儿子独领一军，委以重任，倘若儿子身边没有一个像伯颜这样头脑清醒、遇事冷静且又谙熟指挥艺术的人从旁协助，他还真有些放心不下。

在一干才调秀出的年轻将领中，伯颜的个性最是与众不同。他清和平允，不骄不躁，即便如此，他的才能却好似芬芳的花朵，哪怕隐于草木之中，也会让寻香而来的人们看到它的绽放与绚烂。

旭烈兀知道儿子与伯颜友情殊深，果然，听了他的话，阿八哈好半晌没作回答。

旭烈兀耐心地等待着，并不催促。

阿八哈思索良久，终究还是难下决心，"为什么一定要伯颜担任正使呢？别人就不可以吗？"

旭烈兀微笑，"你若舍不得，不派伯颜也罢。这样吧，你另外给阿爸推荐一个不止亲身参与了西征中的每一场重要战役，熟知波斯的历史现状和风土人情，而且精通多种语言，反应机敏，咳唾成珠的年轻人。还有，这个年轻人的外形条件至少也得像伯颜一样：身材魁梧，形容端肃。"

阿八哈苦笑了，"父汗，您这是要选正使，还是要给伯汗选妃子？"

旭烈兀微嗔："浑小子，胡说什么呢！"

阿八哈的脑子里飞快地转动着，他将自己熟悉的将领挨个筛选了一遍，别说，同时符合所有上述条件的人，还真一个没有。这似乎也从反面印证了，伯颜角立杰出，可遇而不可求。

"父汗，我就不明白了，选个正使而已，您干吗要这样大费周章？"

"原因很简单：正使代表的，是我伊儿汗国的形象。"

"什么意思啊？"

"儿子啊，如今你伯汗是我蒙古帝国的共主，统治着五色民族，又据有龙盘虎踞的中原之地。而我在波斯立国，虽不比你伯汗富有四海，可这里也有你伯汗所不能亲身领略的风景。我这一生，最崇敬的人是你曾祖，最畏惧的人是你大伯，最钦佩的人是你四伯。我钦佩你四伯不假，但不会轻易向他认输。"

"为什么？"

"没什么，习惯而已。我从小就喜欢与你四伯争个高低，我们都想超越对方，反而成为彼此的激励。我离开本土前，你四伯在中原坐镇，等他回到和林时，我又刚刚离开，我们就这样没能见上对方。没想到这一错过，就是十几年。我真的很想念他，想念故乡的草原，哪怕我与他暂时见不了面，我也想让他知道，我的伊儿汗国，物产丰饶，人杰地灵，别有洞天。"

阿八哈纵然与父亲感情深厚，像今晚这样，父亲对他开诚布公，一述衷曲，这种事还是头一次。他终于理解了父亲一定要选伯颜担任正使的苦心，本想答应下来，话到嘴边，又有些犹豫不决。

"儿子。"

"是，父汗。"

"几个月而已，伯颜达成使命，就会回到你的身边。"

"我担心……"阿八哈欲言又止。

"你想说什么？直言无妨。"

"我素知伯汗爱才成癖。伯颜兼资文武，不说世间无二，也是凤毛麟角。您说伯汗会不会把他留在中国？"

旭烈兀心想，这种事确有可能发生。"儿子，你听阿爸一句劝：国家事大，个人事小。我与你伯汗既为兄弟，兄弟之国，以后断不了各种交流和往来，倘若伯颜真的被你伯汗留在身边，并能建立一番功业，那里面也有你发现和举荐的功劳。何况，伯汗为君，伯颜为臣，臣为君用，理所应当。"

阿八哈被父汗说服了，勉强同意"借出"伯颜。

告辞父汗出来，阿八哈回到王府，命人唤来伯颜，将父汗的决定告诉了他。伯颜默默听着，什么也没询问。

"你想去么？"阿八哈随口问了一句，问完，自己也觉得是句废话。

伯颜平静地回答："君主差遣，臣莫敢辞。"

阿八哈点点头："你先做些准备，明天随我去见父汗。"

伯颜答应着，正要离开，阿八哈又叫住了他，叮嘱道："此行路途遥远，你万事小心，早去早还！"

阿八哈最后一句"早去早还"说得语重心长，伯颜平素惯于不动声色，此刻也不免有些动容。他思索片刻，很认真地回答了一句："臣，遵命！"

第四章　峰回路转

壹

也许世上真有预感这种东西。

伯颜在中都觐见忽必烈，敬献贡品，上呈旭烈兀的书信。忽必烈于大殿上第一眼看到伯颜，就产生了将这个年轻人置于左右的念头。伯颜少年随征波斯，视阿八哈为终身之主，因此初时不肯接受皇命，以阿八哈王子嘱他"早去早还"以及母亲还在波斯，不能与儿子长久分离为由推拒。忽必烈不容分说，果断地做出如下安排：遣伊儿汗国副使代替正使之职，携使团及丰厚的赏赐归国；亲自修书两封，一封给弟弟旭烈兀，一封给侄儿阿八哈；派己方使者随行，前往波斯接回伯颜的母亲；将右丞相安童的妹妹赐予伯颜为妻。安童是蒙古开国名将木华黎的曾孙，安童的母亲与忽必烈的夫人是亲姐妹，这样一来，伯颜就成了忽必烈的外甥女婿。

一位君主，爱才惜才若此，伯颜深受感动，终于决定留在忽必烈身边。当天回到馆驿，他另修书一封，将歉疚与无奈述诸笔端，同时向阿八哈表达了这样一种心愿：今生君臣有分，来生仍愿相随。

阿八哈跟伯颜一样，纵有千般不舍，也不能违背"万王之王"的命令。他作为兄弟和朋友，而不是作为主人，亲自护送伯颜的母亲来到边境。拜别老夫人时，老夫人也流下了感伤的泪水。从此，阿八哈与伯颜天各一方，终生无缘再见，尽管如此，直到阿八哈离世，伯颜与他一直都有书信往来。

忽必烈的理想是做一名与前四任大汗有继承关系的蒙古帝国第五任大汗。战胜阿里不哥后，他派出以拔都之弟、蓝帐汗昔班为首的使团前往四大汗国斡旋，希望诸汗回国，参加在蒙古本土召开的忽里勒台，对他的汗位正式予以认可。

此番出使颇见成效，除窝阔台汗海都严词拒绝外，金帐汗别儿哥，察合台汗阿鲁忽，伊儿汗旭烈兀均表示愿意回国参加选汗大会。

召开忽里勒台的日期初步定在至元四年（1267）。

忽必烈一边安心地等待着忽里勒台召开，一边开始谋划南征。他万万没有想到，就在这已能看到前景的等待中，帝国西部的天空却是风云突变。

对于旭烈兀占据着富庶的阿哲尔拜展，别儿哥始终无法释怀。至元二年，别儿哥亲提大军越过打耳班，准备以武力夺回阿哲尔拜展。旭烈兀亲率大军迎敌，双方各有胜负，很快陷入鏖战。正在这时，旭烈兀突然出现中风症状，继而在军营病故。旭烈兀去世时，只有四十八岁，这是本该年富力强的年龄。

丧礼结束，旭烈兀的遗体被送回马剌黑安葬。鉴于国不可一日无君，诸王贵族聚议，准备尽快拥立旭烈兀的长子阿八哈嗣位。阿八哈按惯例一一相让诸弟，诸弟皆跪辞，于是，阿八哈决定暂摄国政，等待伯父忽必烈汗的正式册封。

即位仪式结束后，阿八哈以未奉忽必烈汗之命，不敢就汗位，坐一凳上，执行最高大权，追认旭烈兀的一切遗命。同时，对诸州长官予以重新确认：命弟亦失木忒镇守自打耳班迄马剌黑的沿边诸州；命弟迪歆辖呼罗珊、祸挰答而两地；命名将亦勒合、速浑察之子共守罗姆之地；命绰儿马罕之子失烈门守谷儿只；命名将速浑察辖报达、法儿思两地；追认大卫德为谷儿只国王，苦思丁为宁鲁思国王，图儿罕王妃为起儿漫女王；以阿儿浑总管财赋。

之后，阿八哈下令迁都帖必力思，原来的首都马剌黑为驻夏之所，阿朗、报达、绰合图三地为驻冬之所。

尽管以摄政王自居，事实上，时年三十一岁的阿八哈已成为伊儿汗国的第二任大汗（1265 年至 1282 年在位）。

金帐汗别儿哥原以为旭烈兀新逝，伊儿军群龙无首，正是他发动进攻的最佳时机。他万万没想到，继承父位的堂侄阿八哈，是个比其父还更厉害的角色。阿八哈长于指挥，尤擅防守，别儿哥被阻于边境之上，寸步难进。

在长达数月的相持后，金帐军与伊儿军谁也无法战胜对方，只得互派使者，议定各退一步。此后，两个汗国的关系有所缓和，别儿哥得到阿八哈的允许，可以在帖必力思建造大清真寺和作坊，这样就在表面上形成了阿哲尔拜展由两家共管的局面。可惜好景不长，金帐汗别儿哥于次年二月去世，拔都之孙忙哥帖木儿继承汗位，成为金帐汗国的第五任大汗。初登汗位的忙哥帖木儿雄心勃勃，誓要夺回"祖宗传统之地"阿哲尔拜展，如此，两国战火复燃。

毫无疑问，伊儿汗国与金帐汗国的内战，是一场两败俱伤的战争，给两个汗国均带来了恶劣的影响。

就伊儿汗国而言，战争的恶果表现在三个方面：两个汗国的战争为埃及玛麦鲁克王朝据有西里亚提供了可乘之机。本来伊儿汗国是辖有西里亚而与埃及接界的强大汗国，倘若其国内国外政局稳定，两汗国和睦相处，那么伊儿汗国的征战目标便非埃及莫属。从这个角度，似乎可以说，正是金帐汗国帮了埃及玛麦鲁克王朝一个大忙，也由于同样的原因，使埃及玛麦鲁克王朝自算端拜伯尔斯起，便与金帐汗国建立了极为密切的使节及商业往来关系，两国结为联盟，共同对付伊儿汗国。而金帐、伊儿两个汗国相争的结果，是伊儿汗国不仅未能攻占埃及扩大疆土，反而让自身经常处于腹背受敌的境地。这是其一；其二，两个汗国的敌对关系，促成了术赤系与窝阔台系的联盟，此二系加上后来的察合台系后王，出于抗衡拖雷系的需要，将伊儿汗国视为共同敌人。他们的联手也让伊儿汗国消耗了许多实力，更无暇对付埃及，收复失地；其三，汗国在北方连年征战，军费开支剧增，为应付战争支出，势必导致剥削加重和百姓离心离德，频繁出现的暴动和起义也加速了汗国走向衰落的过程。

与金帐汗别儿哥签订和约回到帖必力思，又有一桩喜事在等着春风得意的阿八哈。

此前，旭烈兀曾致书东罗马皇帝米哈伊尔八世·帕列奥列格，请求与东罗马皇室联姻，皇帝遂以公主玛利亚许之。

玛利亚公主在主教及诸臣的护送下行至波斯之地恺撒里牙时，忽然听闻旭烈兀的死讯。随行人员皆劝公主回返帝国，哪知这位公主是个很有主见的烈性女子，旭烈兀虽已亡故，可她既被许配给伊儿汗，便将自己视为伊儿汗的未亡人。她坚持东行，在帝所见到阿八哈。

玛利亚是一位肤白胜雪、姿色美艳的金发女郎，一双蓝色的眸子宛若盈盈秋水。自进入波斯作战，阿八哈不是没见过欧洲人，这中间，有男人也有女人，可像玛利亚这样美丽端庄的西方女子，却是他生平仅见。玛利亚和送婚的修道院长帖斡朵思见驾时，他只顾忘乎所以地盯着玛利亚，帖斡朵思说了些什么话他全没听见。

作为公主，玛利亚接受过良好的教育，别有一种宠辱不惊的气质，同时，她又不像东方女子那般羞涩胆怯。她迎着阿八哈专注的目光，莞尔一笑。

这愉快的笑容，令阿八哈轻而易举地变成了她的俘虏。

蒙古在婚俗上素有父死子继的传统，阿八哈决定迎娶玛利亚。他走下王座（因阿八哈尚未得到元帝册封，他不肯就汗位，遂在御座之旁另设王座），来到玛利亚面前。玛利亚大胆地望着他，在这默默的相视中，体貌魁伟、仪表堂堂的伊儿汗，也从玛利亚的眼中走进了她的心里。

在择定的吉日，阿八哈与玛利亚公主举行了盛大的婚礼。二人最初在语言上确有一些障碍，却并未因此影响夫妻间的感情。玛利亚天生聪慧，不过短短数月，已能与阿八哈进行日常对谈。

阿八哈在位十七年，这段婚姻也持续了十七年。玛利亚虽未给她的丈夫生下子女，阿八哈终其一生都不曾改变对她的挚爱。阿八哈死后，他的继任者阿合马想要续娶玛利亚，遭到玛利亚拒绝。玛利亚致信父亲，要求归国，阿合马考虑到两国关系，无奈之下，只得派人将她送回了君士坦丁堡。

因玛利亚做过伊儿汗的宠妃，在东罗马帝国，有许多王公贵族都仰慕她的才华与美貌，想娶她为妻。皇帝也有意将她许配给其中一位有权有势的王公，玛利亚却无意再披嫁衣。为表明她的决心，她毅然遁入修道院，成为一名修女。曾经沧海难为水，玛利亚并非为了维护名节才选择从一而终，她斩断尘缘，只是为了守住那已逝的灵魂和这世间不可多得的爱情。

这段后话，亦成佳话。

贰

与玛利亚成婚后，阿八哈对罗马帝国及东罗马帝国的历史产生了深厚的兴趣。

古罗马帝国于公元 395 年分裂后形成东西两个罗马帝国，其中，东罗马帝国亦称拜占庭帝国（建立于 395 年，经十二个朝代，九十三位皇帝。首都设在君士坦丁堡。1204 年，君士坦丁堡曾在第四次十字军东征中被攻陷，1261 年收复。1453 年 5 月 29 日，奥斯曼帝国算端穆罕默德二世率军攻入君士坦丁堡，东罗马帝国灭亡）。

在欧洲历史上，东罗马帝国是信奉东正教最悠久的君主制国家。其核心地区位于欧洲东南部的巴尔干半岛，领土包括亚洲西部和非洲北部（极盛时期，领土还包括意大利、叙利亚、巴勒斯坦、埃及、高加索、西班牙南部沿海和北非的地中海沿岸）。

尽管东罗马帝国的文化和语言大多希腊化，但无论皇帝还是臣民都坚持将自己视为罗马人。东罗马帝国的另一个名称拜占庭帝国，源自一座靠海的古希腊移民城市，此处被称作"拜占庭"。公元 324 年罗马皇帝君士坦丁一世将此处选为皇帝驻地，并改名为君士坦丁堡（今伊斯坦布尔）。

君士坦丁堡位于连接黑海到爱琴海之间的战略水道博斯普鲁斯海峡，扼制海陆商业要道，地理位置十分优越。

三世纪后期，为有效管理庞大的罗马帝国，戴克里皇帝率先引入了"四头制"制度。他将整个帝国分为两个部分，在意大利和希腊各设立一个皇帝称奥古斯都，每个皇帝都有副帝辅佐，称恺撒。这种四头制一直持续到四世纪。

君士坦丁大帝于公元 324 年结束了分权制，将权力集于一身。他决定建立一个新首都，而他选择的地方正是拜占庭。六年后首都建成。在罗马帝国，君士坦丁是第一位信仰基督教的皇帝。尽管这一时期帝国尚未发生分裂，但基督教是东罗马的一个特性，可以说，这个特性也是东罗马帝国与相信多神教罗马帝国的分界线。

东罗马帝国的主宰文化是希腊文化。希腊语不但是日常用语，而且在教会、文学创作和商业往来中是通用语言。

六世纪东罗马帝国的主要敌人是它的传统之敌：波斯人、斯拉夫人和保加尔人。公元532年，圣索菲亚大教堂开始动工，这座教堂后来成为东罗马帝国宗教生活和东正教的中心。

查士丁尼一世给他的继承者留下了一个空空如也的国库，这使他的继承人再也无法对付在所有边境上突然出现的新敌人：伦巴底人占领了意大利北部，斯拉夫人占领了巴尔干半岛的大部分地区，波斯人入侵和占领了东部省份。

赫拉克留夺回了这些东部省份，却未料到当时刚刚在伊斯兰教下统一起来的阿拉伯人会突然出现。阿拉伯人占领了几乎所有南部省份，七世纪中期西里亚、埃及彻底沦为阿拉伯帝国的一部分。

失去许多土地固然令人遗憾，东罗马帝国却因此变得单纯起来。赫拉克留借此将全国引入希腊化的方向，他不再使用古罗马的皇帝头衔，而是使用国王称谓，希腊语被定为官方语言。赫拉克留将全国分为几个军区来对付外来侵扰，除首都外其他地方的城市化不断缩小，君士坦丁堡成为当时世界上规模最大的城市之一。

阿拉伯人试图占领君士坦丁堡的计划失败了。东罗马当时的海军力量非常强大，而且他们拥有一种神秘的火器：希腊火。阿拉伯人尝试性的进攻被击退后，东罗马的实力开始得到恢复。

马其顿王朝的开国皇帝巴西尔一世堪称第二个查士丁尼，在他和其他马其顿王朝皇帝的统治下，东罗马帝国在九到十一世纪初达到了其发展的顶峰。在这段被称为"黄金时期"的几个世纪里，东罗马帝国无视罗马教廷，获得了亚得里亚海的制海权，并占领了意大利的一部分和保加利亚的大部分。

在此期间，东罗马帝国获得了一个新的同盟者：以基辅为首都建立王国的斡罗斯人引入东正教，并为东罗马帝国提供了一支重要的雇佣军。

东罗马帝国的最后几个世纪以科穆宁王朝为起始，又经安格鲁斯王朝，至帕列奥列格王朝结束。科穆宁王朝的开国君主阿莱克修斯一世是一位篡位者，他最先引入西欧封建分封制度，重新建立起一支军队，对突厥人进行了有力的抵抗，并陆续收复了一些东部领土。为抵抗突厥，他向西方求救，这是第一次十字军东征的源起。十字军收复了尼西亚，但很快救兵成了仇人。阿莱克修斯的孙子曼纽尔一世是十字军的朋友，怎奈双方都不能真正忘怀当年他们互相革除对方教籍的仇恨，东罗马君臣对源源不断经过其领土的罗马天主教十字军的意图亦持怀疑态度。

在第三次十字军东征中，神圣罗马帝国皇帝腓特烈一世企图征服东罗马帝国。给帝国带来最大摧残的是第四次十字军东征。这次东征的目的是占领埃及，但威尼斯人获得了领导权，在他们的怂恿下，十字军于公元 1204 年攻克并洗劫了君士坦丁堡，他们建立了一个短期的封建王国——拉丁帝国。

帕列奥列格王朝的开国君主米哈伊尔八世（1261 年至 1282 年在位）与蒙古人建立的伊儿汗国和金帐汗国都有渊源，他的女儿中，有一位被许配给伊儿汗国第二任汗阿八哈，另一位被许配给金帐汗国宗王那海。

东罗马帝国的最高权力由皇帝掌握。帝国婚姻制度为一夫一妻制，皇帝除皇后之外没有其他嫔妃。皇位的主要继承方式为血亲继承，皇帝的长子为第一顺位继承人，万一皇帝没有儿子，则由长女继承，另外，生育有儿子的小女儿继承顺位高于没有生育儿子的大女儿，万一没有子女，则由其他亲属继承。

宦官在东罗马宫廷生活中扮演着重要角色。六世纪时著名军事将领纳尔西斯，其身份就是宦官。君士坦丁一世设立了宫廷大总管，其职责是总管皇帝内宫，并安排大臣觐见皇帝的时间表。到五世纪时，这个职位已经上升到与司法大臣平级的地位。此外，皇宫内还有掌管皇室衣物、马匹、食品、猎鹰、御船、音乐、医药的宦官官员。这些官员构成了非世袭的宫廷贵族，替皇帝发号施令，握有很大权力。

东罗马帝国控制过的最大领土面积是在查士丁尼一世统治时期，拥有三百五十六万平方公里的土地，人口颠峰值则为三千四百万。帝国经济以农业为基础，并拥有发达的商业和手工业。

东罗马首都君士坦丁堡处于欧洲、亚洲、非洲的交汇点，自古以来就是世界各地商船汇集的地方，也是丝绸之路的终点，发达的中转贸易给当地居民带来巨额财富。萨洛尼卡、特拉布宗、安条克和亚历山大等城市都是帝国的重要贸易港口。东罗马的进口物资主要包括丝绸、毛皮、奴隶、粮食、贵重木材、香薰料、染料、象牙、宝石、珍禽异兽和其他奢侈品，出口物资则有玻璃、马赛克镶嵌画、高级丝织品和锦缎、武器、葡萄酒、金银货币、珠宝首饰和工艺品。

公元七世纪后，东罗马的国际贸易因与波斯和阿拉伯发动战争而受到影响，经过波斯湾和西里亚的传统商路被人为中断，这一现状迫使东罗马帝国开辟了通过红海进入古印度洋的海路贸易和通过黑海、里海、咸海的陆路贸易线路。

十一世纪，突厥人夺占小亚细亚，东罗马帝国逐渐丧失了黑海沿岸的商业据点。与此同时，威尼斯的兴起，热那亚、加泰罗尼亚商人的竞争，使帝国商业开始衰落。诺曼人则入侵希腊南部的底比斯和科林斯等丝绸工业中心，将大批养蚕技师和丝织工匠带到西西里，打破了帝国对丝绸的垄断地位。数次十字军运动，尤其是第四次十字军东侵，打击了帝国的商业地位，也彻底改变了地中海的贸易格局。

东罗马帝国的军事战略与其前身罗马帝国截然不同。后者呈现攻势，而前者，除了查士丁尼大帝时期的主动对外扩张外，总体来说呈现守势，即使是马其顿王朝和巴列奥略王朝早期的对外扩张，其目的也是以收复失土为主，而非开拓新疆土。

东罗马军队包括步兵、骑兵、辎重部队和后勤人员，步兵所用的武器包括刀剑、战斧、长矛和弓箭，骑兵使用弓箭。大型攻城武器包括抛石机、攻城槌、云梯和攻城塔楼，在守城战役和海战中，希腊火也被广泛使用。东罗马的武器生产由国家严格控制，尤其是希腊火的制作，被视为国家最高机密。

东罗马帝国的民族构成极为复杂，包括希腊人、西里亚人、科普特人、亚美尼亚人、谷儿只人及希腊化的小亚细亚人等。外族入侵期间又迁入哥特人、斯拉夫人、阿拉伯人、土耳其人。在政治经济生活中起决定作用的是希腊人，帝国语言四至六世纪以拉丁语为主，七世纪以后以希腊语为主。东罗马帝国融合罗马帝国的政治传统、希腊文化和东正教，创造了具有独特风格的东罗马文化。

东罗马帝国在国际经济和文化交流方面还起过"金桥"作用，中国早在魏晋时期就与东罗马有贸易和文化上的联系。查士丁尼一世派遣往中国的僧侣将养蚕丝织技术带回东罗马，东罗马输入中国的商品有琉璃、珊瑚、玛瑙等。另外，东罗马的民间幻术传入中国，与中国传统技艺相结合发展成为杂技。唐朝时，东罗马的宗教传入中国，开创了欧洲宗教在中国传播的先河。

东罗马的丝绸制品是帝国最贵重的商品之一。东罗马帝国最初的蚕种和养蚕技术是查士丁尼大帝时期从中国传来，随后养蚕业在希腊南部建立。丝绸生产和纺织由政府严格控制，严禁将丝绸专用的紫红色染料出口到国外。

紫色丝绸服饰和地毯为皇族专用，其他的丝绸织物则用刺绣技术织出精致的图案。查理曼大帝下葬时的寿衣就以东罗马丝绸制成。到了十四世纪，随着纺织工艺的改进，又出现了图案更加复杂的锦缎，上面织满金丝和银线，被做成礼服、圣坛罩布、帷幔、窗帘、壁毯、地毯等，并成为东罗马帝国对外关系中的重要贡品。

东罗马帝国位于温暖湿润的地中海气候带，气候在很大程度上决定了东罗马人的饮食和服饰习惯。不同地区的东罗马人饮食略有不同，但主食基本上都是面包和加入汤或菜中的豆类。在首都君士坦丁堡，因肉价昂贵，普通人的主食是面包、橄榄、洋葱、小扁豆、奶酪和鱼类。首都之外则广泛食用牛、羊、猪、马、鸡、鸭、鹅等禽畜肉类。君士坦丁堡人喜食海鱼，淡水鱼通常用来喂食猫狗。东罗马日常食用的蔬菜种类逐渐增加，主要有萝卜、卷心菜、大蒜、洋葱、南瓜、莴苣、韭菜、黄瓜等，调料包括芝麻、芫荽、胡椒、丁香等，水果则以苹果、无花果、西瓜、杏和葡萄为主。饮料为家酿的葡萄酒和啤酒，几乎所有熟食都要以橄榄油制作。各地生产的粮食主要满足当地需求，首都和萨洛尼卡、安条克这样的大城市则依靠进口粮食，以及政府的粮仓调拨。七世纪东罗马帝国丧失埃及、阿非利加和西里亚等行省后，谷物产量减少，肉类消费量开始增加，羊毛和亚麻也取代了产自埃及的原棉，成为纺织的主要原料。

总之，对阿八哈来说，东罗马帝国是一个民风民俗、气候环境都与伊儿汗国完全不同的国度。作为成吉思汗的后人，阿八哈从小有一种开阔的心胸，这种心胸使他可以接受并乐意接受一切不同文化的存在。何况，比有没有心胸更现实的是，倘若没有东罗马帝国的存在，阿八哈也不会娶到一位集美貌、智慧于一身的爱侣。

叁

至元三年（1266），因两位侄儿来到伊儿汗国，阿八哈亲往边境迎接。

旭烈兀西征时，命次子出木哈儿据守封地。出木哈儿的年龄比阿八哈只小一个月，兄弟二人就像双胞胎一样，一处玩耍，一处长大，直到西征来临，才第一次分开。忽必烈与阿里不哥之间发生汗位之争时，出木哈儿因领地在阿里不哥的势力范围，遂协助阿里不哥与忽必烈对抗。俟阿里不哥兵败归降，忽必烈看在亲族情面，对附阿里不哥诸王一律未予追究。阿八哈即位后，想念兄弟，召出木哈儿赴波斯与之一聚，不料出木哈儿未过阿姆河即病死于途中。他的两个儿子术失合不和景庶继续西行，来到汗营，阿八哈将两个侄儿留在身边，赐予封地。

帖必力思城原为波斯阿哲尔拜展的都会。当年，旭烈兀攻陷报达后，便以富庶繁华，一直充当着小亚细亚政治、商业及文化中心的帖必力思为驻夏之所。建于两山之间平川之上的帖必力思城，周围不设城墙防护。左边山脚直入城界，右面山坡亦与城池相距不远，山峰顶端终年积雪，积雪融化，其水如泉，清冽可饮。城南则山岭连绵，群峰叠翠，自远处望去，恰似一座翠色巨壁。

该城交通便利，城内建有诸多商馆。繁华之地，商肆栉比，百货杂陈。商馆外还有市集，来自四面八方的货物如丝绸、绫缎、布帛、纨、纱、绮、绢、珍珠、宝石、贵重金属器皿、首饰、化妆品等云集市上，种类繁多。

阿八哈即位不久，迁都帖必力思。自成为国都，这座美丽的城池很快便焕发出勃勃生机，其繁盛程度，比之战前犹有过之。

阿八哈最大的对手始终是拜伯尔斯，二人数次交手，仍是互有胜负。

至元六年，阿八哈遣使大马司，指责拜伯尔斯杀害埃及君主忽图思之罪，并致书拜伯尔斯，明确告之自己必为勇将乞的不花报仇之意。拜伯尔斯根本不在乎，他以国书回复阿八哈，针锋相对："忽图思虽死于我手，我却因众将臣拥戴成为国君。你既扬言灭我治下强国，我早备好军队枕戈以待。两军交手时，才能看到结果，是你夺我王位，还是我将你逐出波斯。"

阿八哈得到拜伯尔斯的回书，有一种吞了苍蝇的感觉，既厌恶又无可奈何。他并非不想给乞的不花报仇，并非不想夺回西里亚，可他像他父亲一样，面对着同样的掣肘。这掣肘来自比拜伯尔斯还要可怕的敌人，尤其可悲的是，这些可怕的敌人同时还是他的族人。

金帐汗国、察合台汗国、窝阔台汗国三家缔结塔剌思盟约时，金帐汗忙哥帖木儿和窝阔台汗海都均表示愿意帮助察合台汗八剌合夺取呼罗珊地区，这样一来，阿八哈的敌人便由原来的两个——金帐汗和埃及算端，变为现在的四个——金帐汗、窝阔台汗、察合台汗和埃及算端。阿八哈固然不能原谅拜伯尔斯，但从两害相权取其轻的角度，拜伯尔斯带给他的现实威胁尚且不及他的族亲。

阿八哈与拜伯尔斯在互派使者时谁也不肯向对方示弱，打打口仗之余，他们在相当长的一段时间内倒是处于休战状态。阿八哈需全力应对来自于金帐汗国和察合台汗国的威胁，拜伯尔斯转而攻击十字军，夺得许多城堡，势力更加强大。

拜伯尔斯旋又侵入西里西亚之地，要求其国王海屯开放西里西亚与西里亚之间的商业通道，出口谷物。海屯惧怕蒙古，不敢答应拜伯尔斯的要求，拜伯尔斯遂残破其国，烧杀劫掠，致无数生灵涂炭。

海屯无奈，向阿八哈求援。阿八哈正遇边界示警，察合台第七任汗八剌合汗兴兵来攻，大军已至边境。他无暇抽调兵力，海屯只得与拜伯尔斯议和。

其后，海屯觐见阿八哈，以年老为名请求阿八哈允许他将王位传于其子勒文。这一年，海屯在位四十五年。阿八哈因己方无法增援导致小阿美尼亚与埃及媾和的缘故，对海屯不予责备，同意了他的传位要求。海屯回国后，举行仪式，勒文正式即位，海屯则专心修道，不久病故。

与此同时，八剌合率领察合台与窝阔台联军越过阿姆河，正向呼罗珊地区逼近。

蒙哥汗即位后，一为酬答堂兄拔都拥立之功，二为惩治阻挠他即位的察合台系几位后王，将河中地区赐予拔都管辖。蒙哥逝后，阿鲁忽在阿里不哥的支持下夺取汗位，这位察合台第五任汗出兵重新据有河中之地。领地易主，谁也不能甘心，于是，像阿哲尔拜展是金帐汗国与伊儿汗国争夺的焦点一样，河中地区亦成为金帐汗国和察合台汗国争夺的焦点。

金帐汗国与察合台汗国大动干戈之际，窝阔台汗国也被卷了进来。第六任汗木八剌沙才能平庸，他当政期间，察合台汗国东部领土大部分被海都蚕食。其后，八剌合在元朝皇帝忽必烈的支持下，从堂兄手中夺得汗权，成为察合台汗国第七任汗。他以扭转国家颓势为己任，向海都发起进攻。

海都有个可靠的盟友，就是金帐汗忙哥帖木儿，八剌合空有壮志，到头来却是好汉难敌四手，兵败后被迫退入河中地区防守。至元六年（1269）春，三系诸王贵族在塔剌思草原召开了一个没有拖雷系后王参加的忽里勒台，决定将河中地区一分为三，其中三分之二划归八剌合，三分之一由金帐汗和窝阔台汗平分。

八剌合不傻，作为战败一方，他明知道这样一来察合台汗国的领土就在他的手中缩水了一半，而那些被海都侵占的原察合台汗国领地却得以合法化。可知道又能如何？他至少保住了半壁江山。为了挽回损失，他想到三家联兵，向西发展，先行夺取呼罗珊地区，进而消灭伊儿汗国，再由三家平分伊儿汗国的领土。不料，他这个异想天开的提议，竟然得到了另外两位大汗的响应。

说起来，金帐汗忙哥帖木儿一心想要收复阿哲尔拜展，窝阔台汗海都一心想要从拖雷家族夺回属于窝阔台家族的汗权，如今，八剌合愿意充当攻打伊儿汗国的先锋，他们乐得顺水推舟。

商议既定，八剌合与海都先遣马思忽惕至阿八哈宫廷，以审查课税为由侦察其虚实。八剌合又遣使至尼兀答儿处，曲意结欢于他。尼兀答儿系察合台后王，在辈分上是八剌合的堂叔。蒙哥举行第三次西征时，察合台系从征军便由他率领。他与术赤从征军的三位后王命运不同，术赤系的三位后王全都死得莫名其妙，他却留在旭烈兀建立的伊儿汗国，担任万户长一职。

八剌合的使者巧舌如簧，终于说动尼兀答儿同意回归察合台汗国。此后，八剌合召集各路人马，做好了进攻伊儿汗国的准备。

十一月，海都按照塔剌思盟约，派遣窝阔台系后王阿合马、牙勒兀等自忒耳迷渡过阿姆河，命贵由孙禾忽之子察八忒率窝阔台军，命合丹之子乞卜察克与察合台后王木八剌沙相互配合，此三路大军则自阿木渡过阿姆河。与此同时，海都与忙哥帖木儿又派诸大将听从八剌合指挥。是年，八剌合命其长子别克帖儿以万人留守碣石，自率人马进驻马鲁附近。

转眼已是新年年初，阿八哈在阿哲尔拜展获知察合台与窝阔台汗国联军已占领呼罗珊部分地区的消息，急忙调集军队，采取以下应对措施：命弟亦失木忒以蒙古军与本地穆斯林守打耳班，并派一万精兵配合，这五万军队承担主攻任务。命起儿漫算端尽起本部人马，弟迪歆以万骑屯祃捵答而，此二人须待阿八哈军至，三方合兵一处由阿八哈统一调遣。

肆

四月二十八日，阿八哈从阿哲尔拜展出发，进至射鲁牙思。忽必烈的使臣迷哈贝来到军营谒见阿八哈，向阿八哈报告了八剌合部的虚实。此前，迷哈贝奉皇命出使察合台汗国，代表皇帝诘问八剌合背叛主君之罪，八剌合恼羞成怒，将迷哈贝扣留于汗营。不过，他对忽必烈尚存畏惧之心，加上两国相争不斩来使是自古通行的法则，他也没有过分难为迷哈贝。

八剌合出征伊儿汗国，国内只留下少量兵力，迷哈贝趁机逃出了察合台汗国。鉴于察合台汗国与伊儿汗国即将开战，这位对忽必烈忠心耿耿的老臣没有回到本朝，而是直接来到伊儿汗国。

迷哈贝多次出使察合台汗国，又曾与八剌合同殿称臣，这让他对八剌合本人以及察合台、窝阔台两汗国的情况比较了解。从迷哈贝的讲述中，阿八哈了解到八剌合的秉性为人，了解到两汗国联军的许多内情。可以这么说，阿八哈日后设下诱敌之计，正是建立在迷哈贝向他提供了详实情报的基础上。

阿八哈将迷哈贝留在身边，以备随时顾问。之后，他从射鲁牙思进驻忽迷思，迪歆率部偕波斯长官阿儿浑与起儿漫算端哈札只来谒。部队经徒思进至巴德基思后，阿八哈遣使至八剌合处议和。阿八哈的条件是：只要八剌合汗同意罢兵，他愿以申河为界，将哥疾宁割让给八剌合。

当时，阿八哈与八剌合对阵，在军队人数上处于明显劣势：他要北御金帐汗国，南防埃及玛麦鲁克军队，这两个传统敌国牵制了他太多兵力。

而割让哥疾宁的条件意味着，八剌合不必大动干戈，便可以得到哥疾宁一带富庶的城池。不出所料，一心想要进占呼罗珊地区继而征服整个伊儿汗国的八剌合以一种傲慢的态度拒绝了阿八哈提出的议和条件。

他对使者说："阿八哈不是拖雷汗的嫡孙吗？不是旭烈兀汗的爱子吗？我还得管他叫一声堂叔呢。他该做的，可不是向我这个晚辈低头。"

使者将这些话带给阿八哈，阿八哈立刻显出一副惴惴不安的样子，面对八剌合的进攻，他一退再退，根本没有组织过认真的抵抗。许多将士对他感到失望，想要离开他，有些将领直言劝谏，包括像速那台这样的名将，也被他关了起来。据说，速那台遭到监禁前，大骂阿八哈外强中干，是个败家子。

再往后，阿八哈索性独自离开军营，回到帖必力思。行前，他对部将说，只要能守住首都帖必力思，就不愁找不到击败八剌合的机会。

问题在于，没人想要相信他的话。伊儿汗国的高官显贵各有打算，只是尚在犹豫观望中。有一部分将领投奔了阿八哈的几位兄弟。

八剌合自有他的情报渠道，阿八哈的惊慌失措和软弱避让都在他的掌握之中，他既兴奋又失望。本来，他打算堂堂正正地与族叔展开决战，他把这视为曾祖察合台与曾叔祖拖雷之间的对决。尽管曾祖与曾叔祖活着时，是感情亲密的同胞兄弟，八剌合仍想证明，仅从指挥才能而言，曾祖犹胜曾叔祖一筹。

不曾想，阿八哈并不打算给他证明的机会。

也罢，证明不证明无关紧要，只要他将伊儿汗国收入囊中，未来，不，也许用不了多久，他就可以打败海都，收回被海都侵占的察合台汗国领土。

七月二十日，察合台军与伊儿军在也里河附近的草原相遇。

这时，八剌合已深入到伊儿汗国的腹心地带，一路上，他都不曾遭遇过多么顽强的抵抗。只有一点，越深入伊儿汗国腹地，察合台军越暴露出地形不熟的弱势。另外还有一点不容忽视，八剌合指挥大军一路烧杀劫掠，他的残暴行径，一方面在伊儿汗国引起了恐慌，另一方面也激起了当地民众最深刻的仇恨。

原本被八剌合认为龟缩在帖必力思的阿八哈出现在帅帐之中，他自率中军主力，两翼分别交与两个弟弟迪歆和亦失木式指挥。速纳台、阿儿浑等诸大将各领其军，起儿漫算端哈札只和法儿思国王阿塔毕亦尽起本部配合中军行动。

八剌合隐隐发觉自己上了阿八哈的当。不过，两军对阵，一场大战迫在眉睫，他无暇多做思考，只能全力以赴。

阿八哈兵力不足的问题仍旧存在。交战中，没用多久，阿八哈的左翼便被八剌合的先锋大将札剌儿台打败。

唯中军和右翼还在勉强支撑。

左翼军的主帅是迪歆，主将是速纳台。这一年速纳台年过九旬，却精神矍铄，雄风犹在。左翼军被札剌儿台击退时，老将军下马静坐于战场之上，对身边的将士说道："自圣主成吉思汗以来，我追随五代大汗，世受君恩，而今又受到阿八哈汗的眷顾，心中已无任何遗憾。所恨者，不能杀退敌人，报我君主。我就在这里等待圣主降诏，此时一战，不胜则死。"

将士们皆被他的豪迈与忠诚打动，一反先前的萎靡之势，个个奋勇，重又杀回敌阵。察合台军不防对方突然士气高涨，被伊儿军奋力一冲，乱了阵脚。

对伊儿军队来说，这是置之死地而后生的一仗。随着察合台右翼军被伊儿左翼军击败，情势很快发生逆转。察合台军不敌伊儿军，被迫后撤，伊儿军乘胜掩杀，察合台军大溃而逃。

察合台军越打越少，八剌合被陷于阵中，遭到迪歆围攻，几乎命悬一线。

札剌儿台聚拢残兵前来护驾。此时的八剌合真是狼狈不堪，坐骑被射杀，侍卫多战死，从马被驱散。札剌儿台急忙将坐骑让给主君，自己换上从马指挥断后。多亏了札剌儿台临危不惧，勇猛善战，才总算保着八剌合杀出重围。

察合台军向阿姆河方向退去，阿八哈派出一支军队穷追不舍。察合台军仓皇退守不花剌城时，八剌合只剩下区区五千人马。

也里河一役的失败，令八剌合进占波斯的企图完全落空。他不检讨兵败的根源在于他本人轻敌冒进，反而归咎为窝阔台后王察八忒和乞卜察克的先行退兵。他在不花剌重又召集起三万兵马，准备分两路讨伐察八忒和乞卜察克。

他刚刚做好安排，次日一早，人们发现他病在床上不能动弹。原来，八剌合患上了与旭烈兀相同的风瘫之症。区别是，旭烈兀没过几天去世了，八剌合经过治疗，病情得到控制。

八剌合先是败于金帐汗国与窝阔台汗国联军，被迫订立塔剌思盟约；继而败于阿八哈之手，数万大军只逃出几千人；今又身患重病，生死未卜。事情凑到一起，人心开始涣散。

这天，八剌合正在服药，忽然得到军士报告：他的堂弟阿合马、察合台汗四子撒巴之子聂古伯悄悄带走了他们的所属军队，准备叛逃到元朝。

八剌合先是一惊，继而怒不可遏。为防止别的宗王贵族有样学样，他只得强撑病体，乘轿追击叛军。同时，他请海都予以支援。

八剌合不愧是员勇将，尽管身患重病，仍一鼓作气擒杀阿合马，迫使聂古伯率残兵败将转投于海都驾前。

本来以为可以松口气了，岂料，八剌合的军营旋又陷入海都的包围之中。海都的趁火打劫，犹如一股狂风，吹熄了八剌合的生命之灯。

八剌合，这位察合台汗国的第七任大汗，说他是勇敢的战士也罢，说他是一代枭雄也好，从登上汗位的那天起，他孜孜以求的目标就是重拾祖先荣耀，重建汗国辉煌。他奋斗一生却功败垂成，这样的结果，不能怪他没有能力，或者能力不足，要怪只能怪他生错了时代。

八剌合身处的时代，正值元朝盛世，正值窝阔台汗国崛起，正值金帐汗国、伊儿汗国政权稳定、国力上升。他遇到的对手，不论海都还是阿八哈、忙哥帖木儿，更别提忽必烈，他们哪一个都堪称同时代的杰出人物。八剌合纵然坚忍顽强，怎奈他的对手或胸怀大略或智周万物。生不逢时，才是令他壮志难酬的主要原因。

那天，天空中雨丝飘落，只一会儿，润湿了空气。八剌合在儿子都哇的陪伴下黯然离世。他心有不甘，满怀悲伤，可对于察合台汗国能否重振雄风，他只能寄希望于稍显稚嫩的儿子了。

八剌合既死，察合台军一溃千里，海都顺势占领了察合台汗的领土，成为两个汗国的真正主人。

海都的目标是元朝，伊儿汗国暂时解除了来自东部边境的威胁。

察合台汗国在都哇成为大汗时，曾一度占领过伊儿汗国的领地哥疾宁。此事发生时，已在若干年之后。

伍

阿八哈战胜察合台汗八剌合，命弟弟迪歁镇守呼罗珊。得胜之师还朝，又逢忽必烈遣使册封，金帐汗忙哥帖木儿主动示好，馈赠鹰鹘及海东青等方物，诚所谓三喜临门。阿八哈兴之所至，率领一干亲军将士往绰合图附近行猎，不料乐极生悲：他的颈部被野牛角所伤，流血不止。

仆从以弓弦束其伤处，玛利亚王妃闻讯赶来探视时，阿八哈的伤口虽不再流血，却形成脓肿，如瘤体一般，剧痛无比。

阿八哈纵然刚强，仍被这持久的剧痛折磨得生不如死。王妃急请诸御医为阿八哈诊治，因瘤体在颈部，诸医皆不敢破，束手无策。这时纳速剌丁赶到，察看君主伤情，不由得眉头紧皱，忧虑万分。

玛利亚悄声向纳速剌丁询问："大汗此时痛楚难当，看着让人心焦。先生可有办法为大汗止住伤痛？"

纳速剌丁回答："现在的问题不是止痛，而是一旦脓肿扩散，上行感染头部，下行感染五脏六腑，届时，大汗命在旦夕，无药可医。"

玛利亚心中急痛，泪水盈目："如此，该如何治疗？"

纳速剌丁回答："唯有破开瘤体，将脓血清理干净，重新缝合，才有生机。"

玛利亚问诸御医："谁可为大汗清理脓血？"

诸御医面面相觑，无人敢应。

玛利亚怒道："你们不是大汗最信任的御医吗？为何大汗情况危急时，你们反倒一个个袖手旁观，不肯对大汗施救？"

纳速剌丁劝道："王妃，此事要冒极大风险，原也怨不得他们。大汗这脓肿长在颈部，稍不留意……"纳速剌丁没有说下去。

玛利亚俯身看着阿八哈，阿八哈受高热折磨，已陷入谵妄状态。玛利亚的眼泪流了下来，"哪怕冒险，也要一试啊。"

"这个……"

"先生，拜托了！"

纳速剌丁踌躇片刻，还是拿不定主意。

玛利亚救夫心切，早将生死置之度外，她看着纳速剌丁和众御医说道："我明白先生和诸位的顾虑所在。既然如此，我倒有个主意，就请侍卫将我捆绑起来，在这里的各位都要为我作个见证：是我逼迫纳速剌丁和众御医为大汗割除脓肿的，此事前因后果皆因我而起，与他们无干！万一大汗由于我的决定遭遇不测，一切后果由我个人承担。我情愿与大汗共赴黄泉。"

纳速剌丁没想到这位女子如此有勇气，有担当，感动之余，也以项上人头作保，令诸御医速对大汗施救。

众御医至此方打消顾虑。他们聚在一起，经过认真研究，决定由一人主刀，其他人配合。接着，众御医将阿八哈颈上瘤体破开，剜去其中脓肿，又仔细清洗过创伤，这才将伤口缝合起来。

也是天助，一切都进行得相当顺利，其间也没有出现过任何危险情况。当纳速剌丁知道大汗转危为安时，他亲自动手，为玛利亚除去绑绳。玛利亚脸上露出笑容，一双湛蓝色的眸子闪闪发亮。纳速剌丁和众御医皆对她深施一礼，这一礼，包含着他们对这位东罗马帝国公主的真心钦敬。

阿八哈苏醒后，了解到事情的始末，对玛利亚更加钦慕和钟爱。此后，直到阿八哈病逝，每次出征，阿八哈都会携玛利亚同行。对他而言，玛利亚如同他的福星一般，走到哪里，都能带给他勇气和希望。

阿八哈病体方愈，马刺黑的夏宫来了几位贵客：他们是察合台汗国兀鲁忽乃太后和她的孩子们。

八剌合兵败去世后，汗国内部在海都的军事打击下很快发生分裂：八剌合的长子投奔了元朝，次子都哇偕诸弟归顺了海都，被八剌合废黜的原第六任汗木八剌沙却与母亲及亲随西走波斯。十余年前，旭烈兀在西征途中驻军于察合台汗国，得到过兀鲁忽乃摄政的热情接待，临行时，旭烈兀对兀鲁忽乃说：无论你和你的孩子何时来到我的营地，都是我家最尊贵的客人。当时，他还要阿八哈记住他说过的话。

兀鲁忽乃在身份上是阿八哈的堂嫂，对于这位曾经用智慧才能守护和延续了察合台汗国盛世的女人，阿八哈充满了敬重之情。即使没有父亲的嘱咐，阿八哈也不会对她有所轻慢，何况，接纳和保护亲族，是黄金家族坚守的传统。

阿八哈当即下旨，为兀鲁忽乃母子提供了采邑，同时，为显示一国之主的热忱，他下令在宫帐举行九九全羊宴，顺便犒赏一下各部首领及重要将领。

所谓九九全羊宴，顾名思义，就是选择肥羯羊宰杀，然后分卸成四肢、肋条、胸口、椎骨、头尾皮血、内脏等九份，再按照不同的部位，每份或煎或炸或蒸或煮或凉拌，最终烹制出九九八十一道菜肴。

关于九九全羊宴的产生有个传说：成吉思汗征服东部草原之后，让他最信任、最喜爱的九名厨师，花费了很长时间研究出来一种全新菜谱，这就是九九全羊宴的雏形。后来，这个菜谱不断改进，逐渐成为蒙古诸汗国及元朝最高规格的宴飨标准，一般只有取得重要胜利或者王子及公主大婚时才会举办。可以说，九九全羊宴代表着一种殊宠和汗权之威，即使身为国主，也不会随意举行。

此时，宴会尚未开席，侍卫和侍女们穿梭不停，正忙着将三个雕刻着花纹的红木食盘均匀地放在每一张桌子的外侧。三个食盘，第一个是菱形的，四个棱角镶嵌着三十六颗珍珠，红白相称，十分醒目，食盘上面整齐地摆放着各色点心、炸果子以及黄油米糕；第二个是方形的，四边以纯银花边镶饰，里面的小碟一套共九只也是用红木制成的，用来盛装奶皮子、白奶油、黄油、甜奶酪、奶干、软奶酪、炒米等蒙古人喜爱的小吃；第三个食盘是圆形的，没用金银珠玉装饰，却在食盘外侧雕刻着繁复的图案，每个图案都完全不同。食盘上面放着九只银碗，亦按圆形排列，碗里盛着牛、马、驼的鲜奶及酸奶、奶酒、马奶酒，以及用黄芪、北芪、木香花、山丁果叶等熬制的奶茶。

习惯上，草原人将奶制品和面制品称为白色食品，与之相应的，肉类食品则被称为红色食品。九九全羊宴中，白色食品须先行上桌。

刚刚摆放好所有食盘、餐具，阿八哈和他的夫人们已在众人的簇拥下来到宫帐，居中高坐，其他人均按座次坐好。当帐门缓缓关闭，当天的宴飨官用浑厚的嗓音唱起了的九九全羊宴的古老祝词：

> 雄鹰羽毛装饰的箭，
> 九色彩绸做缨的弓，
> 献上高贵的九九全羊啊，
> 向苍天顶礼膜拜。

> 白鸽羽毛装饰的箭，
> 五色丝线做缨的弓，
> 献上肥美的九九全羊啊，
> 向神灵顶礼膜拜。

乐曲舒缓进入，似在舒缓中流露出几分惆怅，中后部分的旋律昂扬向上，使人的心情随之变得振奋、轻松。

宴飨官唱毕，九九全羊宴中的第一道九盘凉菜和第二道九盘下水相继上席，阿八哈举杯，众人起立，祝大汗及夫人、王子福寿安康，祝伊儿汗国国运长久，祝大元帝国国泰民安。

当年，旭烈兀出征波斯时，蒙哥汗赐给六弟一百名乐师以及乐器、乐谱。后来，忽必烈南征大理时，蒙哥汗也按照旭烈兀出征的规格，赐给四弟一百名乐师以及乐器、乐谱。旭烈兀一生，对蒙古宫廷音乐情有独钟，每逢大宴，必命乐师演奏，阿八哈也继承了父亲的爱好。

乐师奏完《出征曲》，九九全羊宴中第三道九盘头尾皮血制成的蒸菜、第四道九盘汤菜、第五道九盘爆菜也按照严格的次序被端上每个人的餐桌。音乐再起，将领们随意谈笑，开怀畅饮。第六道九盘干炸菜和第七道九盘馏菜分别上桌的间隙，乐师用头管吹了一支小曲。曲音方落，一个乐师拉起了胡日（即四胡），另一个乐师兴之所至，用六弦琴和声。

马头琴、火不思、十三弦、头管、胡日和六弦琴等都是草原上的传统乐器，在这些传统乐器中，马头琴最具代表性。

马头琴是拉弦乐器,以琴杆上端雕刻马头而得名。马头琴的琴箱有梯形、方形、八角形等形状,共鸣箱的框板与琴杆均用硬木制成,琴箱蒙以马皮或牛皮,琴弦用马尾,琴弓用竹或木。琴与弓分开,多用于独奏,其旋律宽阔浑厚,深沉悠扬,在草原乐器中独占鳌头。

十三弦的弹奏方式比较独特,演奏者坐于地上,将琴身一端搭在腿上,另一端执地,用两指弹拨。火不思是一种较古老的弹拨乐器,形状类似琵琶,直颈、无品、圆腹、有小槽,以皮为面,四弦。其音质圆润、音色清纯,适于表达欢快喜悦的情绪。头管与笛箫相似,以竹为管,卷芦叶为首,管身分七窍,简便易学,发声轻快。胡日的琴箱、琴杆用红木制成,蒙以蟒皮或羊皮,并雕以各种花纹,十分美观,弓弦分为两股,分别夹在一、二弦和三、四弦之间,一、三弦为同声,二、四弦为共调,最适合表演说书,烘托气氛。

很快,第八道九盘炒菜、第九道九盘烧菜也陆续上席。音乐稍停,进入表演说书的环节,诙谐幽默的故事,逗得大家哈哈大笑。酒宴的气氛更加热烈,阿八哈令与宴者尽情品尝美食,开怀畅饮。

陆

木八剌沙过来向阿八哈敬酒,感谢伊儿汗的慷慨收留,使他们一家人在汗国得到安逸尊荣的生活。阿八哈笑道:"你客气了。能在我家里款待堂嫂和侄儿、侄女,是阿八哈的荣幸。你们可是请也请不来的贵客。"

饮罢敬酒,阿八哈回敬了兀鲁忽乃太后,这才对木八剌沙说道:"等今日宴会结束,我将在宫廷里为侄儿安排一个合适的职位。"

"大汗若有这样的心愿,何不让我为大汗管理御马场?"木八剌沙也不推让,直爽地提出了自己的请求。

"侄儿这是说的什么话!侄儿的身份何等尊贵,我岂会让侄儿为我管理御马场!对侄儿,我自有重用。"

"不是的,大汗。我这么说并非惺惺作态,而是发自真心。本来,我完全可以在大汗的庇护下坐享其成,大汗也为我提供了这样的条件。可我一想到那些马,就觉得心里有些发痒。当年,由于我的无能,丧失了察合台汗国的盛世,八剌合汗将我贬为他的御马官。没想到,这种天天与马匹待在一起的生活，并没有让我自轻身份，反而让我清醒：我生来或许就不该做一名大汗，那绝不是我能做好的事情。如今，我最大的快乐就是与那些单纯忠诚的伙伴待在一起，这是我唯一的心愿。"

"可……"阿八哈仍旧有些犹豫。

"大汗，您就成全他吧。"兀鲁忽乃助了儿子一臂之力。

堂嫂的请求，阿八哈不好违逆，"也罢，你既执意于此，我便任命你为我的御马场总管又何妨。"

"臣谢大汗恩典。"木八剌沙谢恩，躬身退下。

看着一身轻松，已然放下一切的木八剌沙，阿八哈蓦然间就产生了深深的羡慕。

木八剌沙能够做到的，试问做过君主的人，又有几个可以做到？

至元八年（1271），为孤立伊儿汗国，金帐汗国第五任汗忙哥帖木儿发动了攻打东罗马帝国的远征。而此番，大军主帅仍是宗王那海。

东罗马帝国方面，正值帕列奥列格王朝（1261年至1453年立朝193年，传十二位皇帝）掌管帝国权力时期，这个王朝的开国君主是米哈伊尔八世·帕列奥列格。米哈伊尔八世虽然算得上一位雄主，可当时帝国的各种状况不容乐观，最主要的是军费严重不足，尚不足以支撑大规模的战争。无奈，米哈伊尔八世只得选择妥协，将自己的女儿献给了那海。

那海与米哈伊儿八世联姻后，金帐汗国与伊儿汗国也进入休战期，两国关系虽未从根本上得到改善，至少在相当长的时间内边境无警。

同年，报达城中发生了一起幸存的亦思马因教徒欲刺杀其长官阿老瓦丁（与木剌夷教主阿老瓦丁同名，在波斯高原，经常出现这种同名现象）的恶性事件。刺杀活动失败后，有人趁机构陷城中的基督教徒，称刺杀之事系受城中基督教徒阴使。阿老瓦丁不辨真伪，将城中主教和牧师尽数逮捕入狱，严刑拷打。多亏玛利亚从别处获知此事，为主教和牧师求情，阿八哈下旨，这些人才被释放出来。

鉴于报达城中基督教徒与伊斯兰教徒的关系势成水火，阿八哈只得将基督教徒迁入阿哲尔拜展地区的阿失奴城居住。

此事平息，被绑在战车上的阿八哈总算度过了一段难得的和平时光。

或许，这世上没有拜伯尔斯，阿八哈不妨就此做一名和平之主，好好地建设他的汗国。但拜伯尔斯的野心无可估量，他的目标是逐出蒙古人，将整个波斯收入囊中，于是双方战端又起。

拜伯尔斯先是出兵蹂躏了小阿美尼亚诸城，随即谋夺罗姆国。罗姆国最初由也速丁与鲁克赖丁兄弟分治，其间也速丁阴附拜伯尔斯，当时旭烈兀尚在人世，闻讯派兵征讨。也速丁情知事败，匆匆出逃，为金帐汗忙哥帖木儿收留，赐以克里米亚之地。也速丁多年后在克里米亚终老。

也速丁既逃，罗姆国成为鲁克赖丁一人天下。鲁克赖丁是个傀儡，大权旁落在权相帛儿万涅手中。至元四年，帛儿万涅与鲁克剌丁失和，遂将鲁克剌丁杀害，改立王子嘉泰丁为罗姆国王。嘉泰丁时年仅四岁，一切皆凭帛儿万涅做主。

嘉泰丁虚位第九年时，帛儿万涅与城中贵族商议，欲改投拜伯尔斯。商议甫定，帛儿万涅便将诸贵族出卖，诸贵族大惧，携家眷逃往西里亚，投奔了拜伯尔斯。这些人力劝拜伯尔斯往取罗姆城，拜伯尔斯遂于十月誓师出兵。冬季时，双方接战，拜伯尔斯一方大获全胜，缴获无数战利品。

拜伯尔斯按惯例巡视战俘营，看到一位女子十分美貌，询问后才知是蒙古将军之女。因父兄皆战死，女子孤苦无依，拜伯尔斯对她心生怜爱，遂将其留在身边。至此，拜伯尔斯的后宫已有蒙古王妃四人。拜伯尔斯生平最仇视蒙古人，却对他的蒙古王妃极尽宠爱，这番心理，着实复杂，令人难以琢磨。

春天到来，拜伯尔斯攻下罗姆国。帛儿万涅奉国主嘉泰丁出逃，向阿八哈求援，阿八哈遂派军队增援。拜伯尔斯原以为罗姆国王公贵族欲摆脱蒙古人羁束，必发兵相助，岂料这些人畏蒙古人如虎，谁也不敢前来。无奈，拜伯尔斯只得放弃罗姆国，往讨罗曼城阿美尼亚居民。

拜伯尔斯其人，性格坚毅，不屈不挠，这是他的优点。缺点是刚愎自用，目空一切，对才能卓异的人常怀嫌忌之心。拜伯尔斯的统将亦速丁智勇双全，在将士中拥有极高威望，这令拜伯尔斯既妒且恨。没过多久，他寻个由头将亦速丁殴打一顿，又命其作为前锋迎战蒙古人，此举，无非是借蒙古人之手，为他除去这个眼中钉。

亦速丁不动声色，接令而去。行至阿布里斯廷地区，埃及军与蒙古军遭遇，亦速丁于阵前倒戈，助阿八哈大败埃及军。等到拜伯尔斯率主力行至阿布里斯廷战场，发现这里横尸遍野，其中蒙古军死亡人数仅六千七百七十人，余者皆为埃及将士。拜伯尔斯命士兵将己方将士的尸身多数掩埋，少数留下，以制造埃及军死亡人数少于蒙古军的假象，警告伊斯兰教徒不要襄助蒙古人。

五月，拜伯尔斯自觉心悸头晕，四体沉重，遂引军退回大马司。是月月底，拜伯尔斯在城中病故，享年五十五岁。

拜伯尔斯身躯高大，面褐眼蓝，颇有威严，国人多有畏服。拜伯尔斯弑君自立不假，可他的确是一位应时而生的君主。他在位时，采用蒙古人之法，于国中要道遍置驿站，这使他能迅速得到各方消息。他掌握着骁勇善战的玛麦鲁克军队一万两千人，其中四千屯埃及，四千屯大马司，四千屯阿勒波。其中屯埃及者，皆拜伯尔斯自购之奴，对他十分忠诚，拜伯尔斯遂以其为宿卫，且宫内与国内诸要职，皆由此军将领担任。另外，处于玛麦鲁克王朝统治时期的埃及，是一个典型的军人执政国家，全国正规军队计四万余人，加上拜伯尔斯连年用兵，这一切都造成百姓极重的课税。

拜伯尔斯死后，亲信将他葬于大马司子城。对外秘不发丧，伪称拜伯尔斯偶患小恙，卧床静养，暗中却将大马司的国库劫掠一空。直至回到开罗，才公布拜伯尔斯死讯，同时拥立其子十九岁的赛德即位。

阿八哈收复罗姆国后，命弟弟弘吉剌台领一军镇守其地。因帛儿万涅弄权，罗姆贵族必欲除之而后快，这些人屡屡进言，说帛儿万涅素怀异心，且曾暗中谋划投靠拜伯尔斯，阿八哈终于痛下决心，将帛儿万涅召至马剌黑斩杀。

拜伯尔斯既死，阿八哈欲收复西里亚，以报当年失地之仇。

柒

大军启程之时，阿八哈突感身体不适，只得缓进。

此时，拜伯尔斯之子赛德在位已有两年，赛德不信任其他部族的统将，想在要害位置统统换上他所亲信的玛麦鲁克人。他的这个举动激怒了不少手握军权的将领，他们合谋废黜了赛德，拥立拜伯尔斯的另一个儿子、年方七岁的射剌迷失继承算端之位，同时以大将克剌温摄政。

克剌温是钦察人，幼时被家人以一千底纳尔的价格卖给玛麦鲁克的一名将领。同是玛麦鲁克军人，克剌温却隶属于艾育伯王朝的撒里黑算端。后艾育伯王朝为突厥蛮艾伯格所废，克剌温遂率所部投奔了埃及君主。

此时，克剌温大权在握，拘禁了许多拜伯尔斯系将领，代之以艾育伯王朝的玛麦鲁克人。射剌迷失在位仅仅数月，便被克剌温废黜，迁居于哈剌克。克剌温随即夺取王位，自号满速儿算端。

克剌温摄政时，曾命宋豁儿为大马司长官，宋豁儿闻克剌温篡位，想自立为西里亚国王。克剌温出兵合匝，大败宋豁儿军队，宋豁儿手下众将见他不能成事，纷纷弃之而去，投奔了克剌温。

宋豁儿势单力孤，乃致书阿八哈，请阿八哈出兵攻取西里亚。阿八哈早有收复西里亚之意，当即以弟弟蒙哥帖木儿为帅，率领大军攻入西里亚，连占数城。

克剌温亲率大军迎战，不敌蒙哥帖木儿兵锋。眼看西里亚诸城不保，克剌温想出一条毒计，他派手下大将阿思迷迭儿诈降。蒙哥帖木儿不察，善待降人，却遭到阿思迷迭儿暗算，蒙哥帖木儿受伤，被部将救走。克剌温趁机收复了被蒙古军占领的城池，阿八哈重尝其父失败的苦果。

埃及军苦战获胜，亦付出巨大伤亡，不堪再战。双方再次进入休战状态。

至元十九年（1282）三月十八日，阿八哈离开报达前往哈马丹巡视，宿于官邸之中。一日，他饮酒过量，醉倒在床榻上。半夜时，他突然从床上坐起，向值宿的几名侍卫说道："外面树上有一只黑鸟，叽叽喳喳，吵得我不得安宁。你们去把它射下来。"

侍卫们面面相觑，可还是来到屋外。只见外面黑漆漆一片，哪有什么阿八哈所说的黑鸟？他们回到屋内，正想向阿八哈禀明情况，却见阿八哈直挺挺地倒在床上，面色苍白，已是气息全无。

这天是四月一日凌晨，时年四十八岁的阿八哈逝于哈马丹官邸，因是猝亡，没有留下遗嘱。

阿八哈有子二人，名阿鲁浑，名乞合都。十二个弟弟中，尚有塔兀答儿、阿者、弘吉剌台、旭烈竹、蒙哥帖木儿等在世。因阿八哈没有留下遗嘱，众人对由谁嗣位发生意见分歧。阿者、弘吉剌台、旭烈竹，出木哈儿之子术失合不、景庶，及部分手握重兵的将领如辛图儿、速浑察等拥护塔兀答儿（旭烈兀第七子）。文官多拥护阿鲁浑。另有部分贵族拥护蒙哥帖木儿。眼看就要形成三方争位，这时传来蒙哥帖木儿在塔剌堡暴毙的噩耗，于是，支持蒙哥帖木儿的一方转而支持塔兀答儿。两下对比，阿鲁浑在获得支持方面远远不及塔兀答儿。

本来，按照父死子继的传统，人们在选立新君时，应该倾向于阿八哈的长子阿鲁浑。事实并非如此，相较阿鲁浑，人们普遍看好塔兀答儿。这些人拿到台面上的理由是长幼有序，真实原因与阿鲁浑的出身有关。阿鲁浑虽在阿八哈二子中居长，可他的生母原是阿八哈的女奴，系阿八哈的姜室，地位比较低下。

人心如此，阿鲁浑争位力量不足，只得接受近臣剌失的劝告，放低姿态，附和众人之意。塔兀答儿得以继立。

五月六日，塔兀答儿在众人的拥戴下登上汗位，成为伊儿汗国的第三任大汗（1282 年至 1284 年在位）。

在阿八哈诸子中，塔兀答儿已改奉伊斯兰教，即位后，他取算端之号，并为自己改名阿合马。

阿合马对诸臣大行赏赐，这令他赢得了更多拥护。

所有人都高兴，只除了回镇报达的阿鲁浑。这位长王子坚持认为，他才是阿八哈汗的唯一合法继承人。

当时间推移，愤恨的情绪到底被野心催发，阿鲁浑决定用武力夺回属于自己的汗位。

经过一段时间的准备，阿鲁浑在报达组织起一支以其父在世时的亲卫军为主力的部队，这支部队的骨干力量哈剌乌纳思部万户军。军队组建完毕，阿鲁浑命万户长脱合察儿担任主帅，阿八哈旧将抄兀儿及亲弟乞合都、堂弟伯都（旭烈兀第五子塔儿海之子）皆归脱合察儿指挥。

当时，这支由阿鲁浑一手组建的军队不仅士气旺盛，英勇善战，而且忠实于阿鲁浑本人。为筹集军费，阿鲁浑派人没收了许多富商产业，强迫高官缴纳重税。在初步获得向叔父挑战的资本后，阿鲁浑上书阿合马，提出将伊剌克和法儿思两地变为他的封地，以此作为他将汗位"让"给叔父的补偿。

这种胁迫阿合马万万不会接受，他展读阿鲁浑的书信时气得要命，以致从嘴里呼出的粗气让胡须都飘动起来。

伊剌克和法儿思本是阿合马的封地，要是他将它们转归阿鲁浑名下，那可就真的坐实了汗位是侄儿"让"给他的。

不出所料，阿合马一口拒绝了阿鲁浑的无理要求。阿鲁浑并不感到意外，他所需要的，无非是阿合马的拒绝给他一个开战的借口。

至元二十一年（1284）一月十八日，阿合马听说侄儿阿鲁浑暗中与叔父弘吉剌台联络，弘吉剌台答应协助他夺回汗位。

这或许是阿鲁浑的离间之计，或许是有人进献谗言，真实情况无从知晓。总之，阿合马起了杀心，以筹备忽里勒台为名，将弘吉剌台骗至马剌黑。弘吉剌台毫无防备，觐见时被阿合马布置在帐中的侍卫拿下，随后，阿合马以断人脊骨的方式将其杀死。弘吉剌台原是阿合马的支持者，不料阿合马对自己的兄弟竟如此残忍。弘吉剌台死后，阿合马一不做二不休，又命大将逮捕了报达城中隶属于阿鲁浑的诸将校及征税官吏，同时将阿鲁浑任命的主帅脱合察儿以及忠于阿鲁浑的大部分将领如抄兀儿等都捕到帖必力思拘禁起来。

多亏阿鲁浑的弟弟乞合都以及少数将领机警，见势头不对，急忙逃往呼罗珊向阿鲁浑示警。

阿鲁浑明白这是叔父阿合马将要向他动手的信号。二月初，阿合马命罗耳王阿塔毕严守其城，又命其相聚集重兵，做好作战准备。二十九日，他派大将阿里纳克率一万五千人先行攻略哥疾宁。

阿鲁浑岂肯束手待毙？他征集呼罗珊、祃掇答而两地军队，进至达蔑坚。此时，阿合马的先锋部队在阿里纳克的指挥下抄掠剌义，残破阿鲁浑领地并进攻其所辖部众。所有俘虏皆被送回帖必力思，等候阿合马发落。

阿鲁浑闻讯更加愤怒，发誓与叔叔决一死战。他兵分三路，自率五千人在阿黑火者平原迎住阿里纳克。双方自日中战至日暮，阿鲁浑兵力不足而败，仅率三百名残兵败将退守飞鲁司忽。

在飞鲁司忽坚守数日后，穷途末路的阿鲁浑来到阿合马设在兀占的军营向叔叔投降。因阿鲁浑是主动出降，阿合马一时拿不定主意是否将他处死，犹豫中，他索性先将侄儿投进监狱。

解除了来自阿鲁浑的威胁，阿合马开始谋求与埃及玛麦鲁克王朝和解。相同的信仰引起的认同心理，使他不愿继续与这个伊斯兰教国家为敌。

他的决定甫一做出，几乎在一天之间，便引起群情激愤，舆论哗然。

捌

由来已久的仇恨，阿合马可以置之脑后，伊儿汗国人却不会轻易忘怀。至少，幸存的乞的不花的部将无法忘记，那惨死的两万将士的亲人无法忘记，在残阳红土间，还有多少冤魂，仍旧找不到回家的路。想当年，若非玛麦鲁克人使用诡计，若非他们乘虚而入，名将乞的不花一定不会死，那两万将士一定不会死。若非玛麦鲁克人一次次寻衅，所有因他们而死的那些人，一定都还活着。

遭到背叛的失望，无可言喻的反感，都以一种难以想象的速度汇集起来，并在短短的时间内汇集成一股仇恨的洪流。这是奔腾向前足以吞没一切的洪流，可惜，阿合马面对着被仇恨吞噬的危险，竟还一无所知。

七月初，宗王术失合布、旭烈竹和统将不花共谋，准备发动军事政变。术失合布、旭烈竹各派一支军队协助不花，不花迅速做出安排，一边分兵监视汗宫，一边派军队占领监狱，释放阿鲁浑。

不花亲自出马，去接阿鲁浑正位。

身陷囹圄的阿鲁浑本来已经绝望了，他从未想过自己还有重获自由的一天。不花刚刚命狱卒打开牢门时，他以为是他的死期到了。甚至，当不花跪在他的面前时，他的内心也只是涌上了丝丝悲凉。

许多年前，不花做过少年阿鲁浑的宿卫，那时二人的关系如叔侄一般亲密。后来，不花受国相苦思丁举荐，在阿鲁浑的叔叔阿合马手下供职，积功升为将军。因不花能力超群，处事公允，渐渐成为一名实权在握的朝廷重臣。阿八哈汗去世后，阿合马登上汗位，不花便是其最有号召力的拥戴者之一。后来，阿鲁浑欲从叔叔手中夺回汗位，派人与不花联络，亦遭到不花的断然拒绝。

此时此刻，不花跪在地上，仰脸望着蓬头垢面、容色憔悴的王子。或许，这就是所谓的人生吧，生死起伏，变幻莫测。不花心有所感，欲言又止。

到底是大那颜拖雷的曾孙，阿鲁浑再心有不甘也不能表现出丝毫软弱。他看了不花一眼，冷冷地说道："你起来吧。"

不花磕了个头，却没有立刻起身。

阿鲁浑的嘴角溢出一丝苦笑："至少，得先给我换身干净衣服，再让我吃顿饱饭吧。"

不花早有准备。他起身，引着阿鲁浑来到设于东花园的锦帐中。锦帐外，有一队汗宫亲卫把守，其中有几张面孔阿鲁浑从小就熟悉。

不花不用别人，亲自服侍阿鲁浑沐浴更衣。若不是担着心事，许多天来阿鲁浑第一次觉得自己神清气爽。

在另一座锦帐里，不花已为阿鲁浑备下了一桌丰盛的筵席。

如若送他归天真的需要奏乐，那么不花的所有安排，无论从哪个角度看都像是安魂曲的前奏。

不花为阿鲁浑斟满一杯酒，放在他的手边。

阿鲁浑取过酒杯，一饮而尽。他腹内空空，一杯酒下去就有些头晕眼花。

不花立刻又将酒杯斟满，"您先吃些饭，垫垫肚子再喝酒。"他体贴地劝道。

自从被叔叔关进监狱，阿鲁浑从没吃过一顿像样的饭菜。或者说，不用像样，他就没吃过一顿饱饭。可此刻面对着一桌子美食，他却没有一点胃口。

想想这也是人之常情。谁也不是饿死鬼投胎，明知是人生的最后一餐，哪有几个人真能吃得开怀畅意？

"阿合马汗为什么会派你来？"他问不花。

他的话让不花有些愣怔。

"也罢，你来送我，也算我叔叔还把我当成阿八哈汗的儿子。其实，除了你，谁还有这个资格呢？"

即使身临死地——阿鲁浑是这么想的——他仍然欣赏不花的才能。

这份相知与相惜，令不花的心头卷起了一股热浪。同时，他意识到一件事，阿鲁浑误解了他将他释放出来的用意。

"王。"

"不必多说。待会儿，你就直截了当地告诉我，我叔叔想让我怎么死？"

不花离开座位，跪倒在地："王，我……"

"你起来吧。我没有怪怨你的意思，你在我叔叔驾前为臣，忠于职守也是为臣者的本分。"

"王，您听我说……"

"还是你先起来，等我吃过这顿饭再说也不迟，是不是？"阿鲁浑说着，开始吃饭，哪怕食不下咽，他仍强迫自己逐个品尝了摆在他面前的每一道菜肴。他没吃几口就觉得饱了，胃里满满的极不舒服。他顺手取过酒杯，将第二杯酒一饮而尽。刚才，由于心不在焉，他竟忘了喝酒。

不花坐在先前的位置上，啼笑皆非地看着他。

"来吧，给我斟酒。酒满三杯，怎么也得如此吧？"他微笑着对不花说。

不花无声叹口气，提起酒壶，为他斟满第三杯酒。

饮罢第三杯酒，阿鲁浑用手帕抹了抹嘴唇，这才正襟危坐，目视不花。当他开口说话时，他的语气异常威严："现在，你有任何话都可以对我讲了。"

不花的脸色也变得严肃起来，他离开座位，第三次跪倒。这一次，他行的是九叩之礼。

阿鲁浑惊讶地看着他。

"汗。"

阿鲁浑以为自己产生了幻觉。要么就是另外两种情况：不花口误，或者，他坐了几天监狱，耳朵坏掉了。

"你说什么？"

"臣不花参见大汗。"

阿鲁浑呆呆地坐着。

"大汗，请您……"

"等等！"

"是。"

"你管我叫什么？"

"臣叫您：大汗。"

"你……"

"大汗莫急，且听臣细说端详。"

"唔，你起来说吧。"

"是。"

不花就将阿合马欲与玛麦鲁克王朝修好使他失去民心，以及人们对阿鲁浑重整河山怀抱期望诸事一五一十地给阿鲁浑讲述了一遍。

阿鲁浑万万没想到他叔叔阿合马的倒行逆施竟然变成了他的机会，他的心情虽万分激动，脸色却平静如初。

不花专注地等待阿鲁浑示下，可等了一会儿，阿鲁浑不知在想什么，一言不发。

"大汗。"

阿鲁浑没做回答。

"大汗！"不花又唤了一声，这一声他提高了音量。

阿鲁浑如梦初醒。

"嗯。"他用鼻子应了一声。

"大汗，军队已整装待发，就等您一声令下。"

"不花。"

"是。"

"我想问你，这是你们深思熟虑后做出的决定吗？"

"当然。"

"你不怕吗？这可是谋逆大罪。"

"这罪您已经犯下，难道现在您想退缩了？"不花问。这话听着似乎有些不敬，可是阿鲁浑并不介意。

他站了起来，"好。一次是死，两次也是死，就让我们死中求活吧。"

"这才是臣认识的大汗！不过，请大汗放心，我们不会死的。"

"此话怎讲？"

"倘若单凭臣一个人，力量的确有些薄弱。不过，现在支持我们的力量远比阿合马强大。"

"哦？你指的是……"

"此番举事，我已得到术失合布、旭烈竹两位王爷的相助。来接大汗前，我先诱捕了阿合马的亲信，而且派人严密监视汗宫。现在的情形是，只要大汗振臂一呼，必定从者无数。"

阿鲁浑再没有任何狐疑。他了解不花，不花深谋远虑，行事缜密，倘若没有七八分把握，此人断不会轻举妄动。

其后事态的发展，比不花能够预想到的最好结果还要顺利。当人们得知阿鲁浑与阿合马战事重起时，许多人从驻地纷纷来援，只不过这一次，他们支持的人不再是阿合马，而是阿鲁浑。阿合马势单力孤，在帖必力思坚守一日后，便丢下汗位，在一干亲随的保护下向他的封地逃去。

阿鲁浑派出两支军队分头追赶阿合马。

逃亡途中，阿合马从哈剌乌纳思人的营地经过，被巡营哨兵发现。哈剌乌纳思人是忠诚于阿鲁浑的一支力量，他们立刻拘捕了阿合马，将他解往阿鲁浑处。阿鲁浑可没有他叔叔那么心慈手软，他见到阿合马不押不审，而是立刻命人将他推出斩首。话说此前，人们普遍反对阿合马，不等于个个拥戴阿鲁浑，有些人仍试图拥立旭烈兀汗的其他儿孙。阿鲁浑杀掉阿合马后，这些人全都转变了态度。

玖

其后几天，经过不花积极运作，忽里勒台上诸王贵族众口一词：汗位非阿鲁浑莫属。与会诸王中，只缺少阿鲁浑的叔叔旭烈竹，亲弟乞合都，二叔出木哈儿之子术失合不和景庶。

旭烈竹正在外地驻守，没能参加选汗大会。阿鲁浑担心他的即位引起叔父不满，到时难免又是一场夺位之战，于是，他派使者面见叔父，称自己经诸王贵族推戴，无法拒绝，不得已才同意嗣位。他希望叔叔不要因为此事埋怨他越过尊长，他愿与叔叔同掌大权，共谋国势隆昌。

旭烈兀诸子中，旭烈竹的个性与金帐汗拔都的兄长斡尔多倒有某些相似之处：平和，谦让，不喜欢争权夺利。其实，纵然生在帝王之家，也并非每个人都会觊觎皇位，总有个把甘于做诸侯的人，而旭烈竹正好属于这后一种类型。听说阿鲁浑已被众人推举为汗，旭烈竹无意让侄儿产生误会，决定参加即位大典。他将封地诸事做了安排，随即备办厚礼入朝。

乞合都是阿鲁浑唯一的亲弟弟。这位少年王子，能力有限，又是阿八哈的次子，明知汗位怎么也不会落到他的头上。既然如此，兄长能够继承父位，他倒是乐见其成。不花协助阿鲁浑召集的选汗大会他未能赶上参加，其后，接到兄长邀约，他匆匆启程，赶上了阿鲁浑的即位大典。

在占星者推测出来的吉日，阿鲁浑被王公贵族拥上汗位，成为伊儿汗国的第四任大汗（1284 年至 1291 年在位）。

术失合不和景庶原本都是旭烈竹的支持者，他们一心想拥立旭烈竹为汗，可旭烈竹不争，他们再反对下去也毫无意义，于是，他们在即位大典结束后的第三天赶到驻夏之地韩雄，向阿鲁浑臣服，并以子侄入质汗廷。

阿鲁浑杀掉了几名对阿合马忠心耿耿的大臣，颁下教令抚慰其他旧臣，同时对诸王予以册封。

宗王伯都辖报达；宗王术失合不辖底牙儿别克儿；宗王旭烈竹辖罗姆；宗王阿者（旭烈兀第八子）辖谷儿只。

阿鲁浑与父亲阿八哈一样，膝下只有二子，长子合赞，次子合儿班答。合赞时年十二岁，聪明颖悟，头角峥嵘。当年，这孩子出生时，阿鲁浑曾梦到一星在月旁，放射出万道光芒，而大地之上，竟被照得亮如白昼。阿鲁浑醒来，正值夫人临盆，顺利产下一子。阿鲁浑将长子的到来视为上天垂赐，对他格外珍爱。今既御极，爱子尽管年幼，阿鲁浑仍对他委以重任，让他辖呼罗珊、祃掇答而两地与剌义、火不斯两州，同时命宗王景庶和三朝元老阿儿浑之子涅孚鲁思辅佐于他。

毫无疑问，在阿鲁浑登上汗位的过程中，不花出力最多，功劳最大。加上不花本人是一位相当成熟的政治家，所以，初登汗位的阿鲁浑任命不花为国相，同时赋予他管理国家政务的权力。

不花大权在握，日日勤劳国事，颇有贤相之风。

此时，外患稍息，君臣同心，政局趋于稳定。九月间的一天，不花正在府上批阅奏章，忽闻门者来报：旧相苫思丁在府外求见。

不花没想到苫思丁会来，闻言不禁一愣。

不花之前，苫思丁系三朝国相。此人虽忠君勤政，惜能力平庸，没有太大作为，难入名臣之列。阿鲁浑与阿合马争夺汗位时，苫思丁不愿背叛主君，遂逃入亦思法杭。后又避祸于罗耳国，为罗耳国王收留。

罗耳国王亦速甫与阿鲁浑私交不错，至阿鲁浑即位，亦速甫主动入贺，阿鲁浑十分喜悦，待亦速甫甚厚。亦速甫趁机为苫思丁求情，阿鲁浑考虑到苫思丁系三朝元老，在祖父一朝和父亲一朝都深受重用，后虽拥护叔叔阿合马，毕竟也是情势所迫，于是同意赦免于他。

亦速甫又为苫思丁请赦旨一份，阿鲁浑索性下旨大赦天下。

苫思丁人在罗耳，尚且不知大赦一事。他听说新汗正命人搜捕阿合马故党，心中不免惶恐。仆从劝他出逃印度，苫思丁不肯，他的想法是，与其客死他乡，不如听天由命。何况有一点，他在位时不花受他恩顾颇多，倘若不花肯为他美言几句，没准他能躲过这场无妄之灾。

主意既定，苦思丁离开罗耳国、向汗都而来。路上遇到罗耳国王亦速甫，亦速甫将阿鲁浑汗大赦天下的消息告之于他，苦思丁心里一块儿石头落了地，兼程而行，来到不花的府邸，求见不花。

不花放下手上案卷，匆匆迎出府外。

苦思丁到底是位老人，一路饱尝跋涉之苦，这时累得坐在台阶之上。不花走出门外，来到苦思丁面前，叫声"大人"。

不花正要施礼相见，苦思丁抬头看到不花，就从台阶上顺势跪在他的面前。

不花吓了一跳，慌忙阻止："大人不可！折煞不花了"

"国相。"

"请大人不要这样称呼。"不花说着，伸手将苦思丁搀起。

饱经风霜的苦思丁须发皆白，看到他苍老的样子，不花不免动了恻隐之心，"大人，请随我入府一叙。"

不花将苦思丁请入府中，命人为他洗漱更衣，备上饭食。不花亲自把酒相陪，这也算不花回报苦思丁当年援引提拔之恩。席间，苦思丁提出想谒见大汗，得到大汗亲口宽恕，不花答应下来。

次日，不花偕苦思丁入宫。阿鲁浑念及苦思丁侍奉过三代先汗，没有功劳也有苦劳，是以对他格外眷顾，让他起来坐在自己身边。君臣寒暄一番，阿鲁浑亲口下旨，命苦思丁仍留于宫廷，协助不花处理政事。

苦思丁历三朝为相，提拔官员无数。这些门生故吏见苦思丁有复出之望，又欲聚在苦思丁门下。苦思丁十分谨慎，对这些人闭而不纳，他还让亲信放出风声，大意是：他已年老，大汗宽恕，不花不疑，已是他的福分，有生之年，他甘为不花之副。

苦思丁再三退让，还是招来昔日政敌的忌恨，他们在不花面前百般诋毁。不花也担心苦思丁威望太高，总有一天会重新凌驾于自己之上，于是罗织罪名，将苦思丁置于死地。可怜三朝元老，或者也可以说是四朝元老，只因贪恋权位，不肯急流勇退，最终落了个含冤而死的下场。

第五章　曲尽梦断香消

壹

　　阿鲁浑像他父亲阿八哈汗一样，谨遵祖父遗命，在没有得到元朝正式册封前，一直以摄政王的身份处理国政。

　　至元二十三年（1286）二月，忽必烈汗派使臣斡儿都海牙来到伊儿汗国，册封阿鲁浑为伊儿汗，嗣父位。阿鲁浑重新举行即位大典。

　　终元一代，伊儿汗国与元廷的各种联系都十分密切，这种密切除表现在两国贸易与文化交流频繁、贡使往来不断外，还表现在元廷与伊儿汗国间经常会有大臣的互换任用。比如伊儿汗国的名将伯颜、名医爱薛、天文学家札马鲁丁等，都被忽必烈款留于元廷担任要职，而元朝名将斡儿都海牙，后来的元朝丞相孛罗，在出使伊儿汗国后，亦被阿鲁浑款留于伊儿汗国。

　　在元军将领中，斡儿都海牙素以胆略超群享誉朝野。平宋战役结束后，他经常奉汗命出使各国，见识相当广搏。如同当年忽必烈在朝堂上初见伯颜，就萌生了将此人置于左右的念头，阿鲁浑对斡儿都海牙也是虚心结纳，再三挽留。斡儿都海牙感于阿鲁浑的挚诚，决定留在伊儿汗国。

　　初登汗位的阿鲁浑，算得上一位贤明之主，不花更是一位能干之臣。阿鲁浑在即位大典上，向众臣宣谕："以教令授不花以无上权力，除九大罪外，不花之罪只能由汗亲自讯问。凡伊儿汗之教令未经不花钤用朱印者不得执行，不花之命勿须汗裁可。"

汗旨一下，不花的权力就达到了"无君之名，而有君之实"的程度。

阿鲁浑对不花的信任也绝非毫无道理。不花其人，才智出众，善治国事，颇持公正。阿鲁浑执政的前几年，君臣二人可谓相得益彰。

在阿鲁浑的支持下，不花首先对财政制度做了全面调整。不花之前，苦思丁·志费尼三朝为相，可他始终无力改变旭烈兀立国以来税种混乱、索取无度的局面。不花上任后，在限制王公大臣巧取豪夺和平抑物价方面制定了许多措施，并委派官员，对不法行为进行严格监督和严厉惩治，在政策的保证下，阿鲁浑时期的财政制度对缓和国内矛盾发挥了重要作用。

其次，不花征得阿鲁浑许可，仿照元朝的"上都惠民药局"，在首都建立了为百姓免费治病的医疗场所。另外，不花还设立了一项专门资金，用以开办学校，资助天文学家、历史学家、文学家、诗人、音乐家、画家、星象学家和数学家等。不花的一切措施，都促使伊儿汗国的内政在短时间内走上正轨。

这期间，阿鲁浑则致力于为汗国改善外部环境。阿鲁浑即位后，在受到来自玛麦鲁克王朝和金帐汗国的威胁方面，与他父亲和祖父面临的处境如出一辙，为扭转这种被动局面，他做出了同基督教国家结盟的努力。可惜，西方国家不复实行十字军东征时的国策，另外，他们惧怕蒙古人尤胜惧怕伊斯兰国家。出于自保的心理，他们对阿鲁浑的结盟请求多虚与委蛇，而不会提供任何实质上的帮助。

西方国家靠不住，阿鲁浑最坚强的后盾自然是强大的元帝国。元帝国作为伊儿汗国的宗主国，两国在经济与文化交流上保持着密切关系，唯涉及军事，元帝国毕竟隔着让人头疼的海都所统治的窝阔台汗国和察合台汗国，陆路通道被人为阻断，元帝国即使想出兵帮助伊儿汗国，也是全无可能。

没有谁可以依靠，唯一的办法就是提高国力，将自身磨炼得更强大。在这点上，阿鲁浑与不花同样是英雄所见略同。

这是饱受战乱之苦的伊儿汗国进入平稳发展时期的几年。遗憾的是，天地间或许真有命运这种东西，并且，命运的魔力常常表现为：它会在意想不到的时候，用一个出人意料的结局，让所有人目瞪口呆。

若非命运的刻意安排，原本如鱼得水的君臣二人，又怎会为一件家事反目成仇？其结果，一人不得善终，另一人英年早逝。

而引发了这场不幸的人，是乞的不花的遗孙仙吉。

不过，仙吉虽是悲剧的源头，在这场悲剧中，他却是最无辜的一个。

与仙吉同样无辜的，还有一位比盛开的鲜花还要娇艳的妙龄女子。

不花膝下有四子三女，四个儿子和两个女儿都已成亲，只有最小的女儿影希尚未出阁。影希花容月貌，才情卓越，不花对她爱若珍宝，总怕女儿嫁不好受苦。这份做父亲的私心，使得影希直到二十岁仍待字闺中。

影希精通音律，尤其酷爱弹奏琵琶。一次她随父亲参加宫廷宴会，在宴会上见到了为君王弹奏三十六弦琵琶的仙吉。自此，她便如同中魔一般，爱上了这非凡的乐器，更爱上了弹奏这非凡乐器的人。

女儿家的心事无人可述，回到府中后，影希茶饭懒思，时间不久便病倒了。女儿是不花的命，她这一病，可急坏了不花。他遍请名医为女儿诊治，可影希的病非但毫无起色，反而一日重似一日，后来，竟到了卧床不起的程度。

这天下午，不花又来后宅看望女儿。影希脸色蜡黄，双颊塌陷，仍在昏睡之中。不花走到床边坐下，紧紧握着女儿的手，长叹一声："我的乖女儿啊，你这到底是怎么了？怎会一病至此？难道，你忍心让阿爸我白发人送黑发人吗？你原来不是这么不孝顺的孩子啊。女儿，你告诉阿爸，你还有什么未了的心愿？无论你有什么心愿，只要你肯说出来，阿爸都会为你办到的。"

说着说着，不花悲从中来，潸然泪下。

除了向女儿道别，不花真的不知道自己还能做些什么，这位可怜的父亲以为，女儿很快就要离他而去了。

不料，听了他的话，影希竟缓缓睁开了眼睛。

"阿爸。"影希声音微弱地唤道。

不花正在拭泪，耳边听到女儿这声久违的"阿爸"，他的手抖动了一下，垂头看向女儿，"啊，女儿，你醒了吗？"

"阿爸。"

"我的女儿，你想要什么？"

"我……"

"女儿，你一定是有什么心愿想对阿爸说吧？你告诉阿爸，无论任何事，阿爸都会为你办到的。"

"您说，任何事，都可以吗？"

"对，任何事！"

"我想，阿爸，我想……"

"你想？什么？"

"我想学琵琶。"

不花以为自己听错了："你想学什么？"

"琵琶。"

"女儿，你这是怎么了？你一定是病得糊涂了吧？你的琵琶弹得很好啊。"

"我想学的是，"影希喘息了一下，"三十六弦琵琶。"

"三十六弦琵琶？"

"是啊，就是前些日子的宴会上，那位先生弹奏的三十六弦琵琶。"

不花回想了一下，前些日子的宴会上，弹奏三十六弦琵琶的人是仙吉。此时，他隐隐明白了女儿的这场病是因何而生。

"莫非，你是想跟仙吉学弹三十六弦琵琶？"

"可以吗，阿爸？"

不花没有立刻回答。

贰

让不花犹豫的原因很简单：仙吉绝不是一位普通的琴师，他是乞的不花的遗孙，身份地位着实特殊。

当年，赛岚受乞的不花所托，带着刚刚出生的婴儿杀出战场，辗转回到旭烈兀身边。旭烈兀感于乞的不花出生入死几十年最终为国捐躯的义举，对这个幸存的婴儿格外恩顾，为他起名"仙吉"。并明令后代子孙中凡继承他的汗位者，都要谨记他的教诲：好好照顾仙吉，不使他受到任何伤害。

赛岚向旭烈兀请求由他亲自抚养侄外孙长大成人，旭烈兀了解赛岚的心意，慨然应允。仙吉满周岁时，旭烈兀亲自在帖必力思城外择一肥沃牧场，作为仙吉的采邑也作为他送给仙吉的生日礼物。他交代赛岚，此处采邑暂由赛岚代管，仙吉长到十四岁时，再移交给仙吉本人。

从乞的不花战死到现在，二十八年的时间匆匆而过。旭烈兀之后的伊儿汗国又更替了三位大汗，值得一提的是，这三位大汗全能谨守旭烈兀的教令，对仙吉关照有加。究其原因，一方面固然与乞的不花忠义勇武的形象在汗国早已深入人心有关，另一方面，亦与仙吉不入是非之地有关。

赛岚对仙吉，那真是比对自己的亲孙子还亲。为了让仙吉在未来远离战场，也远离官场，他在仙吉小时候便只让他读书，而不让他习武。后来，他见仙吉特别喜欢摆弄各种乐器，便又多方延聘名师，对仙吉进行教导。年及弱冠，仙吉已成为享誉汗廷的音乐家，这个风度翩翩的青年，不止精通多种乐器，擅长制作新曲，而且在音乐理论的研究上同样具有高深的造诣。

远离官场，醉心音乐，是第一个人们无意加害他的理由。

第二个理由，是仙吉洁身自好，与世无争。仙吉生平最大的乐趣是搜集和整理各国乐谱，除了在盛大的宴会上，他几乎很少出现在公众的视线中。一个既让人难忘又时常被人遗忘的人，他的存在不会让各方势力感受到威胁。

第三个理由更简单，仙吉在伊儿汗国是公认的美男子。这个年轻人，长身玉立，五官周正，举止步态堪称优美。在伊儿汗国，许多王公贵族都想将自己的女儿嫁给他，阿八哈汗却借使臣入贡元廷之际，请求忽必烈从弘吉剌部选一适龄女子，为仙吉赐婚。由于这个请求不只是侄儿的请求，更是伊儿汗的请求，忽必烈不肯轻慢，委皇后亲自督办。皇后从弘吉剌部千挑万选，才选中一位温柔贤惠且精通音律的女子，然后命有司备办丰厚的嫁妆，以此女赐嫁仙吉。

成亲那一年，仙吉十六岁，新娘比他年长两岁。此后，仙吉与妻子度过了十二年恩爱和美的时光，其间，妻子为仙吉生育了三个女儿。因二人膝下尚无子嗣，不花近日听人说起，仙吉夫人正托人物色，想为丈夫纳一房姬妾。

仙吉的身世背景如此特殊，女儿想让仙吉来府上教她弹奏琵琶，这事儿算不上大事，办起来却不会那么容易。

"阿爸。"影希用手拉了拉不花的衣袖。

不花垂头看着女儿。影希苍白虚弱的脸上露出了一种渴望的神情，许多天来不花还是第一次从女儿的双眸中看到微弱的光亮。这是用希望点燃的火苗，绝不能轻易让它熄灭，做父亲的担心，这火苗一旦熄灭，他将再也不能让它重新燃起。

"女儿，你真的想学琵琶吗？"

"是的，阿爸。"

"那么，你就要听我的话。"

"哦，您说。"

"我去请求大汗，让仙吉来府上教你学琴。可你现在的这个样子，怎么可以出现在仙吉面前呢？"

"我现在的样子？"

"是啊。你起不了床，脸上连点血色都没有。仙吉怎么可能愿意教一个躺在病榻上的女孩子弹奏琵琶呢？"

影希急忙用手摸了摸脸颊："阿爸，我现在的模样，是不是很难看？"

"没错，女儿。"

"那怎么办？"

"你要吃东西，吃东西身上才会有力气，气色红润了自然人就好看了。等你变成以前那个漂亮健康的女孩子，阿爸就让仙吉进府教你弹琴。"

"我身体好起来就可以吗？"

"对啊。"

"您不会骗我吧？"

"阿爸何时骗过你！"

亲耳听到父亲的承诺，因相思引发的悲伤与绝望顿时减轻了许多。影希想象着仙吉教她学琴的情景，一抹羞涩的红晕悄悄浮上她的脸庞。

女儿对仙吉所怀有的好感让不花感到担忧。不过，以后的事只能走一步看一步，现在最关键的，是要让女儿赶紧好起来。

"女儿。"

"嗯？"

"从现在开始，你愿意配合医生好好治病吗？"

影希摇了摇头："阿爸，我没有生病。我只是吃不下饭，而且这里，"影希指了指自己的胸口部位，"像有一块儿大石头压着，压得我透不过气来。"

"这么说，真的不要紧吗？"

"真的不要紧，阿爸。我能吃进东西就会好起来的。"

"也罢，我让厨房给你做碗粥送来。"

"嗯，我会喝的。"

"过几天阿爸再来看你。这样吧，阿爸跟你约定，在这五天里，你要让身体恢复得差不多才行。五天后就是大朝的日子，散朝后阿爸会向大汗请求，让仙吉过府来做你的老师。"

"您有把握吗？先生不肯来怎么办？"

"你对阿爸没有信心吗？"

"不是……"

"有信心的话，你就一切听从阿爸的安排。"

"好。"

"从明天开始，阿爸有公事要忙，还要离开都城几天，也许不能过来看望你了。我会让其他人随时把你的恢复情况报告给我。大朝后我再回家看你，那可是我与你约定的日子，但愿你不要让我失望。"

"放心吧，阿爸。你不用惦记我。"

"你若觉得寂寞，我可以让捏鲁台过来陪你。"

捏鲁台是不花的内侄，影希的表哥，但他与影希没有直接的血缘关系。捏鲁台的姑母是不花的二夫人，影希的母亲则是不花的正室夫人。三年前，影希的母亲患咳疾久治不愈，不幸病故，此后，因不花膝下四子中有三子皆为二夫人所出，母凭子贵，二夫人顺理成章地做了相府女主人。影希的母亲活着时，与二夫人的关系比较融洽，受母亲影响，影希与二夫人也能和睦相处。

捏鲁台的年龄只比影希大几个月，他十二岁那年被接到相府，表兄妹一处玩耍长大，称得上青梅竹马，两小无猜。及长，影希出落得眉清目秀，捏鲁台也长得一表人才，两个孩子怎么看都是那么般配，不花和二夫人便产生了招赘捏鲁台的念头。虽说这事尚未最终议定，但在相府，大家都心照不宣地将捏鲁台视为姑爷。

对于父亲的想法，影希心如明镜，父亲没有说破，她索性装作一无所知，仍把捏鲁台当成哥哥。这会儿，她听父亲说要让捏鲁台过来陪她，本能地就有一些反感。可她到底是大家闺秀，再反感也不能明言，她想了想，委婉地拒绝道："阿爸，我现在的样子，不想见任何人。"

不花想想也是，哪个漂亮的女孩子愿意让男子看到自己变丑的面容？"好吧，我让人把粥给你送过来。"

"阿爸。"

"什么？"

"您不用亲自做这种事。您回去休息吧，五天后，您再过来看我。"

不花站起身："好，就按我们的约定，五天后听阿爸的消息。"

叁

许诺容易，真正实施起来，不花的心中并没有多少把握。天下父母爱子女的心情大抵一样，再难，作为父亲，他都必须为女儿促成这件事。他考虑了一宿，第二天一早便离开相府，来到汗宫求见大汗。

阿鲁浑以为不花有什么要事，在前殿接见了他。

君臣相见，不花直截了当地陈明来意：他想请大汗做主，让仙吉入相府教习他的女儿弹奏三十六弦琵琶。

不花说完，可能是太过意外的缘故，阿鲁浑好半晌一言未发。

不花不得已，放低声气，又将方才的话重复了一遍。

换了是别的人提出这种荒唐的请求，阿鲁浑肯定一口回绝了，可不花不是"别人"，他是他的肱股重臣，阿鲁浑不能无视他的心愿。犹豫再三，阿鲁浑试探着问道："为什么？不花你也知道，仙吉并非普通的琴师。让他到你府上教你女儿，这样做是不是太过分了？我也没法跟赛岚开口啊。"

不花跪下了："大汗。"

"唉，你怎么跪下了？别这样，你且站起来说话。"

"大汗，求您救臣一命吧。"

"救你？这话从何说起？我都被你弄糊涂了。"

"大汗，您一定要帮臣劝服赛岚和仙吉。哪怕一个月也好。这一次，您若不肯帮臣，恐怕臣命不久矣。"

"有这么严重吗？"

"臣岂敢言过其实，欺蒙大汗？"

"至少，你得告诉我，你执意如此，究竟是为什么吧？"

不花无奈，只得将女儿身患重病，以及他对女儿的承诺一五一十地给阿鲁浑讲述了一遍。宫廷内外，不花宠爱女儿尽人皆知，得知他是为女儿生病之故，阿鲁浑不免动了恻隐之心。

"这个嘛……怎会发生这种事？"

"大汗详察。小女自幼长在深闺，很少出门，她平素最喜欢做的事情就是弹琴吟唱。前些日子，大汗寿诞来临，在宫廷举行宴会。臣想让女儿见识见识这盛大的场面，就与夫人商议，将她带在身边。宴会上，仙吉弹奏三十六弦琵琶为大汗贺寿，小女原本是个琴痴，尤爱弹奏琵琶，看到这三十六弦琵琶，爱得不得了，回去后茶饭不思，竟自缠绵成病。大汗想必清楚，小女是臣的心头肉，臣膝下虽有四子三女，唯独对这个小女儿格外偏爱。不，这并不是主要原因，天下哪有为人父母者眼看着自己的儿女身陷苦痛而无动于衷？臣恳请大汗为臣做主！"

阿鲁浑俯视着不花，心中暗自揣度：影希小姐究竟是爱上了三十六弦琵琶，还是爱上了弹奏三十六弦琵琶的人？倘若是后者，这该是怎样的一场缘分？

众所周知，仙吉的生母是赛岚的亲侄女，赛岚收养仙吉时曾对旭烈兀言明：仙吉虽由他抚养长大，但仙吉永远都是乞的不花的嫡孙。仙吉成亲后，赛岚让他回到采邑居住，自己则带着家人搬到采邑附近放牧，便于就近照顾这个孩子。至于府上诸事，皆由仙吉夫人为他一手打理。

前不久，仙吉夫人与叔外祖赛岚商议，想为仙吉另择一房姬妾，以延续乞的不花的血脉。赛岚听了有些动心，禀明阿鲁浑后，正在物色当中。阿鲁浑此时突然想到一件事，影希小姐品貌无双，才艺出众，是否正是合适的人选？转念再想，此事全无可能。影希是不花之女，相府千金，不花怎肯让她与人为妾？

阿鲁浑只顾想着心事，默默不语。不花有些着急，磕了个头，唤道："大汗。"这一声，他明显提高了音量。

阿鲁浑微惊，下意识地"哦"了一声。

"大汗，恕臣无状。"不花急忙赔罪。

"无妨。"

"臣对大汗无所隐瞒，请大汗助臣达成心愿。"

"你先起来吧。容我与赛岚、仙吉商议一下。"

"这么说，大汗答应了？"

"你为女儿操心至此，我再不答应，岂不要被你说成铁石心肠？"

"臣不敢。"

"玩笑之语，不必放在心上。"

"是。"

"起来吧。"

"谢大汗。"

阿鲁浑指了指座位："且坐下说话。"

不花费力地站了起来，在椅子上坐下。以前，都是别人跪他，这一次他跪的时间长了点，双腿又酸又麻。

"不花。"

"在。"

"刚才说过的话，我还得再重复一遍：仙吉不是琴师，他是名将之后，更是先汗册封的一方领主。他弹琴无非是给人助兴，弹与不弹，全凭他的兴致。万一让人知道，他被你请入府中，是教习府上小姐弹琴，别人会怎样议论国相？无论如何，此事还须从长计议。"

"大汗所虑甚是。"

"依我之见，你须想好说辞才行。"

不花略一沉吟："这也不难。"

"说来听听。"

"无论对外对内，我只说请仙吉先生到我府上做客。至于时间嘛，主人殷勤，仙吉先生便多住一段时日也无妨。"

阿鲁浑略一沉吟："好吧。"

"对赛岚和仙吉，大汗还得实话实说。"

"这是必需的——总不能把仙吉骗到你的府上。"

"是。"

"你回去吧，且等我与赛岚商议的结果。"

"大汗，臣与小女约定的时间，是五天。"

"我记下了。"

"那么，臣告退。"

"一有消息，我会立刻派人通知你。"

"多谢大汗，臣静候佳音。"

肆

阿鲁浑还真把不花的请求当回事儿。隔过一天，他命人传赛岚与仙吉入宫，说有要事与他们相商。

花甲之年的赛岚是四朝元老。他少年时代随侍旭烈兀，后在阿八哈藩邸担任总管多年，阿八哈即位后，他又升任亲卫首领。阿鲁浑作为阿八哈的长子，经常得到赛岚照顾，这使赛岚与阿鲁浑在君臣关系之外，彼此间还存有几分亲情。双方既有这样的渊源，赛岚在阿鲁浑面前，一向比较自在随便。

至于仙吉，他与阿鲁浑是同龄人，小的时候两个孩子经常在一处玩耍。阿鲁浑出镇封地后，他们见面的机会才少了许多，即便如此，阿鲁浑从未忘怀他这位儿时的玩伴儿。及至阿鲁浑登基，仙吉已成为远近闻名的音乐家，阿鲁浑将他延入宫廷，对他的欣赏喜爱之情尤胜少时。

祖孙二人在约定的时间来到宫中，一名侍卫将他们引至天台。正值夏末秋初，坐在天台上，清风习习，十分舒爽。美中不足的是阳光有些强烈，这个问题被巧妙地解决了：一个巨大的伞盖在天台外缘支开，正好遮住刺目的阳光。荫凉处，放置着一张制作古朴的原木案几，旁边摆着三个绣墩。

阿鲁浑还没来，赛岚和仙吉不敢随便入座，站着等了一会儿。工夫不大，楼梯处传来急促的脚步声，只见阿鲁浑在几名侍从的簇拥下走上天台。

赛岚和仙吉施礼，阿鲁浑摆摆手，径直走到案几旁，又让那祖孙二人过来，也在绣墩上坐下。

随后上来的是两名宫女。一名宫女手捧托盘，托盘上面放一套水晶茶具和一只精致的竹筒，另一名宫女手中提着一个铜壶——显然，阿鲁浑是要在天台上请赛岚祖孙品茶。仙吉不清楚，只有赛岚深知：从阿鲁浑做王子起，这就是他待客的最高礼节。

侍茶宫女经过一番程序，将君臣三人的茶杯斟满，这才恭恭敬敬地退至一边。

茶香弥漫开来，沁人心脾。

"这是伯祖下赐的春茶，昨日刚到。"阿鲁浑简单地解释了一下。他口中的"伯祖"，是指元朝皇帝忽必烈。

阿鲁浑说着，端起茶杯，茶杯有耳，不会烫手。历代伊儿汗都酷爱饮茶，阿鲁浑尤其挑剔，也精于品茶。只见他先看茶形，嫩叶张开，根根直立；再观茶汤，黄绿明亮，如碧如玉；三闻茶味，纯真如兰，淡远花香。之后轻呷一口，赞道："好茶！似苦微甜，回味醇爽。"

赞罢，仍擎茶杯，对祖孙二人让道："你们也尝尝看。"

赛岚是员武将，对茶不如对酒在行，喝了一口说道："味道还不错。"

仙吉如阿鲁浑一般，品味良久，面露喜色。

"怎么样？"阿鲁浑问仙吉。

"一壶茶，一张琴，不做神仙，胜似神仙。"仙吉笑道。

阿鲁浑闻言，更觉心神舒展。

别人是酒逢知己，这二人是茶中同好。君臣品茶论茶，相谈甚欢，不知不觉，日已西斜。赛岚正觉腹中饥饿，却是想啥来啥，楼梯处传来脚步声，接着，几名侍从抬着一张桌子送了上来，后面还跟着几位侍从拿着三把椅子。他们并不撤下案几，只是将桌子放在天台正中。桌上酒菜齐备，毫无疑问，阿鲁浑这一次，是要将他的待客之道进行到底了。

三人从案几移坐桌旁，这一顿晚宴伴着清风入口，果然别有一番情趣。

赛岚久历官场，深谙"礼下于人必有所求"的道理。可阿鲁浑不急着开口，他也没有必要贸然相询。

酒过三巡，阿鲁浑这才看着赛岚，脸上微露笑容："赛岚。"

"臣在。"

"你的胳膊最近怎么样？还疼吗？"赛岚的胳膊受过箭伤，伤口愈合后留下后遗症，只要受寒或遇风雨天就会感到疼痛。现在正是秋初，气候适宜，阿鲁浑这么问，也是没话找话。

"噢，没事。"

"要不哪天让撒都倒剌过府给你看看？"

撒都倒剌是一名犹太医师，如今在朝廷担任税课稽核使。撒都倒剌医术出众，这是阿鲁浑提出让撒都倒剌为赛岚诊病的原因。

"老臣请撒都倒剌看过。陈年旧疾，他也无能为力。"

"是这样吗？"

"大汗不必为老臣担心，老臣都习惯了。"

阿鲁浑点点头，略一沉吟。

"大汗。"

"你说。"

"您一定有话要对老臣说吧？到底什么事，您直言无妨。"赛岚性急，就算是陪着君主，他也打不起这哑谜。

阿鲁浑点了点头："是啊，我的确有事想跟你和仙吉商议。"

赛岚和仙吉互相看了对方一眼。

"赛岚，这事与仙吉有关。"

"与仙吉有关？"

"对。"阿鲁浑顺势将两天前不花的请求向赛岚祖孙和盘托出。

赛岚的脸色沉了下去，阿鲁浑假装没看见，语气和缓地问道："可以吗？咱们就以一个月为限如何？"

赛岚拒绝了："大汗，这不好吧。"

"哦？"

"不花是国相不假，仙吉却不是乐师。"

"这我知道。不花爱女心切，绝没有轻慢仙吉的意思。否则，他也不会求我出面说情。我看，你这次帮了他，他必定不会忘记你的恩德。"

"他……"

"外祖父。"仙吉微笑着开了口。

阿鲁浑和赛岚一起看着他。

"这也不是难事，一个月而已，您就答应不花国相吧。"

"这么说，你同意了？"阿鲁浑兴奋地问。

"我没问题。"叔外祖与不花同殿称臣，不花又是权倾朝野的国相，仙吉不愿因为自己而让叔外祖与不花结下私怨。对他来说，教一个女孩子学琴并非什么难事，他也没有那么在意自己的名声地位。

阿鲁浑看着赛岚，"那么，这事……"

仙吉本人不反对，这又是大汗的意思，赛岚不便再做阻拦，"老臣还能说什么呢？"他有些无奈地说。

"二位答应下来，明天我就可以通知不花，让他做些准备。"

"准备不用了，告诉他别找仙吉的麻烦就行。"

"这你不必多虑，仙吉可是不花的座上宾。"

"大汗，一个月是您说的，只能一个月。一个月后，我去相府接人。"

"君无戏言，你放心吧。赛岚，你对仙吉看得太紧了。你别忘了，他可是成亲多年当上父亲的人哪。"

"大汗若亲身经历过那场战争，就一定能明白老臣的心情。"

"即使我没有经历过那场战争，也一样明白你的心情。"阿鲁浑笑着说。这句话本来带有一定戏谑的成分，可看到端着茶杯正悠然品茶的仙吉时，他的内心蓦然发生了一些微妙的变化。

阿鲁浑从未见过乞的不花，他出生在乞的不花阵亡后的第二个月。他对乞的不花的敬重，更多的源自于祖父、父亲以及汗国所有蒙古将士对于此人的敬重。当年的乞的不花，率领一万两千先锋军进入波斯高原时，他所面对的，是数倍于己的敌人，是一座座凭山而建的坚固堡垒。面对强敌，他从不气馁，更不退缩，每一次酷烈的战斗，他或运筹帷幄，或冲杀阵前。侯旭烈兀率领主力部队开进前线时，他几乎为旭烈兀拿下了库希斯坦地区的所有城池。

在阿鲁浑的想象中，乞的不花应该是这样一种人：身材高大魁梧，长着黑红脸膛络腮胡须，眼神锐利而且嗓门洪亮，简言之，怎么想都脱不了一个典型的武将形象。可父亲和赛岚明明说过，仙吉的举止形容酷似祖父。如此一来，阿鲁浑的脑海里完全乱了套。对从未见过战神本人的阿鲁浑来说，让他将一个用兵如神的骁将与眼前这个飘然若出世的仙吉联系起来，着实有些难度。

像仙吉这种仿佛仙露明珠一般的男人，只应沐浴着和风与月对饮，轻抚琴弦感受万物变幻，绝对不应该出现在战场之上。

这样的男人，当是许多女孩子朝思暮想的情郎。难怪影希小姐第一次见到他，就会为他相思成疾。

有第一次的相思成疾，未必没有第二次。第二次，不花又该如何解决呢？

先看看吧。万一再发生相同的事情，他倒不妨做次媒人。

阿鲁浑满脑子盘算的都是好事，赛岚所思所想刚好与他相反，至于为什么，赛岚也说不清楚。

阿鲁浑突然想起一件事来："赛岚。"

"臣在。"

"仙吉夫人那里，还须你亲自说明原委。"

"这个倒无妨。孙媳妇通情达理，不会违背大汗的旨意。"

"好。一个月后，赛岚你接仙吉，我备酒宴，我们为仙吉接风。"

"臣，遵旨。"

伍

不花没想到他请仙吉入府一事，由大汗出面讲情，没费多少周折。大喜之下，他一面命人将西园收拾出来，以备接待贵客，一面来到后宅月亮花厅，打算亲口将这个好消息告诉爱女。

影希闻报，在门口迎住父亲。

短短数日，影希恢复了她的花容月貌，完全看不出生过病的样子。大概，这就是希望的力量吧？一旦意识到仙吉对女儿的影响非同寻常，不花蓦觉心里七上八下，说不出是怎样的一种担忧。

几天前的不花，只顾考虑着如何让女儿尽快康复，尚且不曾设想过这种可能：女儿爱上的，也许不仅仅是三十六弦琵琶。万一他的猜想没错，仙吉离开后，同样的事情还可能发生。那么下一次，他该如何面对呢？

倘若仙吉不曾娶亲，以仙吉的家世人品，做他的女婿他肯定求之不得。可仙吉成亲多年，夫人系元朝君主所赐，并且好好地活在世上。在这种情况下，堂堂相府女儿，怎么可能嫁与人为妾？

这件事他绝对无法接受……

不过，但愿是他多虑了……

影希不明白父亲的脸色为什么突然间变得有些阴沉？她正满腹猜疑，丫鬟送上茶水，不花这才收回思绪。

"女儿。"

"阿爸。"

"你的身体怎么样了？"

"我很好。让阿爸为我操心了，对不起。"

"知道阿爸操心就好。以后，遇事要告诉阿爸，不可以憋在心里。"

"女儿明白。"

停了停，影希试探地问道："阿爸，仙吉先生他……"

不花瞟了女儿一眼："难道，你不相信阿爸的能力吗？"

"不是。"

"哦？那你为何一脸不安呢？"

影希知道阿爸是在跟她开玩笑，脸上闪过羞涩的笑意。

"这么说，仙吉先生同意了？您是怎么做到的？"

"这个已经不重要了。重要的是，你很快就有老师了。女儿，有一点阿爸必须提前跟你说清楚。"

"什么啊？"

"仙吉只能在府上待一个月，一个月后，大汗对他另有任用。阿爸说的你能明白吧？一个月后，仙吉就不能再教你了。"

"我知道。"

不花疑惑地看了女儿一眼："仙吉先生离开后，你不会再任性了吧？"

"不会的，阿爸。一个月的时间足够了，我有信心，一定能掌握弹奏三十六弦琵琶的技巧。"

不花听女儿这么说，又觉得女儿对仙吉没那个意思，这让他心里的石头落了地。他站起来，"仙吉后天进府。阿爸把他安排在西园了，这会儿阿爸过去看看，西园收拾得如何了。"

"我跟您一起去看看可好？"

"也罢，你想来就来吧。"

为欢迎仙吉，不花在府上备办了丰盛的宴席。他的客人中有大汗阿鲁浑，刚刚回朝的宗王术失合不，以及脱合察儿、赛岚等十余位朝中显贵。不花的家宴阿鲁浑肯赏光出席，其他人无论怀有怎样的想法，都不敢不来赴宴。

在一干受邀的贵客当中，肯定还有仙吉。其他人——除阿鲁浑、不花、赛岚外——只当仙吉是陪同大汗前来，唯有脱合察儿敏锐地觉察到其中另有缘故。

当年，阿鲁浑与叔父阿合马争夺汗位时，脱合察儿统领的哈剌乌纳思部是支持阿鲁浑的主要军事力量。阿鲁浑夺得汗位后，以不花主管政务，以脱合察儿主管军事，二人一文一武，组成了阿鲁浑政权的核心力量。

武将出身的脱合察儿，深谙攻守进退之道，作战经验丰富。令人称奇的是，他将他的经验娴熟地转用于官场。本来，按照追随阿鲁浑时间的长短，立下功劳的大小，他的地位应在不花之上，可阿鲁浑执政时期的政治环境已发生重要变化：对外扩张基本停止；与金帐汗国、玛麦鲁克王朝的冲突减少，休战状态多于战争状态；清除弊政，振兴经济已跃为当务之急。面对新的形势，不花提出的改革措施迎合了阿鲁浑富国强兵的愿望，相应地，阿鲁浑也赋予了不花凌驾于众臣之上的权力。

脱合察儿如何甘心居于不花之下？但他生性谨慎，在没有十足的把握前，为避免两败俱伤，他宁愿选择忍耐退让。

大汗捧场，宴会的气氛相当融洽，君臣推杯换盏，一团和气。席间，仙吉弹了几首曲子为大家助兴。趁着酒过三巡，不花来到仙吉面前，力邀仙吉在府中做客几日。他说他上月购得几把古琴，还有一本琴谱，想请仙吉帮他品鉴一下。

这原是商议好的事情，仙吉看着赛岚没有说话。不花又去请求赛岚，赛岚慨然应允。不花的理由找得不错，其他人包括脱合察儿在内都未起疑。不花索性将戏做足，传来府上管家，命他带人速将西园收拾出来，供仙吉大人暂住。

酒宴从中午开席，至黄昏时方散。大家都深感疲乏，不花送别大汗同僚，又亲自陪着仙吉来到西园卧房，之后，他便回房安歇了。

次日清晨，不花过来问候仙吉，仙吉有些过意不去，说道："我是随意惯的，国相不必为我操心。小姐若得空暇，我今日便可为她指点一二。"

"这却不急。先生何不多休息一两日，我陪先生四处看看？"

"参观相府有的是时间，先做正事要紧。"

"如此，有劳了。我即刻命小女过来拜见先生。"

"不敢。"

"理应如此。"

不花交代管家去请小姐过来。影希住的月亮花厅与西园离得不是很远，管家去不多时，带着他家小姐来到西园的正房门前。

管家通报一声："小姐来了。"

不花在里面应道："让她进来。"

管家亲自为影希拉开房门，看着影希进去，才又从后面将房门关上。

是时，伊儿汗国在波斯立国已历二十余载，在异域生活的蒙古人，仍保持着许多祖先遗风。比如影希，她虽是相府小姐，身体也天生娇弱些，可她的性格为人，倒是开朗纯朴，绝不扭捏作态。只见她袅袅婷婷地走到仙吉面前，屈身施礼，口中说道："小女拜见先生。"

仙吉急忙还礼："仙吉愧受。小姐请起。"

不花笑道："你是先生，理应受学生一礼。影希，你过来坐下吧。"

影希听话地在仙吉身边的椅子上坐了下来。

仙吉看着影希，心想不花的女儿如花似玉，清丽脱俗，难怪她父亲要将她视作掌上明珠。"我闻小姐学琴多年，小姐擅长哪些乐器？"

"谈不上擅长，无非能拨弄几下而已。"

"小姐过谦了。"

"细论起来，小女于诸般乐器中对琵琶情有独钟。只是未得名师指教，全无进益。"

"恕仙吉冒昧，请小姐伸出手来。"

"啊？"

"我想看看小姐的手。"

"哦。"

影希将手伸了出来，仙吉对着这双纤纤玉手仔细察看一番，点头说道："我看小姐的手形，倒是天生适合弹琴。"

得到仙吉的肯定，影希的脸颊上飞起两团红云，心里甜甜的，又有几分羞涩。

"小姐……"

影希打断了仙吉的话："抱歉。先生可否听我一言？"

"你说。"

"我为弟子，请先生今后就以'影希'相称。"

"这个……"

"我与仙吉先生同殿称臣，彼此原该多亲多近。如今，小女做了先生的学生，这也是我与先生的缘分。老师对学生，的确直呼其名最好。"不花也说。

仙吉不好再固执，便道："国相和小姐都这么说，我就恭敬不如从命了。"

"还叫小姐？"

"唔，影希。"

"这就对了。影希啊，这段日子，你要虚心向先生求教。为父还有公务在身，就不多陪着你们了。"

"我知道了，阿爸。"

"国相放心，仙吉当不负所托。"

二人送别不花回到房中，仙吉取来三十六弦琵琶，第一天的教学就这样开始了。

影希是个勤奋的学生，又有弹奏乐器的基础，教起她来，仙吉得心应手。两个人的教学一般都选择在上午，下午，仙吉会给影希布置一些练习的曲目，第二天再做检查和指导。至于晚上，仙吉为了避嫌，从不单独与影希相处。

人说教学相长，有这样一个聪慧的学生，确实带给仙吉许多创作上的灵感。凡仙吉新谱的乐曲，他都愿意交给影希试弹，倘若影希或者仙吉本人发现哪里不妥，他们还会商议着进行修改。

时间飞逝而过，师生间的感情在教与学中日渐深厚。仙吉将影希视作自己最得意的学生，除此之外，在日常生活中，仙吉对影希始终恪守师礼，这让影希更加敬佩仙吉的人品与操守。

陆

转眼间，离仙吉结束教学的日子只剩下六天时间。这天仙吉因宫中有事需要出府一趟，上午早早结束了教学。临行，他嘱咐影希勤加练习，说好黄昏回来。先生不在，影希觉得无趣，抱着琵琶来到花园中，将仙吉新教的曲子温习了几遍。随后，她看着水池中游弋的鱼儿发起呆来。

她想起自己昨晚与父亲发生的争执。

从小到大，她还是第一次用激烈的言辞顶撞父亲。

昨天晚上，不花下朝回家，突然来到女儿的房间。不花先问了问女儿这些日子跟仙吉学习的情况，又坐下来喝了杯水。影希心细如发，看父亲的样子，估计到父亲是有其他事情与她商议。

不出影希所料，不花喝了一杯水后，若不经意地问道："这些日子，你表哥有没有过来看你？"

影希诚实地回答："表哥每天下午都来。因我下午要练习先生布置的曲目，一般跟他说几句话就让他回去了。"

不花犹豫片刻，"女儿，还记得当初我跟你说过的话吗？"

"您指什么？"

"仙吉先生在相府只能待一个月，再有六天，赛岚会过来，接他回府了。"

"原来是这个，女儿当然记得。"

"阿爸在想，等仙吉先生离开后，阿爸也该为你操办婚事了。"

影希脸色微变，垂头不语。

"你与捏鲁台从小一同长大，彼此知根知底。捏鲁台又是你二娘的亲侄，人长得俊俏不说，做事也勤谨，对我，对你二娘都很孝顺，对你更是体贴入微，百依百顺。这些年，阿爸担心选错夫家，白白让你嫁过去受苦，以致拖延太久，没有为你议定婚事。自捏鲁台来到我家，阿爸观察他很久了，他对你真心实意，这点最是难得。你若嫁给捏鲁台，一来阿爸放心，二来你婚后不必离开相府生活。至于将来，为父打算把这份产业交在你和捏鲁台的手上。"

影希默默听着，不作回答。不花仔细察看着女儿低垂的脸容，女儿的侧影精致无比，只是太过平静。不花觉得，这平静并非好兆头。

"女儿，这是你的终身大事。你到底怎么想的，不妨对阿爸直说。"

影希这才抬起头来，"阿爸，我真的可以直说吗？"

"当然。"

"阿爸，我只把捏鲁台当成哥哥，也只能把他当成哥哥。"

"难道，你不喜欢他吗？"

"不是那种喜欢。阿爸，我不会嫁给他的。"

"你相信阿爸，捏鲁台是最适合你的人。阿爸不会害你的。"

"我知道阿爸不会害我。问题是我不喜欢表哥，我有自己喜欢的人。"

"你的意思是……"

影希直视父亲，一反往日的柔顺，"没错，阿爸，正如你猜测的那样，我喜欢的人是仙吉先生。"

"这无论如何不行。"

"为什么不行？"

"仙吉有妻子,他的妻子还是元朝皇帝所赐。他不可能休了妻子娶你的。"

"我从未想过让先生休了他的妻子。"

"难道,你要给他做妾室不成?"

"只要能跟他在一起,做妻做妾我不认为有什么区别。"

"荒唐!荒唐!我堂堂相府小姐,我不花的女儿,岂能嫁给他人做小?你这不是将你阿爸的脸放在外面,让朝廷众臣想怎么打就怎么打吗?"

"阿爸,您想太多了。您不在乎,别人便不会放在心上。"

"不,我在乎,别人也会放在心上。"

"我求您了,阿爸。您一向最疼爱女儿,难道这一次,就不能为了女儿的幸福,成全女儿,让女儿嫁给自己喜欢的人吗?"

"嫁人为妾,还有什么幸福可言。"

"幸福不是因为身份,而是因为知足。此生若能嫁给先生,哪怕只有一天,我也死而无憾。"

"你!"不花用手指着影希,气得脸色铁青。

"阿爸,您听我说……"

"你给我住口!我算白疼你了。好吧,我不妨明明白白地告诉你:再有六天,仙吉就要离开相府,等他离开,阿爸再不会让你与他见面。从明天开始,阿爸就给你和捏鲁台筹备婚事,你趁早死了心,老老实实等着做新娘子吧。"

不花说完,摔门而去。

影希心中难过,哭着躺在床上,后半夜才蒙眬入睡。早晨,仙吉见她眼睛红肿,问她怎么了?她推说昨晚吃坏了肚子,一夜几乎不曾合眼。仙吉担心她的身体,她又说一早起来吃过药,这会儿不妨事了。仙吉便让她将昨天的新曲弹奏了几遍,纠正了几个音节,之后,提早结束教学,嘱咐她回去休息。

此时此刻,影希想起她第一次见到仙吉弹奏三十六弦琵琶的情景,想起他们这段日子的相处与相知,她很清楚,除了他,她今生决不会爱上任何人,除了他,她也决不会违心地嫁给任何人。

只剩下六天的时间了,她必须有所行动。她坚信,他不会辜负她的真情,也能同她一道想出个万全之策。

拿定主意,她让丫鬟去取纸笔来。她在凉亭中写下一张字条,叠好,让丫鬟悄悄送到西园仙吉先生居住的房间。

她弹起宴会上她第一次见到仙吉时他弹过的两支曲子。一切都在心间，想必正是那优美的旋律和那一尘不染的人，于不经意间启蒙了她的爱情。

她爱仙吉，哪怕阴阳相隔，她也不会改变心意。

黄昏时，丫鬟回来了。丫鬟说，没见到仙吉先生，她把纸条放进了他的房间。她在丫鬟的再三催促下恋恋不舍地离开花园，当她怀抱着琵琶走下凉亭时，突然看到了夜幕垂落前别样的美丽。

那一刻，在她眼中，被夕阳染红的晚霞，犹如一朵猩红色的花，热烈地开放在天际。从来极美的花朵，都只有短促的花期。正如极美的生命，都只得瞬间的张扬。开放之后，张扬之后，便是凄清地凋落，便是眨眼的错过，永不再遇。

柒

清晨，仙吉起床收拾已毕，仍不见仆人送来早餐，这让他有些纳闷。再一会儿，就是他给影希上课的时间。他正猜测相府是不是发生了什么事，突然听到院子里传来杂沓的脚步声，工夫不大，门，被人踹开了。仙吉并未锁门，这个人用力过猛，几乎是跌入他的房间中。

仙吉大吃一惊，没等他问问怎么回事，就见表少爷捏鲁台红肿的眼眶和气急败坏的脸，一起出现在他的面前。

捏鲁台的身后，还跟着几个五大三粗的家丁。

仙吉见势头不对，情急之下脱口问道："你们……这是怎么了？"

捏鲁台用一种仇恨的目光瞪着他，片刻，说了一句："把他绑起来，去见老爷。"

"唉，你们……"

仙吉本能地反抗了一下，结果，他的肩膀上挨了重重一棒，顿时昏了过去。

仙吉醒来时，首先映入眼帘的，是不花那双充溢着愤恨和悲伤的眼睛。

"国相……"仙吉喃喃唤道。他的意识一点点恢复了，极想弄清事情的原委。

不花走到仙吉面前，一把揪住他的衣领。

"国相，你……"

不花挥起一拳，击在仙吉的脸上，仙吉的半边脸顿时红肿起来，嘴角也流出了一股鲜血，"你这个畜生！"不花怒骂。

若不是肩头和脸上都传来生痛的感觉，仙吉甚至以为这是自己做的一场噩梦。昨天还是座上客，今日却成阶下囚，仅仅一个晚上，为何待遇天差地别？

"国相，我是你请来的贵客，你为何如此对我？"

"你做得好事！还问我为何如此对你？"

"我做的好事？我做了什么？"

"畜生，你还打算继续装傻吗？影希可是你的学生，她对你一片真心，你怎么可以对她做出这种禽兽不如的事情？"不花的眼珠血红，最后一句话，他几乎是吼出来的。吼完，他顿足捶胸，泪如雨下。

仙吉再迟钝，也意识到相府出了大事，而且，这事与影希有关。

"影希，影希她怎么了？"

"你还我表妹的命来！我要你还我表妹的命来！"捏鲁台冲出来，掐住了仙吉的脖子。旁边的中年家人，急忙将捏鲁台拉开了。

仙吉只觉得脑袋里"嗡"的一声。

影希，她死了？不！不会的。这怎么可能！

"影希她……"

"小姐，没，没了。"中年家人说罢，落下泪来。

仙吉只觉得心口像被什么锋利的东西狠狠搅了一下，痛得要命，接着，嗓子眼里一阵甜腥，一口鲜血喷射而出。

不！他不信！

昨天上午分别的时候，还是笑靥如花的少女，一天工夫，就变成了含悲隐恨的冤魂，这中间到底发生了什么样的变故？

影希的猝逝，固然让他椎心泣血，可让他不解的是，不花好像把他当成了杀人凶手。不花一口一个"畜生"，一口一个"做了禽兽不如的事情"，不花到底在说什么？莫非这里面有什么误会不成？

"影希，她怎么会死？她是怎么死的？"

不花悲愤交集，此时，他用手指着仙吉，竟连一句话都说不出来了。

捏鲁台刚要开口，被中年家人拦住话头："小姐，她……她是上吊而亡。"中年家人边说，边注意观察着仙吉的表情。

仙吉如同头上挨了一记闷棍，满脸都是惨白、愕然与不解，"天哪！为什么？她为什么要上吊？"

"你这无耻的浑蛋！害死了我表妹，还有脸问她为什么上吊？"捏鲁台又冲了过来，中年家人毕竟是下人，也不好一再阻拦。

"你在说什么？昨日，我与影希分开的时候，她还好好的……"

捏鲁台打断了他的话，"我们正要问你呢。说，你到底对影希做了什么？为何竟会逼她走上绝路？"

"捏鲁台少爷，这是人命关天的事情，你说话要有根据。"

"根据？好，我问你，字条的事儿，你要做何解释？"

仙吉被问懵了，"字条？什么字条？"

捏鲁台展开字条，举在仙吉的眼前。

只见那张字条上，的确是影希的笔迹。影希写着，她谱就新曲一首，希望仙吉回府后，务必到月亮花厅与她一会。

仙吉下意识地伸出手，想仔细看看这张字条，捏鲁台却飞快地将字条收了起来。

"干什么？你想毁灭证据不成？"

"这字条……"

"你不是想说，你没见过这张字条吧？"

"我的确没见过这张字条。"

"仙吉啊仙吉，亏你还是名将之后，你这样百般抵赖，就不怕辱没你祖父的在天之灵？"

仙吉无心跟捏鲁台讨论这个话题，他只想弄清楚，字条与影希的死亡，究竟存在着怎样的关联？"能不能告诉我,你凭什么认定,影希是我逼死的？"

"事情明摆着，影希送字条给你，原是想约你与她品鉴新曲。不料，你来到她的闺阁,竟对她起了不良之心。当时的情景不难想象:我表妹极力挣扎，仍不免遭到你的侵犯。可怜她一个冰清玉洁的相府小姐，顾惜脸面，事发时不能大声呼救，事发后又不能告知父母，只得忍辱含悲，以死明志。若非老天不欲她冤沉海底，又怎会让你匆忙逃走时将字条遗落在她的房间。我说的对也不对？"

"你说的，听起来好像是你亲眼所见。"

捏鲁台的脸色微微一滞，转瞬间又换上悲愤的表情，"从在表妹的房间里发现字条起，从看到表妹的样子起，我就明白你做了什么。"

"你明白我不明白，你手中的字条，我从未见过。"

不花实在忍无可忍，一边拔出短刀，一边上前揪住了仙吉的衣领。仙吉仰头看着他，四目相对间，不花向仙吉举起了手中利刃。

捏鲁台一把抓住了不花的手腕："姑父，不可。"

"他必须给影希偿命！"不花咬着牙说道。

"姑父，一定要取得他的口供才行。您老把他交给我吧，我有办法让他开口。今天，还是先操办表妹的丧事要紧。"

不花闻言，颓然长叹，老泪纵横，"好吧，且让他多活几天。我把他交给你，你要记住，绝不能让他活着离开相府。"

"我懂，姑父。"

捌

捏鲁台对仙吉的审讯毫无进展，仙吉受尽酷刑，仍一口咬定他没有看见字条，更没有进过影希的房间。

转眼三天过去，再有两天，就是赛岚与不花约好接仙吉回府的日子。不花心中异常焦急，决定再给捏鲁台一天时间，要是捏鲁台仍旧审不出子丑寅卯，他就直接杀掉仙吉，再向大汗陈明情由。顶不济，他调集兵马，与赛岚决一死战。

眼看中午将近，阿鲁浑突然派两名亲信侍卫来请不花入宫参加宴会。上个月的月初，元帝派来使臣为阿鲁浑贺寿，为首的是元朝丞相孛罗，当时，是不花陪同大汗接待了使团一行。俟盛宴结束，孛罗等赴马刺黑等地参观，近期将要返回。这些日子，不花因家中发生变故，心情沉重，早将此事忘到九霄云外。大汗派人来传，他以国事为重，强打精神来到汗宫。

才几天未见，不花仿佛老了十岁不止，阿鲁浑看到他时，大吃一惊，问道："你怎么了？脸色这么难看？病了吗？"

不花本想将女儿的事情告诉阿鲁浑，转念一想，无论仙吉招与不招，他必要仙吉给爱女偿命，若让阿鲁浑知道仙吉的处境，只怕他杀仙吉就没那么容易了。想到这里，他勉强笑笑，回道："臣心口痛，连着几夜难以成眠。"

"你为何不早告诉我？我可派御医前去给你诊治。"

"今天好多了。"

"果然不妨事了？"

"是。"

阿鲁浑不便多问，示意不花坐下说话。御座下首，摆放着一把雕花圈椅，那是不花的专座。不花在椅子上坐了下来，环顾一番大殿，问道："听说是使团回来了，怎么没见他们？"

阿鲁浑笑了笑："已在城外了。我让你先来一会儿，是想跟你商量回礼之事。"

不花不疑有他，点了点头。这时侍卫为君臣二人送上茶水，阿鲁浑先呷了一口，开口说道："回礼不能太轻，也不能越过上汗。你帮我操操心，看怎样安排才好。"

"是，大汗。"不花应着，随手端起茶杯。

这段日子，他为女儿伤怀，如在地狱煎熬一般，食不知味，夜不能寐，此时忽觉有些饥渴，遂一口气饮尽了杯中热茶。"大汗……"他想说什么，蓦觉脑袋发沉，等他察觉事情不妙时，头已垂向椅子一侧。

侍卫长走过来，翻找一下，从不花的腰带上取下錾金令牌，呈给大汗。阿鲁浑接过令牌看了一眼，向侍卫长交代道："把不花的侍卫也带上，就说是不花命他们与你们一起去提仙吉。无论如何，一定要把仙吉带回来。明白吗？"

"大汗放心！"侍卫长朗声接令。

手持不花的錾金令牌，侍卫长假托奉国相之命，要在汗宫审讯仙吉，总算顺利地将仙吉救了出来。也许就差这一天，再晚一天，仙吉不是会被不花所杀，就是再也熬不过下一次酷刑了。

眼看龙章凤姿的一个人，被折磨得气息奄奄，完全脱了人形，赛岚心如刀绞，眼中几乎喷出火来，妻子和三个女儿抱着仙吉哭得死去活来。此时，一切都已安排妥当，阿鲁浑不敢让他们多做停留。他派一支精锐卫队护送，走海路前往元帝国，又派两名御医随行，以便路上为仙吉疗伤。赛岚的外甥伯颜在元朝担任右丞相一职，阿鲁浑相信，有伯颜妥为关照，加上受他本人所托，赛岚一家以及仙吉一家，一定能在元帝国得到很好的生活。

阿鲁浑亲自送别两家人。他很清楚，有时候，一别就是永别，想到这里，他的心中充满悲伤。赛岚跪别大汗，阿鲁浑叮嘱他一到元朝境内就派人捎信给他，赛岚忍泪答应。仙吉被打得身上几乎没有一块儿好肉，连十根手指都被夹得血肉模糊。他动弹不了，只能躺着与大汗话别。当他勉强发出声来，他第一句话就是："我不曾玷污影希小姐，我是冤枉的。大汗，你要相信我。"

阿鲁浑的眼眶隐隐泛红，他轻握着仙吉的手，勉强笑道："我知道！我可以不相信世上任何人，却决不会不相信你。"

这句话让仙吉如释重负。转而，想到影希，想到一个曾经那样鲜活那样美丽的生命，竟在一夕间消失，他依然心痛如绞。他对阿鲁浑说道："影希小姐的死因很蹊跷。若有查明真相的一天，请派人告诉我一声。我想，只有查明真相，才能真正地还我清白，也才能让影希小姐瞑目。"

"你放心，我发誓，一定查明真相，还你清白。"

君臣默默相视，片刻，阿鲁浑强抑着惜别之情，说道："快走吧。赛岚，要好好照顾仙吉。"

赛岚以手抚胸："臣等拜别大汗。"

阿鲁浑依依不舍地目送着车队远去。接下来，他得想好该如何说服不花，允许他对影希自缢一事重新做出调查。

　　　　　　·

与连续用药有关，不花醒来时，已是第三天下午。阿鲁浑了解不花的性格，他没有立刻召见不花，而是派人将不花送回府上。

不花刚刚醒来，药力还未完全消失，他昏昏沉沉地回到家中，便又立刻睡去了。等他完全清醒时，已是又一个早晨。他睁开眼，目光随即落在自己的枕头旁边，那里放着一封信。

这是阿鲁浑给不花的亲笔信，在不花回府那天，阿鲁浑交代相府侍卫，让他们务必将信放在不花一眼能看到的地方。

不花取过信，读罢，他的脸色变得铁青。

"来人哪！"他从床上一跃而起，高声喝道。

侍卫应声而入。

"去把捏鲁台给我叫来。"

侍卫去不多时，捏鲁台出现在不花面前。

"姑父，您醒了？"

不花将信摔在捏鲁台的面前，"这是怎么回事？"

玖

捏鲁台不明所以，将信拾起，飞快地浏览了一遍，"我说呢……您怎么会让大汗亲自审问仙吉，原来是这么回事……"他喃喃着。

"你说什么？"

捏鲁台便将姑父入宫后，汗宫侍卫突然带着姑父的錾金令牌来相府提走仙吉的情形，给姑父细说了一遍。

"那是什么时候的事？"

"三天前。"

"难道，我睡了三天不成？"

捏鲁台头脑灵活，前后一想，已将事情的经过串了起来。

"姑父，恕侄儿说句不该说的话，这次，想必您，不，不止您，相府所有人，都被大汗算计了。"

不花怒不可遏，咬牙切齿道："阿鲁浑，我不会放过你的！"

捏鲁台吓了一跳，走到门边，谨慎地向外张望一会儿，又匆匆走回来，"姑父，慎言。小心隔墙有耳。"

不花到底不是有勇无谋的莽夫，他久历官场，战场，可说阅历丰富，老谋深算。他深知，事已至此，该发生的，不该发生的，都已发生了，愤怒于事无补，他只能强使自己冷静下来。

"姑父。"

"说。"

"仙吉的事，是谁走漏了风声？"

不花闻言不禁一愣。

是啊，阿鲁浑若不是得到确切消息，也不可能利用大汗身份设下调虎离山之计。仙吉被关押后，他曾严令家人，在仙吉招供前，不许任何人将消息外泄。那么，究竟是谁活得不耐烦，胆敢对他的话置若罔闻？

不花不知道，关于此事外泄的前因后果，与相府中一个叫作爱尔爱森的侍卫有着莫大关联。爱尔爱森的父亲活着时，受到过赛岚的恩惠，不仅如此，爱尔爱森为人正直又有胆量，他实在看不惯捏鲁台对仙吉的百般羞辱和折磨，那天，他趁着出府办事，悄悄回了趟家。他有意将仙吉的遭遇当作谈资讲给自己的邻居，而这位邻居的弟弟，正在赛岚府上担任管事。

邻居忙将此事通报给弟弟。管事万万没想到少主人会在相府遭遇横祸，他带着哥哥来到大将军赛岚面前，让哥哥将他听到的情况又给赛岚讲述了一遍。

那一年带着仙吉逃出战场，二十八年来，赛岚把仙吉当成他的眼珠子，命根子。他绝对不相信相府小姐的死能牵扯上仙吉，仙吉的人品与操守，他信得过。听说仙吉遭受了巨大的痛苦与冤屈，他在急痛之下，几乎乱了方寸。他第一个反应就是带人前去相府索要仙吉，管事阻止了他。管事说："国相势大，又是大汗宠臣，我们贸然前去，只恐国相不肯承认，更不肯放人。倘若将军逼之甚急，双方发生冲突，我们倒是不必惧怕国相。我所担忧的，是万一激怒国相，会白白害了少爷性命。"

赛岚细思之下，觉得管事的顾虑并非没有道理，他也是人急无智，连连问道："那你说怎么办？相府那边天天对仙吉用刑，仙吉身体单弱，如何能挨得长久？必须想办法救他出来啊，不仅要救，而且要快。"

管事沉吟片刻。

赛岚急得来回走动，脸上全是汗水，头上青筋暴出。

"将军。"

"快说！"

管事成竹在胸，"将军去求大汗如何？"

"大汗？"

"事关仙吉少爷，大汗一定不会坐视不理。"

赛岚如梦初醒，"你随我来，我们即刻进宫。"

阿鲁浑突然听说在相府接连发生的两场变故，心中也是吃惊不已。仙吉，他是非救不可的，他很清楚，仙吉若非遵从他的愿望，也不会进入相府为影希教琴，更不会为自己惹来这场杀身之祸。万一仙吉发生意外，他何止对不起仙吉和赛岚，他更对不起仙吉祖父乞的不花的在天之灵。

他思索着对策。

赛岚急得长吁短叹，老泪纵横。

阿鲁浑终于拿定主意，他问赛岚："为救仙吉，你舍得下你在汗国的家业吗？"

赛岚回答："什么家业不家业的！为了仙吉，就是舍上我的命，我也在所不惜。"

"好，你既舍得下，我就有办法救出仙吉。不过，今天不行，必须等到明天。今天，我只能给你一晚上的时间稍作准备，明天，一旦我接出仙吉，你就立刻带着他还有你们两家人前往中国吧。"

"大汗要怎么做？"

阿鲁浑将他想到的办法向赛岚细述了一遍。

赛岚略略犹豫了一下。

"怎么？"

"我怕仙吉他……熬不过今天的酷刑。"

"我了解你的心情。为今之计，我们且忍着心痛，等上这一晚如何？"

赛岚清楚，要想平安救出仙吉，这恐怕是唯一可行的办法了。他告辞回府，接下来的一切，都是按照阿鲁浑的计划有条不紊地进行着……

不花与捏鲁台仍在猜测走漏风声的人是谁，捏鲁台想到了一个人，"难道是他？"

"你说谁？"

"爱尔爱森。"

"他有什么可疑之处吗？"

"仙吉被大汗接走那天，他摔伤了胳膊，告假回家休养。"

"这是你怀疑他的理由？"

"您不觉得此事太过凑巧了吗？"

"派几个人到他家，传他速来见我。"

"是，姑父。"

捏鲁台派去的家丁很快回来了，他们说，爱尔爱森已好多天不在家中，他在城中的房子也上了锁。听完汇报，不花几乎可以断定，那个出卖他的"家贼",必是爱尔爱森无疑。但有一点,爱尔爱森在帖必力思既无亲戚也无家眷,很可能,他是料到不花早晚会追查到他的头上,于是跟随赛岚和仙吉一走了之了。

不花连找个让他出口恶气的人都找不到,丧女的悲痛,对阿鲁浑的失望,使他变得更加暴戾,也终于让他萌生叛意。

第六章　看风云几度

壹

为给女儿报仇，更为向阿鲁浑报复，不花与诸王旭烈竹、术失合布、景庶等，还有亲弟阿鲁黑，手握重兵的诸将以及谷儿只国王等暗中联络，准备共图大事，推翻阿鲁浑的统治。

术失合布是阿鲁浑的堂兄。他开始的确同意帮助不花，他心目中的大汗人选是叔父旭烈竹，皆因旭烈竹自己放弃了汗位，他才转向堂弟阿鲁浑。可是，在商议发动政变的过程中，他后悔了。堂弟毕竟是堂弟，他们有着同一个祖父，血浓于水。他虽与不花交厚，可就这样将堂弟置于死地，他同样于心不忍。再说，万一阿鲁浑被不花杀害，新的一轮的汗位争夺就会在多灾多难的汗国展开，术失合布担心的是，到那时，又不知有多少人会死于非命。

退一步说，术失合布不必为堂弟考虑，可伊儿汗国，毕竟是祖父浴血奋战辛苦创建的国家，术失合布可以不忠，却不能不孝。

接下来的几天，术失合布都是在犹豫、矛盾和煎熬中度过，眼看举事之日迫近，他做出了一个决定：走进汗宫，将一切对阿鲁浑和盘托出。

阿鲁浑想到过不花会因为他设计救出仙吉而对他心生不满，但那件事疑点重重,他不希望在弄清真相前枉杀无辜之人。另外,仙吉是乞的不花的遗孙,在伊儿汗国上至君主下至战士的心中,乞的不花是一位忠勇无贰的战神。人们相信,上天在收走乞的不花生命的同时,以另一种方式,赐予了他新的生命。

事实上,从旭烈兀开始,对仙吉"九罪不罚"在汗廷便成了心照不宣的规制。仙吉只是一名音乐家,终日与音符为伴,从未进入过权力中枢。二十八年来,正是赛岚的这种苦心安排,确保了任何人不会将仙吉的存在视做威胁。

当不幸发生前,何止赛岚,几乎每一个人都相信,无论局势多么艰难,只要伊儿汗国能够存在下去,仙吉就可以安享太平。谁又能预料到,就是这么一个在历任伊儿汗的庇护下过着与世无争的生活,不曾看到过人间险恶的人,竟会莫名地卷入到一场风波中,以致差一点失去自己的生命。

赛岚得知仙吉被不花扣押,直入汗宫,慷慨陈词,愿以性命担保仙吉的人品,阿鲁浑不得不慎重处理此事。赛岚追随阿八哈多年,深受阿八哈父子的器重。本来,赛岚与不花不同,他手握重兵却不恋栈权位。唯有这一次,他明确地告诉阿鲁浑,万一仙吉遇难,他将联络各方,做好与不花血战到底的准备。

阿鲁浑担心不花与赛岚的冲突,很可能动摇汗国的基石。为了安抚情绪激动的赛岚,他只能设计将仙吉先从相府救出,随后,他安排赛岚带着两家人走水路前往中国。许多年前,赛岚的幼子木阑巴特已被舅父伯颜接到身边。伯颜在元朝为相,又是名重朝野的一代名将,阿鲁浑坚信,这种迫于无奈的安排,才是最正确的选择。

确信仙吉脱离危险,阿鲁浑加紧了对影希死亡一事的追查。他原以为,一旦真相大白,抓到真正的凶手,他与不花仍能冰释前嫌,君臣互信如初。万万没有想到,不花,这位爱女心切的父亲,完全被仇恨冲昏了头脑,竟然不给他任何机会。而且,为了给爱女报仇,他竟不惜铤而走险,犯上作乱。

而今生死攸关,不容阿鲁浑多做考虑,更不容他再做解释,他急召亲卫军主帅脱合察儿商议此事。脱合察儿对不花的嫉恨由来已久,他力主先下手为强。阿鲁浑遂按照术失合布提供的名单,分派亲军,以迅雷不及掩耳之势包围了与不花共谋举事的诸王贵族,这些人不料事情败露,或束手就缚或抵抗被杀。

阿鲁浑将逮捕不花的任务交给了脱合察儿。阿鲁浑即位后，以不花掌领政事，以脱合察儿掌领军务，他们均被阿鲁浑视为左右手。这二人政见不合，矛盾重重，阿鲁浑正是通过这种微妙的平衡术，确保了汗位稳固。

阿鲁浑给脱合察儿的命令是，尽量生擒不花。然而，不花眼见大势已去，下令将女儿的灵堂付之一炬，望着熊熊燃烧的烈火，他仰天长叹：女儿啊，原谅为父不能为你报仇了。为父无能啊！若有来生，希望你再不要托生在权贵之家。说完，他回到内室，挥剑自尽了。

不花既死，阿鲁浑命大将别的迷失从速捕杀阿鲁黑。不花取得绝对权力后，委任弟弟阿鲁黑出任报达、美索波塔米亚、底牙儿别克儿诸州长官。在兄长谋划政变时，阿鲁黑答应助兄长一臂之力。阿鲁浑以脱合察儿为帅，四面出击，平叛神速。大军忽至，阿鲁黑自知无法抵抗，只能携妻子避入克沙夫小堡中。别的迷失包围了克沙夫小堡，命阿鲁黑出降。阿鲁黑说：他无意与汗军作对，可他不明白大军压境的原因。别的迷失并不相瞒，将不花自杀身亡的消息告诉了他，阿鲁黑清楚，兄长既亡，他也无法苟活。他失去抵抗的决心，唯恳求别的迷失留下幼子性命。一般叛臣伏诛，幼子多能活命，别的迷失满口答应。

阿鲁黑被缚回汗廷，阿鲁浑下令将他斩首，又命人将不花与阿鲁黑兄弟的首级高高挑在绰干桥上，这也是对那些心怀不轨的人做出的一种警告。

不花的死令阿鲁浑深为惋惜，极度愤怒中，他亲自指派以大断事官失剌为首的干练官员，对收押在监的相府家人及亲随——除幼童外——一律严加审问，务必要查出杀害影希的真凶。阿鲁浑坚信，只有让真凶落网，他才能还仙吉清白，同时才能告慰不花的在天之灵。

失剌在汗国担任大断事官多年，有着丰富的断案经验。影希、不花皆已死亡，事过境迁，当时的证据早就不复存在，他决定使用诈术。他先将每个人列为嫌犯，分别关押，分别讯问，凡对影希遇害当晚自己的行迹虽有供词却无人可以佐证时，都会视为凶犯严刑拷打。

在第一轮审问过后，疑点渐渐指向一个人：不花的外甥捏鲁台。影希被害当天，有一个在三更时偷偷溜到影希单独居住的月亮花厅附近去寻相好厮混的护院家丁，曾看到过捏鲁台从月亮花厅的园门跑出来。那天月光很好，家丁藏在灌木丛后，一眼认出了表少爷。当时家丁还暗自好笑，心想国相家规森严，可关乎人之本性，纵有家法，也是既看不住下人，更管不住自己的外甥和女儿。

第二天一早，家丁听说小姐在闺房上吊自杀，立刻联想起表少爷从月亮花厅中慌慌张张跑出来的那一幕。小姐突遭横祸，表少爷疑点最大，待要举报，又担心他与相好幽会的事败露。一旦败露，他与相好同样难逃一死。为求自保，家丁只能将这事藏起，一个字不敢对人透露。

月亮花厅忙忙乱乱，阖府上下惶惶不安。国相夫人哭得几次昏死过去，国相却是咬牙切齿，定要将杀人凶手碎尸万段。不久，从内宅传出一个更加令人吃惊的消息：表少爷带人装殓小姐的尸体时，竟在桌子下面发现了一张字条，字条乃小姐亲笔，大意是她谱就新曲一首，邀请先生仙吉晚饭后到她的闺房品鉴。一个青春少女，竟敢夜间私会男子，这件事本就透着不寻常。据说国相看到字条时由悲转怒，他既怨女儿败坏门风，令他脸上无光，又怜女儿芳心错许，以致香消玉殒。女儿是不花的掌上明珠，对不花而言，不能为女儿报仇，他枉为人父。

原本家丁还认定事有蹊跷，字条的出现让他变得糊涂起来。而后事情的发展令人瞠目结舌：先是仙吉被拘，这位看似文弱的琴师骨子里却像祖父一样刚强，他受尽酷刑也不肯认罪；接着大汗宣国相进宫，午后，大汗派人拿着国相的錾金令牌提走仙吉。再往后发生的事情，朝廷官员都是清楚的。

贰

同样在出事之前，还有一个仆人看到过捏鲁台，不过时间是在下午，地点是在仙吉居住的西园。这个仆人不止看到了捏鲁台，还看到了影希小姐的贴身丫鬟。对于这件事，他的供述是这样的：申时，他在西园清扫落叶，刚刚扫到竹林后边时，突然看到影希小姐的丫鬟笑嘻嘻地跑进了先生仙吉的房间，仅仅过了片刻，丫鬟便离开了。丫鬟前脚走了不久，捏鲁台少爷后脚也进了先生的房间，不过，少爷在先生房间里待的时间更短，差不多是一进去就出来了。

仆人说，这两个人应该都没看到他，他们匆匆而来，匆匆而去，谁也没有向他询问先生是否回来。

为小姐送字条的丫鬟在得知小姐自缢后便投井而死，失剌只能向与死者住在同一房间的另一名丫鬟询问情况。据这位丫鬟交代，小姐死后，姐姐（这是她对死者的称呼）哭得很伤心，嘴里一再念着，若老爷知道字条是小姐让她送去给先生的，她一定会死得很惨，说不定还要连累家人。当时的情形已是一团糟，她并未把姐姐的话放在心上，这时相府总管来传姐姐，说老爷有话相询。姐姐跟着总管去了，岂料她走到路上就投了井，等救上来时，人已经断气了。

有两位家丁和丫鬟的交代，结合当初仙吉在大汗面前仍不改口供，坚称自己从未见过字条，更未应约前去会见小姐的前情，再加上相府其他人的各种供词佐证，失剌在心中大概勾勒出案件发生的经过。他命人从监房里提出捏鲁台，现在，他要亲自审问这个隐藏最深的关键人物了。

捏鲁台是到目前为止唯一还未受过重刑的人，当这位平素养尊处优的少爷看到公堂上陈列的各种见所未见的刑具时，顿时吓得浑身发抖。

"跪下！"耳边公差的断喝犹如一声惊雷，捏鲁台双腿一软，跪伏在失剌面前。

失剌并不急于说话，目光落在捏鲁台扶地的手上。这是一双修长的手，这双手，以及捏鲁台的身高体型与仙吉均有几分相像。

捏鲁台不敢多话，只顾垂头盯着地面。

"下跪者何人？"从这句话开始，失剌的询问听起来倒像例行公事，他的语气温和，让捏鲁台的心绪安稳了不少。

"小人……小人名叫捏鲁台。"

"抬起头来。"

"是。"

失剌经年断案，长于识人。捏鲁台五官端正，白净温雅，单看容貌还算比较讨人喜欢的类型。细观之下，却会发现这个年轻人的眼神游移不定，面相上也在不经意间流露出些许奸猾。

"我来问你，你今年几岁？"

"小人已虚度二十个春秋。"

"你可曾娶妻？"

"不曾。"

"不花国相是你什么人？"

"他是小人的姑父。"

"影希小姐是你什么人？"

"她是小人的表妹。"

"你是何时进入相府的？"

"八年前。"

"为何进府？"

"小人父母双亡，姑父和姑母将小人接入府中，是为鞠养小人。"

"既为鞠养于你，那便如亲子一般。本官不明白，如今你已成年，为何国相还不与你成亲？"

"这个么……"

"怎么？在本官面前，你还敢遮遮掩掩？"

"小人不敢。"

"讲！"

"官老爷容禀：姑父之待小人，与其说姑父将小人视如亲子，倒不如说姑父将小人视如半子。"

"此话怎讲？"

"姑父生平，最疼爱的是表妹影希。他既不想让表妹嫁到太远的地方，又担心万一表妹遇人不淑，白白误了终身。是以，姑父的意思是想亲上作亲。"

"这么说，你姑父是想招你为婿？"

"正是。"

"你没有说谎吗？"

"小人若有半句谎言，任凭官老爷责罚。"

失剌略一沉吟，"你姑父可曾向你透露过他的意思？"

"透露过。"

"你是否愿意？"

"当然，小人当然愿意。"

"影希小姐是否也知道她父亲存有这个想法？"

捏鲁台犹豫着，似在斟酌词句。

"我来告诉你吧，影希小姐知道。国相很宠爱他的女儿，跟她商量过这件事。当时你姑母并不在场，影希小姐对她父亲说，她只把你当成哥哥，也永远把你当成哥哥，除此之外，你们之间不可能有任何别的关系。她还坦率地告诉她父亲，她的心里，早有喜欢的人了。"

捏鲁台的身体微微颤动了一下，"官……官老爷，这您……您是如何知道的？"

"我知道，你难道不知道吗？"

"您……您这话从何……从何说起？姑父与表妹的私下谈话，姑母又不在场，小人如何能知道呢？"

"是吗？那我不妨再告诉你一件事，就在这次谈话结束后的第二天，影希小姐给仙吉写了那张字条。"

"字……字条？"

"是啊。就是那张影希小姐让丫鬟交给仙吉，却被你中途取走的字条。"

捏鲁台脸色骤变。

叁

"你还不想从实招来吗？"

"官老爷，您要小人……招什么？小人全不知情啊。"

失剌冷笑一声："看来你真是不见棺材不落泪啊。来呀，传证人上堂。"

公差去不多时，将几名家人带上公堂。

家人们跪倒施礼，失剌命他们起身说话。

失剌指了指其中年龄最长的家人，说道："你来告诉你家少爷，国相提婚，小姐拒绝一事，你家少爷可曾知晓？他记性不好，早就忘了。"

接受问话的中年家人是影希母亲出嫁时从娘家带到相府的。此人很有文采，经常帮助国相处理府上各类公文，不花对他很信任，影希也把他视作娘家舅舅。他对主人一家忠心耿耿，唯一的缺点是喝多了酒就会口无遮拦。

中年家人躬身回答："在下该死，一切全是在下贪杯之过！那日与少爷畅饮，在下喝多了，就……就把小姐与老爷的谈话告诉了少爷。"

"具体时间呢？"

"就是老爷与小姐谈话后的第二天中午，少爷请在下喝酒，在下喝多了，结果，结果……"

"你家少爷为何请你喝酒？"

"少爷经常会请在下喝酒。那天，可能老爷告诉他的，他知道老爷会抽空与小姐商议他和小姐的婚事，他很关心结果。"

失剌看着捏鲁台，微微一笑，"这下，你想起来了吗？"

"我……"

"人证在此，你还要抵赖不成？"

"官老爷容禀：不是小人抵赖推诿，是这件事委实难以启齿啊。"

"难以启齿？也罢，那接下来的事，想必你更加难以启齿了。"

"小人……不明白您的意思。"

"别急，你很快会明白的。你的记性这么不好，字条的事也一定忘记了，我再找个人帮你回忆一下——没关系，你不用谢我。"

"官老爷……"

失剌不再理睬他，指了指在西园侍候过仙吉的那位仆人，"你来说吧。"

"是，老爷。那天下午，小的正在打扫台阶下的落叶，突然看到小姐的丫鬟走了进来。因彼此相熟，她低声问我先生可在房中？我说先生还没回来。她悄悄让我看了一下她手上的字条，说道：'这是小姐让我转交先生的，我且进去放下。我来这里的事，除先生本人问起，你不要告诉别人。'丫鬟走后，我接着清扫落叶，刚扫到竹林边，就见表少爷来了。小的本想告诉他先生不在，可看到他急匆匆又有点神秘的样子，就什么也没说。表少爷进了房间，只消片刻就离开了。黄昏时，先生回来了，小的便将丫鬟来过的事情告诉了他，还说小姐让丫鬟给他留了一张字条。先生是个和蔼的人，谢了小的才走入房间。他进去没多久就打开房门问小的：那是什么样的字条？丫鬟把它放在哪里了？小人也不清楚，而且当时小人并没有怀疑到表少爷，就说：不如我去问问丫鬟吧。先生说：那倒不必了。今日天色已晚，不要去打扰小姐了，明日等我给小姐上课时再向她询问也不迟。"

"可恶的奴才！你既知道这些事情，你家国相将仙吉扣押起来时，你为什么不向他说明情况？"

"官老爷啊，当时事起突然，死的人又是小姐，小的被吓傻了，早把那日看到的情景忘到九霄云外。后来，小的想起来时，仙吉先生已被大汗救出相府。记得那天，老爷回到府上指天发誓，不为小姐报仇誓不为人！您是没看到那段时间老爷的样子，他那双眼睛成天通红通红的，人也跟疯了一样。我们这些做下人的，避之犹恐不及，哪个还敢自讨没趣往他跟前凑呢？官老爷，容小的说句不该说的话，这老鼠见了猫，都知躲一躲，小的有父母妻儿，真的不想死啊！"

"你贪生怕死，就眼看着一个无辜的人蒙冤受屈吗？"

"官老爷，纵使小的认为字条的事与表少爷脱不了干系，可到底没有足够的证据说此事是表少爷所为。毕竟，小的没亲眼看到表少爷拿走字条啊。"

"好一张刁滑的油嘴——你且退到一边。"

"是。"

失剌向护院家丁说道："你过来，站在你家表少爷面前。"

"是。"

"你再仔细看看他，你可把人认确切了。"

"是。"

"刚才我说了，你家表少爷记性不好。你把那天看到的情景跟他细述一遍吧，说不定你能帮他想起点什么。"

"小的遵命。"

"说吧。"

"是。小姐被害的那天夜里，是小的与堂弟当值，我二人无事，便在房间悄悄赌了几把。小的手气不佳，与堂弟赌钱，十回能输九回。那天晚上，小的又输了，加上以前输的银两，前前后后也有数十枚银钱了。堂弟催我还钱，我哪里还得起，于是要赖说等明天看我翻本。堂弟知道我是推诿，突然问我愿不愿为他做件事，可顶这些日子输的银钱？小的想这是好事啊，忙问堂弟我能为他做什么？堂弟拿出一对上品玉镯，让小的去趟月亮花厅，将这对玉镯交给他的心上人。官老爷可能有所不知，老爷家规甚严，若不听传唤，外院仆从是不可接近月亮花厅的，所以，堂弟要我做的事，必定要冒极大风险。可小的毕竟欠了堂弟不少赌债，拿冒险与清偿赌债相比，小的选择了后者。"家丁说到这里停顿了一下，他心情紧张，加上说得太急，这会儿只觉得口干舌燥，喉咙里似乎要冒出火来。

　　失剌示意手下给家丁倒碗清水米。借着这个空当，他瞟了一眼捏鲁台。捏鲁台的身体抖得不像方才那么厉害了，脸上也呈现出一种绝望的平静。

　　有门儿。失剌心中暗想。

　　家丁委实渴得厉害，咕嘟咕嘟地将一碗水喝个干净，放下碗，擦擦嘴角，这才说道："谢官老爷赐水。"

　　"好了，你接着往下讲吧。"

　　"是。小的拿了玉镯，悄悄来到月亮花厅，这时敲过三更了。堂弟的相好是一名厨娘，她单独住在花厅最里面的厢房中，这里离厨房很近，但要穿过正院的花廊。所幸那天夜色已深，大家忙碌了一天，都在熟睡，没人发现小的。此前，小的曾随老爷去过几趟花厅，对花厅环境比较熟悉，没费多少工夫便找到了厨娘的住处。小的叫醒了她，将玉镯交给她，之后，小的仍走原路，准备溜回宿房，向堂弟交差。小的来到正院的花廊时，突然看到一个人影出现在小姐闺房的门前，这个人四下张望着，小的急忙躲了起来。小姐闺房的屋顶上挑着一个灯笼，借着灯笼的光线，小的一眼认出来，这个人是表少爷。当时啊，小的着实被吓了一跳，急忙将身体躲在了柱子后面。等小的再次探出头来时，表少爷已经不在那里了。小的暗自揣度，莫不是表少爷与小姐幽会，这会儿被小姐放入屋中？要是那样，他们两个想必……小的也是糊涂油蒙了心，想看看情况再走，就没有马上离开。只因房梁上挑有灯光，小的不敢靠得太近，只能躲到廊柱后面，倾听里面的动静。"

　　"你听到了什么？"

　　"其实，小的离得远，也听不清太多。隐隐地，里面似乎传来吵闹之声，好像小姐在斥责表少爷。时间不长，一切都归于平静。再后来，小的看到表少爷慌慌张张地从屋子里跑出来。"

　　"他跑出来时，你做了什么？"

　　"小的什么也没做。表少爷跑了后，小的也不敢久留，直接回了宿房。"

　　"你看到的事情，是否告诉了你堂弟？"

　　"没有。小的回去时，堂弟已经睡着了，小的不知什么原因，莫名地有些烦乱，也没有交谈的兴趣。再说，那天是小的和堂弟当值，他睡了，小的就得盯着，于是小的就到外面去坐了一会儿。"

　　"后来呢？"

"第二天，堂弟醒来问我镯子是否送到？小的说送到了。本来还想跟他说说表少爷的事，没想到后宅那边乱了起来，一个仆人跑过来，告诉我们说，小姐在自己的房间里出事了，好像与仙吉先生脱不了干系。"

"我来问你，在你听到这个噩耗的第一时间，你的直觉告诉你，凶手是仙吉吗？"

"不瞒官老爷，小的当时的直觉，凶手是表少爷。毕竟那晚，小的亲眼看到过表少爷进出小姐的闺房。"

"这是最直接的证据，你为什么要向你家主人隐瞒呢？"

"官老爷明断，小的实在不敢说啊。小的说了，小的、堂弟、堂弟的相好，大家一个都活不了。夜晚进入后宅，那可是死罪啊。"

"仙吉被你家主人控制后，你把这件事告诉过你堂弟吗？"

"没有。"

"不告诉他的原因呢？"

"堂弟父母早亡，从小在我家长大。我与他情若同胞。只要我不说，堂弟什么也不知道，至少他可以留下一条性命。小的当时的想法就是如此。"

"莫非，只有你家主人死了，你才敢将此事公之于众？"

"官老爷明鉴，小的也是情非得已啊。"

肆

失刺睨视着捏鲁台，"捏鲁台，现在，你还有何话可说？"

捏鲁台瘫在了地上。

原以为，那件事他做得神不知鬼不觉，谁知仍有几位家人看到了他的行迹。特别是最后一位家丁，此人的供述就是最直接最有力的证词。这还是天网恢恢，表妹与姑父的在天之灵，都不希望他这个真正的凶手逍遥法外。

"你还不给我从实招来！你是怎么杀害影希小姐的？她不是你表妹么？你怎么下得去这个毒手？"失刺使劲一拍桌子，厉声喝道。

捏鲁台失去了继续抵赖的欲望，他猛地从地上挺直身体，抬头看着失刺，大声嘶喊起来："什么表妹！她背叛了我，她就该死！"

他的喊声把三位家丁都震慑住了。他们从未见过，这位在他们眼中文质彬彬的表少爷，发起疯来就像个魔鬼一样。

失剌蓦然感到心寒。他暗自惋惜，不花怎么会豢养一条毒蛇？豢养毒蛇的结果，是他不仅害死了女儿，也害死了自己。

"什么叫作背叛？影希小姐从来没有答应过她与你的婚事！"

"没答应，她才更该死！小的时候，我第一眼看到她时就喜欢上了她，为了能讨她喜欢，我愿意为她做任何事，哪怕让我当牛做马我也心甘情愿。我们一起长大，尽管不能常常亲近，可她对我很好。直到那天，她在大汗举办的宴会上看到了那个琴师，从那时起，一切都改变了。先是她缠着姑父要跟那个琴师学琴，后来，姑父把那个琴师请进府中，她的眼中再也容不下别人。她当着姑父的面拒绝与我成亲后，第二天便给那个琴师传送了一张字条，字条上的内容居然是约那个琴师晚上到她的闺房见面。她可是相府千金啊，居然敢做出这种不知羞耻的事情！好在那个琴师没有看到字条，字条被我从他的房间里取走了。当天晚上，我在约定的时间来到影希的房间，对于这个背叛我的女人，我没什么可客气的，我要与她成其好事。我当时的想法无非是，只要生米做成熟饭，她只能乖乖嫁给我了。可是，我没想到平素对我和颜悦色的表妹，那个晚上竟变得异常凶悍，她骂我无耻，还说要将我的事告诉她父亲，让她父亲将我撵出相府。她的话彻底激怒了我，我上前掐住了她的脖子。开始的时候，她还在拼命挣扎，不知过了多久，她的身体倒在地上，一动不动了。我伸手探了探她的鼻息，感受不到她呼出的热气，我明白，她死了。她死了，没错，是我杀死了她。我亲手杀死了她，可我一点不觉得害怕，反而别有一种解脱似的轻松。这个女人死了，她死了再不会嫁给除我以外的任何男人，她只能属于我一个人了。我把她抱在床上，就算变成了一具尸体，她的身体对我仍旧有着莫大的吸引力。我没有立刻离开，而是开始抚摸她，亲吻她，她居然那样乖巧，无论我的手抖得有多厉害，她都合目而卧，任由我褪去她所有的衣服。啊，我的手终于触到她那美妙的身体，好光滑好细腻啊，还留有余温。我兴奋得不能自己，这是我梦寐以求的时刻，她终于变成我的……"

"你给我住嘴吧！"失剌此时的愤怒简直可以用"毛发倒竖"这个词来形容了，他大声喝断捏鲁台的话，接着，他走下桌案，走到捏鲁台面前，伸手在那张无耻的脸上狠狠地抽了两个耳光。

血，顺着捏鲁台的嘴角流了下来。捏鲁台已近癫狂状态，他挑衅似地望着失剌，大笑起来，那一阵阵歇斯底里的笑声，令人听在耳里，毛骨悚然。

无论直面过多少凶犯，失剌还是第一次产生了想将一个人亲手掐死的念头。

笑着笑着，捏鲁台的笑声戛然而止。他的狂笑结束得那样突然，如同他走到了断崖边上，直接跳了下去。

"让他画押！"失剌说道。

衙役取过供状，捏鲁台挣扎着不肯画押："我还没说完呢，我还没说完呢。"

"你还有什么要说的？"

"官老爷既然听了开头，就必须听我说完，否则，我决不画押。"

失剌厌恶至极，无奈还得听他说下去。

"也罢，你说。"

"我和影希……"

失剌又是一巴掌："你若再给我提起你那卑劣的行径，我也不用你画押了。我现在就大刑伺候，让你死在公堂之上。"

捏鲁台用力甩甩头，"哼"了一声。

"不想说了是吗？"

"为什么不想说？接下来的事才更有趣。"

失剌背过身去，他实在不想再看到那张扭曲变形的脸。

"说字条。你是何时把字条放在现场的？"

"老爷，你是不得先问问我，我完了事儿后，为何要将那贱人吊起来？"

"这个何须我问！你不伪造现场，又该如何嫁祸仙吉？"

"老爷的确是明白人！是啊，没有这一步，我就不能让姑父认定，那贱人是不甘受辱自缢身亡的。"

"说字条。"

"好吧。第二天，姑父派我带了几个人去装殓遗体，我趁人不注意，将字条扔在了桌子下面。等移动尸体时，我假装看到了字条，让人拾了起来。表妹是我姑父的掌上明珠，突如其来的丧女之痛，使我姑父完全丧失了理智。他从字条认定是仙吉奸污了表妹，表妹含悲忍辱，不得不以死抗争。姑父当即让我带人去将仙吉抓了起来，而且根本不听仙吉辩解。为取得口供，姑父天天都让我对仙吉用刑，我呢，索性早中晚各来一次，让那个琴师没有三顿饱饭，倒有三顿饱打。该怎么说呢，审讯过程中，只有一点是我和姑父都没有想到的，仙吉，这个平素看起来弱不禁风的琴师，骨头竟会那么硬，就算被折磨得死去活来，他也坚决不肯认罪。再后来的事情，不用我讲下去了。我想告诉官老爷的是，那段日子亲眼看着仙吉受苦，我有多么开心！我真的开心到忘掉了所有的恐惧，忘掉了我自己也有暴露的危险。甚至，越到后来，连我都开始认定仙吉才是杀死我表妹的凶手。这有什么错呢？若不是仙吉，我表妹本来不会死。那段日子，我每次对仙吉用刑都掌握着分寸，既让他生不如死，又让他不能痛快地死掉。我是想着，等哪天我不耐烦了，再杀掉他也不迟。可惜我晚了一步，仙吉命不该绝，竟被大汗派人救走了。否则，我的快乐还能多延长几日。"

"够了！"

捏鲁台像没听见一样，继续说下去："影希死了，真好。我很快就要到天上去找她了，我要让她嫁给我，她敢拒绝，我还会再杀死她一次。"

说完这句话，捏鲁台长长地吐了口气，总算平静下来。

"现在，你可以画押了吧？"

捏鲁台耷拉着脑袋，没作回答。

伍

衙役走过来，捏鲁台乖乖地在供状上画了押。失剌命衙役将捏鲁台押往汗宫，交由大汗亲自处置。至于那三个证人，他们按照失剌的事先交代做了供词，失剌信守诺言，将他们全部开释不罪。

对这个案子的审理体现了失剌智慧与缜密的一面。此前，单凭那三个家人以及丫鬟的供词，纵有许多疑点指向捏鲁台，他对罪行仍可以矢口否认。是失剌推理出捏鲁台的杀人经过，才使用诈术，步步紧逼，迫使真凶伏法。

如今，案件水落石出，失剌的内心无论如何轻松不起来。他的眼前不时晃动着捏鲁台那张不失清秀却令人厌恶的面孔，想到不花稀里糊涂地失去了女儿，又稀里糊涂地送掉了自己的性命，尤其想到不花甚至到死都不知道谁才是杀害他女儿的真正凶手，失剌不胜唏嘘。

平心而论，失剌从不喜欢作风强硬的不花，尤其是在独掌朝政后期，不花的野心之火已被点燃。这样的人，任何时候都有可能走上谋叛之路，然而，倘若没有引子，或许这一天也不会到来。

不管怎么说，多年同殿称臣，不管失剌是否喜欢不花的为政之道，站在公正的角度，他对不花的才能比较认可。不花的结局如此悲惨，思之令人叹惋。

阿鲁浑看过供词后勃然大怒，下令将捏鲁台凌迟处死。

影希之死，不花之死，捏鲁台之死，都对阿鲁浑造成了巨大的心理冲击，让他第一次感受到命运的无常。的确，他还年轻，可不知为什么，他突然对死亡产生了莫名的恐惧。从这件事情发生后，他开始醉心于修炼瑜伽，并按照印度术士的指点，服用仙丹以助长生。

失剌奉命将影希死亡的真相通报给远在中国的仙吉和赛岚，仙吉看到失剌的信函时失声痛哭。沉冤得雪却身心均遭重创的仙吉自此一病不起，他病重期间，忽必烈按照阿鲁浑的请求，征得他的同意，将其长女不勒干赐嫁阿鲁浑之子合赞。合赞出镇呼罗珊时曾娶功臣之女，那年他九岁，并不懂得男女情爱。不勒干算是合赞的次妻，但不勒干以元朝公主的身份下嫁藩属国王子，其地位尊贵与正妻无异。

更重要的是，合赞迎娶不勒干时，已是十七岁的翩翩少年。心中有情却还没有子嗣的他，对不勒干一见倾心。

不勒干继承了父母的才情品貌，为人温和大度，行事谨慎得体。婚后，她为合赞生下一子一女（合赞膝下，只有这两个孩子），合赞终其一生，都对她怀着深深的眷爱与信任，从未改变。

不勒干婚后不久，仙吉在大都撒手人寰。仙吉的孀妻和两个女儿在元朝得到很好的照顾。若干年后，仙吉的次女和幼女长大成人，忽必烈将她们当中一位赐嫁自己的爱孙，另一位赐嫁名将之后。

俟忽必烈与伯颜先后离世，赛岚已是古稀之年。他请旨回到伊儿汗国，当时合赞刚刚登临汗位，正为铲除异己大行杀戮。赛岚却在重外孙女不勒干的照顾下，在两个可爱孩子的绕膝承欢中，度过了生命中最安逸的时光。他用他的眼睛，见证了伊儿汗国从衰落一步步走上强盛之路，他去世时，年七十有六，无疾而终。

此为后话。

不花既死，树倒猢狲散，其党羽亦被清除殆尽。阿鲁浑打算另择国相，在斡儿都海牙的推荐下，选中了犹太医师撒都倒剌。

在伊儿汗国，曾出现过不少位被人们熟知和普遍认可的美男子，远的及在民间的不提，单说几位近的且与宫廷有深厚渊源的，在阿鲁浑一朝出现过三位，他们一个是音乐家仙吉，一个是波斯长官阿儿浑之子涅孚鲁思，还有一个就是新任国相撒都倒剌。巧的是，这三人都与不花产生过千丝万缕的关系；再稍稍往后还有一位，出在第五任汗乞合都执政时期，名字叫作撒都只罕。

撒都倒剌原是阿鲁浑的侍医，常居于报达城中。他面容俊美，风姿卓异，为人颇具胆略，能力出众。他不止精通医术，还精通多种语言，长于理财。

因撒都倒剌常居报达城中，对报达的财政状况十分了解。他冒死上奏阿鲁浑，言报达城税收不明，公帑尽入不花与其弟阿鲁黑私囊。

其时正值不花在朝中只手遮天，其弟阿鲁黑在封地呼风唤雨时，撒都倒剌敢向不花兄弟的权势发起挑战，与他的身后站着一个坚强的支持者：斡儿都海牙有关。

斡儿都海牙本系元将，因担任元朝册封阿鲁浑的使臣，被阿鲁浑款留于宫廷。斡儿都海牙性情耿介，不畏强权，且忠诚有远见，阿鲁浑对他十分欣赏，君臣相处愉快，阿鲁浑对斡儿都海牙几乎是言听计从。

斡儿都海牙对撒都倒剌的才能有所了解，遂秉以公心，向阿鲁浑举荐了撒都倒剌。阿鲁浑见撒都倒剌才能与胆识兼具，喜悦之余，赐以卮酒，并赐荣服一袭，委任他为报达税课稽核使。撒都倒剌到任后，勾考报达册籍钱粮，将许多应征课税收归国库。同时，他加大了对赋税征收项目的监督，迫使阿鲁黑有所收敛，此后，报达州税收状况好转，国库收入增幅显著。

不花兄弟死后，斡儿都海又举荐撒都倒剌出任国相。

自升任国相，撒都倒剌在各地税课均安置了他的子侄兄弟，唯有呼罗珊和罗姆两地因是阿鲁浑之子合赞和弟弟乞合都的封地，撒都倒剌没能安插进自己的近属。

撒都倒剌的为政作风与不花相似，但他的起步不如不花，他原是宫廷医师，而不花在担任国相前就已是朝廷重臣。为达到压制诸功臣的目的，他以任重事繁，请求阿鲁浑命斡儿都海牙与他共主政事，同时以朱失、忽章二人为其副手，由朱失担任泄剌失的军事总管，忽章担任帖必力思的军事总管。

　　所有这一切不过是撒都倒刺耍的一个手腕，一旦地位巩固，他便立刻将斡儿都海牙架空，令朱失和忽章的权力缩水。将臣凡有所请，必须首报撒都倒刺，甚至，包括斡儿都海牙在内，不经他的同意，不得径入汗宫奏事。与此同时，凡撒都倒刺所决之事，无须咨询他人。

　　撒都倒刺在不花对国政进行改革的基础上，又革除了一些弊政，增加了一些新的内容，其中比较重要的几项，其一是依回教法律判断诉讼，禁止军将干涉判决，明确法律的责任是保护弱者与无罪之人；其二是禁止商人贿赂显贵，以此取得对驿站驿马的使用权，如发现商人扰民，则予以重处；其三是禁止对农民过度征索；其四是增加宗教基金，延揽学者文士，奖励其著书立说。

　　撒都倒刺与不花一样，野心不小，难入贤臣之列，但这二人都堪称一代能臣。阿鲁浑执政后期，专意修炼长生之术，不问政事，他将朝廷大权悉数交给撒都倒刺裁处。撒都倒刺兢兢业业，对国事多有匡补，相应地，他的飞扬跋扈，他的任人唯亲，也为他自身招致了诸多怨恨。

陆

　　阿鲁浑即位后，北部边境安稳了六年。至元二十七年（1290）三月下旬，阿鲁浑接到边报，金帐军由打耳班侵入其境，急忙率军往御。途中，他听闻手下大将脱合察儿和坤竹克巴勒等人已合力击溃金帐军。

　　金帐军既退，阿鲁浑于五月初命脱合察儿往援合赞，征剿涅孚鲁思。

　　原来，不花谋叛事件中，涅孚鲁思也被牵涉进来。涅孚鲁思是阿八哈汗的驸马，阿鲁浑的姐夫。其父是呼罗珊长官阿儿浑，宗王景庶又是他的妹夫，其根基可谓深厚。阿鲁浑登基后，以涅孚鲁思作为爱子合赞的副将，协助镇守呼罗珊诸地。这些年，涅孚鲁思与合赞保持着亦师亦友的关系，合赞对涅孚鲁思十分信赖。

　　不花欲举事时，派景庶与涅孚鲁思联络，涅孚鲁思左右为难，不置可否，却也没有告发不花等人。不花阴谋败露，自杀身亡后，涅孚鲁思担心不花叛乱一事祸及自身，遂以检阅部队为名，离开王营前往马鲁。合赞恰在马鲁附近行猎，数召涅孚鲁思与之一会，涅孚鲁思皆以足疾未愈作借口，拒绝前往。

涅孚鲁思将合赞的召请当成是阿鲁浑汗将要对他动手的信号，为壮大力量，他遣使至宗王景庶的营帐，想与景庶结盟反叛。景庶反犹豫不决，不花之叛他得以幸免，现在仍心有余悸。

涅孚鲁思不想坐以待毙，率军进袭在克失甫河畔的合赞军营，俘获合赞麾下统将三人，掠其财物还营。合赞遭到突袭，只得集残兵与涅孚鲁思对阵。这位少年王子勇气可嘉，在己方兵力明显处于劣势的情况下，竟坚守四十天不退。而这时，脱合察儿已在应援途中。

涅孚鲁思自幼从军，极富谋略，他另出奇兵，袭击了脱合察儿的援军。脱合察儿没想到涅孚鲁思来得这么快，未做防范，也被涅孚鲁思击败。脱合察儿无奈，引残兵败将与合赞会合。

不久，宗王伯都亦率伊剌克、阿哲尔拜展两地援军赶到，合赞的力量成倍壮大。涅孚鲁思自知不是合赞对手，抱着好汉不吃眼前亏的念头，弃守阵地，经也里等地穿越沙漠逃往窝阔台汗国，投奔了海都。

在元朝和除伊儿汗国之外的三大汗国，人们对涅孚鲁思可能不太熟悉，对他父亲阿儿浑的大名却是耳熟能详。海都素有爱才之癖，听说阿儿浑的儿子求见，当即在宫帐中接见了他。

初见之下，海都对气宇轩昂的涅孚鲁思颇有好感，他开口询问："你家在伊儿汗国世受君恩，因何背主而逃？"

涅孚鲁思便将不花叛乱牵连自己，自己不得不纠集兵力自保的前因后果向海都讲述了一遍。

"原来如此。这么说，你是没有过错的一方？"

"对。"

"既然没有过错，说清也就罢了，你又何苦先叛后逃？"

涅孚鲁思微笑道："臣不过是故事中的苍狐耳。"

"此话怎讲？"

"国王猎驴，苍狐闻讯仓皇逃走，路上遇到一只豺。豺奇怪地问苍狐：看你惊慌失措的狼狈样，你这是要去哪里？要做什么？苍狐回答：难道你看不出我在逃命？豺问：你为何逃命？苍狐回答：国王正在捕猎野驴。豺嘲笑它道：国王捕猎野驴，你又不是野驴，用得着逃得这般辛苦？苍狐回答：等国王发现我不是野驴时，我不是受伤，就是已经死去了。"

海都听到这里，哈哈大笑，遂将涅孚鲁思留在身边。

阿儿浑统治呼罗珊之地达三十年之久，权倾朝野，财力雄厚，出行如当地国王一般。从小在这样的家庭长大，涅孚鲁思耳濡目染，难免养成了唯我独尊和目空一切的性格。海都一朝将臣与涅孚鲁思龃龉日增，一再劝说海都不要收留此人。对此，海都倒是另有打算。拖雷的后人，都是他的敌人，他决定借助涅孚鲁思的力量，动摇甚至推翻拖雷后人在波斯的统治。

他征集了一支三万人的军队交给涅孚鲁思指挥，并允许涅孚鲁思抽调窝阔台汗国驻守阿姆河一带的军队。

涅孚鲁思率大军开进呼罗珊，呼罗珊全境大震。合赞在徒思附近御敌，因寡不敌众，不得不退走匝迭干地区。合赞欲在匝迭干集结兵力，与涅孚鲁思决一死战。可涅孚鲁思并没有乘胜追击，原因是窝阔台军上至将领下至士兵都在忙于抢掠，没人肯听从他的指挥，涅孚鲁思只得先行退回徒思。

合赞在呼罗珊与涅孚鲁思鏖战之际，他父亲阿鲁浑却在几位印度方士的指导下苦修长生密法。这几位印度方士来自印度剌麻教，他们面见阿鲁浑，自称有长寿秘术，并进献仙丹。这种仙丹以硫黄、水银合药，初食提神，久服致病。阿鲁浑服此丹药八个月后，又按方士要求，避入帖必力思子城静修四十日，不问外事。

待四十日期满，阿鲁浑赴阿朗驻冬，在这里，因药毒发作，他病倒了。诸御医对症下药，经过一段时间的治疗，阿鲁浑的病情得到控制，基本痊愈。这时，又一位印度方士进献三杯"神药"，阿鲁浑仍不警醒，欣然服用。服用后，病得更加彻底，全身麻痹，口不能言。这一次，御医们全都束手无策。

在此之前，因撒都倒剌权势太盛，在伊儿汗国已形成一股反对他的力量。这股力量，以失势的将军和大臣们的共同怨恨为源头，当其力聚集，势同洪水，若无大汗阿鲁浑为其屏障，转眼就能将撒都倒剌吞没。

以撒都倒剌的智慧，如何能觉察不出这种危险？他只能祈望大汗赶快恢复健康。为给大汗祈福，他下令大施财帛，救济穷苦无告之人，释放罪囚，并在报达豁免欠课三万底纳，散给泄剌失教士与贫民一万底纳。

只可惜，撒都倒剌的任何善举都于事无补，阿鲁浑的病仍是一日重似一日。在最后的日子里，阿鲁浑仅许撒都倒剌、朱失二人入宫侍疾。撒都倒剌情知大汗之病已是无药可医，急忙遣使暗至王子合赞处，促其速来继承汗位。撒都倒剌的想法是，只要王子在其父病故前赶到皇宫，他还有一线生机。

以脱合察儿为首的"倒相派"，根据大汗禁止他人入其内室的旨意，察知大汗已然生命垂危。他们决定立刻采取行动，先行解决大汗驾前诸宠臣。经过一番筹划，由脱合察儿亲自出面，假意邀请朱失、斡儿都海牙赴宴，酒过三巡，刺客突然出手，将二人杀死于筵席之上。

除去了斡儿都海牙和朱失，下一个轮到了斡儿都海牙的弟弟忽章。脱合察儿以同样手法杀死忽章，接着又令心腹将领从速拘捕撒都倒剌。次日，撒都倒剌被送到脱合察儿营地，脱合察儿立断其首。至此，阿鲁浑最倚重的大臣被诛杀殆尽。

柒

三月七日，脱合察儿外罩素袍，内衬软甲，暗藏兵刃，强闯内宫探视大汗。阿鲁浑病卧在床已达数月之久，唯有这天感觉身体轻松，头脑清晰，甚至还有了食欲。他正吩咐宫女去御厨为他取碗粥来，忽然侍卫来报，脱合察儿求见。阿鲁浑心中一惊，尚未决定见与不见，脱合察儿已然出现在他的面前。

脱合察儿于床前跪倒施礼，"臣参见大汗。"他朗声说道。

阿鲁浑愣愣地望着他。

脱合察儿毫无顾忌，抬起头来，细细察看着阿鲁浑的脸色。阿鲁浑眼窝青紫，嘴唇发黑，脸颊却如发烧般呈现酡色。脱合察儿明白，这不过是回光返照的征象。看来，不用他感到纠结，老天就要带走这个人了。

"大汗，看到您御体痊愈，臣内心不胜欣喜。"

阿鲁浑原已颁旨，只许撒都倒剌和朱失二人入宫侍疾，脱合察儿不请自来，他已察觉到事情不妙。

"你怎么来了？"

"臣惦记大汗病情，日日坐卧不宁，忧心如焚。想臣追随大汗多年，大汗待臣有天高地厚之恩，臣实在不能不来。"

"哦，撒都倒剌呢？"

"臣并未见到国相。"

"朱失呢？"

"他大概与国相在一起。"

"你帮我去传斡儿都海牙和忽章入见。"

"据臣所知，他们不在城中。"

阿鲁浑眼中的光亮消失了，脸上的红晕也慢慢褪去。他很清楚，这些人被脱合察儿及其党羽杀害了。他的心中充满悲凉，悲凉化成两行热泪，正在带走他身上所有的力气。他慢慢地、慢慢地倒了下去。

"合赞……让……"这是他留在世上的最后一句话。

话未说完，阿鲁浑在阿朗驾崩，死时年仅三十三岁。

阿鲁浑像他父亲阿八哈一样，也没有留下明确的遗嘱，这样一来，那些离汗位最近的人都在蠢蠢欲动。

汗位暂且无主，阿鲁浑生前最信任的大将脱合察儿、伯黑塔等人组成临时摄政，他们试图通过任命诸州长官来维持秩序。混乱中，没人想要服从他们的安排，汗国内政很快陷入无序状态。

罗耳国王额弗剌西牙卜将局势动荡视作伊儿汗国气数将尽，他坚信这是真主的旨意，波斯王位将属于最先夺取政权的伊斯兰教君长。怀着建立不世之功的愿望，他于五月起兵，进据亦思法杭。

几位摄政命图剌台万户率军迎击，同时传命在亦思法杭、泄剌失两州驻守的蒙古与穆斯林军队配合图剌台行动。征剿大军刚刚开到亦思法杭，罗耳军中便发生变故，其前锋大将居然弃军出逃，额弗剌西牙卜本人也吓得惊慌失措，躲入满札失特堡，一场叛乱遂告敉平。

削平了来自外界的威胁，内在危险仍远远没有解除。几位摄政遣使各地，向阿鲁浑之子合赞，亲弟乞合都，堂弟伯都等通报君主死讯。当时，被派往报达的使臣名叫列杰赤，他与乞合都私交最好。此番，他主动请求担任信使，目的是为了敦促乞合都速至都城，一为主持大局，二为抢先继位。

列杰赤尚在途中时，几位摄政经过商议，决定迎立伯都。不久列杰赤赶到王营，催促乞合都即刻动身。

乞合都夺位心切，顾不得为兄长的仙逝伤心。他接受列杰赤的建议，尽启大军向马剌黑进发。乞合都安置在汗宫中的眼线向他通报了几位摄政的图谋，他当即派遣一支先锋军在马刺黑附近驻扎下来。

伯都与合赞行程较远，得到通报也较晚，当这二人尚在赶往汗营途中时，乞合都已先行赶到马刺黑。诸摄政见乞合都大军压境，不敢与之相抗，索性顺水推舟，将乞合都拥上汗位。

七月，乞合都登临汗位，成为伊儿汗国的第五任大汗（1291 年至 1295 年在位）。

乞合都的抢先登基引起了合赞和伯都的强烈不满。本来，合赞是第四任汗阿鲁浑的长子，又是独当一面的宗王，本人素以开明博学享誉汗国。按照父死子继的传统，他是当然的继承人。可在父亲突然亡故，没有留下任何遗嘱的情况下，汗位竟被叔叔乞合都捷足先登，这让一个一心想要施展胸中抱负的年轻人如何能甘心俯首称臣？退一步说，就算在汗国父死子继的传统尚未深入人心，阿八哈汗去世后也曾发生过其弟先于其子即位一事，可有一点是铁律——至少合赞这么认为——身为大汗就必须具备与之相称的实力和才能。

不是合赞瞧不起自己的亲叔叔，别人或许不了解，合赞最清楚不过，叔叔根本就是个酒色之徒。叔叔除了拥有阿八哈汗亲子这个身份外，合赞在他身上就从未发现过其他让人信服的长处。

至于伯都，他虽非阿八哈所出，可他是阿八哈的侄儿，旭烈兀的亲孙，身份一样高贵。在伯都的观念里，只要是旭烈兀嫡出，人人都与汗位有份，毕竟哪条法律也不曾规定，伊儿汗国的汗位只能属于阿八哈的后人。

捌

且不说与汗位失之交臂的叔侄二人各怀心思，愤愤不平。更可悲的是，一切诚如合赞所料，乞合都登基不过数月，便暴露出他荒淫无耻的本性。

乞合都从小贪杯，唯因惧怕父兄，尚能有所节制。而今坐拥天下，他索性发愿尝遍天下琼浆，这样一来，他十日里若得一日清醒都算难得。嗜酒如命倒还罢了，他更有个令人发指的"嗜好"：好色。不是通常意义上的好色，别的男人多好女色，他却是兼好男女色。只要有几分姿色，不管是平民家的少男少女，还是贵族将臣家的公子小姐，他都会设法玷污，填充后宫。

为躲避他的魔爪，贵族将臣多将家眷送往他地安身，平民百姓则只能背井离乡，逃离汗都。

他的国相撒都只罕原是权臣脱合察儿所荐。在伊儿汗国，撒都只罕像前国相撒都倒剌一样，二人都属于风度翩翩的美男子。乞合都对他倾心不已，于是，他将朝政悉数委与此人，还特意发布赦令，命撒都只罕管理全境，一切官员任免，财政支出，皆凭撒都只罕裁处。

朝政从来不问，在滥用滥赏方面，乞合都却是"豪爽"至极。诸藩属国或藩臣进贡的财物，他常常眼也不眨就能赐给一位妃子或分赐给几位大臣，国库中的金银珠宝他更是随意赏赐，数目多寡全看心情。他的"慷慨"在短时间内掏光了国库，没用多久，连军饷发放都成问题。

为继续维持其奢靡荒淫的生活，各地官府势必加重对百姓的盘剥。更让人哭笑不得的是，面对财政危机，乞合都和撒都只罕竟又突发奇想，在没有任何金银入库作为钞本，在没有国家强大财力作为保证的前提下，竟效仿元朝大量印发纸钞。可想而知，这样的纸钞流向市面，价值还不如一张纸。百姓不敢用，商人不敢收，王公贵族包括坐镇呼罗珊的亲王合赞坚决抵制。尤其是合赞，他以封地气候潮湿，纸币不易保存为名，将印钞模具尽数销毁。

君臣瞎忙了一气，到最后，连建造印钞厂和雇佣工人的钱都无处收回。

至元三十一年（1294）六月，伯都往汗都觐见大汗，乞合都设宴款待堂弟。阿鲁浑活着时，对亲弟乞合都和堂弟伯都两个人都十分关照，这二人经常为小事发生争执，阿鲁浑作为兄长，尚能予以调解。如今，二人已有君臣之分，乞合都认为他终于可以压过伯都一头，语气态度便不免有些盛气凌人。

伯都一向瞧不起乞合都，无论乞合都为兄为汗，他都没有把这个人放在眼里。席间，他想起自己少年时代与乞合都比试摔跤的往事，仗着多喝了几杯，嘲讽起乞合都来："大汗昔日肩膀上全是瘦骨，今日倒是发福了许多。"

此时的乞合都已有六七分醉意。他一时没明白伯都的意思，大着舌头问道："什么瘦骨？什么发福？"

"难道大汗忘了多年前我俩比试摔跤的情景？那时大汗真的很瘦，瘦骨嶙峋，我都不忍心使劲去抓大汗的肩膀，生怕一用力，就把大汗的小肩膀捏断了。"伯都说着，哈哈大笑起来，轻蔑之情溢于言表。

乞合都是昏君不假，可不是傻子，他被伯都的讥讽激怒，拍案而起，"怎么？

你还想再跟我比试一番不成？"

"不，不！比试就不必了。"

"你怕了？"

"怕？当然。"

"知道怕就行。"

"我不怕捏断大汗的肩膀，可我怕把大汗肚里的油摔出来。"

乞合都怒极，顺手操起酒杯向伯都扔去。伯都躲闪不及，鼻梁被酒杯砸中，一股鲜血顿时顺着他的鼻孔流了下来。

按说到这时，伯都该忍就得忍了，毕竟君臣有别。可伯都一来正在酒劲儿上，二来他深恨乞合都从他手上夺走汗位（也不知道他哪股筋抽错了，反正他就认定阿鲁浑一死，汗位非他莫属），只见他稍一愣怔，连血都顾不上去擦，一脚蹬开面前的桌子，就向乞合都冲了过来。

乞合都身边有一干侍卫保护着，岂容他人靠近？这些人一拥而上，不多时便制服了伯都。

乞合都被伯都一气一吓，酒早醒了，他走下御座，伸手给了伯都几巴掌。这几掌他下手极重，伯都的鼻血流得更欢畅了。

"这几掌，你觉得是骨头多，还是肉多？"乞合都打完，揉了揉生疼的手掌，皮笑肉不笑地问道。

伯都人被压着，身体动弹不得，只有脑袋能动。他强撑着抬起头，骂道："骨多肉多，你都是一只待宰的公羊而已。"

"看样子，我原无杀你之意，你倒有寻死之心。也罢，我便成全你又如何！来人啊，给我打！给我狠狠地打！"

得到大汗的命令，侍卫们不必再对伯都手下留情。他们将伯都按在地上，施以鞭刑。伯都从生下来就没受过这样的侮辱，更没受过这样的苦楚，开始还能骂出声来，到最后渐渐声息皆无。

脱合察儿有点看不过去。他个人与伯都的关系不错，按照他的想法，原本是想拥立伯都为君。阿鲁浑执政时，他也算权倾朝野，乞合都登基后，国相撒都只罕独掌朝政，其他人几乎都成了摆设。

想当年，撒都只罕在大将军府做掌印官时，脱合察儿见他勤谨而不失干练，恭顺而不失气度，圆滑而不失机智，对他颇存器重之意。乞合都登基后，脱合察儿知新君酷爱男色，遂投其所好，将仪表堂堂的撒都只罕举荐给新君，让他出任国相。脱合察儿的如意算盘，无非是通过控制撒都只罕，使自己越过其他几位摄政，将军政大权悉数握于手中。让他悔之莫及的是，自诩阅人无数的他，从来不曾看清撒都只罕的真面目。这个忘恩负义的小人，一旦得到君王宠爱，便立刻翻脸无情，六亲不认，连他的举荐人都得在他面前忍气吞声。

一个人，没有权力并不可怕，最可怕的是尝试过权力带来的颐指气使却又失去权力。这样的人，一旦失去权力，心理便会失衡，一旦心理失衡，某些人便会深陷其中，乃至为夺回权力不惜铤而走险。

脱合察儿是从战场上冲杀出来的武将，又有辅政多年的经验，且不乏勇气权谋。更重要的是，他从来不是久居人下之人。这三年多来，他表面上不问政事，其实一直都在寻找机会东山再起。此时此刻，伯都的受辱让他看到了机会。

他出席施礼，委婉地劝解："大汗手下留情，听臣一言：大汗与王爷都是大那颜拖雷和先汗旭烈兀的嫡传，一脉相承。所谓血浓于水，大汗纵然不念兄弟情分，还要看在大那颜和先汗的面上，对伯都王爷高抬贵手。王爷酒后失德，冒犯大汗，的确犯下大罪，但罪不至死。大汗给他个教训也就是了，切不可真的弄出人命来，徒令大汗落下戕害亲族的恶名。"

乞合都高踞宝座之上，见伯都被打得皮开肉绽，人事不省，心里感觉舒坦了许多。心里一舒坦，气也随之消了大半。

说起来，乞合都原也没打算弄死伯都，他只是拉不下脸来，说不出饶恕的话。脱合察儿这个情求的正是时候，他就坡下驴，挥挥手，命侍卫停止用刑，只当给脱合察儿一个面子。

他拿起酒杯，喝了一口，悻悻说道："若非将军求情，我必送此贼上路。"

脱合察儿代伯都谢道："大汗仁慈，不究王爷死罪。王爷醒来，一定感激不尽。"

乞合都冷冷地"哼"了一声："他的感激一文不值。把他拉下去吧，别再让我看到他就行。"

刚才，因事起突然，伯都带来的子侄亲随全被这飞来横祸惊得面如土色，不知如何是好。这会儿，他们见脱合察儿求情，事情有了转圜余地，急忙一起跪倒叩头，苦苦哀求乞合都赐给伯都和他们一条生路。乞合都余怒未息，命侍卫将这些人一个挨一个地带到他的面前，每人"赏"了两鞭，打得他们鬼哭狼嚎，这才让这些人将死尸一样的伯都带了出去。

玖

若论多年私怨，乞合都恨不得杀了伯都，可他不能让伯都死在他的面前。当年，年仅三十三岁的兄长撒手人寰，乞合都曾向占星者询问过其中原因，占星者回答说：这是大汗杀戮过重所致。这句话在乞合都心中留下深刻印象，他可不想像兄长一样英年早逝，是以在即位后没有处死过一个人，包括那位在汗国引起祸乱的罗耳国王额弗剌西牙卜，他也能原宥其罪。

乞合都传令继续饮宴，直到醉卧不醒，方由近侍宣布罢宴。

再说伯都。

他被等在外面的侍卫抬上马车送回临时驻地，经过一番救治，他很快苏醒过来，到了晚上性命已无大碍。他对乞合都恨之入骨，正大声咒骂时，侍卫入报：大将军脱合察儿求见。

伯都闻言一愣，立刻停止咒骂。

伯都今天的行为的确有些鲁莽，这缘于他对乞合都怀有无法消除的憎恶、蔑视与嫉妒，并不代表他身上就没有谨慎的一面。脱合察儿夤夜来访，他敏感地觉察到此人的来意不同寻常。

"传。"他略一深思，对侍卫说道。

侍卫掀开门帘，脱合察儿大步走了进来。伯都此时还在卧床，行动不便，脱合察儿趋步上前，深施一礼："臣见过王爷。"

"哦，是你啊，脱合察儿。"脱合察儿对伯都有救命之恩，伯都仰脸看着他，脸上勉强挤出一丝笑容。

"是臣。"

伯都指了指身边："坐吧。"

脱合察儿摆摆手："王爷，臣有几句话，说完就走。"

"这么急？"

"是。"

"那你说吧。"

"王爷，请问您这会儿感觉如何了？"

"又能如何！如你所见，还活着。"

"既然如此，请王爷从速动身，早早返回封地。"

"怎么了？出什么事了吗？"

"暂时没事，但很快就会有事了。"

"你这话什么意思？"

"意思嘛，臣不说王爷也明白。"

"难道乞合都要杀我不成？"

"在王爷与大汗之间，已经很难确定，究竟是王爷得罪了大汗，还是大汗得罪了王爷。二位已结下仇怨，等大汗醒来，他必然后悔准我所请。到那时，只怕王爷没有性命之忧，也有牢狱之灾。"

"你说等大汗醒来？他怎么了？"

"他喝多了，正在沉睡。"

"一个酒鬼，怎配做我汗国大汗！"

"这次，多亏大汗是个酒鬼，否则王爷现在就有危险。"

伯都心头一震。

脱合察儿不动声色地观察着他的表情。

"我果然会有危险？"过了一会儿，伯都语气缓慢地问。

"就臣对大汗的了解，的确如此。"

"那么，我该怎么办？"

"臣还是那句话，请王爷即刻动身，返回封地。"

"乞合都一心要杀我，我返回封地又能如何？"

"以王爷的力量，只能束手待毙吗？"

"莫非，你劝我谋反？"

"这要王爷自己决定。"

伯都苦笑。

"王爷，臣告辞了。"

"等等。"

"王爷请说。"

"脱合察儿，你知道我是个直性子，你这么说话，不清不楚，真让我心急。好，我们两个人谁也别绕弯子了，我可以听你的，即刻返回封地。乞合都是我的仇人，我不杀他，他也不会放过我，就算死中求活，我也不会像只小羔羊一样任他摆布。现在，请你对我说句实话，我若举事，你待如何？"

"臣当追随王爷，万死莫辞！"

伯都再也顾不上满身疼痛，一跃而起。

"此话当真？"

"臣在君主面前，岂敢信口雌黄！"

"有你相助，我伯都何愁大事不成？乞合都啊，你的末日就要到了。"

脱合察儿淡然一笑："王爷，请从速起身，不可耽搁。"

"好，我听你的，马上就走。"

"臣也不能久留，还有许多事需要臣做好准备。王爷，臣就此别过。王爷举兵之日，就是你我君臣相会之时。"

"好！我们一言为定？"

"一言为定！"

脱合察儿的投诚，使伯都在一夜间仿佛得到了千军万马。兴奋中，身上的疼痛似乎也减轻许多，他不敢再做停留，带着随从连夜逃回封地。

伯都这一回去，汗国天空风云突变。

第七章　且把江山扛起

壹

诚如脱合察儿所料，乞合都第二天中午才从醉梦中醒来，他酒醒后的第一件事就是传命侍卫去拘捕伯都。他很后悔昨天酒宴上自己优柔寡断，没有果断地以忤逆罪将伯都投入大狱，直觉告诉他，他的一念之仁很可能会为国家招来祸患。

多年兄弟，伯都的性格他最了解，伯都是个睚眦必报的人，他昨天打了伯都，伯都决不会善罢甘休。

侍卫去而复返，告诉乞合都，伯都已连夜离开汗都。乞合都见伯都不辞而别，情知不妙，急忙派快骑前去追赶。伯都走了都几个时辰了，这些人哪里可能追赶得上？再说，乞合都并非一个让人多么崇敬或多么惧怕的君主，他们在心里也没太把乞合都的命令当回事。在路上消磨了一阵，他们便回来缴令了。

无论心中怎样担忧，一旦端起酒杯，乞合都的不安与不快也就烟消云散了。倒是国相撒都只罕提醒过乞合都要早做防备，乞合都对撒都只罕的话还当点儿事，他将部署城防的任务交给了撒都只罕。

撒都只罕是文官出身，指挥不灵，城防之事关乎调兵遣将，他发现自己处处都要受制于脱合察儿，不由得万分恼火。撒都只罕出任国相之初，与旧主脱合察儿还能和睦相处，随着他得到乞合都的宠信，对脱合察儿越来越不放在眼中。将相自此积怨颇深，势成水火。

撒都只罕指挥不灵，暗中向乞合都奏报脱合察儿怀有异志。为了使他的推断富有说服力，他旧话重提，将脱合察儿在酒宴之上为伯都求情一事说成是脱合察儿策划好的阴谋。乞合都想起脱合察儿是兄长阿鲁浑的股肱之臣，在他没有登基前，脱合察儿确实有迎立伯都之意。若不是他亲提大军逼近都城，脱合察儿是否愿意屈膝还在两可之间。这件旧事本来是乞合都的心结，也是他登基后对脱合察儿不甚重用的主要原因。此时，旧恨未消，新怨又结，乞合都勃然大怒，下令处死脱合察儿，让脱合察儿权作他大开杀戒的第一位试刀人。

撒都只罕固然有进谗之嫌，这次，事情倒被他不幸而言中了。脱合察儿在宫中亦布有眼线，此人担任乞合都的护殿侍卫，同时也是脱合察儿的心腹。当晚，他趁轮值出宫，暗中将这个消息通报给脱合察儿。脱合察儿听完，沉默片刻，吩咐护殿侍卫不要再回去了，接着，他镇定地对后面诸事做出安排。

脱合察儿兵权在握，又是阿鲁浑执政时期的亲卫军主帅，在军队人脉极广，部曲众多。撒都只罕纵有乞合都在身后撑腰，考虑到脱合察儿的身份，到底不敢轻举妄动。当天下午，撒都只罕仍像往常一样与脱合察儿商讨城防，这时汗宫使者突然出现，宣二人入见。

其实，这是撒都只罕与乞合都商议后定下的计策。他们担心公然拘捕脱合察儿，很可能引起脱合察儿的反抗，倘若一击不成，陷于被动的人就会变成他们。为求稳妥，他们打算诱骗脱合察儿入宫，再在宫中将他秘密杀掉。脱合察儿一死，撒都只罕便可迅速接管脱合察儿的军队。

闻大汗有旨，撒都只罕看看脱合察儿，勉强一笑："大汗有召，我们走吧。"

脱合察儿注视着他，没有说话。

撒都只罕觉得脱合察儿的沉默有些古怪，一颗心不禁往下沉了沉。

"怎么了？"

"等一下。"

"等什么？"

"你的性子不用这么急，待会儿你就知道了。"

撒都只罕在脱合察儿的军营不敢使出国相威风，犹犹豫豫着重又坐了下来。

两个人都不再说话，表情各异地枯坐着。

等了一会儿，撒都只罕实在等不起了，起身催促道："将军，我们还是快些进宫吧。万一大汗让着急，就是你我的过错了。"

脱合察儿淡然一笑："也罢。你且进宫，我随后便到。"

"瞧将军说的这是什么话！大汗的脾性您又不是不了解，他既传你我入见，我二人岂可分头进宫！"

脱合察儿依旧端坐不动。

撒都只罕急了，语气也变得严厉起来，"走吧，将军！不管有什么事，都等我们面见大汗后再说。"

脱合察儿"哼"了一声，尚未开口，一员副将匆匆走进军帐。他一进来，就径直走到脱合察儿身边，压低声音说了几句什么。

脱合察儿点了点头。

"出什么事了？"撒都只罕疑惑地问道。

脱合察儿摆了摆手，对副将说道："你先下去吧。"

"是。"副将答应着，躬身退出军帐。

"出什么事了？"同样的话，撒都只罕又问了一遍。

脱合察儿笑了笑，"没什么。"

"你莫非要我不成！"撒都只罕怒极，颜更色变。

脱合察儿依旧不动声色："国相，我不让你知道，是我还顾念着你我同殿称臣的情分。有些事情，不知道比知道要好。"

"好你个脱合察儿！看来你真把我当成了傻子！"

脱合察儿叹了口气，"你一定要知道吗？"

"没错，我一定要知道！"

"你一定坚持，我便告诉你也无妨。"

"少卖关子，说！"

"我刚刚得到消息：伯都王爷回到达库哈附近的冬营地后，在驻报达的将领和贵族支持下，已征集起一支大军。如今，他正率领这支大军向汗都逼近。"

撒都只罕被这个消息惊得目瞪口呆。

脱合察儿的脸上闪过一抹戏弄的笑容。看着面前这张俊美的脸庞，脱合察儿不得不承认，撒都只罕还真是一位少见的美男子。

汗国在阿鲁浑、乞合都两朝，曾出现过四位众所公认的美男子。人说红颜薄命，美男子的命运似乎同样充满坎坷。四人当中，仙吉已客死中国，撒都倒刺被脱合察儿手刃，余下两位，涅孚鲁思叛而未降，前途未卜，而这位撒都只罕，或许会做第二个脱合察儿的刀下之鬼。

"消息可靠吗？"呆了半晌，撒都只罕语气不确定地追问。

"千真万确！"

"你……"

"怎么了？国相不必客气，有话但说无妨。"

"你是如何知道的？"

"当然是伯都王爷派人来通知我的。"

"你说什么？"

"你没听错，是伯都王爷派人来通知我的。"

"你！你！原来你……大汗待你不薄，你真要做逆子贰臣，遗臭万年吗？"

脱合察儿根本不恼，脸上笑容可掬："大汗待我不薄的方式，是先骗我进宫，再取我项上人头吗？"

撒都只罕语塞，脸色由红转白。

"人说国相铁嘴钢牙，想不到也有理屈词穷的时候。"

"你……你从哪里得知大汗要骗你进宫？"

"从哪里得知的，怎么得知的，现在都变得无关紧要了。也罢，事已至此，我不耽误工夫跟你废话了。撒都只罕，我刚才不说，原是准备放你一条生路，或者说，等到我协助伯都王爷登上汗位的那一天，再来取你的狗命。可你等不及了，非要赶着升天，我就成全你吧。"

撒都只罕几乎是本能地向后倒退了几步，他用手指着脱合察儿，目光中露出恐惧之色，"你……你敢杀我？"

"你忘了撒都倒刺是怎么死的？我杀人无数，杀你不过多杀一个，有何不敢？你与撒都倒刺都做过国相，你去与他做个伴儿如何？"

撒都只罕知道自己凶多吉少，趁着脱合察儿不备，夺路而逃。

脱合察儿任其逃去，并未像自己刚才说的那样，"送撒都只罕升天"。

副将在门口看到撒都只罕飞奔而去，重又回到帐中："将军。"

"准备好了吗？"

"好了。"

"事不宜迟，立刻出发。"

"是。"

副将跟着脱合察儿向帐外走去，侍卫早已牵过战马，二人跨上战马时，副将犹豫着说道："将军，末将有句话，不知当问不当问？"

"你问吧。"

"您为什么要放过撒都只罕呢？"

"当然是让他回去给大汗报信啊。"

"末将不懂您的意思。"

"我脱合察儿的刀下，不死手无寸铁之人。我让撒都只罕多活几日，届时两军对阵，他还是难逃一死。"

"末将担心……"

"你担心什么？"

"将军心慈手软，难道不怕走漏消息？"

"伯都王爷离汗都只剩一日路途，城防部队多半随我撤离，这里眼看就要变成空城一座。就算乞合都得到消息，他又能做些什么？撒都只罕又能做些什么？除了逃出汗都，我想他们别无选择。"

"原来，将军是要逼他们逃走。"

"汗都城防坚固，我们若出兵攻打，只怕要付出不少伤亡。"

"将军不愿攻城，我们何不直接控制宫廷，擒住乞都合汗？"

"那样做固然简单，我们却会成为乱臣贼子，人人得而诛之。我们帮助伯都王爷夺取汗位，则会成为新王朝的功臣。"

"将军深谋远虑，末将自愧弗如。"

"走吧。"

"是！将军。"

贰

脱合察儿率一万将士在途中与伯都相遇，两下合兵一处，围攻汗都。如脱合察儿所料，乞合都和撒都只罕已弃城而逃，伯都顺利坐上了他梦寐以求的御座。

伯都与脱合察儿商议，决定分兵一支追击乞合都。双方数次接战，追随乞合都的人越来越少，最后只剩下九百人不到。元贞元年（1295）三月，乞合都和撒都只罕在木干草原一带被脱合察儿的部将擒获，四月二十三日，伊儿汗国第五任大汗乞合都及国相撒都只罕被伯都下令处斩。

月底，驻营于哈马丹附近的伯都在脱合察儿等将臣拥戴下登基，成为伊儿汗国的第六任大汗（1295 年 4 月至 10 月）。

合赞再次与汗位失之交臂。

因乞合都的无能导致汗国由治而乱的四年，合赞对封地的治理却可圈可点，有目共睹。首先，他领兵四处征战，稳定了呼罗珊等地的局势，其次，他通过实行开明的政策，在统治区建立起良好的秩序。四年前，叔叔乞合都抢先即位，他在力量不足的情况下选择避让。这些年，他几乎是亲眼看着叔叔和国相撒都只罕胡作非为，看着国家一天天走向衰落，作为阿八哈汗之孙，阿鲁浑汗之子，或者说，作为汗国的合法继承人，他不可能不对国事日非感到忧心。

乞合都发行交钞失败后，国家经济处于全面崩溃的边缘。幸亏这时涅孚鲁思兵败请降，令合赞一方面解除了后顾之忧，另一方面得到了一支可贵的力量。现在的合赞，可谓占尽天时、地利、人和，而诸般条件的具备，也激发了他拯救国家于危难之时以及君临天下重整山河的热望。

本来，他正打算出兵汗都，夺取汗位，不料被伯都捷足先登，听到这个消息时他简直气急败坏。更令他不能容忍的是，此番被杀的人是他的亲叔叔，夺取汗位的人是他的堂叔，这便意味着汗位要从长子系转入三子系。涅孚鲁思深知合赞的心意，他主动讨令前去攻打伯都。

涅孚鲁思率领六千人自叶合图出发，进至哈里耶失儿吉兰水附近驻扎。伯都得到战报，忙派散驻于各地的军队往御"叛军"。涅孚鲁思曾与阿鲁浑和合赞父子作战多年，长于指挥，他用一半军队发起进攻，用一半军队设伏，结果，伯都的军队大败。涅孚鲁思追击败军，顺势包围了都城。

按说，在诸将中，伯都是依靠脱合察儿的支持才能登上汗位。可脱合察儿是位首鼠两端的将领，对任何人都无忠诚可言。他帮助伯都是为从撒都只罕手中夺回权力，他所看中的是伯都的无能。而今涅孚鲁思领兵攻打伯都，他不想为一个傀儡大汗赔上自己的军队。抱着这样的想法，他领兵出城，虚晃一枪，又退回城内。

涅孚鲁思包围汗都不久，合赞率领大军赶到。合赞的贤能在汗国有口皆碑，有些将领趁此机会悄悄出城，投奔了合赞。

伯都势单力孤，自忖不是合赞的对手。他召脱合察儿商议与合赞议和之事，脱合察儿非但不做阻拦，反而自告奋勇，要做议和使者。伯都只当脱合察儿勤劳王事，哪里知道脱合察儿此举，是想给自己留条后路。

伯都提出的条件是与合赞分国而治，即将呼罗珊、祃拶答而、伊剌克、起儿漫、法儿思诸地皆割让给合赞治理。合赞考虑到伯都尚有力量，强行攻城得不偿失，遂与伯都议和，退兵而去。

伯都的无能与乞合都的荒淫确实有得一拼，在他的统治下，汗国几乎到了民不聊生、民怨沸腾的程度，越来越多的人离弃伯都投奔了合赞。为迅速积聚力量，合赞接受涅孚鲁思的建议，公开宣布改奉伊斯兰教。此举，使他在波斯高原赢得了广泛拥护，并奠定了强大的民心基础。

合赞深知时机已然成熟，果断地采取行动，于十月再次引军包围了汗都。他不费吹灰之力便攻入城中，伯都和他的儿子乞卜察克仓皇出逃。这对时运不济的父子在巴吉·捏亦怯失一带被奉命追击的涅孚鲁思捕获。合赞的个性，精明冷血，他给涅孚鲁思的密令是，抓到伯都父子，杀无赦！于是涅孚鲁思假意释放伯都父子，却在暗中命人射死了他们。

伯都被机缘和野心推上至高无上的汗位，仅仅做了半年大汗，便可悲地落下了人生帷幕。

与此同时，踏着鲜血铺就的道路，合赞君临波斯，成为伊儿汗国的第七任大汗（1295 年 11 月至 1304 年 5 月在位）。

合赞于至元八年（1271）十一月三十日出生于祃拶答而，这个孩子一岁能言，两岁能跑，三岁敢乘快马，矫健从容，令人惊叹。

阿八哈尝闻占星者言及小王子种种的奇异之处，加之他久不见爱孙，心中甚是惦念。一日，他命阿鲁浑派人将爱孙送到晃火儿忽阑草原他的驻跸之所。阿鲁浑接到汗令，不忍与幼子相离，决定亲自护送他觐见父汗。阿八哈急于见到爱孙，亲至营外迎接，结果，两支队伍在途中相遇，阿鲁浑携稚子叩见大汗。

合赞其时未过四周岁生日。他随父亲行礼，丝毫不乱。礼毕，阿八哈将爱孙揽入怀中，细细观瞧。只见这孩子龙眉凤目，唇红齿白，面如满月，大耳有轮，生就与众不同之相。阿八哈膝下原本只有二子，人丁不旺，合赞是他的长孙，目前也是他唯一的孙子，他对这孩子真是越看越爱，越爱越看。合赞也不认生，搂着祖父的脖子，在他脸上亲了一口。

这一来，阿八哈更加心花怒放。他就地坐下，让孙子坐在他的膝头，温声问道："你知道我是谁吗？"

合赞回答："您是伊儿汗国的君主，也是我的祖父。"

合赞周岁时，阿八哈参加过孙儿的生日宴，自孙儿记事，祖孙俩这还是第一次见面。阿八哈想逗逗孙儿，于是故意板起脸来说："你认错了，我不是你祖父。我是你祖父派来接你的。"

合赞歪着头看着他，那小模样极其认真："您若是祖父派来接我的，父王怎么会向您行礼呢？"说完，又在阿八哈的脸上响亮地亲了一口，"再说，只有祖父的怀里才会这么温暖，这么亲切，我被祖父抱着，就好像回到家里一样。"

阿八哈被合赞的话逗得大笑起来，他向儿子说道："你这孩子是怎么教的？说起话来像大人一样。"

阿鲁浑回道："这原是祖孙天性，并非儿子所教。"

阿八哈抱起爱孙，让孩子与他同乘一匹马回到宫中。阿八哈想要亲自抚养合赞，他与阿鲁浑商议此事，阿鲁浑虽舍不得年幼的儿子，可这是父亲的愿望，他不敢拒绝。他前去请求母妃好生抚养爱子，母妃说：此子于我犹如天赐，我断不会让他受到一点委屈。阿鲁浑放下心来，在父亲的临时营地住了几日，临行前又精挑细选了十名亲信家臣服侍爱子。

合赞自幼喜欢用毡制骑士与同龄孩子玩战斗游戏。五岁时，阿八哈禀明伯汗忽必烈，从中国聘请了一名饱学之士，专门教授合赞学习畏兀儿蒙古文。又让阿儿浑之子涅孚鲁思随侍合赞，教他骑射功夫。难得合赞聪慧过人，于文于武，一学就会。不仅如此，他还跟中国先生学得蹴鞠技艺，他常常组织比赛，使这项运动很快在宫中风靡。

八岁时，合赞跟随祖父行猎于达蔑坚附近。因这是合赞首猎，阿八哈为之庆祝三日。阿八哈非常钟爱他的长孙，若得闲暇，常去合赞的居所陪他游戏玩耍，或监督他的教育，对他的日常生活更是关怀备至。

合赞十一岁时，祖父去世。叔祖阿合马夺得汗位，发兵攻打阿鲁浑，阿鲁浑不敌，不得不遣子求和。阿鲁浑即位后，以呼罗珊为合赞新封地，合赞在涅孚鲁思的辅佐下，将呼罗珊治理得十分富足安定。

叁

登基伊始，合赞发布的第一道汗令是宣布以伊斯兰教为国教，不再推行自成吉思汗以降为历任伊儿汗遵守的宗教宽容政策。他所做出的一教独尊的决定，使立足于波斯高原的伊儿汗国，第一次获得了波斯人的认可。

任何一个新政权都不可能兼顾每个人的利益。合赞的目标，是让新政权根植于波斯本土，他要做波斯的算端，不再做外来的统治者。为此，他开始在统治阶层强力推行伊斯兰教，他下令拆毁各地基督教堂、犹太教堂、佛教寺庙，甚至连阿鲁浑斥资修建且供有其父画像的佛殿也不能幸免。这种种前所未有、离经叛道的行径，激起了许多王公贵族和实力人物的反感，这些人中，有他的堂叔，有成吉思汗二弟的后人，有宗王，有万户长，他们原本都有自己的宗教信仰，合赞不仅践踏了他们的信仰，也践踏了他们的自尊，他们纷纷起兵叛乱，想要推翻合赞的统治。合赞则以涅孚鲁思为主将，亲率大军征讨，将几股庞大的叛军力量一一剿灭。

剪除了反对伊斯兰教的力量，合赞的周围并不安静。宗教在某些时候只是政治的借口，合赞的真正目的是通过大清洗建立和强化中央集权制。留在他身边信仰伊斯兰教的王公贵族却希望与他分享权力，中央集权制显然伤害了他们的利益，于是，他们掀起了第二股反叛浪潮。

合赞决不退让。他再披征衣，将拥护前任汗伯都的势力，将深受父亲重用但对任何一个汗都不忠诚的脱合察儿势力，将管理鲁木地区的贵族势力，全部以血腥的手段将他们从他的新政权中抹去。

当所有这些人——信仰或不信仰伊斯兰教的敌人——全都引颈就戮，合赞不得不面对他最不想面对的那个人了。

假如有可能，唯有这个人，合赞想放他一条生路。假如有可能，唯有这个人，合赞希望他能做自己永远的朋友。

遗憾的是，世上最常出现的，往往就是没有可能。

在合赞夺取汗位的过程中，有一人出力最多，居功至伟。在这点上，合赞与他父亲阿鲁浑经历的情形十分相像。

当年，阿鲁浑是在不花的鼎力相助下，才从叔叔阿合马手中夺得汗位。为酬答不花的拥立之功，阿鲁浑登基后，赋予了不花极大的信任和权力。怎奈好景不长，若干年后不花因意图谋叛遭到阿鲁浑诛杀。

当年，不花对阿鲁浑的关系，经历了从朋友到敌人再到朋友再到敌人的复杂过程，如今，这个人与合赞的关系，也同样是先友后敌，再友再敌。

一切都是那么相似，这仿佛是命运神奇的传递：合赞不信仰父亲信仰的上帝，却遇到了与父亲相同的难题。

这个让合赞欲杀不舍，欲留不能的人，正是才兼将相的涅孚鲁思。

阿鲁浑去世后的第二年春天，涅孚鲁思叛军被忽都鲁沙击败，此后，涅孚鲁思走上下坡路，队伍越打越少，只能退入你沙不儿山中与平叛军队周旋。三年后，涅孚鲁思弹尽粮绝，万般无奈下向合赞投诚。合赞依照惯例饶恕了涅孚鲁思的死罪，又因爱重老师的才能，赐给他一处采邑，让他继续在王廷担任官职。

涅孚鲁思原本就是合赞的副将，在他举兵反叛前，二人的配合也算互有补益，相辅相成。涅孚鲁思与他父亲一样，是个难得的王佐之才。多年前，他受到不花叛乱的牵连，若不起而反抗，很可能连辩白的机会都没有就遭到虐杀。初时的反叛迫于无奈，后来的拒降则是骑虎难下。

这些年，涅孚鲁思与合赞没少交锋，合赞的勇敢和智谋赢得了涅孚鲁思的真心钦敬。而当涅孚鲁思势窘来投，合赞非但不念旧恶，反而对他仍像过去一样礼遇有加。涅孚鲁思感恩戴德，决心帮助合赞夺取汗位，如此，也是涅孚鲁思想要依傍昆仑，成就一番伟业之意。

随着涅孚鲁思的请降，持续七年之久的叛乱宣告结束。这场叛乱的发生，带给汗国的损害是恒久的。如同一个人，身上被剜下一块儿肉，这个人流了许多血，有一天，伤口愈合了，被鲜血带走的元气却再不可能补回，还有难看的疤痕，永远留在了它最初被剜去的地方。

没有人可以否认涅孚鲁思的能力，同时，也没有人敢保证涅孚鲁思的忠诚。家族深厚的背景和天赋才华，都给了涅孚鲁思一身傲骨，更给了他在血管流动的不肯安分的血液。

合赞夺得汗位后，委任涅孚鲁思为呼罗珊长官。呼罗珊对合赞来说是龙兴之地，他让涅孚鲁思治理呼罗珊，表明了他对涅孚鲁思的恩遇。涅孚鲁思把恩遇当成应该，仗着有大功在身，开始在呼罗珊呼风唤雨，为所欲为。在这个过程中，涅孚鲁思遗传自父亲阿儿浑的行政管理能力，也让呼罗珊在他的治理下渐渐变成独立王国。在这个独立王国，圣旨形同废纸，人们只服从一个人的命令。

无论多么冷酷的内心，都不会不存有一丝温情。合赞派人对涅孚鲁思予以训诫，希望他迷途知返。涅孚鲁思反而指责合赞杀戮太重，不符合仁君之道。合赞得到使者回报时，只是笑了笑。第二天的朝会，首席大臣奏报未了，一干凶神恶煞般的亲军卫突然包围了朝堂。正当朝臣们惶惶不安时，亲卫迅速扣押了其中几位将军和大臣，原来，这些人都是涅孚鲁思的心腹。

雷厉风行是合赞一贯的特色。为避免消息泄露，他在下令将涅孚鲁思的所有心腹秘密处死的同时，以勇将木莱为帅，发兵呼罗珊。也是兵贵神速，直到大军压境，被蒙在鼓里的涅孚鲁思还在与部将纵情游猎。

跟随涅孚鲁思的不过百名将士，面对精锐的朝廷大军毫无还手之力。涅孚鲁思稍稍抵抗一番便束手就擒。木莱按照合赞临行前的交代，委派可靠的官员暂时代理呼罗珊长官之职，新的任命将在涅孚鲁思被送至汗都后下达。之后，木莱不做停留，迅速将涅孚鲁思押回帖必力思。

肆

一对曾经惺惺相惜的君臣朋友，在分别整整一年之后，以这样一种始料不及的方式面对面了。

或许，这将是最后一次。

合赞望着风尘仆仆的涅孚鲁思，面上不动声色，心里却如翻江倒海般，说不出是怎样的一种难受。

涅孚鲁思平静地注视着他。

"跪下！"木莱喝道。

涅孚鲁思斜睨了木莱一眼，还是跪下了。

他不是想要屈膝求饶，他只是跪他的君主。他又一次败给了合赞，正因为又一次败给了合赞，他面前这位年轻的君主，才能换来了他这真心实意的一跪。

合赞看了木莱一眼："木莱。"

"臣在。"

"你一路辛苦，回去休息吧。稍后，我会论功行赏。"

"遵命。"

合赞目送着木莱离去，这才将目光转向跪在地上的人，"涅孚鲁思。"他俯视了涅孚鲁思片刻，语气和缓地开了口。

"是，大汗。"

"你站起来吧。"

"谢大汗。"

涅孚鲁思谢恩，慢慢地站了起来。他在这次战斗中腿上受了伤，伤虽不重，也差不多愈合了，他的行动却显得有些笨拙。

"涅孚鲁思。"

"是。"

"你的腿怎么了？"

涅孚鲁思没想到合赞对他还是这么在意，心中一热，脸上浮出苦笑："无妨。可能不耐给人下跪，腿麻了。"

涅孚鲁思的这句话一语双关，既明白无误地表明自己无意苟活于世的决定，又委婉地告诉合赞，他的一跪，是最后的臣礼。

合赞心知肚明。其实，他也弄不清楚自己到底怎么了，换了别的叛臣，他早命木莱将其就地斩杀，完全不必大费周章。

唯独这一次，他不能痛下决心。

木莱奉命出征前，他严令木莱务要将涅孚鲁思生擒活捉，将一个活着的涅孚鲁思带到他面前。记得接令时，木莱用一种讶异的目光看着他。他不做解释，也无从解释，木莱不会明白，当君臣永别在即，他真的怀有一种愿望，想再见见两次成为敌人的老师和朋友。

"涅孚鲁思。"

"大汗。"

"你现在是我的阶下囚，就没有什么话要对我说吗？"

涅孚鲁思稍稍犹豫了一下："大汗希望我说些什么呢？"

"我希望你畅所欲言——包括你想骂我也行。"

"大汗说笑了，涅孚鲁思并无这样的想法。我是真的不知道能对大汗说些什么，大汗若有垂询，我倒是愿意做出回答，而且，知无不言，言无不尽。"

"看来只能如此了。"

"是。"

"我来问你，你这一生，从来没有真心钦佩过什么人吧？"

涅孚鲁思笑了："不是。"

"我想起来了，你说过的，是蒙哥汗。他既是具有雄才大略的蒙古共主，更重要的，他对你父亲有知遇之恩。没有蒙哥汗，就没有你们家族。"

"想不到多年前的事情大汗还记得。我与大汗讲这话的时候，大汗还是一位小王子呢，刚刚十二岁。"

"岂止是我，你不也一样记得清清楚楚？"

"是啊。过往的一切，有些已然忘怀，有些绝不萦怀，有些却如刀子刻在脑海一般，想忘也忘不了。"

合赞颔首。

十二岁的他，对涅孚鲁思说，总有一天，他要做伊儿汗国的蒙哥汗。这个天真的抱负，是一个孩子为自己设立的目标。记得那时，听了他的话，涅孚鲁思用一种赞赏的目光看着他，接着，涅孚鲁思以手抚胸，意味深长地说道："王子果真成为蒙哥汗，我又何妨再做阿儿浑（涅孚鲁思的父亲阿儿浑，是蒙哥汗时代最受倚重的朝廷重臣之一，历蒙古帝国四朝，伊儿汗国两朝，于1278年在徒思城病逝）！"

涅孚鲁思终究没做阿儿浑，这是不是反过来也证明，他合赞永远没有资格成为伊儿汗国的蒙哥汗？

合赞的惆怅逃不过涅孚鲁思的眼睛。永别在即，涅孚鲁思愿意最后一次对合赞直抒胸臆："大汗。"

"你说。"

"从朝廷大军如神兵天降般出现在呼罗珊的那天，从我几乎没有任何反抗能力就被木莱将军带到大汗面前的此刻，大汗就已经是我伊儿汗国的蒙哥汗了。并非始于今日，从大汗还是一个孩子，每天在我的陪伴下念书和练武的日日夜夜，我就有种强烈的预感：有朝一日，我面前的这个孩子一定能成为伊儿汗国最杰出的大汗，他也一定有能力引领汗国走上繁荣与富强之路。问题不在大汗，在我，是我违背了当初的诺言，不能再做阿儿浑了。"

"为什么不能？"

"阿儿浑给了我生命，给了我才华，却没给我智慧，更没给我心胸。因此，对大汗，我只能说抱歉了。"

"涅孚鲁思……"

"大汗，每个人都有自己的执念，我的骄傲就是我的执念。这一生，能做大汗的敌人和朋友，我，虽败犹荣，虽死无憾。"

"只要你愿意……"

"不！我不愿意！"

合赞注视着涅孚鲁思，一时间不知道该说什么才好。

许久，合赞缓慢地问道："难道这世间，还有什么比生命更宝贵吗？"

"大汗应该问，对涅孚鲁思而言，还有什么比死去更可悲？"

"哦，什么？"

"像行尸走肉一样活着。"

合赞怔怔地望着涅孚鲁思。想到离别，他只有一种感觉：心如刀绞。

伍

沉默笼罩了汗宫的每个角落，沉默中，涅孚鲁思及时阻断了眼看就要从心底溢上眼眸的温情。

良久，合赞长长地叹了口气："这是你的执念？"

"这是我的骄傲。"

"你考虑清楚了？"

"绝无反悔。"

合赞仍旧难下决心。

"涅孚鲁思拜别大汗。从此，我将在天上看着大汗达成富民强国的心愿，看着大汗的名字使伊儿汗国的历史熠熠生辉。"

合赞走下御座，手中擎着两杯酒。

他走到涅孚鲁思面前，将其中一杯递在涅孚鲁思的手上。

"谢大汗赐酒。"

"不说来生的话。这一杯，我敬我曾经的老师。"

涅孚鲁思的眼眶微红，合赞陪着他，二人喝掉杯中之酒。

一名亲卫上前，将两个人的酒杯重又斟满。

"第二杯，我敬我真正的对手。"

"大汗过誉，涅孚鲁思有愧。"

"请。"

酒杯刚空，第三杯旋被斟满。

"第三杯，我敬我永远的朋友。"

涅孚鲁思的手颤动着，泪水从他苍白的脸上滑落，有一滴落入他的酒杯。他将和着泪水的酒液一饮而尽。

这酒，如此苦涩，辛辣，又如此让人刻骨铭心。

涅孚鲁思双手将酒杯奉上，合赞示意亲卫取走。涅孚鲁思面对合赞双膝跪倒，深深地磕了一个头，随后，他站了起来，向殿外走去。

两名亲卫立刻跟上了他。

合赞目送着涅孚鲁思的身影消失在宫殿之外，神情渐渐地变得凝重。

这是仅存的怜惜与软弱。随着涅孚鲁思的离去，随着大小贵族的慑服，伊儿汗国将迎来前所未有的安定。

严格而论，在阿鲁浑之前，旭烈兀父子三代所建立的政权是一个以征战为能事的军人政权，这个政权对百姓的剥削是相当残酷的。为了应付巨大的军费开支，农民要将他们年收获的三分之一、二分之一、甚至三分之二作为税赋上缴给国家。压榨严重和征索无度，令百姓无力交纳，只得四处逃亡。

旭烈兀草创汗国后，并没有把振兴经济、改善民生、稳固国家根基摆在重中之重的位置。其后的两位大汗，对制定长远的发展规则和可行的经济政策没有太多概念，也没有紧迫感。阿鲁浑在位时意识到这个问题，也试图加以改变，但随着不花和撒都倒剌的被杀，由二位名相倡导的改革随之半途而废。

伊儿汗国的第五任、第六任大汗都是庸碌无能之辈。伊儿汗国的盛世与大治，注定要等到合赞的出场。

伊儿汗国由乱而治时，统治埃及的玛麦鲁克王朝仍旧陷于由治而乱的漩涡。

对伊儿汗国而言，玛麦鲁克王朝犹如它的死结，能不能打破这个死结，全看合赞的运气。

拜伯尔斯死后，玛麦鲁克王朝群雄争霸，内乱频起，一个个君主登上汗位，又一个个君主在阴谋中死掉，成为军事贵族的牺牲品。

至元三十年（1293）十二月，诸贵族密谋，拟奉副王巴牙答剌为主。这些人遂借游猎之机杀害了算端阿失剌甫，大将军乞忒哈与开罗守将辛札儿闻讯迅速出兵，将巴牙答剌及一干权贵尽数捕杀。之后，二人奉克剌温第三子纳昔儿即位，纳昔儿时年九岁，乞忒哈为副王，代摄国政。

辛札儿协助乞忒哈诛杀弑主乱臣，原是想借机操纵权柄，不料竟被乞忒哈捷足先登，这让他懊悔不已。他决定纠集一支力量，废黜乞忒哈，取而代之。可他行事不慎，走漏消息，乞忒哈先下手为强，率军走马执杀辛札儿。之后，诸权贵以新主那昔儿年幼无知，在他继位一年后将其废黜，幽禁在深宫之中。与此同时，乞忒哈在诸将的拥戴下成为新一任算端。

乞忒哈的身世背景有些特殊，他是一位蒙古人。中统二年（1261），第一次歆姆司之战结束后，年幼的乞忒哈做了埃及人的俘虏。大将军克剌温收养了这个小男孩，带在身边亲自教养，并为他起名乞忒哈。

克剌温本是钦察人，幼年时，被家人卖给一名玛麦鲁克军人。一个由阿拉伯君主及贵族从各国购买奴隶组成的军队，其人员组成必定相当复杂。这样的军队，不具备统一的民族感和严格的血统论，一切凭战功和实力说话。

待乞忒哈年龄稍长，克剌温遣人教他马上功夫。也许与身上流着蒙古人的血液有关，乞忒哈于骑马射箭几乎是无师自通，没用多久，在玛麦鲁克军中已属翘楚。克剌温见他聪慧勤奋，对他格外关照，先将他的名字从奴隶籍册中除去，赋予他自由民的身份。后来，又因他作战勇敢，屡立战功，将他擢为将军。

乞忒哈即算端位后，以大将剌真为副王。这位剌真，原是艾伯格之子满速儿算端的奴隶，后满速儿被废，王位为克剌温所得。乞忒哈与剌真，一个是克剌温之奴，一个是满速儿之奴，从各为其主的角度，他们两个其实水火不容，若非机缘巧合，他们也不会携手合作。

他们的合作只持续了两年。剌真与乞忒哈矛盾日深，对乞忒哈动了杀心，他派人在大马司至开罗的途中刺杀乞忒哈，不料被乞忒哈走脱。乞忒哈逃到大马司，可不能回到开罗，他自然失去了算端之位。

剌真被诸贵族推为算端，条件是，他必须发下如下誓言：拥立他的功臣要享受与君王相同的待遇；君王遇事须与功臣商议，不得自专；君王尤其不得放纵手下的玛麦鲁克人，仗势欺侮隶属于功臣的玛麦鲁克人。

为了坐上最高权位，剌真权且发下了这个誓言。他根本无意充当傀儡，只不过隐忍一时。

考虑到剌真已然坐稳王位，乞忒哈为了活命，不得已向剌真宣誓效忠，剌真允许他住在撒儿哈德堡中。

剌真手下有员大将名叫笺古帖木儿，他原是剌真蓄养的私奴，仪表不凡，骁勇善战。剌真对他怀有一种特别的感情，可以算作爱慕之类，他不仅打算任命笺古帖木儿为自己的副王，而且有意传位于他。功臣们早就防备他有这个企图，他们让他发下的第二个誓言，就是不得将大位传于笺古帖木儿。

对于这个誓言剌真同样不打算遵守。可他顾忌功臣们的势力，决定对他们各个击破。他与笺古帖木儿商议后，向埃及和西里亚派出军队，准备清除在那里据守的功臣，以免他们在未来成为剌真传位的掣肘。

清除异己前，他们需要建立起一番功业。

陆

剌真和笺古帖木儿将首攻目标确定为西里西亚。

其时，海屯二世不复君临西里西亚。合赞登基时，海屯二世前往帖必力思参加合赞的即位大典，后来，他返回本国，偕弟脱罗思赴君士坦丁堡谒其妹玛利亚公主。玛利亚入修道院多年，在东罗马帝国仍广有影响，许多王公贵族都以一睹芳颜或听她讲述东方轶事为幸。

海屯二世赴君士坦丁堡前，命其弟三帕德代摄国政，三帕德趁机自立为王。元大德元年（1297），三帕德在大主教格列高里的主持下在西斯城接受洗礼，同时，他请大主教将西里西亚王位更迭一事通知教皇。受洗不久，三帕德又谒合赞汗，请求合赞汗册封，合赞答应了他的请求，并赐嫁宗王之女。

次年，海屯二世和弟弟脱罗思还国，三帕德将二人逐出国境，二人只得重返君士坦丁堡向教皇求援。教皇收留了他们，对出兵一事不置可否。他们又想向合赞借兵，行至中途被三帕德的将士劫住，三帕德暗令将领杀害脱罗思，戳瞎海屯二世的双目。三帕德的暴行在国内激起强烈不满，其反对力量以君士坦丁为首。君士坦丁也是海屯二世的弟弟，他于次年进兵西斯城，擒杀三帕德，自己继承了王位。

埃及军出征西里西亚时，正值君士坦丁在位。他想与埃及军队议和，篯古帖木儿不许，于是埃及军残破西里西亚诸城。刺真和篯古帖木儿的本意，是借出征之名诛杀功臣，这个目的基本上实现了，只有驻守西里亚的功臣尚未完全清除。于是，篯古帖木儿声称蒙古人要进兵西里亚，令大马司长官乞卜察克率驻军与巴黑里部出城御敌。乞卜察克出城不久便发现上当，蒙古人并未前来进攻西里亚，这是篯古帖木儿使的障眼法，目的是将功臣势力逐出大马司城。

代守大马司的守将察罕得到篯古帖木儿密令，不放乞卜察克回城。乞卜察克深恨刺真与篯古帖木儿，派人将他们的阴谋密告驻守阿勒波的诸功臣。不出乞卜察克所料，篯古帖木儿命阿勒波长官从速逮捕别帖木儿等人，如遇反抗，就地格杀。阿勒波长官哪有这份胆量，虽奉密旨，却犹豫不决。篯古帖木儿再三催促，不得已，阿勒波长官决定于阅军日逮捕诸功臣。

诸功臣早得密报，各有防备。阅军日上，阿勒波长官宣读算端敕令，任命别帖木儿为特里波立长官。别帖木儿以沉疴未愈，拒绝接受新任命。一计未成，阿勒波长官又施一计。按规制，诸将须集于子城下，恭聆王令，宣读开始，即应下骑跪地。阿勒波长官已做好安排，待诸将下马，即刻逮捕。

众功臣心怀鬼胎，接下来的宣诏出现了戏剧性的一幕：按理，宣读王谕时，长官先下马，诸将皆从之。可功臣们担心遇害，先以各自的玛麦鲁克部将围守其马，跪聆宣谕毕急速跳上马背，那动作堪比跳兔，阿勒波长官看得眼花缭乱。

此计再告失败，阿勒波长官知诸功臣防备甚严，待要收手，篯古帖木儿不许。无奈，阿勒波长官勉为其难，使出第三计，以毕刺特城有飞鸽传书至，言蒙古军出兵蹂其地,召诸功臣聚议增援之事。诸功臣皆表示将赴会,黄昏时,他们以别帖木儿为首逃出阿勒波城,至哈马特城与乞卜察克会合。

乞卜察克遣使至开罗,哀求剌真原宥诸功臣,并请大马司守将察罕送些衣物财帛,以接济出逃之人。察罕是簋古帖木儿的心腹,不但拒绝向诸功臣提供资助,还谴责他们食君禄不知报君恩。

剌真在开罗接待了乞卜察克的使者,假意答应宽恕乞卜察克之罪,条件是他必须逮捕从阿勒波出逃的别帖木儿等人。乞卜察克久历官场,什么样的阴谋没见识过,这种幼稚的兔死狗烹之计瞒不过他。可算端不肯原宥诸功臣之罪,乞卜察克长驻哈马特,遇到了不能克服的困难:他无处筹措军饷,将士们纷纷逃往大马司,到最后,追随他的只剩下三百余人。

以三百人坚守哈马特绝无可能,乞卜察克与别帖木儿等商议后决定逃往波斯。当年与剌真共同立下誓言的诸功臣非死即逃,剌真解除了后顾之忧,可以放心任用他的爱臣簋古帖木儿了。

簋古帖木儿趁诸功臣逃亡,派人籍没了他们的财产,又命军队分两路追击逃臣。追兵赶到时,这些人已渡过额弗剌特河,逃入波斯境内。

剌真放下心来,开始与簋古帖木儿为所欲为。开罗城中还有其他将臣,他们见剌真一味偏袒宠信簋古帖木儿,早有怨言。

剌真的侍卫长名叫谷儿赤,当年,他还是一名中级将领时,曾在西里亚战场掳得一名蒙古女子,名唤阔阔思兰。此女眉目如画,风流蕴藉,若天上人品。谷儿赤爱而私藏之,后聘为正妻。

一日轮休,宫中家内皆无事,谷儿赤偕爱妻至城郊游玩,不意遇到簋古帖木儿。两下见礼,谷儿赤请出阔阔思兰与副王相见。

簋古帖木儿很早就听人说过,谷儿赤之妻容颜甚美,谷儿赤还曾为她做过一首肉麻的情诗流传于宫廷内外。诗云:除了你,我的心里已容不下什么。没有你,我的世界将成废墟。无论年轻还是老去,你的容颜都是我眼中唯一的风景。

簋古帖木儿妻妾成群,除正妻年长色衰外,余者皆美貌妇人。况且,他在人群中所见,无一人可与他新纳的一名小妾相比,这让他自信他已罗尽天下美色。他虽闻阔阔思兰之名,并未放在心上。唯此时与阔阔思兰偶见,始知天外有天,人外有人。他惊叹于阔阔思兰的美艳,对她念念不忘。从郊外回到宫中，他开始调查阔阔思兰的来历。过了几个月，居然给他查出阔阔思兰系谷儿赤在战场上所得。当时谷儿赤只是一员普通将领，理应将战利品上交，再行统一分配。似这般私藏敌女，已属违背军纪。篾古帖木儿遂借这一由头，强令谷儿赤交出阔阔思兰。

谷儿赤求告算端剌真。剌真听信篾古帖木儿谗言，不许谷儿赤辩解，反喝令他将阔阔思兰作为战利品从速交出，否则以私藏罪论处，定不轻饶。

谷儿赤无奈，满怀悲愤地回到府上。他径直来到卧房，要阔阔思兰抓紧时间收拾金银细软，他说，她要带她连夜逃出开罗城。阔阔思兰不明所以，他只好将自己当年违反军令，以致被副王篾古帖木儿和算端威胁一事告诉了阔阔思兰。

对于这天降横祸，阔阔思兰惊慌之下，还能勉强保持镇静。夫妻二人正忙乱收拾间，家丁来报，篾古帖木儿已带人将府上团团包围，要谷儿赤即刻交出阔阔思兰。

谷儿赤被逼到这份儿上，不禁萌生了与篾古帖木儿同归于尽的念头。多年夫妻，阔阔思兰如何不了解丈夫的个性，她一把拉住他的衣袖，语气焦急地对他说道："事已至此，夫君可否听为妻说上几句话？"

谷儿赤强压怒火，点了点头。

阔阔思兰看着丈夫的脸，轻声问道："我想知道夫君的心意：你是想与我共赴死地？还是想活着与我共度余生？"

谷儿赤不明白她的意思，问道："你这话是什么意思？"

"倘若夫君不欲受辱，为妻的人在这里，愿先受夫君一剑，夫君再去与篾古帖木儿拼命不迟。"

"这……"

"若夫君还想活着与我团聚，那么，就请夫君忍痛割爱，将我献出。但有一样，一旦夫君将我献出，我的身体必遭玷污，唯有我的心可保贞节。倘若发生这样的事情，夫君你必定面临两个选择，请一定想好再回答我：一个是我用一己之身助夫君脱离死地，候夫君择机报仇，到那时，如若夫君无法容我，我当自行了断于夫君面前。再有，夫君可以原谅我不洁的身体，只爱我忠诚的内心。若我幸运，是最后一种，我当与夫君偕老白头。"

谷儿赤的眼中泛起泪光，他转过身体，悲哀地说道："我还有资格不容你吗？让我容不下的人，应该是我自己。一个靠出卖妻子换得平安的人，一个靠出卖妻子苟且偷生的人，连我都觉得，这样的我，很肮脏。"

阔阔思兰从身后抱住了谷儿赤，将脸偎在他宽阔的背上："夫君，相信我，只要我们活着，一切还有希望。"

"没有你在我的身边，我一个人要怎么度过那些孤寂的时光？"

"想着保全自己，救出为妻，仇恨会减轻你的悲伤。"

谷儿赤没有回头，他终究耻于面对妻子。

"夫君，暂时，我们要说再见了。记着，你一定要活着，只要你活着，我就会活着。还有，你一定不要忘记，只有你一个人可以决定我的生死。"

"夫人，对不起。"

阔阔思兰惨淡地一笑："走吧，夫君。"

"我让侍卫送你。我不能送你了，让我见到篾古帖木儿，我一定会杀了他。"

"好。"

谷儿赤目送着阔阔思兰走出卧房，这个坚强的女人，再没有回头顾盼。直到阔阔思兰在身后关上门，谷儿赤才跪在地上，放声大哭。

阔阔思兰听到他的哭声，稍微站了一下。随后，她昂起头，向府门走去。她的脚步也许迟缓，却义无反顾。

柒

篾古帖木儿得到阔阔思兰，如获至宝，当晚便将她接到王府。他对外宣称是以敌女为奴婢，实际上待之如夫人。

谷儿赤发誓要报夺妻之恨。在密谋废除剌真与篾古帖木儿的王公贵族中，有一位名叫图黑赤，他清楚谷儿赤非常仇恨篾古帖木儿，于是，他阴结谷儿赤，鼓动谷儿赤为其内应，协助他发动政变。

谷儿赤既没有等待下去的耐心，也不欲与任何人合作。元大德三年（1299）一月中旬，轮到谷儿赤当值，他暗藏利刃，来到王宫。也是天助谷儿赤，剌真邀篾古帖木儿与之对饮，两个人不知不觉喝得酩酊大醉。谷儿赤借送酒之机，突然出手，将剌真与篾古帖木儿一并击杀。做完这件事，他来图黑赤的府上，通知图黑赤速去占领王宫，未来或有机会争取正位。

图黑赤不敢相信谷儿赤真的杀了剌真与篾古帖木儿，他匆匆来到王宫，发现王宫处于极度混乱之中。图黑赤大喜，遂召集诸贵族议事，诸贵族皆主张迎回谪居于阿剌克的克剌温之子纳昔儿，并许图黑赤出任副王，唯条件仍是：图黑赤的任何决策，都须与诸贵族商议，经过允许方可施行。

图黑赤想要自己即位，心下犹豫，权充副王。第三天，图黑赤循例大宴左翼右翼的王公贵族，其间，弑君凶手谷儿赤赫然在座。众人又劝图黑赤速遣使者赴哈剌克，劝说纳昔儿前来即位。图黑赤尚未开言，谷儿赤站起来厉声说道："岂有此理！除去算端剌真和副王篾古帖木儿，为在座诸位清除祸害的人是副王与我。稚子小童全无功劳，岂可凌驾于我等之上？"

又指着图黑赤说道："诸位当奉此君为王，奉我为副王。"

前来赴宴的王公贵族察觉出势头不对，一个个噤莫敢言。继承王位固然是图黑赤的心愿，可谷儿赤张牙舞爪的样子让他产生了一种极怪异的感觉，只是暂时说不上来怪在何处。沉默良久，有几位大臣提出征讨西里西亚的主帅别达识已在班师途中，不若等他回来定鼎大局不迟。图黑赤和谷儿赤一来考虑到众怒难犯，二来忌惮别达识的权威，只得暂且作罢。

别达识在途中已接到飞鸽传书，对宫中发生政变的始末缘由有所了解。他原是故算端剌真的心腹家臣，虽与副王篾古帖木儿不睦，可也容不下杀害旧主的凶手。他催促军队日夜兼程，不几日来到城下。诸贵族以图黑赤为首，至城外迎接，别达识在人群中看到图黑赤和谷儿赤，立命军士将二人拿下。别达识累数二人的不忠之罪，命人将其就地处死。

谷儿赤临刑前大呼冤枉，负责行刑的士兵不容分说，将他一刀斩杀。

别达识临时主政，众贵族围绕由谁继承王位再次发生争执。不儿只的玛麦鲁克人欲奉拜巴儿思为主，撒里黑部人与满速儿部人则欲奉贵族撒剌儿为算端。两股势力争执不下，最后，由别达识从中斡旋，勉强达成协议：各遣一名使者赴开罗，迎请幼主纳昔儿回开罗正位。新主未至之前，由贵族八人共同执政。

不久，纳昔儿至开罗，第二次即算端位，时年十四岁。撒剌儿为其副王。

撒剌儿如愿以偿，在府上大宴诸臣。席间，大家偶尔谈起这一切变故皆因谷儿赤及其夫人引发，说着说着，竟萌生了见见谷儿赤夫人的念头。撒剌儿趁着酒兴，带领一众好事者来到谷儿赤的府上。

如今在谷儿赤府上主事的人是他的管家。管家将撒剌儿等人迎至正厅，不等管家见礼，撒剌儿开门见山地要管家速请夫人出来，说他有事向夫人询问。无论理由多么冠冕堂皇，真实目的只有一个，大家无不想借机一睹这引发了一切祸端的红颜。

岂料，管家听了撒剌儿的嘱咐，兀自愣了半晌。

撒剌儿又是生气又是疑惑，怒道："你难道没听懂本王说的话吗？还不去请你家夫人出来？"

管家嗫嚅道："可是……"

"可是？"

"副王容禀：我家夫人她……"

"难道你家夫人亡故了不成？"

管家连忙摇手："不，不！我家夫人不曾亡故。只是，她并不在府上。"

"不在府上？她去了哪里？"

"小人不知啊。"

"一派胡言！你们去请夫人出来。"撒剌儿这是吩咐手下搜查各个房间，将谷儿赤夫人带过来。

管家急得抓耳挠腮，几次想开口，都被撒剌儿阻止。

手下将府上搜寻了一遍，确实未见到夫人踪影，丫鬟仆人皆言夫人不在。这些人只好回来向撒剌儿复命。

撒剌儿大怒，命人将管家拿下。他威胁管家，如若他供不出夫人下落，他就以共谋罪将管家就地处决。

管家吓得浑身发抖，连连磕头道："小人不敢说谎。夫人委实不在府上，她已随老爷远走高飞了。"

撒剌儿等人闻言，全都为之一愣。

"你说什么？"过了一会儿，撒剌儿疑惑地问。

"各位大人，此事说来话长。"

"你拣紧要的说。"

"是。大人容禀，事情是这样的：宫里发生变故的第二天凌晨，老爷便从副王篾古帖木儿的府上接回了夫人。在此之前，老爷其实一直在为离开开罗做着准备。夫人回到他身边，他决定尽快带着夫人远走高飞。因白天不方便出城，老爷没急着就走，而是招来小人，将府上诸事交给小人打理。后来，看看时候差不多了，老爷取了通关腰牌，带了三辆马车，六匹马，就在城门关闭前与夫人一起出城了。当时，还是小人亲自将他们送到城外。老爷夫人走后，至今尚未送回半点音讯，要么小人才说，小人并不知道他们去了哪里。"

"你这不是睁眼说瞎话吗？谷儿赤已被别达识处死，我们在这里的每个人都是亲眼看见。哪里又跑出来一个谷儿赤？"

"对啊对啊。"众人皆随声附和。

"副王有所不知，那位死去的'谷儿赤'，他其实……其实是我家老爷的堂弟。"

这个消息如同炸雷一般，惊得撒剌儿等人呆若木鸡。

捌

震惊中，撒剌儿连清了几次嗓子，才总算说出话来："堂弟？这怎么可能？那天死去的，分明就是谷儿赤。"

"大人难道不曾听说这句话：天下之大，无奇不有？别的事小的无缘得见，单说眼皮底下，我家堂老爷与我家老爷的相貌极其相像，就算得上奇事一桩。本来只是堂兄弟，堂老爷与老爷竟如孪生兄弟一般，连我们这些做下人的都时常弄混。仔细区分的话，老爷的脖颈处长着一颗青痣，堂老爷的青痣则长在手腕处，哪日将这两处印记隐了，除夫人能一眼认出谁是老爷外，其他人根本无从分辨。那天，老爷回到府上，将他杀死算端与副王一事告诉了堂老爷，还叮嘱堂老爷简单收拾一下，跟他一起逃命。可堂老爷无论如何不肯离开，他说拿命换来的机会，岂可弃而不用？他们为此争论起来，后来，老爷见堂老爷执迷不悟，只好说：这可不是什么好机会。你坚持不走也行，但是，你一定要收敛行迹，顺时而动。万不得已，赶紧离开这是非之地。堂老爷不以为然，笑道：富贵险中求，等我做了副王，掌握权势，就派人去把你和嫂子接回来。老爷再没说什么，带着夫人和府上十数位武艺高强的侍从匆匆走了。老爷走后，堂老爷还嘲笑老爷忒没出息，为了一个女人，竟不惜背井离乡。"

"照你说来，死去的人果真是你家堂老爷？"

"千真万确。"

"你家堂老爷是什么时候来到府上的？"

"大约一个月前。这次是长住，以前也来过三五次，都只待几日便走了。"

"你知道你家堂老爷不肯逃走的原因吗？"

"他跟老爷争论的时候，小人的确听到了几句。堂老爷的意思是，在朝廷中有许多大臣贵族对算端一味宠信副王篾古帖木儿深恶痛绝。老爷虽为一己之私杀掉这二人，但篾古帖木儿的政敌都将成为受益者，在这种情况下，对老爷弑君之举，他们一定求之不得，这是一方面。另一方面，老爷的背后还有图黑赤为其后盾。此前，图黑赤曾与老爷暗中结盟，目的就是想借老爷担任王宫侍卫长的便利条件，协助他发动政变。如今，老爷不用他费心费力，就为他除去心腹大患，最心满意足的莫过于此人。而图黑赤又是手握重兵的一方领主，以他的势力如能将他推上王位，老爷就能顺势成为副王。堂老爷还说，自拜伯尔斯弑君自立以来，特别是拜伯尔斯亡故后，废立更迭之事时有发生，这也是国家数易其主政局陷于动荡的主要原因。所谓乱世出英雄，古今大体如此。这是一个用实力说话，谁握有实权谁就可以掌控权柄的时代，他苦劝老爷审时度势，留下来成就一番事业。"

"他们说的话，你倒记得清楚。"

"回副王：小人记性的确不错。何况，记住主人的话，是小人的职责。"

"好个刁嘴的奴才！"

"小人不敢。"

"你若记得清楚，且让我听听，你家老爷是怎么回答的？"

"是。老爷听了堂老爷的话，苦笑了一下，回答道：想当年，我用一次次的出生入死，才换来你所看到的这座府第，换来财富和权位。我救过主人的命，他做了算端，让我做了他的侍卫长。就在不久前的一天，我却像只野狗似的被他抛弃了。当我被他抛弃时，我连保护自己的妻子都做不到。那时我就在想，我拼死得到的，就是这样的结局吗？倘若富贵如此，倘若事业如此，我要它何用？现在的我，早已看淡一切，我杀了自己曾经保护过和效忠过的主人，我是个罪人可我并不后悔。如今的开罗，再没有任何值得我留恋的东西。未来的日子，我只想与我最爱的女人在一起，无论富贵贫穷，除非死亡来临，我再不会让她离开我的视线。"

撒剌儿听到这里，思绪微乱。是啊，为了权力，他们一个个都像飞蛾扑火般不留退路，至死方悔。比如谷儿赤的堂弟，他一心想代替堂兄取得副王之位，到头来，荣华近在咫尺，生命远在天边。与他们相比，谷儿赤或许才是那个真正勘破世情的人，可话说回来，即使他们羡慕谷儿赤，能做到的又有几个？

不提撒剌儿心下惘然，与他同来的众臣亦觉无趣。乘兴来看美娇娘，结果却是逃者已逃，死者已死。事已至此，撒剌儿作势呵斥了管家几句，便带着众臣悻悻离开谷儿赤府，各奔东西了。

撒剌儿回到家中，一名武士打扮的年轻人正在正厅门外等候。他施礼见过撒剌儿，随即呈上一封书信。

撒剌儿展开一看，信，原来是乞卜察克写给他的。乞卜察克并不知晓这段日子在开罗发生的两起政变，更不知道众贵族已迎回幼儿纳昔儿重登宝座。乞卜察克来信的目的，是想请老朋友撒剌儿在算端剌真和副王篾古帖木儿面前，替他和他身边的另三位逃臣一并美言几句。他说，但愿算端和副王网开一面，允许他们各回封地，他们可保证效忠二王，不生异心。

撒剌儿阅信后哭笑不得，立刻回书一封，告之乞卜察克剌真与篾古帖木儿已死，如今他为副王一事。他让乞卜察克等人回来，他一定妥为安置。

武士得书，拿了赏金，匆匆离去。差不多同一时间，一路逃往波斯的乞卜察克四人来到底牙儿别克儿城。此城由蒙古人管治，据守此城的长官待四人甚厚。离开此城，四人行至莱司阿因时，才被武士追上。乞卜察克看到撒剌儿的书信，后悔他们逃离西里亚太过匆忙，而今身在蒙古辖境，他们也不敢遽然离开，只得假做投诚，要求面见蒙古大汗合赞。

此时的伊儿汗国，政局日趋稳定。为加强中央集权，合赞果断改革官制，实行"两相制"。其核心是设置两位国相，以两相互相牵制，避免架空大汗。

之后，他开始在国内实行全面改革。

在长久的混乱或停滞不前后，必将迎来大治时期——这似乎成了一体同命的三大汗国（伊儿汗国、金帐汗国、察合台汗国）所共有的命运轨迹。不但如此，三个汗国大治开始与结束的时间极其相近：伊儿汗国，历合赞、完者都、不赛因三汗,计三十九年(1295 年至 1234 年),合赞汗在位时为其鼎盛;察合台汗国,从第十任汗都哇夺回汗国算起,历八汗计三十三年(1301 年至 1334 年),其国力在怗伯汗统治时达到鼎盛;金帐汗国,自第八任汗脱脱战胜权臣那海始,历三汗计五十七年(1300 年至 1357 年),其国力在月即别统治时达到鼎盛。

另两个敌对多年的国家元帝国与窝阔台汗国,其兴衰轨迹与三大汗国刚好相反。其强盛几乎都是经第一位大汗一世至多二世而终。如忽必烈统治时为元朝的鼎盛时期,其孙成宗铁穆耳系守成之主,其强盛历四十七年(1260 年至 1307 年);再如海都立国,成为中亚霸主(1269 年至 1301 年),经三十二年。海都逝后,其国八年而亡。

玖

闲话休提,回到伊儿汗国。

只用了短短四年时间,合赞就将一个体制完备、政通人和的理想国度呈现在人们面前。加上信仰上的合流,这一切都让伊儿汗国第一次被波斯人视为自己的政权。信仰上再无隔阂,合赞仍无意重蹈第三任汗阿合马的覆辙,他不想也不能原谅埃及玛麦鲁克王朝。玛麦鲁克王朝的内乱频起让他看到了机会,他决定出兵收复西里亚,以全曾祖、祖父未竟之志。

乞卜察克等人来投,合赞将其视为天意,以厚金沃土赏赐四人,留用于朝廷。之后,合赞为出征做了详尽的准备。首先,他在底牙儿别克儿组织起一支军队。其后,他遣诸将分途征集军队,要求是:十人中金军五人,每人自备战马五匹,军衣铠甲全副。同时,调集六个月的粮储,五千峰骆驼,作为殿军随大军出发。

元大德三年(1299)十月,合赞自帖必力思出发,先抵底牙儿别克儿,勇将八失合儿等率罗姆之兵来会。十一月,合赞在纳昔宾附近阅军,纳昔宾附近诸堡守将皆奉军粮劳军。十二月上旬,合赞为防河水突涨,命诸军备革囊浮筏,并以绳索系于两岸,顺利渡过额弗剌特河。

渡河后,合赞检视军队,共计九万骑。他命妹夫忽都鲁沙统率诸军,命一直追随他的勇将木莱率先锋先行。中旬,合赞至阿勒波,决定暂不攻此城,营于速马黑山中。从阿勒波至速马黑山，中经一片麦田，士兵欲割麦喂马，合赞严令任何人不得祸害庄稼，违者定斩不饶。

大军来到速马黑山，捕获了敌方的几名坐探，通过审讯，合赞获知阿勒波长官得知蒙古大军压境，已弃城而逃。此人路过哈马特，遇哈马特长官，二人遂相偕同行，共赴歆姆司谒算端。

合赞遂引军至哈马特城，仍弃而不打，转营撒剌米牙特城附近。

大约十个月前，少年纳昔儿作为几派权臣角逐后的折中产物，第二次登上王位，而大权不出意料地旁落于副王撒剌儿以及各派贵族手中。纳昔儿深知保护自己的最好方式是尽快树立起威信，当他听说合赞正向西里亚进兵的消息后，立刻自开罗出发，营于合匝之北。

纳昔儿派出几股间谍，继续侦察合赞一方的动向。不料第二天傍晚，他的军营发生了一场变乱。

原来，驻于该地的斡亦剌部主要由忠于伊儿汗国第六任汗伯都的蒙古人组成。合赞汗登基后，对所有伯都汗的势力展开清洗，斡亦剌部万户长塔儿海不得不率一万八千户叛走西里亚。

塔儿海叛走之际，正值埃及玛麦鲁克王朝处于乞忒哈当政时期。乞忒哈本是蒙古人后裔，他对同族人十分优待，在合匝以北划出丰茂的草原供斡亦剌部人居住。剌真夺得权位后，无端虐杀了斡亦剌部的许多首领，这个仇恨，斡亦剌部人一直记在心上。另外，为争夺牧场，斡亦剌部人与不儿只部的玛麦鲁克人也结下许多私怨。当他们得知副王撒剌儿、大将拜巴儿思均在军中时，不由得萌生了杀掉这二人，进而控制算端那昔儿，重奉乞忒哈为算端的念头。

他们乘乱进攻算端营地，不巧，他们的企图被提前泄露，这场政变没能成功。撒剌儿和拜巴儿思以为斡亦剌人此举是得到算端的默许，于是想诛杀算端近臣，弃算端而去，回转埃及。多亏纳昔儿机警，不惜厚礼卑辞，信誓旦旦，撒剌儿和拜巴儿思终于释怀，君臣合兵，一举平定叛乱。

叛乱既平，埃及军队入大马司。西里亚人被埃及玛麦鲁克王朝统治多年，仍深惧蒙古人。纳昔儿以钱币厚赏将士，大马司军队士气稍振。那昔儿遣阿剌壁游牧部落侦察敌情，得知合赞军已抵撒剌米牙特附近。

二十三日，那昔儿向合赞发起突袭，合赞身边仅有九千人，左、右翼尚在后面。合赞临危不惧，一面整军备战，一面急令左右翼向他靠近。

埃及军列阵于得胜山下，摆出的仍是以前数次战胜蒙古人的队形。合赞见敌军抢先占据有利队形，想先引诱敌军离开此处再行决战，他命军中统将速勒丹牙率万人绕攻其右翼。纳昔儿也想出奇制胜，遂采用与合赞相同的策略，两支军队急行军四小时，于黎明时在歃姆司附近相遇。

埃及方面有两万余骑，纳昔儿偕宫内使腊真在后面观战。拜巴儿思因患痢疾，无法上阵，副王撒剌儿代他统帅右翼。一位教长发表了鼓励将士的演说，这位教长的口才着实惊人，埃及将士听了他的演说，多因感动而痛哭不止。

黎明后第五个小时，埃及军队率先发起进攻。撒剌儿遣玛麦鲁克部五百骑兵持火弩燃火油突入蒙古军阵，合赞亟命将士下马，以马为防具，发矢急射。合赞选的都是神箭手，敌人前军坠马，导致后军与前军冲撞，进攻受挫。撒剌儿一击不成，见蒙古军右翼兵势松懈，遂指挥军队转攻右翼。

伊儿军右翼由忽都鲁沙率领。忽都鲁沙是合赞的堂妹夫，深受合赞信任。此人忠则忠矣，怎奈志大才疏，并非堪托重负之人。

忽都鲁沙命军士击鼓，本来是想配合合赞发起攻击，没想到撒剌儿突然将主攻目标对准了他。这让忽都鲁沙措手不及，经过埃及军一番冲杀，右翼军全线溃退，战死的将士很快到五千人。

忽都鲁沙见右翼军败局已定，只得放弃指挥，带着残兵败将向合赞靠拢。右翼既损，完全打乱了合赞的部署，合赞心中虽万分焦急，面上却是不动声色。他召集众将议事，决定改变策略，中军与左翼齐头并进，又以步兵、弓箭手一万人组成前锋，全力攻打埃及军的右翼。

蒙古铁骑，曾经威震世界，但那已是过去的事情。如今的埃及骑兵，在英勇方面比之伊儿骑兵更胜一筹，合赞只能出奇制胜。

伊儿军仍以神箭手打头，刹那间万箭齐发，埃及军右翼死伤者甚众。阿剌壁游牧部落酋长爱薛的军队布置于右翼军前，首当其冲，损失尤其惨重。爱薛心中震惧，引残兵率先败退。随后，阿勒波长官必勒班所将哈马特军亦被击溃。

埃及军右翼全线失利。合赞身先士卒，指挥得胜之军，转攻埃及中军主力。合儿班达和忽都鲁沙等皆在合赞身边，他们担心合赞有失，几个人拦在马前。忽都鲁沙拉住马缰，合儿班达劝道："大汗千金之体，岂可轻冒矢石？"

合赞回答：“当年圣祖（黄金家族后裔，称成吉思汗为'圣祖'，盖谓'圣明的祖先'。而成吉思汗，被全体蒙古人奉为'圣主'，其'主'则是'主人、君主'之意）在世，每逢临战，哪次不是亲冒矢石？我虽不敢与圣祖比肩，却不能做个让他老人家脸上蒙羞的子孙！”

合赞说完，亲持长矛，杀入敌阵，合儿班达、忽都鲁沙及众侍卫紧紧相随。君主用命，无所畏惧，比埃及教长的演讲更能鼓舞军心。伊儿军一扫多年萎靡之态，左冲右突，人人奋勇，个个争先。

少年算端纳昔儿站在木楼之上，看到这样一支气势如虹的蒙古军队，不觉两眼发直。他只道埃及玛麦鲁克军队天下无敌，不料他第二次登上君主之位，竟让他碰到了一个强劲的对手。

第八章　盛世之奢

壹

远远地，合赞已看到敌营后面竖着一座木楼，木楼上人影憧憧。他一边策马向木楼方向靠近，一边收起长矛，摘下弓箭。合赞用的弓是比一般弓箭大一号的特制硬弓，箭，也是军械司专为他打制的长杆箭，箭头带有一处倒钩。这种倒钩箭，凡射中对手，倒勾即顺势附着于伤者皮肉之中，中箭之人即使侥幸不死，拔出箭羽的过程也会让人痛苦难当，生不如死。

合赞自幼修文习武，于文，精通多种语言和学问，于武，骑射功夫出众。只见他斜举弓箭，对准木楼上射了出去。

纳昔儿早在木楼上看到合赞。他看不清合赞的长相，无法判定合赞的身份，可这个蒙古将军的勇猛让他心惊胆战。他一直都在留意着合赞的一举一动，当他隐隐约约地看到合赞在马上举起弓箭时，心中蓦然袭上了一种冰凉的预感：这箭是冲着他来的。于是，他本能地向腊真身后躲去。

纳昔儿当时所站的位置，是在腊真的侧后方。他闪身时，合赞的箭也离手了。

这支利箭，带着尖锐的啸声向木楼上飞来。多亏纳昔儿躲得及时，结果，箭在腊真的耳廓上捎了个边儿。

腊真不及防备，开始觉得耳朵一凉，继而一阵剧痛传来。腊真下意识地用手捂住耳朵，一股鲜血顺着他的指缝流了出来。

这一箭不致危及腊真的生命，却将埃及君臣都吓了个魂飞魄散。纳昔儿再不敢观战，飞奔下楼，腊真紧随其后，君臣二人打马而逃。

自乞的不花战死，伊儿军每逢与埃及军作战，不是先胜后败，就是被玛麦鲁克骑兵压制得只有招架之功，没有还手之力。一次次败绩，让伊儿军与埃及军对阵时往往士气不振。万一溃退，则更如泄洪一般。

这种屡进屡挫的状况，持续了近三十年。

新一轮的交手，埃及军勇猛依旧，唯蒙古军换了主帅。合赞面对左右翼未及向自己靠拢，中军只有九千将士，要抵抗埃及两万军队进攻的被动局面，坚忍作战，力守不退，最终为双方会战赢得了宝贵时间。继而，合赞在右翼速败的情况下，迅速调整攻击策略，手持长矛，亲身冲杀于敌阵之中。他的无畏，极大地鼓舞了伊儿军的士气，伊儿军转败为胜，合赞当居首功。

两军鏖战时，主帅撒剌儿派遣阿剌璧游牧部落五千人绕道沙漠，欲对伊儿军实施偷袭。合赞料到敌人必采用从前制胜蒙哥帖木儿的战术，遂留克儿不花率五千人居后策应。除埃及军左翼尚未归队外，这已是埃及军的最后一支奇兵，克儿不花早有准备，以逸待劳，一举击溃阿剌璧军队。

得胜山一战，埃及方面折损十数员有名大将，其中包括那位拉肚子没上战场的拜巴尔思。此人先病后死，也算倒霉倒到了极致。其余阵亡的，还有特里波立长官克儿特等。大马司的大断事官活着逃出战场，自此不知所踪。

埃及军一败涂地，从将领到士兵唯恐逃得慢，兵械盔甲、辎重粮草丢了一地。合赞留下百人收集点视战利品，他率领得胜之军，向歆姆司逼近。

蒙古军刚刚退出战场，负责追击伊儿军右翼的埃及军左翼得胜归来，打算向算端报捷。当他们看到眼前的场景时，简直不敢相信自己的眼睛：不过短短两个时辰，他们的中军主力与右翼军尽皆逃散，弥漫着血腥味的战场，倒伏着无数具尸体。

面对这从未有过的败绩，左翼军将士既心惊又庆幸，不管怎么说，他们还活着，当务之急是赶紧逃命。

日暮时分，纳昔儿在腊真等人的保护下经过歆姆司城，准备补充点粮食清水。城中居民派出代表拜谒算端，想知道算端将以何计守城？纳昔儿的"诚实"与当年的花剌子模国主摩诃末·沙不分伯仲，他回道："我军新败，哪有力量可守此城？你等若问计于我，我只有一言相告：你们能逃者速逃，能逃多快便逃多快。"

说完，纳昔儿如同被猎犬追逐的兔子一般，急速离开歆姆司城，连夜逃回开罗。

纳昔儿前脚才走，合赞后脚率大军在离歆姆司城六七十里处扎下营盘。合赞传令全军稍事休息，次日对歆姆司城发动攻击。

合赞简单地吃了口晚饭，正欲召集众将议事，忽闻西里西亚国王率五千人赶来增援，已至中军营外。因在征战途中，合赞尚且不知道西里西亚国内发生的变故，当他看到国王竟是海屯二世时，不觉吃了一惊。

海屯二世如前，仍以藩属国国王的礼节拜见伊儿汗。

合赞走下座位，扶起海屯二世，"免礼。"他一边说，一边很注意地查看着海屯二世的眼睛。

海屯二世迎住了合赞探究的目光。

"海屯啊。"

"是，大汗。"

"你的眼睛……"

海屯二世微笑："我的眼睛复明了。"

"这是怎么回事？"

"这个嘛，说起来有些缘故。"

合赞亲热地挽住海屯二世的手，二人分宾主落座。宫女奉茶，合赞有点好奇，示意海屯二世先润润喉咙，然后问道："你给我讲讲，这究竟是怎么回事？"

海屯二世微笑回答："那年，我与脱罗思谒见大汗后，又去君士坦丁堡与我妹玛利亚相会。行前，我命三帕德代摄国政，没想到三帕德萌生异心，联合诸藩自立为王。三帕德视我和脱罗思为最大威胁，派人将脱罗思残忍杀害，又遣侍卫伤我二目，使我变成有眼无珠的废人。这名侍卫的父亲在阿八哈汗时代曾服侍过我妹玛利亚，后玛利亚归国，遁入修道院，遣其父归于我的王廷。这些年来，我对他父子有过许多恩惠，这名侍卫实在不忍对我用刑。可是，他若对我网开一面，我与他必定难逃一死。为了救我，他想到一个两全其美的办法：用刑具刺伤我的眼睛，只伤在浅表，令我双目流血，以此骗过了三帕德。我既成'废人'，三帕德自然对我失去戒心，他在西斯城外择一城堡供我居住。我养伤期间，三帕德又为君士坦丁（脱罗思、三帕德、君士坦丁均为海屯二世之弟）败擒，君士坦丁夺得王位后，将三帕德投入监狱。这期间，我在那些忠诚的侍臣照料下，治好了眼睛。无论三帕德，还是君士坦丁，他们的王位都靠玩弄阴谋所得，这令许多臣民仍心向于我，当他们听说我已复明，便立刻将君士坦丁逮捕，又至城堡将我接出，重新将王位奉于我手。"

合赞听到这里，感慨地笑了，"第三次了，嗯？"

这句话似乎没头没尾，海屯二世却明白合赞的意思。他注视着合赞，长长地哀叹了一声："是啊——瞧我这命。"

贰

原来，这是海屯二世第三次登上西里西亚王位。

至元二十六年（1289），海屯二世嗣其父勒文三世之位。海屯二世即位时，正值波斯高原多事之秋，海屯二世疲于应付，十分厌烦。四年后，海屯二世将王位禅让给弟弟脱罗思，自己遁入修道院修行。脱罗思忠诚而木讷，也没野心，他虽接任王位，遇大事仍请其兄裁夺。脱罗思在位仅两年，对王位迥无留恋，与王公贵族集会于西斯城，再三恳求其兄复位。海屯二世推脱不过，第二次登上王位。

第三次，是不久前。

"沉沉浮浮，在我认识的人当中，除了你也是没谁了。"合赞微叹。

"每个人都是罪人，我们是为恕罪才来到世上。而我的罪，尤其重吧。"海屯二世借用了圣经里表述的意思。

合赞改奉伊斯兰教前，对各种宗教都有所了解。合赞的父亲就信仰基督教，他从小耳濡目染，对基督教的教义相当熟悉。

"老东西，你这心口不一的话，不说也罢。我就不信，当国王不好么？"

海屯二世笑了，不过，笑容多少有些无奈。

"君士坦丁如何了？"

"君士坦丁被废后，十分不甘心，欲救出三帕德，二人联合叛乱。有人将这个消息提前通报给我，结果不用我说大汗也知道。我把他们两个都送到君士坦丁堡了，希望他们能在那里反省一下。"

海屯二世对两个弟弟还算仁慈，后来，君士坦丁和三帕德都死在君士坦丁堡。

合赞想起自己登基后经历的一场场血雨腥风，很羡慕海屯的处理方式。他深知两国政体不同，海屯二世能做到的，他做不到，也不能做。

合赞心悦海屯二世前来助战，对海屯二世格外优待。不久，合赞颁下圣旨，只将偶像庙宇改建为清真寺，而对国内的基督教、天主教教堂，一律予以保护。

次日，诸将入贺，合赞决定攻克歆姆司，即对立功将士论功行赏。同时，传檄各地，将他战胜埃及军的消息通报臣民。

合赞率领军队进至歆姆司城下，发现歆姆司城门大开，其长官率僚属跪伏于城门之外，将城门钥匙以及库藏、辎重一并造册，献给合赞。合赞命歆姆司长官从库藏中取出埃及算端的锦绣袍服以及全部金银珠宝，慷慨地分赏给有功将士以及前来助战的海屯二世。至于他自己，仅取一剑一囊，剑为埃及名剑，囊中则装有埃及国的文籍和军队名册。他在歆姆司休整二日，准备转攻大马司。

埃及军败讯传至大马司，在大马司引起极大恐慌。蒙古军未至，城中已多闻呼号之声，店铺关闭，妇女怀抱孩子，纷纷逃出城外。能走远路的，纷纷逃往埃及，走不成远路的，就近避入山中。

因各种原因留下未走的，听说现在这位蒙古大汗已改奉伊斯兰教，其将士也多数信仰该教。另外，这支军队并不嗜杀，只要不做抵抗，他们仅在城中补充粮食军械和马匹，不会伤害居民。

前者，埃及败军中有一部分人逃到了大马司，他们在城中大肆抢劫，掳走不少财物与妇女儿童，又匆匆逃往埃及。这些人未得善果，他们在途中遭到阿剌壁游牧部落的劫掠欺侮。

因大马司官吏多数逃亡，监狱无狱卒看守，在监狱中关押的一百五十名囚徒趁乱越狱。既然是正在服刑的犯人，其中自然少不了真正的恶棍和亡命徒，这种人一旦挣开束缚，少不了在城中为非作歹。大马司居民不胜其扰，反而盼望合赞快些入城，为他们除去这些祸害。

听说合赞正在途中，居民商议，公推大法官、城知事、州知事携城中教士、士绅和德高望重的老者赴奈伯克之地亲迎。合赞听说大马司请愿团求见，就以天地为帐，以马背为座，在旷野之中接见了他们。

请愿诸人见到合赞，皆跪迎于道旁。他们请求合赞汗宽宥大马司居民，并帮助居民缉拿城中罪犯，合赞笑道："自我祖先始，从不为难降人。何况，在尔等之前，已有大马司几位著名学者向我求请。好吧，我不妨再说一遍，我答应你们的请求。不若诸位携我赦书先行入城如何？"

众人欣然受命。城知事和州知事依旧忧虑城中越狱囚犯继续作奸犯科，无人可将其收治，合赞答应他们，可先派一支军队协助他们维持治安。

合赞答应宽恕大马司人，但没有接受他们所奉献的饮食。许多年前，旭烈兀麾下名将大败埃及军于大马司附近，本可以就此夺回西里亚，唯因接受埃及人假扮当地居民奉献的饮食，将士狂欢，误服毒酒，才致全军覆没，功亏一篑。这段往事，合赞记忆犹新，担心重蹈覆辙。

回到大马司城后，请愿团将合赞汗的赦令张贴于繁华之处，并命居民将告示内容互相转告。

赦令的内容是这样的：

谕诸万户、千户、百户以及蒙古军、大食军、阿美尼亚军、谷儿只军暨其他属国诸军知之，真主曾以圣语启发回教之光明，指导吾人归向穆罕默德之教，曰："其经真主启其归向回教之心者，随其光明。其不信圣言者，则止于迷途"。

比闻统治埃及、西里亚者离开宗教，不守教规，背约违誓，其跻高位者，各"思满足其邪恶之倾向，毁灭种子，而真主不喜罪恶也。"其行为使人民惊惧，其贪婪之手延及其臣民妇女财产，离开正道而施暴行。吾人因倾向回教之热忱，乃以众军为民解除倒悬。设赖真主之助，侵略此地，吾人许将一切扰民之政解除，遵守下述圣诫："对于亲属，真主欲其正当宽厚，禁止违犯与罪恶，特诰诫俾汝辈忆之"等语，而使其一切人民享有公平仁厚之益。并注意设教人之言："正人列于真主之右、光明宝座之上。"质言之，其在圣诫与在其对于其近属暨其统治臣民之行为中，遵从公道者，皆应位列于此。

吾人既欲达此目的，有此志愿，所以真主已助吾人克敌。吾人信仰回教因是愈笃。吾人曾禁止本军不许扰害何种阶级人民,不许扰害大马司城境暨西里亚之地,不许损害居民本身以及其家属财产,俾商农及其他各业人等得以安居乐业。设吾人之士卒中有违禁令敢于掠虏居民者,即处死刑。

俾知吾人言出法随,决不宽贷。

诸士卒等亦不得虐遇其他宗教,若犹太教、基督教、萨婆教等教之人:"盖其献纳贡赋,俾其财产如同吾人之财产,俾其血肉如同吾人之血肉。"

君主对于属民,应庇护如同回教徒。设教人云:"国君为牧人,而凡牧人皆负其牧群之责也。"

诸法官、诸说教人、诸律士、诸贵人绅耆以及一切臣民等,皆应同庆吾人之胜利,祈天降福于吾人之王朝。

回历六九九年四月五日(1299 年 12 月 30 日)写来

叁

赦令发布后,大马司人心始定。

奉命维护治安的蒙古军队,谨遵汗命,迅速将越狱的罪囚多数抓捕归案,少数罪囚受到逼迫,无处容身,只得犯险出逃。待城内局势安稳,他们便离开大马司城,等候大汗到来。

同日,伊儿军在大马司南刺喜特之地驻扎下来。选在这里扎营,是合赞接受了丞相拉施德的建议。拉施德说,刺喜特位于忽乡东部,此地林园繁茂,果木畅茂,水草丰美,有"地上天堂"的美誉。

第二天,合赞巡游了大马司城,他感叹于大马司城中各种建筑的壮丽。若非万不得已,他轻易不会摧毁这座城市。

从八日开始,城中居民开始用合赞之名祈祷,其名衔为:"吾主,大算端,回教与木速蛮之算端,得胜之马合谋合赞。"

祈祷以后,合赞任命先前归降的原大马司守将乞卜察克出任全西里亚长官,原来的官员一律留用。同时,将金银钱币散给城中居民、征收课税官员及其他民政官吏。这一慷慨举动,令他收获了更多赞誉。

合赞在大战前曾许下一愿:与埃及军一战如获胜利,则以金镫、缠头、地毡供献位于两军接战地附近的赛甫丁哈里德墓祠。赛甫丁哈里德是一员阿刺壁名将，曾战胜过东罗马皇帝。如今，合赞兑现诺言，将上述供品奉于墓祠之前。

征收贡赋已毕，合赞命忽都鲁沙率两万四千军队镇守西里亚。忽都鲁沙是第五任汗乞合都的女婿，也是合赞的堂妹夫。当年，合赞虽对乞合都抢先登基不满，但最终乞合都并非死于合赞之手，而为第六任汗伯都所杀。岳父死后，忽都鲁沙一直追随合赞反对伯都，直到将合赞拥上汗位。

亲戚的情分，加上两个人年纪相仿，使忽都鲁沙成为合赞一朝炙手可热的权贵之一。忽都鲁沙对合赞很忠诚，或许也有一定的行政能力。可惜，这个人并无指挥才能，合赞对他的重用，反映出这位伊儿汗国第七任汗在用人方面的考量标准：忠诚。至于才能，倒被他放在其次了。

对国内官员的任用，忠诚是首要标准，对藩属国官员的任用，出身则成了重要标准。合赞对乞卜察克等人极尽笼络之能事，他的真心，却未必能换来真心。乞卜察克等人都是首鼠两端的西里亚权贵，他们当初投奔合赞，纯系误打误撞，在他们心中，根本没有忠诚可言。

合赞大获全胜，考虑国内尚有许多事情需要处理，决定先行返回帖必力思。合赞回师不久，纳昔儿在开罗集起一支新军，重新杀回西里亚。纳昔儿亲自致书乞卜察克等人，许以高官厚禄，诱使他们重归埃及。这些人惧怕合赞，一开始犹豫不定，恰巧，合赞因边境不宁，调回了忽都鲁沙和驻守西里亚的蒙古军队，这些人少了顾忌，遂举兵叛归纳昔儿。

在乞卜察克等人的配合下，纳昔儿顺利夺回西里亚全境，同时对西里亚各城的蒙古官员展开了残酷虐杀。

至此，合赞与纳昔儿的第一次较量，以重尝历代伊儿汗先胜后败的苦果告终。

以合赞愈挫愈勇的个性，即使兵败西里亚，他也不会轻易认输。他在各地征调军队，准备再征西里亚。

事情怪就怪在这里，每到关键时刻，总有另外一拨蒙古人急三火四地出现，要助埃及人一臂之力。

合赞远征西里亚时，伊儿汗国有两个州遭到了一支蒙古军的残破。这支蒙古骑兵由宗王忽都鲁火者率领，忽都鲁火者是察合台第十任汗都哇的长子。都哇以哥疾宁、西斯坦、巴里黑、巴达赫尚、马鲁作为忽都鲁火者封地，交给他五万军队，其中就有旧属察合台系的哈剌乌纳思部。

忽都鲁火者如他父亲一般，是位作战勇敢的宗王。他以哥疾宁为冬营地，以西斯坦为夏营地。为补充军费，他还经常引兵越过申河，攻入印度诸地。他强使也里国王俯首称臣，此前，也里国一直充当着伊儿汗国的属国。

利用合赞出征，伊儿汗国兵力空虚之际，忽都鲁火者遣大将爱牙赤率万人进占法儿思。爱牙赤经过起儿漫时，遇阿黑汪部千人，他尽掳其部，分兵两千，连人带物一并送还忽都鲁火者的王营。爱牙赤自率八千人继续进军，途经泄剌失，打算攻下此城。泄剌失原无戍兵，居民皆惶恐不安，唯有族长赛义德镇定从容，颇有大将风度。他对居民说："死则死矣，怕也无益。"

居民推戴赛义德指挥守城，赛义德命关闭城门，任何人不得进出。又选精壮男人多备滚木礌石，他就带着这支临时组成的军队坚守于城头。

爱牙赤手下只有八千人，不愿意攻打坚固城池，徒增伤亡。他命军队一部设伏，一部至城下诱敌出战，然泄剌失守兵不为所动，无一军出战。不得已，爱牙赤只得放弃泄剌失，转攻可咱隆，又分兵抄掠占法儿思南部的格儿姆与昔儿两地。"格儿姆"意为"热地"，"昔儿"意为"寒地"，地处一州相距不远的两处村镇，气候完全不同，这种异象当真少见。

爱牙赤接连得手，居于法儿思的游牧部落也深受其害。爱牙赤继续向伊儿汗国腹地推进，在这里，他遇上了伊儿汗国的正规军队，这支军队由合儿班达率领。合赞给弟弟的命令是：将察合台军队逐出国境。

阿八哈一系人丁不旺，到阿鲁浑时只得三子，其次子早夭，唯长子合赞和幼子合儿班达存活于世。

合赞的个性果决刚毅，且杀伐决断颇有其曾伯祖蒙哥汗的风骨。这并不意味着，他骨子里就是无泪无情之人。他给臣民的冷血印象，更多的还是来自于他登上汗位初期。那个时候，汗国局势纷乱复杂，权臣贵族拥兵自重，他别无选择，只有将或明或暗的政敌一一剪除，或者说，只有通过血腥的屠杀，他才能坐稳这得来不易的汗位。

一旦确立起绝对权威，他便立刻表现出一种成熟的明君风范：关心民生，规范律法，振兴经济，热衷建设，宽容慷慨且不嗜戎杀。与此同时，他还是一位宽厚的兄长，无论对亲弟合儿班达，还是对堂妹夫忽都鲁沙，都能委以重任，关怀备至。

　　合儿班达的年龄比合赞足足小十岁，父亲去世时，他还是个孩子，是合赞将他接到身边亲自抚养。人说长兄如父，合赞对他唯一的弟弟格外疼爱，连饮食起居都要亲自过问。合儿班达自幼追随兄长，对兄长十分崇拜，时时处处以兄长为榜样。合赞生性勇武，合儿班达也不是个懦夫，兄长登基后，他经常率领军队东征西讨，他立下的无数战功使他年纪轻轻便享誉军中。

　　两支蒙古军队在法儿思州境遭遇，合儿班达指挥有方，数战告捷，爱牙赤损失巨大，被迫撤退。

　　伊儿军的胜利震慑了奉父命镇守察合台汗国西部的忽都鲁火者，他发现年轻的合赞是个不容易战胜的对手，而且，伊儿汗国的混乱状况已经结束。为了不重蹈覆辙，合赞活着时，两个汗国再未发生大的冲突。

　　忽都鲁火者的失败令金帐汗国第八任汗脱脱有所惕惧。脱脱战胜权臣那海后，已成为金帐汗国独一无二的主人，他发誓要做一名强国之主，和平之主。他当政期间，致力于振兴经济，改善外面环境，在这方面，他与合赞的为政之道有许多相似之处。在元朝与四大汗国正式约和，四大汗国共奉元朝为宗主国前，他对合赞的认同感，让金帐汗国与伊儿汗国保持着互通有无的友好关系。

肆

　　合儿班达将爱牙赤逐出国境时，合赞正在马剌黑参观建于此处的天文台。他对陈列于天文台中各式各样的天文仪器产生了浓厚兴趣，接下来的几天，他一边参观，一边请随行的天文学家给他讲解仪器的制作、使用方式及作用。他的颖悟令人惊叹，对于那些复杂的原理，他一听便能了解其中的奥秘。后来，他斥资在帖必力思建起一座更加先进的天文台，其中有数件仪器为他亲自创制。

　　离开马剌黑后，合赞来到乌章巡视，他会见了城中的有名人物，大行赏赐，他的慷慨，使他在乌章赢得了一片颂扬。结束这一轮巡视后，合赞回到帖必力思，他决定在帖必力思大兴土木，修建各种美轮美奂的建筑、园林，其中包括清真寺和墓园。

　　蒙古自成吉思汗以降，亡故后多选择秘葬。合赞信仰伊斯兰教，打算遵从伊斯兰教习俗，弃用祖宗之法。他在帖必力思城西不远处的申卜之地，为自己选择了墓园，并下令在墓园周围兴建各类慈善场所，以彰显他的仁慈爱民之意。

合赞登基前，在伊儿汗国境内最富丽堂皇的标志性建筑物，当数塞尔柱王朝算端辛札儿在马鲁修建的圆顶堂。到合赞开始执政时，国力强盛，经济繁荣，因而，由他下令建造或亲自督造的各类建筑设施，无论从数量上还是从恢宏程度上都远远超过了此前任何王朝。

短短几年间，一座座美观实用的楼台馆舍在汗国各城拔地而起。在都城中最著名的，有圆顶墓堂一所，礼拜堂一所，学校两所，修道院一所，赛义德族人养济所一所，病院一所，天文台一所，图书馆一所，档案库一所，各处管理人员住宅一所，供给饮水的水沟一道，热水浴房一所。

合赞对各类设施的管理维修人员给予俸禄，又为各处建筑物添置了地毡、香料、灯火、柴木等生活必备品。

合赞还拨出巨资，分清名目，由专人管理，按期发放。其中，有些作为布施之用，有些作为赏赐之用，有些作为维护之用。合赞是一个聪明绝顶且具有高深文化修养的人，在这方面，他的曾祖、祖父、父亲均不能与他相提并论，能与他相比的，或许只有他的曾伯祖蒙哥汗。他十分重视教育，且不吝于保护和资助文人学者及各个领域的人才。在他开办的两所学校中，均设有教授、监管、保姆等职位。对于弃儿，也会雇用乳母哺育，后续仍由国家供养，直至其长大成人。对于外国人，凡在首都帖必力思亡故而无人收殓者，亦由国家出资，予以殡葬。

每至天寒，大约在半年的时间里，都有房舍管理人在屋顶上抛洒谷米，供鸟儿食用。这些谷米由国库提供，凡擅自捕杀鸟类者，必将遭到诅咒。

合赞的另一个惠民创举，是将棉花分发给城中家境贫穷的寡妇，再由国家以市价收买其纺织物，这样做的目的，一个是为了充分利用汗国有限的劳动力，另一个他深知以劳动换取报酬有助于提升国民的自尊以及自豪感。

若奴婢汲水时摔破水瓶，会有人给她一只完整的水瓶，以免她遭受主人责骂。另外，合赞经过考察，命人清除道石，并在帖必力思附近的小溪上架设桥梁，以方便国内百姓的出行。

合赞用于慈善事业的款项，一部分确实由国库支付，另一部分则来自于他的私产。作为伊儿汗国的第七任大汗，合赞的私产包括如下几个方面：从祖辈继承而来，封地的各项收入，战争所得，国库供给，藩属国进贡之物，上邦大汗（元朝皇帝）的赏赐，汗国间的相互馈赠，本国及外国权贵富商的供奉，贸易往来及货物中转的抽成，战败国家的赋税等。事实上，这也是历代伊儿汗的合法私产。

合赞却将私产慷慨地贡献出来，用于捐助慈善事业。为此，他请诸法官到场验证，共签署了七项赠予文约，一式四份。一份存于负责慈善事业的官员手中，一份存于默伽的黑石堂中，一份存于帖必力思法院，一份存于报达法院。日后，凡法官就职时，都需在赠予文约上签名盖章。

为保证慈善机构正常运转，百姓都可从慈善行为中受益，合赞在这类机构委任的都是深受他信任且能秉持公正之心的长官，这些长官又由一人总理，此人便是两相之一拉施德。

哈马丹人拉施德和萨维人撒都丁堪称伊儿汗国两位最杰出的政治家，合赞在短时间内能实现其富国强民的理想，与君主英明，辅臣贤能有着莫大关系。

拉施德（生于1247年，卒于1318年）出生在伊朗哈马丹一个犹太人学者家中，后来改宗伊斯兰教，随父兄归附蒙古西征军。三十岁时，他成为阿八哈汗的御医，后被合赞汗委任为国相。他担任国相期间，受合赞汗委托，撰写一部世界史。他召集中国和波斯学者，克什米尔僧人，蒙古官员，法国天主教士，共同编撰一本西至英格兰，东至中国的大型世界历史丛书，这在当时是前无古人的创举。

《史集》成书于元大德四年到至大三年（1300年至1310年）间，是一部卷帙浩繁、内容丰富的历史巨著。

该书共分三部：第一部为蒙古史，共三卷。第一卷为突厥蒙古部族志、成吉思汗先祖纪及成吉思汗传记，第二卷为波斯伊儿汗以外的成吉思汗后裔史，第三卷为波斯伊儿汗国史；第二部为世界史，记述了从波斯古代诸帝王到萨珊王朝的兴衰史，伊斯兰教先知穆罕默德传记，哈里发艾布·伯克尔以及穆斯塔法诸哈里发时期的历史，包括伽色尼王朝、塞尔柱王朝、花剌子模王朝、撒勒噶尔王朝以及伊斯玛仪教派史和印度等民族史；第三部为世界各地区的地理志，这部分若干年后佚失于动乱之中。

合赞下令在慈善机构周围遍置园林，不料未用多久，此处竟发展成为一座城池，规模竟比首都帖必力思还要深广一些。人们将这座新城命名为"合赞尼牙"。

合赞尼牙因势成城，合赞因势利导，将远方各国奇卉异木移植帖必力思，且于四边重筑城垣。他命人在新城各门建筑馆驿澡堂，供各国商队居住使用，又在附近修建货栈，方便商队存放货品，同时方便官员检查。

与前任伊儿汗不同，合赞一生都在致力发展经济和改善民生，甚至，说合赞在波斯历代王朝中，将慈善事业开了规范化先河也绝无过誉之嫌。事实上，正因有了合赞，波斯人才会将伊儿汗国视为本土政权。

乌章是合赞最喜欢的驻春之地，他在离宫附近，修建了几处市场和几座澡堂。一国之君喜爱乌章，其他大臣自然对这块儿风水宝地趋之若鹜，他们纷纷在乌章建设自己的邸舍亭园。不过一年时间，乌章便成为一座美丽的新城。

伊儿汗国与察合台汗国虽无边警，合赞仍不敢掉以轻心，他拨出巨款，重点在边城泄剌失修筑高墙，挖掘深壕。又在希烈地区筑渠引额弗剌特河水，以达忽辛之墓，灌溉克儿别剌荒地。不料，墓地四周皆成良田园林，所产谷物质量竟优于报达所产。谷产收入的一部分，仍用来救济居住在墓地附近的贫民。

经合赞亲自规划所修造的恩渠共有三处：流经忽辛墓的被称作"合赞上渠"，这是第一处恩渠。第二处恩渠的修造有些偶然：一日，合赞打猎经过赛义德阿不维法墓附近，见这里不长水草，无处饮马，驴鹿皆瘦，遂决定另修一渠引额弗剌特河水至阿不维法墓，此处恩渠名为"合赞下渠"。再稍后，又于沙碛东部开一新渠，名为"合赞渠"。此三处恩渠灌溉良田无数，所得田产收入，除部分用于修缮阿不维法墓，其余全部用于慈善事业。

阿不维法墓周边，既成万顷良田，为免阿剌壁游牧民侵扰，合赞决定修筑高墙，并派军队戍守。时日不长，此处又成一座新城，而景致尤为特别：中为沙碛，周围皆环绕秀美园林。

伍

上有所好，下必甚焉。合赞热衷建设，国内王公贵族人人争先，只恐自己修造的邸舍园林不如旁人，从设计到动工都格外上心。你攀我比，无形中产生了惊人的效果：蒙古人在战争中的破坏速度固然惊人，在和平时的建设速度同样不容小觑。加上有强大的国力做支撑，伊儿汗国很快跻身于世界强国之列。

随着大城富庶，合赞又开始在村庄修建礼拜堂和澡堂，供信众礼拜和沐浴之用。澡堂收入，用于维持礼拜堂各项开支。

合赞十分尊敬穆罕默德之婿阿里，曾梦穆罕默德携女婿阿里与二子哈散、忽辛与之相会。他在所有大城市如帖必力思、亦思法杭、泄剌失、报达等诸城，都为阿里遗族建立了养济院，并拨出专款赡养其族。

元大德四年（1300）秋，合赞集结兵力，二征西里亚。他以忽都鲁沙先行，自率中军从帖必力思出发，次年一月进至阿勒波城下。

自蒙古军西征以来，西里亚遭到伊儿汗国与埃及的反复争夺，如同拉锯一般，百姓深受其害，不愿依靠任何一方，也不愿相助任何一方。反正他们的想法很简单，谁的势力强盛，我便为谁之子民。

伊儿军甫至，阿勒波长官已率军退至哈马特城。合赞在阿勒波附近休整数日，十九日营于北距阿勒波只有一日路程的金奈思陵。合赞研究了作战方案，率军向速马黑、安都发起突袭。速马黑、安都地处山区，合赞第一次出征西里亚时，两处山城得以幸免，未遭兵燹之祸。西里亚北部居民以为山城依旧安全，纷纷逃到此处避难。伊儿军突然对山城发动进攻，居民毫无防备，不说粮草牛羊，金银财宝，就说俘获的部众，也为汗国与西里亚交战以来之最。

此次征战，海屯二世仍率亚美尼亚军队相助。所获部众，合赞大部分赏赐给海屯二世，海屯二世将俘虏遣送回国，不久又将其中大部分卖与邻近诸岛的富浪人。

埃及算端纳昔儿听闻蒙古军正向额弗剌特河方向开进，急忙强征军队，并向国内民众课以重税。民众怨声载道，纳昔儿对敢于反抗的民众予以残酷镇压，总算集结起一支军队。一场大战似乎在所难免，未料西里亚地区遭遇到了罕见的雨雪天气，雨夹雪一下就是四十一天。冬季有雨本是不祥之兆，埃及军及伊儿军中相继爆发了瘟疫，人马牲畜死伤无数，只得各自退兵。

两国的第二次对战，至此为天意所阻。

伊儿汗国境内，原有设里汪与勒格思两地山民一直不肯归附蒙古。合赞登基后，两地山民目睹汗国富庶，君主勤政爱民，遂趁合赞赴山中行猎时主动迎降。为欢迎新附者，合赞大设猎场，围山牛、山羊、野驴、鹿獐、豺狼、熊狐等无数，所得猎物，多数赐予两地山民。

七月，合赞至乌章巡游。乌章地处丰茂的草原之中，四周环以方墙，内修十字道路方便交通。城门各有所用，一门能进，一门能出，一门走商队，一门用于迎送使臣。草原正中，竖立着一座金锦帐。事实上，合赞的金锦帐如蓝帐汗昔班的蓝顶大帐一般，其摹本都是忽必烈汗在元上都建造的昔剌斡耳朵。而窝阔台汗国和察合台汗国的同类大帐，则仿制于成吉思汗的金顶大帐。

金锦帐由能工巧匠制作三年始成，仅内部装饰亦费时数月，其华其阔世所少见。金锦帐内部，可容数百人宴饮，中置黄金宝座，富丽堂皇。合赞入帐前，进行了虔诚的祈祷，入帐后大宴群臣，颁赐金帛。

受邀众臣中，有一位耄耋老者，见合赞头戴宝石冠，身着金锦服，腰系黄玉带，威风凛凛地端坐于华光灿灿的宝座之上，不由得眼眶湿润起来。他伸手拭了拭眼角，这个微细的动作被合赞一眼看到，合赞将他召至面前。

老臣名叫笃本，年逾八旬，却耳不聋眼不花，言谈举止迥无老迈昏聩之态。笃本在蒙古帝国时代侍奉过拖雷和蒙哥父子，后来，又受命随旭烈兀西征，历旭烈兀、阿八哈、阿合马、阿鲁浑、乞合都、伯都、合赞七朝，乃名副其实的七朝元老，在汗国深受敬重。尤其合赞，每有赏赐或举办大宴，都会邀请笃本。合赞的内心，其实是将笃本视为汗国的活字典。

笃本来到御座前，正要跪倒施礼，合赞摆摆手，说了一句："不必跪。你站着回话就好。"

"臣谢大汗眷顾之恩。"笃本朗声说道。须发皆白的老人，耳不聋，眼不花，说起话来中气十足，着实令人羡慕不已。

合赞看看笃本，见笃本眼角犹有泪痕，微笑垂询："今天喜宴，老翁为何反心生不乐？"听他的语气，绝无责备之意，只是有些困惑而已。

笃本回答："臣并未心生不乐。相反，臣之眼泪，是因欣喜而流。"

"哦？为何？"

"臣幼年即投身于大那颜拖雷府上，得到大那颜和夫人教养惠顾良多。后来，臣有幸追随于蒙哥汗左右，有幸目睹蒙哥汗的贤明刚毅，那风采系臣生平仅见。臣虽老迈，对于往事，点点滴滴都记在心头。今日看到大汗，恍如看到蒙哥汗重生世间，臣不胜感慨，以致失态落泪。望大汗原宥。"

合赞闻言，顿时满面含春。

合赞此生，最敬仰的人是先祖成吉思汗，被他奉为终生楷模的，却是曾伯祖蒙哥汗。哪怕他明知自己不能像曾伯祖那样，成为在统一的蒙古帝国行使至高权力的大汗，可他发誓要成为像曾伯祖那样文武兼修的明君。

事实上，合赞也做到了这一点。倘若不从统治地域的广阔程度做出比较，仅论文化素养，合赞比蒙哥汗犹有过之而无不及。

在蒙古乃至波斯历史上，合赞是众所公认的最开明博学和见多识广的君主之一。这个评价决非溢美之词，而是有着诸多令人信服的佐证。

先说语言。蒙古语固然是合赞的母语，除此之外，合赞还粗通阿剌壁、波斯、印度、迦叶弥儿、吐蕃、中国、富浪等语言，虽不能达到自由读写的程度，简单地听说却不成问题。

不止在语言上颇有天赋，合赞还熟知古今帝王的历史及其性情习惯。对与他同一时期的君王，他更是了若指掌。每当他与使臣交谈，都喜欢使用使臣的母语，他对其国历史及现状的了解，常常令使臣惊叹不已。

与他国历史相比，合赞最感兴趣的还是本国本族的历史。他差不多谙悉所有男女祖先的名字及事迹，在丞相拉施德编纂《史集》的过程中，他在这方面给予拉施德的帮助仅次于元朝丞相孛罗。

文化素养如此，合赞的动手能力也极强。他尝试过铁工、木工、画工、熔铸工、辘轳工等诸多工种，由他亲手制作的物件，如鞍、镫、缰绳、靴刀、兜袋等，往往十分精细。他对工匠做出指导时，工匠无不因心悦诚服而侧耳聆听。

合赞对自然科学尤其是对化学颇感兴趣，他不惜花费重金从各国招募此类人才的目的，并非像他父亲阿鲁浑一样是为追求长生，而是为了帮助其人在制造珐琅，解化滑石，熔解水晶，凝缩升华等方面进行实验。合赞亲手合成过形似金银之物，不过，实验带给他的乐趣，是他从中了解到分解与化合的原理。

波斯诸有名大夫，多囿于对本国已有记载的草药进行药性研究或处方搭配，合赞却经常召集来自突厥、大食的植物学家以及著名医者与他同行，赴郊野进行采集。结果，在几次远足中，他们意外发现从前被视为突厥斯坦、印度、中国特产，本国须花费高价引进的药材，竟然在波斯也有生长。

除能识别诸多植物物种外，合赞对动物物种、矿物物种也有所了解。他甚至尝试过采矿和化解金属诸术。

合赞的天文学知识相当完备。他了解星宿方位及出没时间，更为重要的是，他了解天文学的意义以及开展天文学研究的重要性。他下令在帖必力思建造了一座圆顶天文台，其中有几件天文仪器是基于他的构思进行设计，这些仪器制造出来后，其精密性及实用性令天文学家和数学家为之震惊。

陆

在知识广博方面，合赞比蒙哥汗更胜一筹，在为政、识人、律己方面，合赞则完全以曾伯祖为榜样。

合赞之前，实权多掌握于王公贵族及军事首领之手，政治上的分权恰恰是造成大汗经常被架空，政局动荡不安的根源。合赞掌握政权后，以残酷的手段镇压异己，达到将所有权力收归中央的目的，他的这个做法与蒙哥汗如出一辙。

蒙哥汗的勤政在蒙古帝国众所周知，合赞同样是内政外交尽在掌握之中。大到清除积弊，领兵打仗，小到接待使臣，批阅奏章，他都事必躬亲，而不假手于人。

年轻的合赞颇有识人之能。他敬重博学之人，也喜欢与博学之人交往。其中若有某人徒有虚名、夸夸其谈，他往往一面之后便不再延见。因伊儿汗国属国与属部较多，合赞治下众将臣，来自各个民族，操各种语言，合赞对他们，常常是察其言，观其行，识其性。忠耿廉洁、能力出众者受到推崇，心术不正、嫉贤妒能者遭到摒弃。他尤其不能容忍渎职行为，凡渎职官员，一律严惩不贷。

作为君王，合赞对自己的要求相当严格。行猎中，但凡必须在牧户或农户家中用餐，他每次都会按市价付给饭钱。即使羡慕女子美丽，也只是一目而过。战时不与嫔妃同行同住，即使和平时期，也从不纵欲荒淫，更未犯过奸淫或贪恋男色之罪。合赞一朝，通奸与蓄养娈童都是重罪。

如今金锦帐落成，合赞正在兴头上，听到笃本将他比作蒙哥汗——这个他从孩提时代就十分崇敬的祖辈先汗，加上笃本秉性耿直，从不屑作逢迎拍马之语，此番有感而发，愈见其真，合赞的心情自然格外舒畅。

合赞瞥见金杯已空，遂亲手斟酒，将佳酿赐予笃本。

笃本哪敢接受，慌忙跪倒在地："大汗金杯，臣不敢用。"

合赞笑道："你且起来。我说出几个理由，你听完，自然就敢用了。"

笃本无奈，站了起来。众人皆停下杯盏，侧耳倾听。

"第一个理由，老翁曾随侍我蒙古杰出大汗，又历伊儿汗国七朝。从辈分上来讲，老翁属于祖辈，受到晚辈优待，理所应当，而君臣之别倒在其次。第二个理由，老翁出入汗廷七十余年，一向以国事为重，恪尽职守，对于这样的人，我若不能奖掖其勤其忠，那是我当君主的昏聩。第三个理由，满朝文武，似老翁这样寿高者没有几人。据说前朝曾有速纳台将军，他以九十岁高龄，仍亲临战场，且在我祖汗阿八哈遭到察合台汗八剌合的攻击而致形势危堕之时，力战不退，才为我祖汗扭转战局赢得了战机。我无缘得见速纳台将军，常常心存遗憾，幸喜我朝还有似老翁这般虽年迈而清健之人，见到老翁，如见速纳台将军一般。最后一个理由，我羡慕老翁如松柏一般的寿数，我与老翁共用一杯，是希望自己也能沾沾老翁的福气。"

听到这里，笃本老泪纵横。他颤巍巍地接过金杯，说道："但凡大汗在世上多活一日，都是汗国百姓之福。臣向真主祈祷，愿将自己的寿数全部转与大汗，倘能如此，让臣即刻死了，臣也无憾，无怨。"

说罢，将杯中酒一饮而尽。

他将金杯奉还，近臣接过，置于黄金案几之上。

合赞看着笃本回到自己的座位上坐下，又将孛罗召至面前。

伊儿汗国时期，与元朝的各种交往十分紧密，这种交往中也包括人才上的交流。斡儿都海牙与孛罗都是阿鲁浑执政时先后以元朝使臣身份被阿鲁浑款留于伊儿汗国，但有一点孛罗与斡儿都海牙不同，孛罗早已勘破世情，萧然物外，他留在伊儿汗国，甘愿做了一名富贵闲人。斡儿都海牙少了一点孛罗的智慧，置身于权力漩涡，终至为自己招来杀身之祸。

作为昔日的元朝丞相，孛罗博闻强记，才智过人，尤其谙熟蒙古历史及元朝各项典章制度。他曾将元朝钞法介绍到伊儿汗国，只可惜被第五任汗乞合都以及权臣撒都只罕误听和滥用了。国相拉施德组织编纂著名的《史集》时，凡涉及蒙古史与元朝史的章节，其史料多采信于孛罗的介绍。

孛罗走到合赞面前，神态从容却又不失恭谨地向合赞施礼。礼毕，近臣搬了一把靠背椅摆放在右下首的位置上，合赞示意孛罗坐下说话。

孛罗谢恩。合赞看着他笑道："拉施德常对我说，他此番奉旨修史，关于本土与元朝的历史掌故，典章制度，风土民俗，多赖孛罗丞相知无不言，倾囊相授。当年，孛罗丞相作为上邦使者，被父汗款留于我这僻壤小国。父汗对丞相自是倚重无比，却也时刻担心丞相安土重迁，不舍那富庶强盛之地。我一直想问丞相，是什么原因让你安心留在我朝，且不畏经历诸多风雨？"

孛罗略一深思，回道："记得那年，我奉命出使汗国时，忽必烈皇帝曾于金殿之上，谆谆告诫我说：'愿你此去，以你之能，不违初心，做一名和平使者，更做一名促进两国文化交流的使者。如此，我心甚悦。'皇帝对兄弟之国的关怀盛意，我铭诸肺腑，不敢稍忘。后来，我辗转多日，来到汗国，未料竟蒙先汗礼遇，又被殷勤款留，作为臣子，这是我的荣耀。这些年，我能略不负皇帝和先汗所托，深感欣慰。至于风雨，无论人间自然，都是无法避免。"

合赞点头，心想，大国丞相，心胸气度果然异于常人。

"记得前两日，我与你闲谈，你讲起忽图赤汗征伐塔塔尔，途中看到一棵苍茂大树，若成长数百年之久，忽图赤汗深为惊奇——正说到这里时，被其他事情打断。接下来究竟发生了什么事？你不妨继续讲给我听。"

孛罗一笑："是。"

柒

忽图赤汗是成吉思汗的四叔祖。在成吉思汗统一蒙古前，蒙古高原诸部林立，只有一些较大的部落联盟，比如克烈、乃蛮、蒙古、塔塔尔、篾儿乞、札答阑等，忽图赤汗是蒙古部落联盟的大汗，也是一位在草原上受人景仰的英雄。孛罗给合赞讲的故事，发生在成吉思汗出生之前。

在中原之地，完颜氏立国后，一直将蒙古诸部视为心腹之患。为加强对蒙古诸部的控制，他们采用了"以夷制夷"的政策，通过扶持塔塔尔联盟与蒙古联盟互相残杀，使两部间战争不断。

成吉思汗的四世祖合不勒汗是第一位被蒙古诸部共同尊奉的盟主，合不勒汗去世后，将汗位传给堂弟俺巴孩。俺巴孩为塔塔尔部与金国联手所害，人们又将合不勒汗的四儿子忽图赤推上汗位。忽图赤即位后，发誓要给俺巴孩报仇，出征途中，他和将士们以颜色鲜艳的布条装饰神树，众人皆环绕神树舞蹈，求神保佑他们旗开得胜。结果这一仗，蒙古部大获全胜，报了俺巴孩汗之仇。

合赞对孛罗的这个故事颇感兴味。在金锦帐东侧两里地开外，生长着一棵两个成年男子才得环抱的古树，谁也不知道它何时在那里，成长了多少年。平素，时常会有一些牧人将彩布缠在树枝上，合赞一直不明白其中的原因，此时，听了孛罗的讲述，他才知道原有这段典故。他决定，仿照祖宗之诚，祈求真主之助。

俟宴会结束，合赞率群臣来到古树之下，众人皆以美布饰树，在树下祈祷。时值仲秋，树叶早已变黄，一片片，在阳光的映照下，闪耀着金色的光芒。耳边仿佛传来久远的声音，如同故国的召唤，合赞心潮澎湃，热泪盈眶。他对众臣说："我祖宗倘若不是意志坚定，真主又怎会令他成为大地之王？"说罢，自在树下起舞，舞姿格外热烈明快，遒劲刚毅。

众臣环立注目，肃然起敬。其实，在他们的心目中，合赞同样无愧于波斯人之王。

不久，东罗马皇帝安都罗尼派来使臣抵达汗廷，谒见合赞。东罗马帝国与伊儿汗国是传统盟国，自旭烈兀立国，两国间一直保持着密切的政治、经济与军事往来。伊儿汗国在合赞统治时一跃而为世界强国，令安都罗尼对合赞深感敬佩，他曾对人说："上帝助力一人，必有助力一人的道理。"

此次，他派遣使臣往波斯谒见合赞，一是想请合赞降诏，对在波斯高原的突厥语族无端侵扰东罗马国境的行为进行约束，二是促进两国联姻，安都罗尼主动提出愿将自己的女儿许配给合赞。

两国通婚始于第二任汗阿八哈执政时。纵然过去几十年的时光，玛利亚公主的坚贞与美德，仍如帝国王冠上的璀璨明珠一般，闪耀着夺目的光彩。合赞热情地接待了东罗马使者，对于皇帝安都罗尼的两个请求，他全都答应下来。

刚刚送别东罗马使臣，合赞又闻近臣来报：金帐汗脱脱派来三百名使者，于午时抵达都城之外。

从东罗马是伊儿汗国传统盟国的角度，金帐汗国便是伊儿汗国的传统敌国。脱脱突然遣使来访，让合赞敏锐地觉察到金帐汗国的对外政策已发生变化。

他派国相拉施德代表他本人出城迎接金帐汗国使团，当晚，他在宫中设宴，款待使团一行。

脱脱系金帐汗国第五任汗忙哥帖木儿之子。忙哥帖木儿去世后，将汗位传给了自己的三弟脱脱蒙哥。脱脱蒙哥的性格比较古板，除二哥忙哥帖木儿外，与其他兄弟亲族相处都不甚和睦。宗王兀剌不花、宽彻（此二人为忙哥帖木儿之侄），斡勒灰、脱黑邻察（此二人为忙哥帖木儿之子）等不甘为臣，发动政变，将脱脱蒙哥废掉。之后，四人经过商议，在名义上奉兀剌不花为君，实际由四人共同执政。

兀剌不花曾与宗王那海同征波兰，其名在西方为人所知。其时，那海在汗国西部拥有绝对统辖权，是一位名副其实的权臣。那海出自术赤一系，其祖父为术赤之子不合勒，不合勒生塔塔儿，塔塔儿生那海。

那海英勇善战，封地最广，在黑海之北，几乎皆受那海管辖，邻近阿兰、薛儿客速、斡罗思、波兰、瓦剌合、不里阿耳诸部都对他十分畏服。东罗马皇帝米哈伊尔八世·帕列奥列格曾将女儿额弗罗新许配给那海，因那海影响深远，许多年后黑海以北的居民还被人称作"那海鞑靼"。

那海与兀剌不花不睦，诱杀四名执政，将忙哥帖木儿之子脱脱拥上汗位。脱脱即位的前八年，一直充当着那海的傀儡。八年后，二人因事生隙，那海欲废黜脱脱，另立新汗，二人遂以兵戎相见。那海先胜后败，脱脱终于在元大德四年（1300）成为金帐汗国独一无二的大汗。

脱脱亲政伊始，即派使臣向元朝皇帝铁穆耳请和，愿奉元帝国为宗主国。又过一年，经过充分准备，他派遣使团谒见合赞汗，希望两国停止领土争端，开通商队往来的陆路通道。

脱脱主动示好，被合赞视为吉兆。合赞款待使团多日，厚赐回礼遣归。

脱脱的使团刚离开，合赞的使团也出发了，他们要前往中国朝见皇帝铁穆耳。合赞向皇帝敬献了大珠宝石、奇珍异物，最稀罕的方物当属文豹。另外，合赞让使团携带许多银两，前往中国购买茶叶、丝绸、瓷器与家具。

从辈分上来讲，铁穆耳是忽必烈之孙，合赞是旭烈兀之曾孙，合赞素常都尊铁穆耳为上皇和长辈。因两国关系远较元朝与其他三大汗国紧密，每逢伊儿汗国使团来访，元朝皇帝都格外重视，不仅经常接见和宴请使团成员，指派干练的官员负责供给使团日常开销，陪同和指引使团赴各地游赏以及购买各类土产，而且，在使团归国之时，皇帝往往亲作答书，在皇帝及文武百官各备厚重私礼外，亦按惯例将蒙哥汗以来旭烈兀应得的岁赐命使团携回。

合赞即位之初，帑藏空虚，民力凋敝，税课征收奇难。国家岁入又多为奸吏侵蚀，所剩无几。

旭烈兀所取报达、西里亚、木剌夷等地宝藏，原本聚藏于塔剌堡中。旭烈兀忙于征战，疏于管理，历任守堡官攻守同盟，将宝藏陆续盗卖，其中的金银珠宝几乎全都卖与商人。而对库帑倾尽，旭烈兀竟然一无所知。

阿八哈即位后，此情况毫无改善。阿合马执政时，塔剌堡有一塔遭到雨水浸泡，倾覆于乌儿米亚湖中。守卫库藏的卫士纷纷盗取落水珍宝，无一人交归国库。阿合马欲讨伐阿鲁浑，堡中余藏仅值一百五十万，阿合马将所有库藏取出，犒赏给各军将士。至阿鲁浑执政，任用不花、撒都倒剌对税制进行改革，可惜这一时期的改革措施治标不治本，成效不显，国库空虚依旧。而乞合都和伯都只知邀买人心，溢行赏赐，更将国库所藏挥霍殆尽。

合赞即位时，从前六任大汗手上接过的，就是这么一副烂摊子。谁能想象得到，这位数年后傲视群雄的蒙古大汗，一度穷窘到给将士发不起军饷，使臣来访，竟拿不出一样像样的东西作为赏赐之用。有些朝臣指责合赞吝啬，合赞耐心地向他们解释道："你们一定以为，每逢转战，我营中那些驮运货物的大车上所装载的，都是金银珠宝？其实不然，那些东西，只是些木制品以及我做手工需用的各种器具而已。诸位若不信，可亲往验视。前汗一无所留，致国库徒剩四壁，燕雀筑窝，蛇鼠横行，连我看到时都感到万分惊异。我不作赏赐，是实在无物可赏。今诸位都在这里，我便在这里起誓：我必时刻以国事为重，做一强国之君。我为强国之君，则令诸位做富国之臣，令我治下百姓做富国之民。"

在合赞发出誓言后的两年，他组织军队，保障国境，平灭盗贼，消除了政治上的各种掣肘与隐患，此后，他专注于整理财政，征收税课。他命撒都丁和拉施德协助他对经济制度进行改革，二位名臣走马上任前，他语重心长地对他们说："这场改革，如同一场大战，又有所不同。战争中，胜败乃兵家常事，而我们君臣革除一切弊政的这场战役，没有退路，只能胜，不能败。"

两位国相宣誓就职，一场声势浩大的改革运动就此拉开序幕。

由合赞发起的这场改革，以实行司法独立，严肃法治，取信于民为起始，继而推广到方方面面。

在合赞前，各州税收一直执行由税课使自定，向中央交付定额的政策，这就造成了税课使趁机征收重税以中饱私囊的弊端。合赞在委派干练官员普查户口的基础上，制定了有确定份额并相对合理的税收标准，同时在各州设立强有力的监管部门，一为杜绝偷税漏税，二为避免苛捐杂税。

为防旧弊重生，合赞将新税制编印成册，置于档库，命专人看管。又命各州各区将新税制镌于木板、石板、铜板、铁板等不易毁坏的物件之上，立于各州各区的显著位置，或放在村口、礼拜堂前，供纳税之人随时比对查看。

轻徭薄赋固然能够取信于民，开源节流才是充盈国库的终极途径。本来，波斯之地连遭兵祸，土地大多荒芜，合赞之前的几任大汗，虽建设了一些新城，或在已有城池创建了一些市场，或在郊区开发了一些农田，可没有相应的政策作为保障，市场无人经营，农田无人开垦，许多新城十室九空，徒费巨资。

合赞深知，发展农业是国之根本。只有切实保障垦民利益，才能调动起垦民开发农田的积极性。合赞派出官员经过调查，将荒芜多年的农田分作两类，一类是无主荒地，这部分荒地直接交付给垦民开发，第一年豁免全税，第二年视其在河渠远近与开垦难易，分别免税三分之一，二分之一或三分之二。另一类是有主荒地，这部分荒地需经主人同意才能开发，垦民将应纳赋税一半交给地主，一半交给国库。

税课使奔波于全国各地，将百姓流离失所，缺少耕牛与种苗的情况上报给合赞，合赞遂在有限的经费中拨出专款，用以购买耕牛、种子、耕具，再交付垦民使用。这部分专款，决不允许挪作他用。合赞即位之初，汗国财政状况异常困窘，只有在合赞治理的呼罗珊地区，府库中还略有储备。

在此基础上，合赞颁下圣旨，禁止官吏和军队强征百姓家畜、家禽，同时，不许军队向百姓征用毡、皮、衣物等生活用品，合赞实行的一系列爱民、惠民政策，在短短一年的时间就收到了百姓归心、仓廪充盈的成效。

确保地有人耕后，合赞将改革推向商业领域。

他在大城广建市场和作坊，修缮和完善客舍驿站，对本国及外国商人实行减免税制度。他命人将收税人员的姓名、征税项目、减免税标准刻在石板之上，立于必经之路口，令过往行人一目了然。这种优惠的税收制度及秩序井然的交易环境，经使团、旅行家、教士、过客等广为传播，吸引了各国商旅纷至沓来。尤其是首都帖必力思的郊区，很快成为商品集散地和波斯之地的商贸中心。

捌

国家富强的标志，只有经济繁荣还远远不够，必须要建设强大的军队为其保证。在这个过程中，庞大的军费开支是个问题。为缓解兵民矛盾，减轻百姓负担，合赞经过几番尝试，确定实行军事采邑制度，即每一千户受封一处土地，称为采邑，而采邑中土地的开发与税收全部用作军队供给。

当政治、经济、军事改革完全步入正轨后，合赞开始在全国推行两个"统一"：

第一，统一货币。

伊儿汗国统一波斯高原前，其地分为罗姆、法儿思、起儿漫、谷儿只、马儿丁等诸多小国，各国国王均享有铸币权，货币成色各有不同。按照阿鲁浑、乞合都两位伊儿汗的敕令，银币成色应为十分之九，实际只有十分之八。罗姆货币素以制作精美著称，可十底纳中仅有银二底纳，其余皆为铜。银币成色既差，市价不一，人们很难辨别，索性拒绝接受。

为改变这一现状，合赞延聘能工巧匠制作新的货币模具，附以难以仿造的花押，收回金银货币统一改铸，上面铸有真主及设教人之名，兼铸合赞之名。其中，银底纳重量定为三钱，金币价值百钱。若说银币制作已属精美，金币制作则堪称可遇而不可求，每一枚金币之上，皆铸各国文字、《古兰经》语句以及十二教长之名，因其金光灿灿，形制类于艺术品，致使拥有者无不视作珍品收藏，轻易不肯作为流通之用。合赞又生性慷慨，常用这类金银币作为赏赐外国使团之用。

另外，为确保全国货币均以帖必力思重量为准，合赞命艺师呼罗珊人法合鲁丁、巴海乌丁特别制造称量金银的八角量器，此量器自十斤至一答剌黑木分为十一等，即十斤、五斤、二斤、一斤、半斤、四分之一斤、八分之一斤、十答剌黑木、五答剌黑木、二答剌黑木、一答剌黑木。凡金银货币，唯有经量器检定合格者并加盖印记者才得以流通。凡伪造印记者将处以死刑，检定不合格仍放纵其流通于市面者，其地长官将按照法律规定接受惩罚。

第二，统一度量衡。

原波斯诸国，度量全不统一，虽使用石骨铁质重量，却随意增减，导致各国交易纷争不断。合赞令全国适用一种重量，称为帖必力思乞烈。兹定为一乞烈重十斤，每斤重二百六十答剌黑木，合十乞烈为一图合儿。考虑到粮食如大麦、小麦、米黍、胡麻等重量不同，则根据不同种类，制作大小不一但重量统一的十斤容器，较重者另制担型量器。所有量器每月都需检定一次，加盖印记者方可使用。如使用仿冒量器，一经坐实，则处于断手之刑或交纳罚金。

盛装液体的革囊，供汗廷之用，容积为五十斤，供宴会之用，容积为四十斤。

量取布帛的尺度，亦以帖必力思尺度为准。尺之两端皆盖印记，如其他量器一般，皆需定期检定。

更细的改革在于保境安民。

因前任诸汗在位时的政治环境相对恶劣，导致国内盗贼横行。合赞一方面制定严格的法令，内容包括凡遇盗贼，同旅之人应彼此呼应，共同抗击，若弃同伴而去，则应担负同伴生命财产损失；盗劫发生之地，附近军队或乡民闻警不救者，应依法处置；无论蒙古人或土著人或穆斯林，有协助或加入盗贼者，一律处死等细目。另一方面，任用能力出众的侍臣英忽里监督捕盗令的实施。英忽里为政清廉，忠于王事，他对举发盗贼踪迹且有助于官府缉盗的官员百姓予以保护和重赏。在他的监督下，官府与军队捕盗无数，余下盗贼成过街老鼠，未久销声匿迹。

对因酒醉致使斗殴伤人的诸般案件，合赞既知饮酒不能全禁，于是规定，凡在公共场合醉酒失态者，将剥掉衣服绑在树上示众。此法虽简单，却十分奏效。毕竟各人皆有脸面，街头自此难见酗酒之人。

蒙哥汗病逝后，蒙古帝国分崩离析，四大汗国间纷争不断，许多蒙古幼童遭受掳掠，被无良商人售卖至波斯。合赞见成吉思汗将士后人沦为波斯人奴隶，十分心痛，他针对这一现象制定律法，严禁买卖蒙古人口，同时对历年从汗国售卖至波斯的奴隶均由政府出资赎回。因这部分儿童多已长成青少年，合赞遂将他们留在汗廷效力。这样，在近两年的时间内，赎回近万人，合赞将他们组成"怯薛"（即御林军），委派元朝丞相孛罗担任万夫总管。

古往有之,各地皆设妓院,合赞知道不能盲目废止,遂在权限内有所规范。他下令,凡不愿以色侍人的女奴,一律不许被主家卖入妓院;妓女若想脱离妓院,则由官府赎回,以配良人。

其他律令,还包括鼓励手工业生产,加强帑藏管理,明确后宫及王公贵族各项费用开支,在法律环节对各色人种一律平等对待等等。严格的律法与开明的政策相结合,其结果是大片荒地得到开发,品种繁多的农产品出口至国外,手工业生产亦得到长足发展。汗国出产桑蚕和羊毛,是生产珍贵纺织品的国家,如提花锦缎、绫织品、天鹅绒、地毯等都闻名于世。乞失和兀满,是两个珍珠产地。在沙班葛剌地区出产牛黄,这在当时是一种无与伦比的解毒药,它具有吸收动物身上或植物体内各种毒素的特性。帖必力思是汗国的政治、经济和贸易中心,在这里,商铺鳞次栉比,来自世界各地的商人摩肩接踵。华丽的建筑比比皆是,如星期五清真寺、祈祷堂、伊斯兰学校、寺院、旅店以及医院、慈善机构和许多用于宗教和福利事业的建筑物令人叹为观止。

在经济飞速发展的基础上,文化事业也随之繁荣起来,拉施德的《史集》以及《伊利儿汗的中国科学宝藏》都在编纂之中,更有一批举世闻名的诗人与文学家诞生于合赞统治的时代。

合赞常以不能收复西里亚为憾,遂在元大德七年(1303)初,决定三征西里亚。他仍将统帅权交给妹夫忽都鲁沙,并以大将木莱、出班等人相辅。

此番为夺回西里亚,合赞做了周详的准备,临到与埃及军的对决,仍输在所用非人。忽都鲁沙丝毫不具备单独指挥大军团作战的能力,胜而不知防备,败而不知坚守。除大将出班指挥有方,取得过局部胜利,并拼死力战,掩护忽都鲁沙率领残兵败将逃离战场外,基于忽都鲁沙错误的战略部署,其他将领皆乏善可陈。

败讯传到帖必力思,合赞椎心泣血,悲痛万分。他下令在帖必力思城为死难者举丧两月,并对所有将士家属予以厚恤及安抚。

俟败军逃回,他在大殿之上,首要追究忽都鲁沙指挥失当之罪,将忽都鲁沙剥夺军权,贬至岐兰。对大将木莱、雪尼台、出班等施以杖刑,又将两名临阵脱逃的将领拉出大殿示众后斩首。受责诸将中,唯出班屡屡取胜,怎奈败于主力溃退。合赞对他施刑毕,赐下专治杖疮的特效药膏,又脱下自己的衣袍披在他的身上。

合赞赏罚分明，众将多无怨言，出班尤其感激涕零。此后不久，出班将在伊儿汗国的历史上扮演重要角色。

玖

伊儿汗国的前两任大汗，旭烈兀和阿八哈，都没活过五十岁，好歹还活了四十多岁。第三任汗阿合马，第五任汗乞合都，第六任汗伯都均死于非命，使人无法了解其正常寿数。其中，四任汗阿鲁浑一脉，从阿鲁浑本人开始，犹如受到短命诅咒。其子其孙，均如父祖一般，会在一夕间突然发病，随即病无可治。

或许正是预知到自己的命运，阿鲁浑才那么迷恋长生之术。遗憾的是，阿鲁浑没能获得长生，他在三十三岁的壮年溘然长逝。

同样也是三十三岁，厄运降临在合赞身上。

在伊儿汗国，在波斯，在蒙古帝国乃至世界历史上，合赞都是一位当之无愧的雄主。他二十四岁登临汗位，国家正处于动荡飘摇之时，伊儿汗国在波斯的统治岌岌可危。为整治弊政，扭转国家衰落的局面，合赞开始在国内进行大刀阔斧的改革，使国内财税制度走向正轨，农业和工商业生产得到恢复和发展。他曾三次攻伐西里亚，打败埃及军队。外交方面，他同英、法以及东罗马教廷建立了良好关系。尽管只有短短九年，他却让自己的政权根植于波斯高原，当伊儿汗国真正进入鼎盛时期，他亦在人类史上写下了浓墨重彩的一笔。

即便如此，当那个可怕的节点到来时，原来身体无恙的他终究难逃魔掌。

秋天甫至，合赞忽得眼疾，经中国医师放血治疗，稍稍好转。这时有人敬献数头印度大象，合赞到底年轻，全不知这一场突如其来的眼病，会引出大病之根。他当即登象游玩，时间达两三个时辰，引来许多百姓观看。

回到宫中，合赞感到眼睛疼痛，中国医师再度为他放血。

十月底，合赞病情稍稍稳定，遂赴乌章巡视。因刚刚放血，身体疼痛，不能乘马，只能乘轿缓行。途中，合赞接到纽璘的讣告，心中深感痛惜。纽璘在元朝时就是一员勇将，出使伊儿汗国后，被合赞款留于汗廷。纽璘对合赞忠心耿耿，合赞对他也十分信任，命他驻守阿朗边境。纽璘既逝，合赞只得重新起用遭到贬谪的妹夫忽都鲁沙，命他接替纽璘之职。

在乌章巡视后，合赞原想赴报达巡视，因天寒降雪，道路难行，遂驻冬于乌兰沐涟（红河之意，发于哈马丹北山中，流入里海）。

合赞在乌兰沐涟深居简出，一日夜间，国相撒都丁遣使至合赞居所，密告一事。原来，有一伊斯兰教长自言得天命启示，知先汗乞合都之子阿剌弗朗将继立为汗，取阿鲁浑一系以代之。为此，这位教长派遣信徒潜入都城为其招聚党羽。不料事情泄露，撒都丁迅速逮捕并处死了一干谋夺汗位之人。唯阿剌弗朗，撒都丁将其捕送至合赞处，听候合赞发落。

阿八哈一族，人丁原本不旺。阿八哈只生二子，阿鲁浑与乞合都。阿鲁浑虽生三子，一子早亡，活在世上的，只有合赞与合儿班达。合赞与合儿班达又各只生一子。乞合都一脉，亦只存一子名阿剌弗朗，这好比一株树上，不过结着几颗果实。合赞不忍摘取，遂对阿剌弗朗开释不罪，命他至合儿班达麾下效力。

鉴于此事处理得宜，合赞越发信服国相撒都丁之能。他授予撒都丁蒙古千户长之职，赐以鼓纛，并命诸臣皆往祝贺。

四月初，合赞病体康复，至郊外纵情游猎，他却不知，这样的健康朝气于他而言不过是昙花一现，当他再次病倒时，已知生命将尽。

五月，合赞将陪伴他左右的拉施德召至汗帐，命他手录遗嘱。

拉施德不仅是两相之一，还是一位成就斐然的史学家，一名出色的御医，合赞召他手录遗嘱，正是出于对他的宠任。

遗嘱全文如下：

> 诸可敦、诸宗王、诸统将、诸千户、各级军校、诸算端、诸近臣、诸税课使、诸法官、诸教长、诸司教、诸知事、诸收税员以及自阿姆河达于西方边境之臣民等：
>
> 应知吾人赖真主之恩佑，真主以回教之光明启发吾人之心，于吾人在位之时，助吾人维持教诫，称颂圣语，善治人民，而使全国皆得其平。今既许染疾，使吾人日近由此可灭之世移居不灭之世之时。

吾人因爱民曾欲弱者完全不遭压制之害,公道普及,回教忽视之诚重兴,顾今既不能完成此贵重使命,特嘱诸人,冀在吾人身后勿启乱事。四年前曾命爱弟为汗位继承人,盼其速承汗位,全国人民为之效忠。盼其切勿变更吾人公布之法令,务必发扬回教,保护回教徒,谨守教诫,勿使敌人妨害信仰,遵守我之先例,维持人民之安宁,而重真主之付托。

凡已定之课税外,不得更有所征,不得重定新税,不得将已废之税恢复。凡供施舍之款项,宗教基金之收入以及吾人兴建之慈善机关,皆应保存其用途。吾人所许给付之恤金岁赐,仍如前支给,财政官员不得夺之。吾人之目的既在为善,愿其散布善举,复次愿其处罚邪恶。

吾人死讯到达诸州之时,愿各地皆为丧事祈祷,而使信徒之祷告救助吾人。

汗帐里,暗淡跳动的光线下,合赞的脸色苍白,拉施德的脸色似乎比他还要苍白。拉施德认真录下遗嘱后,请合赞过目,合赞反复阅读数遍,见没有任何遗漏,遂钤以大汗宝印。

合赞见拉施德面露哀色,微笑劝说:"人生自古,无一人可得长生。我虽寿数不永,可在有生之年,能为我弟合儿班达、为我将臣子民留下一富强国家,我也无所遗憾。未来,你要好好辅佐合儿班达,执行我制定的国策,倘能如此,即使我不在人世,也与我在人世没有太多区别。"

拉施德流下泪来。他犹豫片刻,似乎有什么话要说,又没有说出来。

"国相。"

"臣在。"

"你我君臣,比之其他君臣不同。你曾在朝廷担任御医,因你才学出众,方能在一干群臣中脱颖而出。我自任你为相,便视你为我之腹心。这些年,我若得十分功劳,其中五分功劳也应该归于你的名下。如今,我即将离开人世,我们君臣能像现在这样畅所欲言,只怕这也是最后一次。趁着我精神还好,你有任何话都不妨讲来,或许,可以让你稍宽心胸,让我稍解病痛。"

拉施德暗想,大汗即使病入膏肓,仍不失其机敏锐利。

"大汗,臣想说的,与王子阿勒术有关。"

阿勒术为合赞次妃不勒干所生,在合赞的八位后妃中,只有不勒干为他生育了一子一女，公主名叫完都忽都鲁。

"哦？阿勒术怎么了？"

"这话臣不该说，不过臣的确心存疑惑。"

"你是想问，为什么我有子在侧，还要将汗位传给我弟合儿班达吗？"

"臣失礼了。"

"没什么。你有这样的不解也属正常，毕竟，阿勒术是你的学生。说到这里，我的想法与历代大汗确有不同之处，那就是，我虽须确保汗位在成吉思汗的后人中传承，但我并未将汗国视为我合赞的私产。其实，几位先汗又何尝不是如此？当年，曾祖受蒙古大汗委派，兵锋向西，开疆拓土，可他从未忘记，自己是大汗之臣，他坐镇伊儿汗国，是为大汗守边。祖宗之志，合赞不能忘，亦不敢忘。四年前，那时阿勒术已然出生，我仍将合儿班达确立为汗位继承人，正是以帝国以汗国为重。合儿班达自幼常在我的身边，他的品性为人我最了解。他虽少了一些我的勇武果决，可他是一个有能力守住江山的人。阿勒术尚在幼冲之年，若以阿勒术为君，只会在朝中催发野心与混乱，到那时，不仅阿勒术难保无虞，连这来之不易的繁荣与昌盛都会烟消云散。拉施德，请你将我这句话转告撒都丁，未来的日子，你们要像辅佐我一样辅佐合儿班达。这是我对你的嘱托，你记住了吗？"

拉施德跪倒在地，痛哭失声："臣，当以一生名誉担保，绝不有负大汗所托。"

第九章　最后的强主

壹

次日，合赞召集次妃不勒干与群臣，宣读遗嘱。群臣皆跪伏于地，痛哭不止。老臣笃本年事已高，难以承受这锥心之痛，昏倒于帐中，合赞命人将他送回住所。笃本数日后亡故，略早于君主合赞。

元大德八年（1304）五月十七日，合赞在哥疾宁附近的汗营病逝。从病重到临终，他始终神智清明，言语如常。

民心不可欺。在伊儿汗国，合赞汗是唯一一位将臣百姓愿为其一掬悲伤之泪的大汗。合赞的灵柩由不勒干王妃及百官护送回帖必力思，沿途所过城村，百姓皆身披麻衣，光脚露头，面覆尘土，离舍号哭。教徒们在招唤礼拜塔上覆以粗布，商人们在街市商场铺设草席，上至贵族下至贫民，一律服孝七日，步行送葬一程。

帖必力思居民自发地换上深蓝色丧衣，远至末站奉迎汗枢。士卒与市民跟在灵柩后面，一路泣行。合赞的墓地建在帖必力思附近的申卜，俟合儿班达从呼罗珊返回帖必力思，举行过葬礼后，将合赞灵柩安葬于此地。

合赞的死讯传到君士坦丁堡，东罗马人深感惋惜。合赞活在世上一日，东罗马边境可得一日安宁。合赞一死，将无人可遏制两国边境的蛮族入侵。

七月二十一日，合儿班达在群臣的拥戴下成为伊儿汗国的第八任大汗（1304年至1316年在位），奉上尊号"完者都算端"。

完者都生于至元十八年（1281），是阿鲁浑第三子。完者都出生时，正值天旱多日，百姓深为忧虑。俟完者都呱呱落地，大雨骤降，旱情得到缓解。阿鲁浑欣喜之余，将此子的出生视为祥瑞之兆。

完者都幼时常被合赞带着玩耍，父亲去世后，完者都更是被兄长接到身边亲自抚养。兄弟二人感情甚笃，合赞在完者都心中，几乎占据着比父亲还要重要的位置。兄长生病期间，完者都没有一天不为兄长祈祷，及至噩耗传来，他如遭雷击一般，顿时昏厥于地。众人忙乱将他救醒，他一刻不做停留，兼程赶回帖必力思为兄长举丧。

途中，他因心中太过悲痛，食不下咽，只能喝些清水。他赶回帖必力思时，身体已变得异常虚弱，可他还是强撑着主持了兄长的丧礼。丧礼结束后，多亏贤惠的不勒干王妃百般开导劝慰，他方在兄长的灵柩出发后恢复了正常饮食。

在合赞为汗国走上富强之路鞠躬尽瘁之时，完者都一直是兄长最可依赖的助手。这位伊儿汗国的第八任汗，也许不是特别有魄力的人，但他具备了一位守成之君必备的特质：仁慈与平和。

何况，完者都从兄长那里继承的，是一个体制健全、富强繁荣的国家。他完全不必像兄长那样殚精竭虑，不必改变长兄制定的一切国策，更不必经历内忧外患。他登临汗位时，正值脱胎于蒙古帝国的四大汗国及元朝全面停战，各自进入和平发展时期。纵然有着不能收复西里亚的遗憾，完者都也犯不着为此耿耿于怀。

八月六日，完者都自乌章还帖必力思，次日，赴申卜哭谒兄长墓堂，同时按照惯例，向诸臣百姓大散布施之物。

俗话说，有福之人不用忙。九月初，完者都接受国相拉施德的建议，往马剌黑参观天文台，谒祖宗开基之地。他刚刚启程，好消息接踵而至：九月十九日，元朝及察合台汗国、窝阔台汗国使臣赴马剌黑晋见完者都，向他通报了两个汗国臣服于元朝的前因后果。接着，金帐汗脱脱的使臣也来到木干草原，一为祝贺向完者都登基，二为接受伊儿汗国、察合台汗国、窝阔台汗国与元帝国的和约。此和约的主要内容为：四大汗国奉元帝国为宗主国，停止四大汗国之间以及察合台汗国、窝阔台汗国与元帝国的争端，彼此和平共处。

按照和约内容，元帝铁穆耳终于实现他祖父忽必烈的心愿，成为蒙古帝国共主。

与此同时，修复于脱脱和合赞执政时期的汗国关系，在完者都登基后进一步得到巩固：金帐汗国与伊儿汗国使节往来不断，外交信件传达顺畅，道路对商人和旅行家重新开放，保护过往行人的各项制度得到健全，驿站设施得到修缮。南来北往的货物和珍奇物品在中断了一个时期后，又能通过两国商道销往各个国家。

登基次年（1305 年 7 月 24 日），完者都开始在晃火儿乌兰草原兴建一座新城，兴建此城的目的，亦为完成其父阿鲁浑的遗愿。不久，新城落成，取名"苏丹尼叶"。城中的几座清真寺中，最大的一座为完者都出资修建，墙体皆饰以大理石及绘花瓷片，十分壮丽。城中设立医院一所，招医师多人，附以药房，所需之物皆备。又仿报达城谟司坦昔儿学校之制，建学校一所。城中王公贵族皆在城中兴修各种华美的住宅及庭院，国相拉施德则出资建筑一坊，坊中有庐舍千所。另建一座大厦，上有两处招唤礼拜塔，中有学校、医院、修道院各一所。

作为伊儿汗国第二大城市，苏丹尼叶城像帖必力思城一样没有建造外城墙，这使郊外四周显得十分平旷。城池中心，建有一座坚固的堡垒，堡基完全由巨石筑成，堡上建有碉楼，楼壁镶嵌琉璃，碉楼之上，几尊大炮一字排开。

苏丹尼叶的人口不及帖必力思稠密，繁华程度犹有过之。市集之上，无论来自里海南岸的真丝，来自呼罗珊境内的各种布、帛、丝、绸、缎带、纨绮等织品，还是来自印度的珍珠、宝石、香料等等，在这里都能找到货源。每逢夏季，基督教国家和伊斯兰教国家的商人时常云集于此，完成大宗交易。

苏丹尼叶城建在平原之上，有渠道穿城而过。城东的开阔地建着市民住宅区，街市和商场上，有货物充斥其间。城南荒山耸立，山后即塞兰省，塞兰省气候炎热，盛产柠檬、橘子等水果，也都运来苏丹尼叶销售。其中塞兰橘因果汁丰富，酸甜适口备受市民的欢迎。

子城呈正方形，上筑戍楼。方城每面宽五百吉思，用石块砌成。墙体甚厚，上面四马并驰，尚有余地。堡中清真寺呈八角形，每面宽六十吉思，上覆圆顶，高一百二十吉思。该寺窗牖颇多，中有一牖，高三十阿里失（吉思与阿里失皆为波斯尺名，约长一肘），宽十五阿里失。在其附近又为赛亦德族建清真寺、养济院馆舍各一所。王宫中建有高殿一所和小殿十二所，各殿皆开设一窗，正对庭院，院内皆铺设大理石。

另建可容纳两千人的大殿一所，周围环以其他建筑物。

完者都在位期间，每年都会拨出五十万金币供苏丹尼叶建设之用。元朝铁穆耳皇帝遣使来赐海冬青时，乞合都特意选在苏丹尼叶的王宫接见元使，连见多识广的元使，也认为苏丹尼叶是世界上最美丽的城市之一。

元大德十一年（1307），拉施德完成《史集》，上呈完者都，完者都对他大加赏赐。与此同时，完者都再赴马刺黑天文台参观，他任命著名天文学家纳速刺丁之子乌赛勒丁主持天文台事务。

苏丹尼叶北部有一小国，与伊儿汗国以底廉高山为界，名曰岐兰。岐兰国位于山北，疆域止于里海。

岐兰地小人稀，内分十二部，每部各设酋长。本来，岐兰地势险要，周围森林密布，如同与世隔绝一般。历任伊儿汗几乎都遗忘了这个国家，包括完者都在内。若非某个人的多嘴，他可能永远不会想起。

一天，原呼罗珊长官阿儿浑之子阿儿岱因察合台第十任汗都哇崩逝之故，前来觐见完者都，发布讣告。都哇是察合台的五世孙，完者都是拖雷的五世孙，二人年纪相差二十多岁，却是平辈兄弟。

完者都执政时，四大汗国皆奉元帝为宗主，蒙古帝国已归于一统。兄弟之国派来的使臣，完者都自然要按两国交往的礼节予以接见和款待。席间，完者都与阿儿岱谈些两国趣事，气氛倒也融洽。

在蒙古统治下的中亚与波斯之地，阿儿浑家族乃名副其实的大家族之一。阿儿浑本人与其子涅孚鲁思在伊儿汗国都是炙手可热的权臣，阿儿岱供职于察合台汗国，他的才智及影响固然不及父兄，可他家族背景了得，本人忠于职守，多年来，他在都哇朝的地位相当稳固。

阿儿岱人不坏，就是有个挺烦人的毛病：他酒量一般，只要喝多了便口无遮拦。他与完者都天南地北地聊着，偶然间，他想起一件事来，遂向完者都说道："大汗（指都哇）在世时，在伊儿汗国最佩服的人就是汗国的创立者旭烈兀汗了。他常说，他忍辱负重二十七年，才换来汗国复兴，这种事，绝不是常人可以做到的。不管别人怎么想，在这个以成败论英雄的时代，他非但不为他的选择后悔，反而引以为傲。察合台汗国与伊儿汗国接界，又是兄弟之邦，当年，先汗八剌合曾败于您祖父阿八哈汗之手，他的长子忽都鲁火者也被大汗您的军队击败过，可他依然认为，旭烈兀汗之后的历代大汗，皆无法与开国君主相比。"

海都重建窝阔台汗国后，几乎并吞了察合台汗国在中亚的所有领土，一跃而成中亚霸主。察合台第七任汗八剌合死后，其八任汗、九任汗、十任汗均为海都所立，察合台汗国沦为窝阔台汗国的附庸已成不争的事实。让人不曾想到的是，作为八剌合之子，都哇却向逼死自己父亲的仇人海都选择了忠顺之道。在此后二十七年的漫长岁月中，他与海都同进共退，同生共死，他的勇武为他赢得了巨大声誉。与此同时，他借助海都的支持，名正言顺地整合了汗国内部各支系力量。俟海都病故，他立刻实现了两个汗国在角色上的逆转。

蒙古四大汗国彼此攻略已久，实为形势所迫，每个人都身不由己，完者都从未将都哇视为不可原谅的敌人。阿儿岱一再强调都哇在世时只敬佩旭烈兀汗一人，倒是这句话怎么听怎么让人觉得别扭。其他人倒还罢了，包括完者都本人在内，都不必非要与曾祖比肩。唯独兄长合赞不可以，在完者都的心目中，兄长堪称明君的典范，即使与曾祖相比，兄长也毫不逊色。完者都不禁动问："你说都哇汗在世时只认可曾祖一人，这又是什么缘故呢？"

阿儿岱大着舌头回答："无论什么缘故大汗都不必介怀，反正都哇汗已然不在人世。海都汗活着时，都哇汗对他十分敬佩。臣揣其意，想必都哇汗的内心比较欣赏那些勇于开疆拓土的国君。记得有一次，大汗与金帐汗国的使臣闲谈，当使臣说到在伊儿汗国人人都称颂合赞汗的贤明时，都哇汗却笑了笑，用一种不以为然的口吻说：伊儿汗国境内有一小国名叫岐兰，合赞汗至今未能将其征服，他的功绩岂可越过旭烈兀汗？若我蒙古诸汗皆尚文治，请问又何来这偌大江山？"

贰

完者都听到这里，脸色顿时沉了下去。都哇的嘲笑让他感到羞耻。作为伊儿汗国的第八代君主，他像前几任大汗一样，时常忘了岐兰国的存在。然而想到对岐兰国的放任，竟令兄长的英名蒙尘，他便不能置之不理。的确，他喜欢做一名和平之君，可这并不意味着，他就没有一点斗志。

阿儿岱就事论事，丝毫没想到他的信口雌黄会为承平已久的岐兰惹来一场灭国之灾。他的使命完成，辞别完者都回返察合台汗国。他刚一离开，完者都召集众将议事，决定兵分四路，讨平岐兰。

进军路线如下：出班率一军取阿儿德比勒一道，忽都鲁沙率一军取哈勒哈勒一道，脱欢与木明率一军取哥疾宁一道，完者都自率一军进向剌黑章。

诸将以岐兰乃偏僻小国，纵然地势险要，也不足为惧，劝说完者都不必亲征，完者都执意不肯听从。他对诸将说，一国存在，必有其存在的道理，虎狼之师多败于轻敌。至于他，他之所以不惮劳苦，是因为他必须以熠熠生辉的胜利之珠，亲手镶嵌和光耀兄长的荣誉之冠。

伊儿军择日出发。四路大军中，数出班的进展最为顺利。岐兰十二部，两部酋长率先奉重币请降，出班挈二酋至剌黑章道上，与完者都军会合。

忽都鲁沙军至哈勒哈勒，此部之酋舍里甫丁来降，忽都鲁沙向他问询岐兰虚实，舍里甫丁直言相告，说本国居于险要之地，国民对外兵未必畏服，进军需格外谨慎。忽都鲁沙一生，无论吃过多少亏，都不改其狂傲本色。他根本没将舍里甫丁的劝谏放在心上，命大将孛罗海牙引军先行。孛罗海牙三战皆胜，岐兰诸酋以底巴只为首，皆向孛罗海牙请降。孛罗海牙允降，忽都鲁沙之子昔宝赤却认为岐兰诸酋不战而降，早晚都是祸害，不若屠光其民，尽占其境来得稳便。糊涂的忽都鲁沙竟然接受了这个荒唐的建议，改任昔宝赤为先锋军统帅，而将孛罗海牙调回。昔宝赤在岐兰国内大行杀戮，岐兰军民陷入绝境，奋起反抗，他们设计将蒙古军队引入沼泽地中，忽都鲁沙死于非命，昔宝赤仅以身免。

脱欢、木明进军途中，部酋欣都沙来降。二将许保其位，携其往见完者都。

完者都自率中军，又会出班军与脱欢军，沿路恩威并施，顺利进至首都，迫降岐兰王。唯有杀死忽都鲁沙的部民仍在丛林据守，完者都数派大军进剿，付出惨重代价，终于平定岐兰全境。

当完者都了解到皆因昔宝赤拒降才引起诸多变故，深为愤怒。他顾惜忽都鲁沙为国捐躯，特赦昔宝赤死罪，唯命人杖击昔宝赤一百二十下，又剥夺原忽都鲁沙麾下万户军，将其交与出班指挥。

岐兰国降后，完者都分兵攻打也里国。也里军不敌，国王被杀，完者都遂以入质汗廷的王子嘉泰丁为其新国王，也里国乃正式归附伊儿汗国。至此，完者都弥补了兄长的遗憾，开始专注于国内建设，在各地大兴土木。

完者都执政时期的国相仍为拉施德和撒都丁。完者都对拉施德宠任依旧，可撒都丁自恃位高权重，目空一切，对汗命常常置若罔闻。他的骄矜跋扈，引起完者都的强烈反感。撒都丁为相多年，树敌颇多，众臣揣度完者都之意，对撒都丁百般攻讦，完者都遂以谋叛罪将撒都丁处死。

元皇庆二年（1313），完者都在苏丹尼叶接见了察合台第十三任汗也先不花派来的使团。四年前，窝阔台汗国已亡，其领土大部分并入察合台汗国，少部分为元朝占据。四大汗中只剩三大汗国，仍奉元朝为宗主国，彼时尚处于和平时期。使臣向完者都进献了中亚方物，完者都亦以本国出产的上品红宝石、蓝宝石、绿宝石、阿剌璧骏马等作为回赐之物。

谁知好景不长。承平数年的也先不花突然听到一个可怕的传言，说元朝与伊儿汗国使臣往来频繁，正密谋要对察合台汗国形成夹击之势。也先不花不辨真伪，向元朝轻启战端，惨败而归。在东面不敌元朝，也先不花试图将损失从西面的伊儿汗国找补回来，他派军队攻打呼罗珊地区，依旧为伊儿军所败。

元延祐三年（1316）底，完者都在苏丹尼叶患上风湿症，御医呈上禁食之法，完者都的病情很快得到控制。一日，他往后宫临幸嫔妃，沐浴过久，又进食了不易消化的肉类，转为积食症，十分痛苦。众御医聚在一起商议，除一位老御医外，其余皆主张使用轻泻药。唯有老御医力排众议，自承必能治愈主上之疾。完者都遂用老御医处方。老御医大进补剂，完者都服用数日，即进入弥留状态。

十二月十六日，完者都在苏丹尼叶病故，享年三十五岁。

完者都的死因，表面来看，是为庸医所误，究其深层原因，仍与阿鲁浑家族的短命诅咒有着千丝万缕的关系。阿鲁浑父子三人，都是在三十多岁身体原本最健壮时突然发病，其病来势并不凶急，不出数月数日便转为危重，继而不治。后期，完者都之子不赛因也出现同样情况。

完者都的棺椁以金银制成，饰以宝石，置于宝座之上。臣民为他举行了隆重的葬礼，俟葬礼结束，出班等按完者都遗嘱，奉其子不赛因为君。

应该与短命诅咒有关，阿鲁浑一系，人丁稀少不说，子嗣夭亡者亦多。合赞一子已亡，完者都膝下六子三女，五子与一女皆早早夭亡，唯不赛因存活下来，系硕果仅存的汗位继承人。两个女儿，后来均嫁给名将出班。

不赛因生于元大德八年（1304）六月二日夜半时分，生后八日，完者都将他交给自己的老师舍云治夫妇亲自抚养。

不赛因八岁时，完者都命他前往呼罗珊驻守。在伊儿汗国有个不成文的规定，凡受封呼罗珊者，便意味着此子的储君身份得到认可。顾虑儿子年幼，完者都仍命舍云治夫妇随侍爱子，继续担起教育和照看之责。

延祐四年（1317）四月，不赛因在苏丹尼叶正式登基，年不满十三岁。舍云治与出班各执其手，将他引上大汗宝座。

不赛因遵从父汗遗命，以出班为都元帅，二相拉施德与阿里沙守旧职。

表面看，伊儿汗国仍持续着前两位大汗执政时的繁荣昌盛，事实上，气数将尽的汗国危机四伏。

刚刚即位的不赛因面对的第一个危机，是来自统治阶层的相互倾轧。

撒都丁死后，完者都以阿里沙取而代之。阿里沙与拉施德交恶，常在不赛因面前攻击陷害拉施德。多亏出班与舍云治皆信拉施德之忠，为其百般辩解周旋，拉施德方得以保全。数月后，舍云治病逝，拉施德失去了最坚强的庇护，阿里沙及其党羽终于以拉施德利用医者之便，使完者都服下毒药而死的莫须有罪名，将拉施德扳倒。可怜一代名臣，史家巨匠，在七十一岁的高龄不能安享尊荣，反而遭遇抄家灭门、焚尸留骨的惨祸，他的幼子嘉谟珂成了唯一的幸存者。

不赛因面对的第二个危机，是北方边境战事又起。

完者都登临汗位的第九年（1312年），在与伊儿汗国相界的北方，人们曾为拔都的五世孙月即别举行过一场隆重的即位大典。纵观金帐汗国的历史，第九任汗月即别堪称是最杰出的君主之一（论杰出，还有开国君主拔都和第八任汗脱脱可与之比肩，论引领汗国真正走上强盛之路，他的功绩尤胜拔都与脱脱一筹。甚至，若干年后，他的名字将成为一个经过融合的民族代称——"月即别"的另一个译法是"乌兹别克"）。从某种程度而言，伊儿汗国第七任汗合赞（1295年至1304年在位），金帐汗国第九任汗月即别（1312年至1342年在位），察合台汗国第十四任汗怯伯（1320年至1327年在位），无疑都是那个时代赐予蒙古帝国的"厚礼"。倘若没有这三个人的出现，伊儿汗国是否能够成为被波斯人普遍接受的"本土"政权，金帐汗国和察合台汗国是否能在欧洲及中亚延续数百年的政治命脉，恐怕都是个未知数。

金帐汗国在月即别的统治下变得空前强盛，伊儿汗国在完者都当政时期也持续着其兄合赞开创的辉煌。势均力敌的两个汗国在这段时间保持着和平关系，尽管如此，月即别的内心始终不曾忘怀几位先汗的夙愿：夺回被伊儿汗国"侵占"的金帐汗国领土：阿哲尔拜展。

月即别耐心地等待着时机，时机在完者都去世后到来。

不赛因即位的第二年，月即别欺伊儿汗国新主幼弱，率重军进至打耳班。不赛因闻讯，以出班为帅，亲提大军抵御月即别的进攻。

月即别未免小瞧了不赛因。这个稚子小儿，打起仗来犹如先祖旭烈兀在世。出班也是一位久经沙场的勇将，君臣配合默契，金帐汗国的军队被阻在打耳班一带，寸步难进。无奈，月即别下令退兵，出班追击一段路程，转回汗营复命。

一波方平，一波又起。不赛因不得不面对的第三个危机接踵而来。

不赛因回到苏丹尼叶，还未坐稳黄金宝座，也里国王嘉泰丁遣使密告：察合台后王牙撒忽儿在呼罗珊附近集合军队，收聚牲畜，叛意已显。

当年，作为察合台后王，牙撒忽儿背弃了第十三任汗也先不花，将阿姆河以北之地据为己有。也先不花派兵征讨，牙撒忽儿先胜后败，只得逃往伊儿汗国，归附了伊儿汗完者都。

完者都在世时，牙撒忽儿尚且不敢轻举妄动，俟完者都病故，牙撒忽儿不惧不赛因，于八月中旬在呼罗珊宣布自立。

不赛因多次派兵征剿牙撒忽儿，双方互有胜负。后来，不赛因在察合台第十四任汗怯伯的帮助下，一举平定牙撒忽儿叛乱，而伊儿汗国与察合台汗国也借机修复了一度中断的关系。

前三个危机还算人祸，第四个危机则是天灾。

元延祐七年（1320）八月，苏丹尼叶附近忽降大冰雹，砸死庄稼牲畜无数。接着，强降雨引发了水灾，许多城池被淹。

人祸可预，天灾难防。不赛因心中惶恐，求问星者术士，众人皆言，这是因为汗国久历战事所致。为寻求和平之法，不赛因决定与埃及算端纳昔儿修好。纳昔儿原本正有此意，只是苦于没有合适的契机。不赛因能主动向他伸出橄榄枝，他自然喜不自胜，求之不得。

由于双方皆怀诚意，经使者往来谈判，顺利达成休兵通好协议。

至此，敌对了六十多年（1260 年至 1323 年）的两个政权终于握手言和。

叁

和平如此难得，享受和平的时光几乎成了奢望。伊儿汗与埃及算端往来谈判，互派使者期间，出班次子帖木儿塔失在罗姆自立为汗，他公然在封地铸发新币，令罗姆居民以他的名字祈祷。他还自称是世界末日的救世主，并遣使至埃及，请算端纳昔儿与他夹击不赛因汗。

罗姆居民多不愿追随叛臣，有些人暗中逃离，将这个消息通报给大将军出班。出班惊闻次子之叛，深为忧惧，他向不赛因请战，要求亲缚帖木儿塔失来献，如若帖木儿塔失反抗，他会提着儿子的首级向汗廷奏凯。

不赛因同意了出班的请求。

帖木儿塔失得知父亲引兵前来，发誓要与父亲决一死战。在罗姆驻守的将领多出自出班门下，他们深知出班统兵之能，何况叛军不得人心，罗姆军民无人愿为帖木儿塔失献上项上头颅。这些人与城中法官、教长密商，以强制手段迫使帖木儿塔失着罪衣出城，向其父请罪。

出班端坐于马背之上，看着跪在面前的次子，厉声问道："逆子，你可知罪？"

帖木儿塔失垂头答道："儿子知罪。"心中却想，我不是知罪才跪在你的面前，我是怕你才有这屈膝一跪。

"想你我父子世受君恩，纵死难报万一。你……你怎么能……唉！你从小遇事好冲动，这都怨为父管教不严。你究竟受何人挑唆，竟做出这等不忠不义之事？你若不从实招来，休怨为父心狠，现在就让你身首异处。"

出班说着，抽出弯刀，执握于手。

毕竟是父子，出班的私心，帖木儿塔失一清二楚。他深知父亲当众讯问自己，不过是寻个台阶，日后也好向大汗交代。帖木儿塔失可不是那种有操守的人，他当即供出了几个名字，出班立刻将这些人拿下，就地斩杀。

之后，他将帖木儿塔失缚回汗廷，向皇帝缴令。

不赛因念及出班追随三代大汗，为国家披坚执锐，出生入死，对自己又有拥立之功，遂对帖木儿塔失以其年轻莽撞且已知错为名开释不罪。不久，在得到帖木儿塔失效忠的保证后，重又将他派回罗姆。

舍云治死后，出班位高权重，无人可出之右。为加强对朝政的控制，他仿历代重臣引荐党羽出任国相之例——如阿鲁浑时代斡儿都海牙引荐撒都倒剌，乞合都时代脱合察儿引荐撒都只罕，合赞时代纽璘引荐撒都丁，完者都时代忽辛引荐阿里沙——将追随他多年的心腹赛音推上相位。

内忧外患中，不赛因渐渐长成了二十一岁的青年。

一个青年，又是一代君主，当然不愿永远受制于人。不过暂时，他与出班还能相安无事。

出班膝下有一女在报达城出生，出班为她起名"报达"。此女容颜绝美，十六岁上，出班将她许配给军中统将洒克哈散。洒克哈散是完者都一朝重臣忽辛之子，两家结亲，可谓门当户对。

婚后，洒克哈散携爱妻驻守乌章，二人你敬我爱，小日子过得无忧无虑。想是天妒良缘，偏这时不赛因来到乌章过冬，又对报达夫人一见钟情。

蒙古旧俗，倘若大汗爱上臣妻，臣子必须忍痛割让。不赛因苦恋报达，竟自相思成疾，近臣暗将他的心事告之出班。出班闻言大惊，一面安排女儿、女婿赴哈剌巴格躲避，一面力劝不赛因离开乌章，至报达驻冬。出班的目的，无非是希望不赛因远离伤心之地，一解相思之苦。

不赛因无奈听从出班建议，君臣自此心存芥蒂。其后发生的几件事，更加速了君臣走上决裂道路：第一件事是出班有眼无珠，向不赛因举荐了赛音这个小人，赛音嫉妒出班权势，常常在不赛因面前搬弄是非；第二件事是出班自恃与国有功，从不注意约束诸子，其三子得马失随侍不赛因左右，无恶不作，且与不赛因母妃通奸，令不赛因深恶痛绝。第三件事是不赛因命人执杀得马失后，本想先下手为强，未料消息走漏，君臣生死之战提前爆发。

出班膝下共有九子，得马失死后，其余八个儿子中，幼子系不赛因的姐姐撒迪别所生。完者都执政时，曾将长女都连德许配给出班，都连德为出班产下一子后亡故，出班对她思念不已，遂向不赛因请婚，不赛因只好许嫁次姐撒迪别。撒迪别婚后，为出班生下一子，这是出班第九子，长得玉润珠圆，聪明伶俐，出班爱屋及乌，对公主姐妹所生二子最是珍爱。

出班欲叛，先杀国相赛音。长子哈散正在父亲身边，长年的军旅生涯使哈散养成了谨慎的行事风格，他向父亲献上一计："军中诸将虽多畏服父亲，毕竟也有不少忠于大汗之人。依我之见，父亲不可轻进，不若先取守势，以观动静。待与驻守谷儿只、罗姆的两个弟弟马合谋和帖木儿塔失取得联系后，再从三面对大汗发动进攻不迟。如此，或可一战成功。万一战事呈现胶着，以我们的力量，依然进可攻，退可守。这样做的另一个好处是，呼罗珊、起儿漫、法儿思等地还在我们手中，父亲随时可以重整旗鼓，不致有隙令大汗对我各个击破。"

哈散所献，本是上上之策。可出班自恃用兵多年，从无败绩，他本人在军中又颇有威望，他认为，既然走到了与不赛因决战的一步，倒不如速战速决。

出班征集了一支七万人的军队，首先进取伊刺克。不赛因这边，老将雪尼台、阿里帕的沙等从封地赶来增援，阿里帕的沙是不赛因的舅父，在诸将中，属他和雪尼台的势力最强。

出班进至徒思时，派一名司教求见不赛因，他请司教转告不赛因："臣自投身军旅，为汗室效力多年，忠心耿耿，从无过错。臣三子得马失纵然有罪，原不该株连其父其兄。再者，得马失之死，也是受小人诬陷。今请大汗将佞人交付与臣，臣当亲自审问。倘坐实得马失之罪，臣愿自缚于大汗面前，听凭大汗裁处。"

出班既有来言，不赛因自有去语："得马失之倨傲，出班之野心，皆已过分。我姑息已久，冀其忆我父祖之恩，有改悔归善之心。然我愈容忍，此辈愈骄恣，在封地及朝廷，常见此辈以莫须有的罪名加诸重臣，任意取用瓜分国帑，如此行事，早存非臣之心。我出兵征讨，实为对方所逼。倘若出班诚欲悔过，可独来晋见。我将指定一处，足以使其终养余年。否则，只有一战而已。"

司教闻言，并不气馁，反复哀告，不赛因有些心活。雪尼台、阿里帕的沙等人担心一旦纵放出班，大汗与一干诸臣难免为其所害，再三催促大汗进兵。不赛因情知众意难违，匆匆拒绝了出班的求和请求。

肆

双方在忽哈儿一地对峙，不赛因对出班确怀几分畏惧之心，未敢主动进击。出班见夜幕垂落，传令扎下营盘，天明决战。

古往今来，不见千年王朝，常见旦夕祸福。出班军中，许多将领从祖辈起就是汗国之臣，而不赛因乃国之正主。他们私下议论，出班身为人臣，以臣犯君，以下犯上，如此行径，必定不得天佑。正主就在面前，他们岂可附逆违天？于是，这些将领纷纷带走本军，转投不赛因一方。出班闻讯，阻止不及，一夜之间，出班麾下的七万大军便只剩下四万人。

余下将士，人人自危，去留难决。出班深知这些人不足以共历艰危，至此方悔未纳长子哈散所献之策。他不敢与不赛因正面交锋，弃营而走，欲取道沙漠前往呼罗珊。不赛因派雪尼台之子脱海率两千精骑追赶，务要将出班擒杀。

追随出班的人越来越少，出班情知大势已去，忍痛叮嘱撒迪别携其幼子锁尔罕失剌速归其弟不赛因处。他知道不赛因必然不会难为年幼的外甥，这也是为自己留下根苗之意。撒迪别无奈，与夫君洒泪而别。

百余年前，少年铁木真遭到堂叔塔尔忽台追杀，倘若没有泰亦赤惕联盟速勒都思罕部人锁尔罕失剌冒死相救，就不会有后来的成吉思汗。出班系锁尔罕失剌之后，遂为幼子取先祖名以志纪念。

出班携都连德公主所生之子札老罕逃至也里国避难。出班一生，对都连德公主情有独钟，都连德不幸早逝，他才又向大汗求娶都连德之妹撒迪别。

爱其母必爱其子，出班逃跑时，一直将札老罕带在身边。也里国主嘉泰丁奉汗命将父子二人执杀。至此，出班九子中，第三子、第八子均已亡故，第九子归附不赛因。其余六子际遇各有不同，分别简述如下：

其长子哈散携三子逃往金帐汗国，受到月即别的礼遇优待，后来哈散父子均老死于金帐汗国。

其次子帖木儿塔失逃到埃及，为算端纳昔儿杀害。帖木儿塔失不幸身死，他的两个儿子却被人藏匿起来，得以幸免。这两个儿子，居长者名叫洒克哈散（与出班之婿同名），居次者名叫阿失剌甫。之所以特别提到这兄弟二人，是因为他们未来将会影响伊儿汗国的乱世进程。

其四子洒克马合谋亦遭擒杀。

其五子、六子、七子不知所踪。

哈散、帖木儿塔失、得马失、洒克马合谋、报达五兄妹皆为出班长妻所生，两位汗国公主各为出班生育一子，是为出班第八子和第九子，此二子地位等同于嫡子。第五子、第六子、第七子均系庶出，地位不显。出班之乱结束后，除撒迪别公主所生之子，去了金帐汗国的哈散父子以及出班的两个孙子洒克哈散和阿失剌甫得到保全外，这个显赫一时的家族几近灭绝。

出班既死，不赛因开始亲政，再无掣肘。只有一样，无论发生多少变故，不赛因对报达的爱慕之心丝毫不减，他对洒克哈散软硬兼施，洒克哈散为保全性命地位，被迫献出报达。

报达委身仇人，心中唯存报仇之念。她的报仇方式有些特别：首先，她利用不赛因的宠爱，荣葬父亲于默德那。其次，她引荐其前夫洒克哈散出任罗姆长官。再后，她将三哥得马失之女、她的侄女德勒沙送进宫中，让她成为自己的替身。

德勒沙的容貌与姑姑相比稍有不及，可她体态婀娜，风情万种。自被姑姑献给不赛因，德勒沙曲意逢迎，宠冠后宫。

在侄女的暗中相助下，报达开始与新国相嘉谟珂共同执掌朝权，国人对她皆以"女主"相称，视她为第二个出班。嘉谟珂是一代名臣拉施德的幼子，当年，在那场灭门惨祸中，只有还是少年的他得到不赛因宽宥。及长，他的贤名为不赛因所知，不赛因遂在赛音亡故后将他擢为新相。

嘉谟珂性情和顺，广有才智，他无意与报达争权，只专注于税收及建设。报达利用权力，施展手段，将当年与其父之死有关的王公大臣非杀即贬。就在报达欣慰于自己为父亲报了一半大仇时，刚刚三十岁、身体一向强健的不赛因突然病倒了。

无疑，这依然是死亡的诅咒。不赛因注定要经历与他父亲、伯父、祖父完全相同的过程：莫名其妙地发病，中间一度好转，再次发病，走向死亡。

不赛因七月生病，八月病情得到控制，这时北方边患又起：金帐汗月即别征集军队，准备夺取阿哲尔拜展。不赛因闻讯，不顾久病体虚，亲率大军往御。

双方在打耳班相遇。月即别虽是一代明君强主，不赛因亦不愧有着"勇汗"称号（因这位伊儿汗国第九任汗，每逢大战，必定亲征，且作战勇猛，不知退缩，群臣遂为其奉上蒙古尊号"拔都汗"）。几番交手，金帐军被阻在阿哲尔拜展境上，寸步难进。月即别不得不与不赛因议和，退回本国。不赛因再次击退金帐军，这场胜利成为他生命中的绝响，他在回师途中一病不起，十一月底即在阿朗去世。

不赛因无子，王公贵族经过集议，推举阿里不哥的五世孙阿儿巴为汗。报达知道侄女德勒沙怀有身孕，担心她为阿儿巴所害，忙派人将她送往伊剌克阿剌堡长官阿里帕的沙的住所避难。德勒沙临行时，再三恳求姑姑跟她一起离开，报达执意不肯，她说："阿儿巴不会放过我的，我们一起走，只会连累你。有我留在这里，还能为你争取一些时间。记住，你要活着，活下去，好好地生下孩子，将大汗唯一的骨血抚养成人。将来，你要把他父亲的故事，把名将出班的故事讲给他听。"

"还有你的故事。"德勒沙流泪回答。

报达含泪而笑，她与侄女拥抱了一下，目送侄女离开。

不出报达所料，举行过登基大典的阿儿巴，第一件事就是大开杀戒。

他杀了最有可能对他构成威胁的几名朝廷重臣，随后，他带着一队亲信侍卫来到报达居住的宫殿。

阿儿巴没有受到任何阻挡。他进来时，报达正坐在一张精雕细刻的美人榻上，一边听琴，一边喝茶，显得十分悠闲。看到阿儿巴，报达挥挥手，琴师们立刻停止演奏，屏气凝神、秩序井然地退了出去。

微暗的光线中，报达无言地注视着阿儿巴。

片刻，她嘴角一动，牵出一丝浅浅的笑意。

阿儿巴望着眼前这个面容殊丽、无与伦比的女人，不由自主地咽了一口唾液。这个女人，比出班的儿子们还要更像他们的父亲，在她身上，总有一种果决的气质，在她脸上，总有一种刚毅的神情。

"怎么是你？"报达放下茶盅，语气淡淡地问道。

阿儿巴被报达的轻蔑触动了敏感的神经，他知道这个女人一向瞧不起他。"把她给我拿下！"他挥了挥手。

两名身材高大的侍卫立刻向报达走去。

"站住！"报达喝道。

两名侍卫当真站住了，看看报达，再看看阿儿巴，又看看彼此，脸上的表情都有些迷惘。

伍

"阿儿巴，你想做什么？"

"哦？你不知道吗？好吧，我不妨把我的来意告诉你，让你死个明白。若不是亲眼所见，我真的不敢相信，这世上还有如你一般心如蛇蝎的女人！自嫁入宫廷，为给叛臣出班报仇，你戕害大臣，谋害先汗，勾结月即别，桩桩件件，都足以让你碎尸万段。现在，你是否还要问我想做什么？"

"你说我勾结月即别？有证据吗？"

"你哥哥哈散在金帐汗国被月即别奉为上宾，月即别再三引兵入侵我国，焉知不是你与你兄共谋？"

报达冷笑一声。

"还要我继续说下去吗？"

"当然。"

"你扪心自问，这些年，经你的手究竟摧毁了多少国家栋梁？到最后，你居然又处心积虑毒害大汗——亏他对你爱若珍宝。"

"你只说对了一半。"

"一半？"

"那些人是我杀的，我永远不会感到后悔。至于不赛因……"

"不赛因？"阿儿巴心想这女人果然放肆。

"对，就是不赛因。你最好安静地听我把话说完！的确，我曾无数次地设想过，该用哪种方式，杀死那个让我父亲蒙冤而死，又让我几乎失去世上所有亲人的男人？我无数次的设想，又无数次的放弃。不赛因活着时，每次看到他，我都为自己的优柔寡断深深自责。直到今天，我仍遗憾他不是死在我的手中。可是，无论我有多么憎恨他，他仍是这世间唯一一个我情愿随他一同死去的男人。这样的心意，不是像尘土一样的你可以理解的吧？"

说完这句话，报达用手遮掩口鼻，打了个哈欠。"我困了，累了。"她喃喃自语，随后，她在众目睽睽下，优雅地收起玉足，慢慢地斜躺下去。御榻的一边是枕形扶手，正好托住了她那颗美丽的头颅。她的动作是那样从容，甚至，在她合上双目前，她的脸上还露出一丝如释重负的笑容。

阿儿巴呆呆地看着眼前这一幕。

不知过了多久，他如梦初醒，对还站在那里呆呆发愣的两个侍卫喊了起来："你们，你们，快过去看看。"

两名侍卫上前，见报达声息全无。他们手忙脚乱地检查起来。过了一会儿，他们抬头看着阿儿巴，用一种不可思议的口吻说道："大汗，她死了。"

"什么？"

"夫人，夫人死了。"

阿儿巴并不特别感到意外，只心中仍不免有些隐隐作痛。他不禁想起报达说过的那句话：无论我有多么憎恨他，他仍是这世间唯一一个我情愿随他一同死去的男人。看来，这个女人早就做好了离开尘世的准备——难怪她死得如此安详。她既已身死，他便不必为杀她还是留她而纠结了。

"也罢，我权且发个善心，把她运回默德那，葬在她父亲的陵寝旁边吧。"

阿里不哥与旭烈兀虽是一母同胞，但伊儿汗国系旭烈兀创建，旭烈兀尚有子孙在世，阿儿巴的即位自然不得人心。

不赛因的舅父阿里帕的沙久据伊剌克，手握重兵。他坚决反对汗位转入阿里不哥一系，他另推举旭烈兀五世孙木撒为汗，这位木撒正是第六任汗伯都的亲孙。

两个伊儿汗随即展开会战，阿儿巴兵败被杀，只做了一年多的大汗。

木撒尚未坐稳汗位，罗姆长官洒克哈散又推举旭烈兀的六世孙摩诃末为汗。天无二日，国无二君，两位伊儿汗少不了又是一场混战，阿里帕的沙先胜后败，死于战场，木撒只得与洒克哈散讲和，画疆自守。

洒克哈散奉摩诃末在帖必力思重新登基。前者，德勒沙在阿里帕的沙的辖地平安产下一女，阿里帕的沙死后，德勒沙落在洒克哈散手里。洒克哈散与报达的姻缘是被不赛因强行拆散的，这些年，洒克哈散对报达无时或忘。如今报达已死，两人相聚无期，他见德勒沙形容酷似其姑母，又曾做过不赛因的宠妃，出于旧情难忘以及报复不赛因的双重心理，他强娶德勒沙。德勒沙为了保护不赛因留在世上的唯一骨血，不得不忍下羞辱，再披嫁衣。

汗国政局愈益动荡，呼罗珊诸守将另立成吉思汗之弟合撒尔后王脱花帖木儿为汗，木撒遂与脱花帖木儿合兵一处，攻打摩诃末。至元三年（1337）六月，三位伊儿汗会战于马剌黑之地。脱花帖木儿是个胆小鬼，尚未开战便逃之夭夭，木撒独木难支，兵败后遭到擒杀。

脱花帖木儿全身而退，自此据有呼罗珊、祃拶答而两地。洒克哈散则奉摩诃末占据阿哲尔拜展、伊剌克两地。

两位伊儿汗势均力敌，在一段时间内维持着微妙的平衡。这种平衡很快被另一个洒克哈散的出现打破。这个洒克哈散是出班之孙，为了区分，人们将他称作小哈散，而对出班之婿、他的姑父洒克哈散，则以大哈散称之。

小哈散当年幸免于难，今见国家大乱，想成就一番事业。他知道人们普遍畏服他的祖父出班，经过一番筹划，他在罗姆找到一个与他父亲形容相似的人，伪言其父从开罗监狱中逃出，流亡他地多年，时至今日，始得归国。

小哈散这一招相当管用，许多出班的旧部下都来投奔小哈散，尽管后来将领当中有人发现受了小哈散的骗，可考虑到小哈散是出班嫡孙，而大哈散只是出班之婿，他们仍旧选择效忠小哈散。

小哈散出兵阿哲尔拜展，击败大哈散，杀死了少年大汗摩诃末。

小哈散的假父想要刺杀小哈散，被小哈散察觉逃走。大哈散兵败后归附了脱花帖木儿，此时，因假帖木儿塔失的身份败露，诸将斩其首并重新迎回小哈散。小哈散暗中挑拨大哈散与脱花帖木儿的关系，二人失和，脱花帖木儿转回呼罗珊，准备重整旗鼓。

大哈散逃回领地，又奉旭烈兀五世孙也速丁为汗，辖伊剌克阿剌壁、忽西斯单、底牙儿别克儿三地。也速丁是第五任汗乞合都之孙。

小哈散则奉旭烈兀五世孙速来漫为汗，辖伊剌克、阿只迷、阿哲尔拜展、阿朗、木干谷儿只诸地。

新立的两位伊儿汗在大小哈散的掌控下，仍是你攻我伐。大哈散不敌小哈散，败回报达后，索性废主自立。大哈散是札剌亦儿人，他建立的国家，被称作"札剌亦儿王朝"。若干年前，伊儿汗于大哈散有夺妻之恨，如今，大哈散将此仇报到极致：你抢我的女人，我夺你的国家。

小哈散一战击败脱花帖木儿，萌生了重新统一伊儿汗国的豪情壮志。小哈散遗传了祖父的指挥才能，不过他也像祖父一样，命中注定是个悲剧人物。他的夫人与将领私通，担心奸情败露，遂在小哈散与其共寝时碎其睾丸，令小哈散在极度痛苦中死去。后来，这个女人被小哈散的部将捕获，怀着深深的憎恶，这些人将她的肉一片片生割下来，分而食之。

小哈散死后，其弟阿失剌甫废主自立。阿失剌甫是出班嫡孙，他建立的国家，被称作"出班王朝"。

陆

混乱与分裂的局面继续加剧。

元顺帝至元三年（1337），法儿思守将奥都剌匝克攻占你沙不儿自立，国中当权者自号"撒儿别答儿"，其王朝被称为"撒儿别答儿王朝"。

至正二年（1342），占据哈烈的也里国自立，其王朝被称作"克儿特王朝"，不久其国主归附西察合台汗国哈兹罕。

至正十三年（1353），占据法儿思的穆筛飞人建立"穆筛飞王朝"。

这是在原伊儿汗国的国土上建立的几个主要王朝，至于其他各种军事割据势力更是数不胜数。

至正十五年（1255），金帐汗国第十任汗札尼别出兵阿哲尔拜展，一举击败阿失列甫，出班王朝宣告灭亡。札尼别如愿"收回"了历任金帐汗梦寐以求的阿哲尔拜展，补上了金帐汗国缺失的一角。

回师途中，札尼别被自己的儿子杀害，金帐汗国的强盛到此为止。

至正十六年（1356），大哈散死于报达，其子乌外思继立。乌外思于两年后攻下阿哲尔拜展，将阿哲尔拜展纳入札剌亦儿王朝的领土。

乌外思死后，其子阿合马夺取了王位。这位阿合马，不久将成为帖木儿帝国的创立者——拐子帖木儿的敌人。

甚至，在不久的将来，整个伊儿汗国的命运，都要决于帖木儿之手了。

帖木儿是巴剌鲁斯贵族，他的五世祖与成吉思汗有着同一个祖父。

当年，成吉思汗在统一蒙古后向外扩张，随着征服地的扩大，他把广大地域分封给诸子，其领地即窝阔台汗国（今蒙古西部）、察合台汗国（今维吾尔及中亚）、伊儿汗国（今伊朗、阿富汗、西亚等地）、金帐汗国（今俄罗斯及西伯利亚西部）的前身。至蒙哥汗统治时期，四大汗国还是蒙古帝国的一部分。蒙哥汗去世后，帝国发生分裂，逐渐依照各自的地域形成了不相隶属的五个国家：元朝及四大汗国。其中，元朝皇帝在名义上被四大汗国奉为共主。

当时光悄然流逝，无论元朝还是四大汗国，都经历了各自的兴衰。其中，最早退出历史舞台的是窝阔台汗国；接着伊儿汗国四分五裂、名存实亡；察合台汗国以第二十三任汗合赞（与阿鲁浑之子合赞同名）被杀为分界点，分裂成东、西两个察合台汗国；金帐汗国在经过脱脱、月即别、札尼别三任大汗统治时的强盛后，也走上分裂之路；在中国，元朝为朱元璋所灭。

乱世中，帖木儿经过十余年的奋斗，在灭亡西察合台汗国的基础上建立了帖木儿帝国。帖木儿（1370 年至 1405 年在位）的理想，是要成为第二个成吉思汗，实现理想的标志，是重新统一蒙古帝国。

在脱胎于蒙古帝国的元朝和四大汗国中，窝阔台汗国和元朝的灭亡与帖木儿没有关系。只是，当帖木儿成为中亚霸主且迫使三大汗国对他俯首称臣后，他做过对中原恢复统治的尝试，这个企图随着他在东征途中病逝画上句号。

其他三大汗国，无一幸免地受到过来自他的攻击。他残破了金帐汗国；东察合台汗国成为他的附庸，他和他的继承者在许多年里拥有废立东察合台汗国君主的权力；伊儿汗国在最后一位雄主不赛因去世后陷入内乱，帖木儿一手结束了它的内乱，也一手结束了它的国祚。

纵观帖木儿一生业绩，似乎可以说，正是诸汗国的衰落和名存实亡，给了帖木儿显示其军事、政治才能以及从容收拾残局的机会，并在日后成就了这位乱世英雄。

帖木儿在他登上王位后的第十一年，将征服目标转向波斯。

伊儿汗国分裂后，失去了对波斯的有效控制。在哈烈有信奉逊尼教派的克儿特人，他们视信奉什叶派的撒儿别答儿王朝人为眼中钉；在法儿思有阿拉伯的穆筛飞人，他们又与统治帖必力思和报达的蒙古札剌亦儿王朝世代为敌。在穆筛飞家族中，经常发生儿子们将父亲眼睛挖掉，王子们互相仇视、互相攻打的惨剧。这些情报为帖木儿掌握，他决定发动对波斯的战争。

波斯东部在不赛因病逝后成为独立国家。帖木儿之前，在西察合台汗国掌握军政实权的蒙古贵族哈兹罕曾使用武力手段，将占据哈烈的也里国降为藩属。帖木儿巩固王权后，按照对待藩属国的规矩，要求哈烈国王皮尔阿里参加他在撒马尔罕召集的忽里勒台。皮尔阿里无意履行藩属国义务，更无意承认帖木儿政权，他态度强硬地拒绝了帖木儿的要求。

皮尔阿里的拒绝给了帖木儿出兵的借口。

明洪武十四年（1381），帖木儿亲率大军攻向哈烈。皮尔阿里刚刚将呼罗珊地区的大城你沙不儿从另一个土朝撒儿别答儿人手中夺取过来，两个王朝间的争斗使呼罗珊的局势混乱不堪。皮尔阿里的弟弟本来在哈烈以南坚守，帖木儿军攻来时他不经一战投降了帖木儿。他的主动迎降，不仅让帖木儿轻取撒剌哈夕要塞，连哈烈东北的布伤要塞也被帖木儿顺利突破了。

皮尔阿里被弟弟的背叛弄得晕头转向。如今，南北要塞尽失，他所能依靠的唯有哈烈城的坚固。守城军队是由柯尔的阿富汗人组成的兵团，这支军队很顽强，曾出城准备抵抗敌军。

但哈烈居民拒绝配合军队作战，他们以文官为首，运筹逃跑。无奈，皮尔阿里只好出降，帖木儿待之以礼，许可他跪拜于御座前的地毯上。皮尔阿里的一个儿子本来在伊什卡尔查要塞驻守，得到父亲的命令后，他不战而降。

帖木儿占领哈烈后，打算以突然袭击的方式攻占卡拉特。不料，他的计划出现纰漏，卡拉特是一处天然军事要塞，地势险要，易守难攻，帖木儿组织了十四次进攻都被守军击退。帖木儿不愿在此处浪费太多兵力，遂命少量军队封锁要塞，自己继续扫荡卡拉特周边城村。

卡拉特要塞被困，给养中断，接着，要塞内爆发大规模瘟疫。天灾人祸令要塞不攻自破，守军被迫投降。

帖木儿在卡拉特安营扎寨。经过休整，他接连迫降亦鲁、图儿昔思、马三德兰等坚城，他还在亦鲁建立起巩固的统治。

帖木儿令皮尔阿里仍为哈烈国王，这时的哈烈变成帖木儿帝国的一部分，皮尔阿里降为帖木儿的附庸。后来，帖木儿从波斯退兵，皮尔阿里前往撒马尔罕度过了一段衣食无忧但没有权力的生活。

哈烈归治，标志着克儿特王朝的寿终正寝。

柒

征服了哈烈，帖木儿开始向呼罗珊东部进军。其时，撒儿别答儿王朝木牙岱国王和占据马三德兰的瓦里国王、占据徒思的阿里别国王正在争夺该地。帖木儿大军甫至，受到瓦里国王威胁的阿里别便主动请降了，阿里别的真正想法是要借助帖木儿的力量保护自己。

对于阿里别的主动归附，帖木儿求之不得，以帖木儿目前的力量，他也有能力保护投诚者。接下来，他只用一天时间便从瓦里手中夺取了要地亦思法莱因。

冬季来临，帖木儿乘胜进军坎大哈。坎大哈军民奋起反抗，帖木儿军遭受了巨大损失。英勇的坎大哈军民没有抵挡住帖木儿军的强大攻势，城破后，帖木儿下令将坎大哈城主和主将一并绞死。

坎大哈既下，帖木儿转回撒马尔罕稍做休整。三个月后，他重回呼罗珊，继续完成对马三德兰的征服。瓦里国王组织军队同帖木儿决战，他且战且退，一直退到森林中心。瓦里是一位宁死不屈的战士和君主，在双方力量悬殊的情况下，他成功地偷袭了帖木儿的营帐，杀死数百人，并抢掠了一批马匹和给养。帖木儿似乎比他更顽强，经过几番较量，帖木儿战胜瓦里，夺取了瓦里的首都阿思忒剌巴德。瓦里在众将的保护下拼死杀出重围，逃往阿哲尔拜展。

离开阿思忒剌马德，帖木儿兵进伊剌克。

伊剌克、阿哲尔拜展、报达都属于大哈散建立的札剌亦儿蒙古王朝。

大哈散在位二十年，其子袭位。明洪武十三年（1380），阿合马（在伊儿汗国，起这个名字的人比较普遍。当年，伊儿汗国阿八哈汗去世，他的弟弟塔兀答儿即位，塔兀答儿因信仰伊斯兰教，取算端之号，改名阿合马）举兵叛乱，攻占帖必力思，袭杀其兄其弟才得正位。

帖木儿率军来攻时，阿合马正在伊剌克的首都苏丹尼叶坐镇。帖木儿尚未发动攻击，他便逃出苏丹尼叶，帖木儿遂移营城内。

帖木儿没有马上对阿合马发动攻击，他在占领苏丹尼叶后接管了城中府库，随后，他转回撒马尔罕休整军队，处理政务。

帖木儿第一次出征波斯让他成为波斯北部的主人，接下来，他要征服波斯西部。

明洪武十九年（1386），帖木儿对波斯的第二次征服活动拉开序幕。这一次，他首先进军阿哲尔拜展。

作为札剌亦儿王朝的继承人，阿合马是一位珍视生命远胜于珍视荣誉的人。他对付自己的哥哥和弟弟从未心慈手软，面对帖木儿时却一次次地做了逃兵。他从帖必力思不战而退，这里曾是伊儿汗国的首都，后被大哈散占据。

帖木儿不费一刀一兵便进驻风景宜人的帖必力思，他在这里处理政务，同时度过了炎热的夏季。

秋天到来，帖木儿取道纳希切万，进犯谷儿只。谷儿只人信奉基督教，帖木儿以圣战为借口，对该城进行了蹂躏。之后，他哈儿司出发，袭取梯弗里敦，活捉了谷儿只国王巴格剌五世。为了活命，巴格剌五世假装改奉伊斯兰教，他用这种方式保全了性命，也获得了自由。

帖木儿回到库拉河下游草原度过冬季，正在这时，信差从王都撒马尔罕送来紧急消息，金帐汗脱克举兵袭扰两国边境。

起初，脱克是在帖木儿的帮助下夺得金帐汗国汗位，一旦坐稳汗位，他便屡屡出兵，与昔日的恩主争夺边境诸城。此次，他越过打耳班，准备夺取阿哲尔拜展。阿哲尔拜展，真的成了历任金帐汗宿命中的结。

帖木儿被脱克的再三背叛所激怒，他派一支军队在库拉河以北迎战金帐军。这支军队被脱克战败，不过，帖木儿之子米兰沙率援军随后赶到。在帖木儿四子中，长子只罕杰尔在二十岁中殁于征服东察合台汗国的战场。四子沙哈鲁还是个孩子，次子奥美和三子米兰沙皆在父亲手下为将。

米兰沙一战而胜，将金帐军逐出打耳班。脱克遣使向帖木儿认错，帖木儿遂将俘虏全部送还脱克，同时对脱克予以父亲般的训诫。

解除了来自脱克的威胁，帖木儿在戈克察湖畔召开了一个重要的军事会议，所有参会人员都是他麾下的高级将领。大家经过商议，决定进军大美尼亚西部。大美尼亚西部被虔诚信仰伊斯兰教的土库曼王公所瓜分，帖木儿借口这些土库曼人曾经袭击过前往麦加朝圣的商队，下令对他们发动圣战。

帖木儿在一天之内攻下额儿哲鲁克，额儿赞章王子塔伯登主动归降。帖木儿就在塔伯登的王府接见了他，之后，他率三子米兰沙及众将前去进攻驻守莫失和曲儿忒斯坦的土库曼游牧部落——黑羊王朝。

帖木儿亲自出阵，围攻莫失地区，土库曼人逃入难以通过的山峡中凭险固守。在夺取梵湖城后，黑羊王朝的统治者卡拉·优素福弃城而逃，至此，帖木儿顺利完成了对亚美尼亚全境的征服。

从亚美尼亚出发，帖木儿的下一个目标是统治法儿思（设拉子）、伊斯法罕和基尔曼的穆筛飞王朝。

札剌亦儿王朝、穆筛飞王朝、克儿特王朝、撒儿别答儿王朝，都是伊儿汗国衰落后分裂出来的主要王朝。帖木儿的梦想是重新统一蒙古帝国，以这个梦想为前提，扫平伊儿汗国全境就是他必须全力完成的目标。

穆筛飞王子沙木札对帖木儿其人素有所知，他知道以自己目前的力量很难同这个横空出世的枭雄抗衡，于是，他选择承认帖木儿的宗主权。他的选择使他的国家免于遭受灭顶之灾。

明洪武二十年（1387）十月十一日，帖木儿取道哈马丹，直接向伊斯法罕进军。穆筛飞王朝在伊斯法罕的主官向帖木儿交出了该城的钥匙。帖木儿进城接收了府库，之后，他将军队带出城外驻营。

这个夜晚发生了一桩意外。当地民众以为帖木儿军已经撤走，遂相约反叛，将帖木儿在城中委派的财税官和几位协助主官指挥军队的将领全都抓起来杀害了。帖木儿原本就在城外，离城池不过几十里路，听到这个消息勃然大怒，立刻率领大军包围了伊斯法罕，城破后下令屠城。

征灭伊斯法罕，帖木儿进军法儿思，在法儿思驻守的穆筛飞朝王子早已逃亡，帖木儿轻取法儿思，在王宫接见了向他请降的王子幕僚和城中士绅。

帖木儿军强大的战斗力令人震惊，驻守基尔曼的沙阿合王子和驻守耶司德的沙牙喜牙王子惊慌之下，未做抵抗便投降了帖木儿。他们的不战而降为他们保住了封地。沙阿合仍留驻基尔曼，帖木儿将法儿思赐予沙牙喜牙。不过，帖木儿将法儿思的能工巧匠网罗一空，全都送回撒马尔罕。

就在帖木儿有望一举征服波斯全境时，从本国再次传来金帐军侵入边境，大肆劫掠烧杀的急报，帖木儿不得不将军队撤回撒马尔罕，准备远征金帐汗国。

帖木儿撤走后，穆筛飞朝一位叫作满速儿的王室成员趁机出兵占据了法儿思和伊思法罕，他以法儿思作为他的首都。当时，帖木儿正在金帐汗国境内作战，对于波斯发生的变乱鞭长莫及。

帖木儿犹如被战神附体，他在浑都儿察、乌尔图巴两场战役中大败金帐汗脱克，脱克逃走，帖木儿暂时解除了来自北部边境的威胁，遂又回到本国休整兵力。

是年年底，帖木儿决定彻底征服波斯。这是帖木儿第三次出征波斯，世人称之为五年战争（1392年至1396年）。前两次征战半途而废的原因全在于脱克入侵，帖木儿相信，脱克惨败后不可能在短时间内卷土重来。

捌

帖木儿确定的进军路线包括里海沿岸诸省,法儿思、阿尔美尼亚、谷儿只、美索不达米亚和南俄罗斯。在古耳干和祸捞答而,帖木儿军遭到了别教军队的袭击,帖木儿指挥若定,战胜了他们。

冬季到来,帖木儿取道答木罕、西模娘、赖伊、哥疾宁、速勒坦尼亚、曲儿忒斯坦和布鲁吉尔德往南方避寒。

明洪武二十六年(1393)五月,帖木儿攻克了坚固的合剌赛非德要塞,这场胜利比他预想的要来得容易。满速儿得知合剌赛非德失陷,急忙率军队出城迎战,两军在法儿思郊外展开激战。满速儿英勇无比,冲破层层防线,一直冲到帖木儿的面前。他在马上挥动着长枪的身姿犹如神兵天降,帖木儿看得惊诧不已,竟忘了抵挡。满速儿转眼间杀掉帖木儿的两员侍卫,在这危急时刻,多亏帖木儿的幼子,年方十六岁的沙哈鲁发现险情,他拦住满速儿,只几个回合,就将满速儿斩于马下。

沙哈鲁的一名亲随过来,斩下满速儿的头颅,悬挂于旗杆之上。满速儿的将士们见主君已死,霎时失去斗志,下马请降。帖木儿作为胜利者浩浩荡荡地开进法儿思,他在这里做的第一件事,是将法儿思和伊剌克诸城的文人学者及能工巧匠集中起来,派人将他们送回撒马尔罕。

六月间,帖木儿自法儿思北去伊斯法罕和哈马丹。鉴于满速儿已死,伊斯法罕和哈马丹军民不战而降。在哈马丹稍作休整,帖木儿转攻报达和伊剌克的阿剌比城。当时,报达和阿剌比都处于札剌亦儿蒙古王朝的最后一位君主阿合马的统治之下。帖木儿军到达报达城下时,阿合马已弃城西逃。

帖木儿派三子米兰沙追击阿合马,米兰沙不负使命,在达克儿别剌高地追上了阿合马。要说阿合马逃跑的功夫,堪比当年的花剌子模国王摩诃末,那个时候,成吉思汗派出蒙古军中行动最迅捷的两员将领速不台和哲别前去追赶,都没能将他追上。阿合马同样如此,他逃出米兰沙的包围圈,仓皇逃往埃及。在埃及,他得到玛麦鲁克王朝君主巴儿忽的收留。

帖木儿不费吹灰之力就占领报达。他命军队在报达休息三日,随即北上。途中,他先攻占了帖克里特要塞,继续进军,准备夺取设在曲儿忒斯坦和底牙儿别克儿的塞堡。在攻打曲儿式要塞的战役中，帖木儿的次子奥美被流箭射中，死于战场。奥美一死，帖木儿的四个儿子中便只剩下三子米兰沙和幼子沙哈鲁了。

儿子的死令帖木儿既悲伤又愤怒，他加紧了对曲儿式的攻打。经过艰难地围攻，他总算占领了马尔丁和阿米德两座要塞。从两座要塞出发，帖木儿北上大亚美尼亚，在莫失地区与土库曼黑羊部落首领哈剌·玉素甫遭遇。哈剌·玉素甫不敌帖木儿，仓皇逃走，帖木儿遂又取道梵湖，前往谷儿只。

明洪武二十八年（1395），帖木儿越过高加索山脉，至斡罗斯南部与金帐汗脱克作战，谷儿只人趁机在纳希切万附近的阿邻札克地区打败了帖木儿的三子米兰沙。数年后，帖木儿再次经过高加索时对高加索诸部进行报复，他先攻占了谷儿只东部，又进军至梯弗里斯。谷儿只国王阔儿吉六世避难于山中，次年，阔儿吉以臣服进贡为条件，换来了帖木儿的赦免。

在波斯之地，或者说，在残破的伊儿汗国旧地最后抵抗帖木儿的是札剌亦儿朝国王阿合马和黑羊部落首领哈剌·玉素甫。前次，帖木儿对报达城发动攻击时，阿合马逃到埃及，玛麦鲁克王朝巴儿忽算端为他提供了庇护。帖木儿撤走后，阿合马在巴儿忽的帮助下回到报达。鉴于帖木儿正在金帐汗国境内作战，阿合马顺利在报达复位。除了巴儿忽，阿合马能在报达苟延残喘亦得益于哈剌·玉素甫对他的支持。

七年后，帖木儿战胜土耳其帝国再度引军攻打报达，阿合马故伎重演，又一次逃往玛麦鲁克王室处。阿合马的部将们决心坚守报达，可惜他们悲壮的努力抵挡不住帖木儿的攻击，帖木儿再次攻占报达后没有像七年前那样温和，他下令屠城。即便如此，他仍旧赦免了文人学者及有一技之长的工匠。他给文人学士安排了相应的位置，将工匠护送回撒马尔罕。至于城中的建筑物，除清真寺外全部遭到毁坏。至此，帖木儿终于完成了对波斯全境的征服。

从伊儿汗国立国起，蒙古人最大的敌人就是玛麦鲁克人。

玛麦鲁克王朝从国王忽图思执政开始走上强大之路，他从旭烈兀的手中夺取了西里亚。王朝传至巴儿忽（1382年至1399年在位）时，这又是一位强硬人物，强硬到目空一切。

出于彻底征服波斯的需要，帖木儿提出与敌人的敌人——玛麦鲁克人结盟。巴儿忽一面傲慢地拒绝了帖木儿的要求，一面不计后果地收留了帖木儿的敌人：札刺亦儿国王阿合马和黑羊部落首领哈剌·玉素甫等。他答应这些人，待时机合适，就出兵协助他们夺回失去的领土。

巴儿忽拒绝结盟和杀掉使臣的鲁莽行为，足以激怒帖木儿。可当时的情形有些特别，帖木儿正在金帐汗国境内同脱克作战，无法分兵进攻玛麦鲁克。帖木儿的隐忍让巴儿忽产生了错觉：玛麦鲁克军的强大足以令帖木儿望而生畏。

俟消灭了脱克的大部分军队，迫使脱克逃亡，印度成为又一个征服目标。期间，巴儿忽退位，传位于其子法剌只（1399 年至 1412 年在位）。帖木儿攻克印度大城木儿坦后，再次遣使玛麦鲁克王朝。帖木儿向法剌只保证，只要新国王交出他的敌人：报达国王阿合马和突厥蛮首领哈剌·玉素甫，并同意缔结盟约，多年前巴儿忽残杀使臣一事他将不再追究。

法剌只用一种比其父更直接更轻蔑的态度拒绝了帖木儿的要求。

一味隐忍不是帖木儿的性格，在征服印度后，帖木儿决定以一江之水熄灭法剌只的傲慢之火。

出征前，帖木儿认真研究了玛麦鲁克的情况。

占据西里亚的玛麦鲁克王朝东临札刺亦儿蒙古王朝，南临阿尤布王朝，西界埃及，西南濒红海，北邻亚美尼亚。沿海平原，西部山地，全境大部分为高原，高原南部多沙漠。沿海为地中海气候，内地为热带沙漠气候。

玛麦鲁克王朝崛起于蒙哥正式登临汗位的前一年（1250 年），至中统元年开始扩张，先是吞并埃及一部分，后战胜蒙古人，夺取西里亚。帖木儿在撒马尔罕登临王位时，玛麦鲁克王朝因内讧渐渐走上衰落之路。巴儿忽国王虽是果断坚毅的君主，可大部分时候，他的敌人都是他的部将。

帖木儿出于战略需要，提出同巴儿忽结盟，条件是他可以出兵帮助巴儿忽平定其国内叛乱。巴儿忽哪敢接受帖木儿的这个条件？对他而言，与国内的反对者相比，帖木儿才是更可怕更危险的敌人。

巴儿忽的大臣也坚决反对与帖木儿帝国结盟。为表明态度，巴儿忽残忍地杀害了帖木儿派到开罗的使臣。此后，他公然为帖木儿的敌人提供庇护，而且无视帖木儿的抗议与威胁。

巴儿忽退位后，年轻的法剌只开始掌握权力。在是否与帖木儿结盟的问题上，新国王持有与他父亲相同的立场，于是，两国战争拉开序幕。

明建文二年（1400）五月十八日，帖木儿首先进攻谷儿只。残破谷儿只后，帖木儿取道阿沃尼克，开始进攻小亚细亚。在帖木儿发起进攻的过程中，有几座城堡的守军进行了顽强抵抗。他们的顽抗只是延迟了城堡的陷落时间，当城堡最终被攻克，守军遭到了帖木儿的无情虐杀。

其间，帖木儿向土耳其国王巴耶济德递交了一封国书，目的是向巴耶济德索要报达国王阿合马和突厥部首领哈剌·玉素甫。这二人在帖木儿对小亚细亚发起攻击时，逃入土耳其，向巴耶济德寻求保护。

帖木儿原以为巴耶济德审时度势后，必定会同意他的要求，不料，巴耶济德拒绝的态度比巴儿忽父子还要坚决。差不多同时，埃及国王法剌儿又无故将帖木儿的使臣扣留在开罗。面前一下出现这么多敌人，令帖木儿深为恼火。他清楚，只有打败玛麦鲁克军队，他才能扭转被动局面。

帖木儿指挥军队先行攻克爱因塔布，继而围攻阿勒波。阿勒波于十月二十三日陷落，十月三十日，帖木儿击败由塔失总督指挥的玛麦鲁克军队。战争之初，这支训练有素的军队一度使帖木儿军的进攻受挫，关键时刻，帖木儿从印度战场带回来的象军发挥了至关重要的作用。

帖木儿在印度境内作战时，领教过象军的厉害。回到撒马尔罕，他用印度进贡的大象组建了自己的象军。这支象军跟随他南征北战，屡建奇勋。

塔失的军队训练有素，勇猛顽强，可那是与人对阵。将士们打出娘胎，还从来不曾与大象交战过。面对着踏起巨尘飞奔而至的象军，他们惊慌失措，四散而逃，逃得慢些的，无不惨死在大象的铁蹄下。

塔失不惧怕帖木儿，可他实在惧怕大象。他在惊恐中抵抗数日，选择向帖木儿投降。战胜塔失是件喜事，更大的喜事是，帖木儿擒获了西里亚著名历史学家莫剌纳·尼赞马丁，他派人护送这位大学者回到撒马尔罕。

帖木儿不作停顿，继续过关斩将。在一个月的时间里，他分兵占领了希木思、哈马和巴剌别克诸城，接着，着手围困大马司。

为激励士气，法剌只自开罗前往大马司坐镇。十二月二十五日，法剌只趁帖木儿军转移阵地，离开大马司，率军进驻其城西南方向的忽塔。

与老谋深算的帖木儿相比，法剌只太年轻了，轻而易举地上了帖木儿的当。帖木儿转移阵地，是为给法剌只造成错觉，引诱他离开大马司。帖木儿断定，法刺只必会利用这个难得的空隙，出兵进驻忽塔，再派一支兵马绕到他背后，对他形成夹击。作为久经沙场的军事元戎，帖木儿如何看不出其间利害？他故意卖出破绽，是他相信法刺只决不会让战机从指缝间溜走。

一切都照着帖木儿的计划进行着。

法刺只离开坚固的城池，削弱了大马司的守卫力量。帖木儿转移阵地本来就是假的，法刺只率军出城不久，他派一部人马猛攻大马司，派另一队人马追击法刺只，经过战斗，法刺只的军队和大马司的军队均被击败。

帖木儿还留有后手。他对大马司进行围攻之际，派出精干的间谍分别收买那些为法刺只服务的将军、大臣，他向他们馈赠大量礼物，并许以高官厚禄。经过这番活动，大马司人心浮动。

法刺只败了一仗，以为胜负不过是兵家常事。他回到大马司，准备整顿兵马再与帖木儿决一死战。当夜，一些不明身份的人想要攻击他的府邸，这突如其来的内乱让法刺只吓得够呛。随后，法刺只听人说，他身边的亲信中也有人被帖木儿收买，只是仓促间甄别困难。法刺只感到自己如同坐在悬崖边上，随时都有粉身碎骨的危险，恐惧使他再也顾不得君主体面，仓皇逃回开罗。

法刺只的逃跑使大马司军民失去了坚守下去的信心。他们组织了一个代表团，这个代表团以突尼斯大历史学家伊本·喀勒敦为首，出城与帖木儿谈判，希望帖木儿能保证城中军民的生命财产安全。

对顽抗者决不饶恕是帖木儿制定的铁律，他拒绝接受大马司人的投降。

玖

见谈判刚刚开始便陷入僵局，历史学家挺身而出。他跪在帖木儿的面前，温和地说道："饶恕不是算端的性格，鲜血就是算端的王冠。"

帖木儿是突厥化的蒙古人，算端在伊斯兰教中多是人们对于君主的称呼。

帖木儿惊奇地看着伊本·喀勒敦，历史学家的风采尽收眼底。

"你是谁？"

"我的名字叫伊本·喀勒敦。"

"我似乎听过你的名字。让我想想，让我想想……唔，你可知道莫刺纳·尼赞马丁这个人？”

“我与先生交集不多，但彼此神交已久。”

“看来我的猜测没错，你是一名历史学家。”

“是。”

“既然如此，你刚才的话是什么意思？”

“意思很简单：强权使人恐惧，却不能使人心服。算端如此聪慧，怎能不明白，从古到今，没有一个世界性的帝国是依靠屠城和杀戮来建立的。让算端立于大地上的，是双脚；让算端握住马缰和宝剑的，是双手；让算端看到日月星辰的，是双眼。而百姓，就是算端的脚、算端的手，算端的眼。现在，算端确定要自断手足，自遮其目吗？何况，两军交战，各为其主，大马司军民所做，与算端手下将士所做之事并无二致。为主君而守，抵抗有什么过错？正如为主君而战，勇敢有什么过错？可为什么，我们这些被主君抛弃的人，为什么我们这些放下武器的人，为什么我们这些卑微地跪伏在算端脚下的人，就不能得到原谅？许多年前，成吉思汗的大太子术赤算端在攻打玉龙杰赤时付出了惨重伤亡，城破后居民请降，他们对算端说：算端的怒火已让我们感受到了威严。这时，术赤算端指着满城的尸体说：你们一定说反了，是你们的怒火让我感受到了威严。尽管怒不可遏，术赤算端最终还是恪守了饶命不杀的诺言。是这样的胸怀，才能让战马的奔驰，从高原又上高原。算端也应该具有这样的心胸吧？否则，从王冠上滴落的鲜血，只会污染算端高贵的面颊。”

伊本·喀勒敦一番话说得帖木儿呆呆发愣。倒不是伊本的话多么具有说服力，这些道理伊本不说帖木儿也清楚。让帖木儿折服的，是伊本的表述方式。此前，他还从没听过谁的说话方式这么有趣。

他走下王座，来到伊本面前。

伊本抬头望着他，神色一如既往，平静从容，不卑不亢。

帖木儿俯身将伊本扶了起来。

“算端。”

帖木儿注视着他：“你不怕我吗？”

“不怕。”伊本回答。

“为什么？”

"我从算端的眼睛里看得出来，算端不是一个仁慈的人，但算端是一个理智的人。"

这个回答让帖木儿很满意。他揽住了伊本的手，"来吧，请你随我入座。今天下午，在吃晚饭前，我很有兴致听先生畅谈古今。先生不是历史学家吗？就给我讲讲历史上那些有趣的事吧。"

"蒙算端垂问，本人知无不言。"

帖木儿将其他人屏退，整整一个下午，他与伊本相谈甚欢。晚宴开席前，他做出决定：饶恕大马司人的抵抗之罪。他的饶恕有个前提：伊本必须随他返回撒马尔罕。伊本一心要救同胞的性命，再说，他通过交流，已感受到面前这个可怕的人对于知识的尊重，这让他有些意外。而他从这位铁血君主身上所发现的一种不可思议的文化潜质，则让他欣喜万分。基于上述原因，他欣然接受了帖木儿的条件。

大马司因伊本的据理力争而免遭涂炭。

帖木儿离开该城前，将城中所有的学者文人、乐师画家、工艺师以及擅长制作丝织品、农具、兵器、玻璃、陶器等的各行业工匠全都召集起来，随军带走。他要让他们在帝国建设中发挥作用。

在帖木儿屡克强敌时，另一支军队在其孙的率领下横扫位于西里亚海岸最南端的城市阿卡。至此，帖木儿完成了对西里亚全境的征服，于建文三年（1401）四月初，带着胜利果实回到撒马尔罕。

仅仅休整了一个月，在土耳其避难的札剌亦儿国王阿合马重又潜回到报达城。在报达城中，始终有一股忠于他的力量。重新掌握军队的阿合马试图从帖木儿手中夺回阿哲尔拜展，帖木儿无意原谅他的挑衅行为，决定攻下报达城。

帖木儿军对报达城的围攻开始于五月二十八日，结束于六月二十日。在二十多天的时间里，帖木儿每天都要指挥军队对报达城发起数次猛攻。有几位著名将领在攻城中阵亡，帖木儿付出惨重代价总算拿下报达城。当军队潮水般涌入城中时，为给死难的将士报仇，他们对守城军民进行了大屠杀。

阿合马如同一只聪明的狐狸，一而再、再而三从帖木儿布下的罗网里逃脱。

在帖木儿与土耳其国王巴耶济德鏖战之际，阿合马，这个顽强的人又潜回到报达准备复辟。这次，他没有那么走运，他被他的旧盟友——黑羊王朝的酋长哈剌·玉素甫击败和驱逐。帖木儿在战胜土耳其军队后派其孙阿卜白克攻打报达城，哈剌·玉素甫很坚决地效仿了阿合马，弃城而逃。

更心有灵犀的是，哈剌·玉素甫和阿合马都选择避难于埃及。这对难兄难弟硬熬到帖木儿去世，才各自返回本国本部。

此为后话。

将报达城收入囊中，帖木儿转攻谷儿只，谷儿只城被劫掠一空。因冬季到来，帖木儿一边休整军队，一边谋划着下一个征服目标：土耳其。

对下一个目标的进攻，无论是胜是败，都意味着帖木儿征服事业的继续，同时意味着在波斯高原纵横驰骋百余年的伊儿汗国，无论实体、躯壳和精神都如雨打风吹去，永远消失在了历史的长河之中。

也许是历史的巧合，也许是命运的安排，消灭伊儿汗国的人是帖木儿，消灭玛麦鲁克王朝的人也是帖木儿，或者说，消灭伊儿汗国和消灭伊儿汗国敌人的人居然都是帖木儿。倘若旭烈兀及其后继者天上有灵，不知他们会做何感想？

曾经的伊儿汗国和伊儿汗国的敌人都被帖木儿踩在脚下。当花剌子模、东察合台汗国、金帐汗国、伊儿汗国、印度、土耳其都对帖木儿俯首称臣，他几乎就可以说出那句话：我，就是成吉思汗。不过，他决定等等再说。在重建蒙古帝国的构想中，还缺少蒙古和中国两块儿。

天地是如此辽阔，生命是如此有限，不能弥补的缺憾永远不能弥补，七十岁高龄的帖木儿倒在了东征途中。

帖木儿以极盛的武功铸造的辉煌一世而终。他去世后，他的继承者沙哈鲁保有了帝国盛世，但已不能掌握帝国极盛时的版图。西波斯从帝国独立出去，数十年后，帖木儿帝国走向衰亡。

蒙古人的历史在这里做了停顿。

停顿之后，则是另一群人的登场，另一个时代的开始。